U0651628

IV

璀璨

完美终结篇

散 落 星 河 的 记 忆

THE MEMORY LOST
IN SPACE

桐华

TONGHUA WORKS

湖南文艺出版社
HUNAN LITERATURE AND ART PUBLISHING HOUSE

博集天卷
CS-BOOKY

是否当最后一朵玫瑰凋零
　　你才会停止追逐远方
发现已经错过最美的花期
是否当最后一片雪花消逝
　　你才会停止抱怨寒冷
发现已经错过冬日的美丽
　　是否只有流着泪离开后
才会想起岁月褪色的记忆
　　是否只有在永远失去后
才会想起还没有好好珍惜

目录　Contents

Chapter 1　命运的选择　_001

这个女人不但决定着阿尔帝国的命运，还有可能决定着人类和异种的命运。

Chapter 2　褪色的记忆　_021

不管发生什么，他都不会抛下她，不会留下她独自一人。

他想陪着她，一直陪着她，直到她心里的伤口全部愈合。

Chapter 3　为你而战　_040

我属于你，是你的奴隶，只为你而战！

Chapter 4　身不由己　_059

那个曾经在月下纵酒高歌的他，做梦都想不到，有朝一日他竟然会坐在奥米尼斯星上，帮助他们的敌人去摧毁无数人用性命和鲜血守护的美景。

Chapter 5　并肩作战　_078

这一别就是浩瀚星空、亿万星辰，也许一辈子都不会再见面，也许再次听到对方的消息时是对方的死亡讣闻，但是——

我知道，你是我的战友！星光闪耀处，我们在一起战斗！

Chapter 6　圆舞　_104

其实，选谁做舞伴都无所谓，因为这是圆舞，总会相遇，也总会分开。

Chapter 7　小角爱洛洛　_119

他早已经明白男女之情，清楚地表达出心意，她却一直没有回应。

Chapter 8　一个人的战斗　_131

她很清楚，做了这个决定前方就是刀山火海，但她这一路走来何时有过平坦大道？

只不过在与所有异种为敌后，她还需要与所有人类为敌而已！

Chapter 9　送别　_151

命运好像和她开了一个荒谬却残酷的玩笑，不管她怎么选择，都只能眼睁睁地看着至亲至爱的人一个个远离。

Chapter 10　善恶同体　_164

对或错都在人类的选择。

一念天堂，一念地狱。

Chapter 11　玫瑰的刺　_183

这一生风风雨雨，她已经被命运这个剪刀手裁剪成一个怪物，从没奢望过会有人能完全接纳她、喜爱她。

如果他愿意做她一个人的傻子，她就做他一辈子的怪物。

Chapter 12　正面相见　_204

"多年未见，你风采更胜往昔。"仿佛他们只是故友重逢，根本不是生死仇敌。

Chapter 13 夕颜朝颜 _227

梦里有春风拂面，玫瑰盛开；有温存依偎，交颈细语；有绵绵快乐，也有无尽悲伤。他很想看清楚身边的人究竟是谁，那张脸却似近还远，总是看不分明。

Chapter 14 生命之歌 _249

以我的姓氏为你的名。刚刚才明白多么想一辈子这样称呼你，却已经是此生的最后一声呼唤。

Chapter 15 洛洛爱小角 _268

基因能决定我们身体的好坏，却不能决定我们灵魂的好坏。

Chapter 16 不是演戏 _281

她可以被欺骗，可以被愚弄，可以被打败，却绝不可以倒下！
她可以悲伤，可以痛苦，可以哭泣，却绝不可以软弱！

Chapter 17 恢复记忆 _296

我是最初的你，不是曾经的你，但是现在的你。
你是最终的我，不是过去的我，但是未来的我。

Chapter 18 岁月如歌 _316

当风从远方吹来，你不会知道我又在想你，那些一起走过的时光，想要遗忘，却总是不能忘记，你的笑颜在我眼里，你的温暖在我心里，以为一心一意，就是一生一世。

Chapter 19 誓言犹在 _339

你送了我一场绝世美景，我给你一个你想要的世界！

Chapter 20　最高明的谎言　_356

最高明的谎言是真话假说，假话真说，对方心里有什么就会信什么。

Chapter 21　世界的秩序　_370

日升为朝、日落为夕。朝朝夕夕，明暗交替、黑白共存，才是世界的
秩序。

Chapter 22　新希望　_396

星空静谧美丽、神秘永恒。

无限包容，无限耐心。

只要你给予注视，它就回馈你璀璨，从不会令你失望。

Chapter 23　星河璀璨　_422

也许星际中只有生存和死亡，但人类有对和错，有高贵和卑鄙，正因为我
们人类有这些，所以，我们才不仅仅像其他物种一样只是在星球上生存，
我们还仰望星空，追逐星光，跨越星河，创造璀璨的文明。

Chapter 24　番外：朝夕　_450

朝朝夕夕、夕夕朝朝。

幸好余生还长，幸好还有机会弥补，幸好还有很多朝夕可以执手相对。

Chapter 25　番外：我愿意　_462

曾经，这里群星荟萃、光芒璀璨。

如今，风流云散，星辰陨落，只有他们留下的光芒依旧闪耀在星际，指引
着人类前进的方向。

Chapter 1

命运的选择

这个女人不但决定着阿尔帝国的命运，还有可能决定着人类和异种的命运。

当黎明的曙光照亮长安宫，新的一天到来时，英仙皇室召开新闻发布会，对全星际宣布——

英仙叶玠病逝，第一顺位继承人英仙洛兰即将登基为新的皇帝。

之前已经有媒体报道过叶玠陛下当众晕倒，引发了人们对陛下身体的担忧，但谁都没有想到叶玠陛下会这么快死亡，整个阿尔帝国都很震惊。

历经风雨的英仙皇室却似乎早有准备，在林坚的协助下将一切处理得安稳妥当。

按照英仙皇室的惯例，旧皇帝的葬礼和新皇帝的登基典礼都在光明堂举行。

只不过，葬礼私密低调，只允许收到邀请的人参加；登基典礼公开张扬，全星际直播，任由所有人观看。

洛兰询问葬礼事宜时，才发现叶玠已经事无巨细地将一切都安排妥当，根本不需要她操心。

从葬礼布置到葬礼流程，甚至参加葬礼的宾客，叶玠都已经通过书面文件详细规定好，由清初负责执行。

洛兰想象不出一个人安排自己葬礼的心情，但她知道叶玠做这些事并不是为自己，而是为了她，避免有人借着葬礼横生枝节，指责为难她。

现在就算有人存心刁难，清初都可以立即拿出叶玠签名的文件表明一切都是叶玠陛下的决定，让所有人闭嘴。

光明堂。

一排排座椅上，坐满了正襟危坐的人。

军人们穿着军装，其他男士穿黑色正装，女士穿不露肩黑裙。

洛兰是叶玠最亲的亲人，按照皇室传统，头上披着黑纱，胸前簪了白花。

林楼将军作为皇帝的部下和好友发表悼词。

"……我知道，很多人都把陛下被奥丁联邦俘虏的事视作陛下一生的污点，仇视他的政客经常用此事攻击诋毁他，爱戴他的人就总是避而不谈。作为亲眼见证陛下被俘过程的人，今日我想当众讲述一遍当时的经过。"

所有参加葬礼的人本以为是歌功颂德的陈腔老调，没有想到还能听到当年的秘闻，全部竖起耳朵，聚精会神地倾听。

"因为两艘星际太空母舰的爆炸，整个公主星地动山摇。火山爆发、洪水泛滥，就像是世界末日。我们的战舰被爆炸残片击毁，不得不四处逃生。我和几个战友身陷泥石流中，必死无疑。没有想到生死关头，陛下竟然不顾危险地冲过来，将我们一个个从泥石流中救起，扔到救生船上。最后，我们活了下来，陛下自己却错失撤退时机，不幸被奥丁联邦捉住。"

林楼将军想起往事，眼眶发红，声音发颤："那场战争，我们都竭尽全力了，因为没有赢，我们也很难过抱歉，但是可对天地、无愧于心！战争后，所有人都在赞颂我哥哥林榭将军，却把怒火撒向陛下，明明陛下做了和我哥哥一样的事。这么多年，陛下一直沉默，从不为自己辩驳，一人背负下所有骂名，将所有功劳和荣耀给了我们……"

林楼将军声音哽咽，难以继续。

一个肩章上有两颗金星的将军站起来，红着眼眶大声说："我就是当时被陛下从泥石流中救出来的人。"

他的话音刚落，几个身穿军服的人也陆陆续续站起来大声说："我也是！"

林楼将军尽力控制住情绪，含着泪说："在我们眼里，英仙叶玠，不仅是一个英勇睿智的君王，还是一个孝顺的儿子，一个可靠的兄长，一个可信的朋友，可惜天妒英才，陛下壮志未成、英年早逝。"

林楼转身，面朝灵柩，抬手敬礼。

所有军人不约而同，齐刷刷地站起，对着棺柩敬军礼。

有的官员跟着站起，默哀致敬。陆陆续续，站起来的人越来越多，到最后整个光明堂的人都站了起来。

　　主持葬礼的皇室长者发现这个自发的默哀仪式根本不在葬礼流程上，惊了一下后平静下来，索性临时增加一个流程，一起默哀一分钟。

　　默哀结束后，悠扬悲伤的音乐响起。

　　人们一个个上前献花，然后从侧门依次离去。

　　洛兰静静地坐着，看着叶玠的遗像。

　　遗像中的叶玠剑眉星目、意气风发，似乎随时都会走过来，笑嘻嘻地拽起她的手。

　　洛兰悲痛地低下头，不是天妒英才、英年早逝，而是她的错……

　　"殿下。"清初的声音突然响起。

　　洛兰抬头。

　　清初指指洛兰身旁的座位，询问："可以吗？"

　　洛兰点点头。

　　清初坐到洛兰身旁，凝视着叶玠的遗像，唇畔含着一丝淡淡的笑，平静地说："陛下亲手安排了自己的葬礼。"

　　洛兰问："我哥哥……什么心情？"

　　"陛下在安排自己的后事时，害怕的不是死亡，而是害怕殿下不能平安归来、继承皇位，他的一切安排都没有机会实施。现在，陛下所有的苦心安排都一一实现，他走得了无遗憾。既然陛下无憾，殿下又何必耿耿于怀，让陛下生憾呢？"

　　洛兰看着叶玠的遗像，沉默了一瞬，问："你什么时候到哥哥身边的？"

　　"陛下回来后不久，叫我来询问殿下在奥丁联邦的事，知道我失业，还没找到工作，就让我留在长安宫工作。"

　　叶玠留清初在身边工作，除了爱屋及乌外，应该还因为清初在奥丁联邦生活了十多年，相对阿尔帝国的其他人而言，对异种的偏见最少，最能包容异种基因。

　　当洛兰一个人在无人星球上挣扎求生时，叶玠也在为生存挣扎。

　　他身为阿尔帝国的皇帝，却携带异种基因，肉体和心灵都要承受煎熬折磨。

不知道清初如何知道了叶玠的秘密，也许是叶玠告诉她的，也许是她偶然撞破的，反正几十年来，清初是唯一和叶玠分担秘密、承受压力，陪伴、守护在他身边的人。

洛兰想到，漫漫黑夜里，叶玠不是孤单一个人，清初一直默默站在他身后，对清初感激地说："谢谢！"

清初摇摇头，"是我要谢谢陛下和殿下。"

她只是一个资质普通的女人，本来应该平淡乏味地走完一生，可因缘际会，洛兰替她打开了一扇窗户，叶玠给了她整个世界。

林坚献完花，走到洛兰身畔，低声说："殿下，人已经都离开了。"

洛兰拢了拢黑纱，站起来说："回去吧！"叶玠不需要她在已经安排好的葬礼上悲痛难过，他需要她去做那些他已经没有机会安排完成的事。

林坚送洛兰回到叶玠生前居住的官邸，从今以后，这里会是洛兰的官邸。

林楼将军、闵公明将军等军队里的几个高级将领已经等在议事厅，悄声低语着什么。

洛兰一走进去，几个将军都立即站起，等洛兰坐下后，才又纷纷落座。

洛兰切实地感受到叶玠的影响力，哥哥人虽然走了，可对她的庇护依旧无处不在。

闵公明说："明天是登基典礼，事务繁多，不想占用殿下太多时间，我长话短说，不知道殿下对帝国元帅的人选有什么想法？"

洛兰说："我哥哥应该已经和你们交流过元帅的人选。"

"是，陛下和我们交流过，希望林坚出任，但不知道殿下的意思。"

"同意。登基典礼后，我会立即签名。"

确认事情没有意外的变故，一屋子人都轻松下来。

林楼说："如果林坚出任帝国元帅，皇室护卫军的军长，殿下有想要的人选吗？"

洛兰说："请林坚将军推荐吧！"

林楼看向林坚，本来以为他会婉言推辞，没想到向来老成稳重、谨慎周到的林坚居然没有避嫌，坦然大方地说："副军长谭孜遥可以出任。"

洛兰爽快地接纳了建议："就他吧！"

一屋子老狐狸交换了个意味深长的眼神，觉得完全没自己什么事，纷纷起身告辞。

等所有人走后，林坚说："陛下不喜欢有人跟进跟出，一直没有安排贴身警卫，但陛下是2A级体能，自己就是体能高手，能够自保。"

洛兰说："我也不喜欢有人跟进跟出。"

林坚耐心地说服："殿下的体能很好，但最好还是安排几个贴身警卫，我已经仔细挑选过，保证忠心可靠。"

洛兰知道林坚是按规矩办事，但她真的不想一举一动都有人看着，想了想说："外出时任由你们安排，但在官邸里，我已经有贴身保镖，不需要再安排警卫。"

"谁？"

"小角。"

林坚想起昨晚无意中撞到的一幕，洛兰连开了三枪，小角却只中了一枪，的确身手不弱。

洛兰说："小角身手高、智商低，我和他朝夕相处十多年，经历过很多次危机，这世上没有任何一个人能比他对我更忠心。"

林坚不知道昨晚洛兰为什么会突然对小角开枪，但小角能毫不反抗，并且把枪抵在自己心口，心甘情愿地受死，估计任何一个贴身警卫都做不到这点。

"小角的体能是……"

"A级，但因为他是异种，有速度异能、听觉异能、力量异能，堪比2A级，一般的A级体能者都打不过他。"

林坚看洛兰很坚持，不想太违逆她的意思，"好吧！就让小角暂时担任殿下的贴身警卫，如果有任何不妥，我们再商量调整。"

清晨。

光明堂。

和煦的阳光从透明的天顶洒下，映照在空荡荡的长方形大厅中，一排排咖啡色的座椅笼罩在融融暖光中。

两侧墙壁上，悬挂着英仙皇室历代皇帝的全息肖像图。

洛兰站在长长的甬道中间，安静地盯着一块空白的墙壁。

林坚沉默地站在她身后。

过了一会儿，英仙叶玠的肖像渐渐浮现在墙壁上，洛兰走到肖像图前细看。

大部分皇帝的肖像图都是他们登基那一日，头戴皇冠、身着华丽冕服的肖像，可叶玠根本没有举办登基典礼，没有这样的照片。他为自己挑选的是一张穿着军装的照片，还不是阿尔帝国的军装，而是龙血兵团的军装。

他成为兵团团长龙头那日，洛兰为他拍摄下的照片。

洛兰不禁笑了笑，对跟在她身后的林坚说："想到有朝一日，我的肖像也会出现在这里，和叶玠并肩而立，突然觉得自己得打起精神好好干。否则，这座光明堂很有可能会被奥丁联邦摧毁，我们就没有并肩而立的机会了。"

林坚知道她根本不是真的在和他交流，懂事地保持沉默。

洛兰盯着叶玠的肖像又看了一会儿，转过身对林坚说："走吧，登基典礼快开始了。"

一个小时后。

光明堂内，已经座无虚席，半空中都是密密麻麻的媒体直播镜头。

各个星球时间不同，有的是白天，有的是黑夜，但整个星际，无论人类，还是异种，都在收看阿尔帝国女皇的登基大典。

因为这个女人不但决定着阿尔帝国的命运，还有可能决定着人类和异种的命运。

所有人都想知道，她在对待异种方面，是会像叶玠一样强硬，还是会稍微软化；她对待奥丁联邦是敌对，还是议和。

星网上流传着各种各样的流言蜚语。

真假公主的剪辑视频再次疯传。

各大媒体铺天盖地地传播着皇室晚宴上洛兰横眉怒目的照片——她身体前倾，一手紧搂着昏迷的叶玠，挡住别人接近，一手护在叶玠的头部，防止记者拍照。整个人横眉怒目、凶神恶煞般，叶玠为她精心打造的刚柔并济的形象荡然无存。

小阿尔的媒体质问大阿尔："你们真的确定她是一位公主？"极尽所能地嘲讽洛兰仪态丑陋，完全就是个假公主。

洛兰在奥丁联邦唯一一次公开露面的视频也被有心人翻出来，成为全星际点击播放率最高的视频。

那时候，洛兰还是骆寻，在参加约瑟将军和假洛兰公主的遗体转交仪式时，发表了明显倾向异种的言论。

当年，她就引起很多人的谩骂攻击。如今，她身份特殊，更是引发了疯狂的指责和质疑。

虽然有人为洛兰辩解"公主在做间谍，为了掩藏身份，当然要帮异种说话了"，但依旧有人指责阿尔帝国在撒谎，英仙洛兰不是人类的战士，而是背叛人类的叛徒。

因为巨大的争议，英仙洛兰的登基典礼不是英仙皇室历史上最盛大的登基仪式，却是英仙皇室历史上最受关注的登基仪式。

随着登基仪式开始，光明堂内的气氛越发庄重肃穆。

两队皇室护卫军身穿笔挺的礼服，脚踏锃亮的军靴，站在甬道两侧。

甬道尽头，一个女人出现。

她身材高挑、目光坚毅，穿着黑色的长裙，一步步走向皇位。

所有人都站起来，目不转睛地盯着她，想要从她脸上窥测出一丝天机。

但是，她脸上无悲无喜，无忧惧也无希冀。

她只是平静地走向她既定的命运。

洛兰站定在加冕的皇座前，从容地转身，面朝所有人坐下。

按照古老的礼仪，一位德高望重的皇室长者从两位皇家侍从举着的金色托盘里拿起璀璨沉重的皇冠为洛兰戴上。

林楼将军拿起象征帝国权力的金色权杖，双手捧着，交给洛兰。

白发苍苍的阿尔帝国大法官拿起寓意行使帝国权力的皇印，交给洛兰。

洛兰头戴皇冠，左手握权杖，右手握皇印，真正成为阿尔帝国的皇帝。

礼炮齐鸣，所有人欢呼喝彩，自始至终，洛兰的表情没有丝毫变化。

人们猜不透，她到底是因为大智大勇才不惧重任、不忧未来，还是因为缺智少慧才不懂得畏惧担忧。

等鼓掌欢呼声结束，洛兰按照惯例，发表她作为女皇的第一次公开讲话。

洛兰的目光从众人和镜头前扫过，淡然地说：

"头戴皇冠，手握权杖，站在这里，不是我想要的命运！

"我曾经坚信我会站在诸位中间，像你们看着我一样看着哥哥，但是，他已经离开，只能由我去完成他没有完成的遗愿。

"在阿尔帝国，即使小学生也知道，阿丽卡塔星属于阿尔帝国，是阿尔帝国星图中的一颗星球。阿尔帝国允许异种在上面生存，没有允许他们独立建国，可是七百年前，异种悍然发动战争，把阿丽卡塔星据为己有。七百年后的今天，我宣布，阿丽卡塔星一定会再次回到阿尔帝国的星图中。"

听到洛兰远超人们预期的强硬表态，光明堂内的大部分人都松了口气，质疑她心向异种的人也松了口气，雷鸣般的欢呼掌声响起。

因为英仙叶玠生病，蛰伏四十多年的阿尔帝国再次以强硬的姿态站在了人类面前。

从光明堂到皇宫外的广场上，从奥米尼斯星到人类聚居的各个星球，到处都是人群在激动地欢呼。

…………

茫茫太空。

一艘大型私人探险飞船无声无息地飞翔在无人星域。

船长尤利塞斯是近十年来声名鹊起的探险家，发现了不少高价值矿藏和奇特物种，他的探险队和他们装备精良的幸运号探险飞船名扬星际，成为星际探险者的传奇和梦想。

曾经的十一位老队员现在都在飞船上担任要职，独当一面，除了在会议室，很难私下聚齐，现在却齐聚一堂收看阿尔帝国皇帝的登基典礼。

萨拉查摸摸脑袋，感慨地说："现在我们的神秘资助人变成女皇陛下了。"

"我觉得……"薇拉指着全息屏幕上的英仙洛兰，"她才是我们最杰出的探险发现。"

众人哄然大笑。

泽维尔打开香槟，为每个人倒酒。

尤利塞斯举起酒杯，说："为女皇干杯！"

"为女皇干杯！"众人开心地齐声大叫。

曲云星。

艾米儿表情诡异地盯着全息屏幕上的英仙洛兰。

从知道辛洛就是阿尔帝国皇位第一顺位继承人时，她就觉得一切像做梦，事情匪夷所思到荒谬无稽。

她看不懂这个女人，完全看不懂这个女人！

虽然她早知道辛洛是个变态，可是英仙洛兰不仅是变态，还是疯子！

她竟然想要收回阿丽卡塔星，把奥丁星域重新绘制进阿尔帝国的星图，她把奥丁联邦当成死的吗？

她自己冒充异种，随身带着一个异种，认识的人是异种，却立志要消灭异种？！

妈的，英仙洛兰是精神分裂症患者吗？

艾斯号飞船。

清越和红鸠盯着看似熟悉、实际完全陌生的英仙洛兰，满面不敢置信。

"我不相信！"清越眼中泪光闪烁，"她给我讲五十步笑百步的故事，说异种和我们一样，要我尝试着融入阿丽卡塔、喜欢阿丽卡塔，现在她却认为阿丽卡塔不应该存在！"

红鸠手放在清越的肩上，柔声安慰："她不是我认识的骆寻，也不是你认识的洛兰公主，她是阿尔帝国的女皇。"

清越扑到他怀里，失声痛哭起来。

如果阿尔帝国要彻底把奥丁联邦从星际中抹杀，红鸠他们即使不认可执政官楚墨，也不可能背弃奥丁联邦，只要开战，他们肯定会回到奥丁联邦，为保卫联邦而战。

到时候，她该怎么办？

一边是血脉相连的家园故国，一边是情之所系的恋人朋友，两方决一死战时，她该如何选择？

阿丽卡塔星，斯拜达宫。

执政官的官邸内，灯火通明。

楚墨、左丘白、棕离，三人各坐一个沙发，沉默地看着阿尔帝国女皇的登基大典。

楚墨笑着说："最终证明棕离的判断正确，殷南昭聪明一世，最终却在一个女人手里栽了跟头。"

左丘白淡淡地说："真可惜他没有向你学习。"

楚墨像是完全没听出左丘白的暗讽，笑容不变地说："女皇陛下多年不在阿尔帝国，完全没有根基，虽然有叶玠的余荫庇护，但护得了一时，护不了一世。我倒是好奇，连英仙叶玠都做不到的事，她要怎么做到。"

棕离冷冷地说："当年英仙叶玠做不到，是因为他的对手是殷南昭。"

楚墨温和地问："你想再要一个克隆人来保护阿尔帝国？"

棕离立即闭嘴。

楚墨坦然地说："我的确没有战场经验，但英仙洛兰也没有。如果开战，我会做好执政官应该做的事。"

棕离不满地盯着左丘白："指挥官阁下，阿尔帝国的女皇已经宣战，你怎么一点反应都没有？"

左丘白表情淡然，"这最多算是挑衅，难道你让我挑衅回去？对不起，我丢不起那个脸。"说完，左丘白直接站起来离开了。

"喂！你站住——"棕离气得大叫。

楚墨无奈地安抚："这事的确还轮不到左丘白处理，交给紫姗吧！"

左丘白走到会客厅外，和紫姗迎面相遇。

他微微欠身致意，紫姗礼貌地笑笑，两人沉默地擦肩而过。

登基典礼结束后，洛兰以女皇的名义，在会议室签署了第一份文件——委任林坚为阿尔帝国元帅。

所有人都很满意。

按照叶玠的计划，下一步应该是收复蓝茵星、统一小阿尔。

只要洛兰按部就班地完成这件事，不但会慢慢了解、掌控阿尔帝国这台庞大复杂的机器，还会有耀眼的政绩，建立起自己的执政基础。

林楼将军和闵公明将军一直在谈论如何收复小阿尔，洛兰只是沉默地聆听。

等开完会，已经天色全黑。

洛兰下意识地要离开皇宫回家，却发现她已经是这个皇宫的主人，从今往后都要住在这里。

她明白了，为什么刚回来时，叶玠没有立即要她搬进皇宫。因为将来她要住一辈子，有的是时间。

洛兰站在办公楼外，迟迟未动。

林坚送完林楼和闵公明几位将军，反身回来，看到夜幕笼罩的办公楼前，洛兰一个人怔怔地站着。灯光从一扇扇窗户透出，柔和地倾泻在她的肩头。

林坚走到她面前，"陛下？"

洛兰回过神来，"你怎么还没离开？"

"陛下不是也没离开吗？我送您回去。"

"你已经是元帅。"

"不是陛下的警卫官就不能护送陛下了吗？"

洛兰瞥了眼林坚，一言不发地往前走去。

林坚默默地跟随在她身旁。

走到官邸前，洛兰停住脚步，看着眼前的三层高的建筑物。

虽然昨天她就在这里休息，但因为早上是葬礼，中午开了几个会，之后就一直忙着准备登基典礼，最后倦极而睡，这里更像一个工作地点，她还没有真正意识到这会是她以后一生的家。

洛兰突然转身，说："邵逸心还在宫外，我去接他过来。"

小角这几天一直随她待在宫里，紫宴却被她完全忘记了，幸好他的伤已经没有大碍，只是昏迷未醒。

一瞬后，林坚才反应过来是那个一直昏迷在医疗舱里的奴隶。

"我让警卫送医疗舱过来。"

"不用，我自己去。"

林坚明白了，洛兰不过是找个借口回去。

十多分钟后，飞车停在洛兰家的屋顶停车坪上。

林坚善解人意，没有随行，体贴地说："我在车里等着，陛下有事时叫我，不用着急。"

洛兰收下了他的好意，"谢谢。"

洛兰走进屋子，脱去鞋子，疲惫地坐在楼梯上。

身上依旧穿着加冕时的黑色长裙，摘下皇冠，放下权杖和皇印，其实就是一条美丽的裙子。

屋子里没有开灯，月光从窗户洒落进客厅，温柔如水的皎洁光芒笼罩着陈旧熟悉的家具。

曾经在这个屋子里生活过的四个人，只剩下她一个了。

洛兰歪靠着墙壁，轻声哼唱起记忆中的歌曲。

灯光摇曳，花香袭人。

爸爸在弹琴，妈妈在唱歌，叶玠带着她跳舞。

笑语声不绝于耳。

…………

洛兰提着裙摆，缓缓走下楼梯，就好像前面有位男士正在弯身邀请她跳舞。

她将手放在他的掌心，脚步轻旋，随着他在客厅里翩翩起舞。

月光下，洛兰赤着脚，一边柔声哼唱，一边蹁跹舞动。

空荡荡的客厅里，除了她，只有月色在她指间缭绕，影子在她脚边徘徊。

一曲完毕。

她站定，弯下身子，对着空气屈膝致谢。

叶玠，这支舞你陪我跳完了。

我不说对不起，你也不要说对不起，因为我们是家人！

洛兰身子将起未起时，忽然觉得不对劲。她正要回身，一个人已经从背后扑过来，一手掐着她的脖子，一手捂住她的嘴巴。

洛兰抓住他的手腕，一个过肩摔，想要将对方摔到地上。

对方临空翻转，仅有的一只脚狠狠踹在洛兰腹部，将她也带翻到地上。

洛兰抬脚要踢，紫宴已经就地一滚，整个身子压到她身上。

他一只腿锁住她的双腿，一只手重重压向她的手腕，正好是被小角捏碎的那只手腕，伤还没有好，依旧戴着固定护腕。

被紫宴狠狠一击，骤然间剧痛，洛兰刚刚抬起的上身倒下去，紫宴另一只手趁机锁住她的咽喉。

两人脸对着脸，咫尺间鼻息相闻。

洛兰挣扎着想要摆脱禁锢，紫宴再次狠狠砸了下洛兰受伤的手腕，她痛得脸色惨白，全身骤然失力。

洛兰喘着粗气，讥讽："别太用力，小心剩下的两颗心罢工。"

紫宴的鼻息也格外沉重，眉峰轻扬，笑着说："放心，掐死你的力气还有。"

洛兰满脸讥嘲："被一群街头小混混欺辱的时候怎么没这么威风？哦，好像是我救了你！"

"不是你刺我一刀，我需要你救？"

"可惜没刺死你。"

紫宴重重捏住洛兰的脖子，洛兰说不出来话。

紫宴放开了一点，"这是哪里？"

洛兰不说话。

紫宴抓着洛兰受伤的手腕狠狠砸到地上，还未长好的腕骨再次断裂。

洛兰脸色发白，倒抽着冷气说："奥米尼斯。"

紫宴的表情倒是没有多意外，"竟然真的在阿尔帝国。"

"看来你不是刚刚醒来。"

"送你回来的男人为什么叫你陛下？"

"原来我进屋前你就在偷听。"

"英仙叶玠是不是死了？"

洛兰扬手，甩了紫宴一巴掌。

紫宴抓住她唯一能动的手，眼中杀机渐浓，"既然你没有研究出治愈基因异变的药剂，那就没有活着的价值了。"

洛兰挣扎着想要摆脱他的钳制，可始终没有成功。

紫宴掐着她脖子的力量越来越大。

洛兰呼吸艰难。因为缺氧，眼前的一切都变得模糊不清。

模模糊糊中，她看到紫宴脸色发青、眼神哀痛，似乎他才是那个即将窒息而亡的人。

突然，紫宴的手开始颤抖，力气时断时续，显然心脏病突发了。

洛兰猛地抬起上半身，用头狠狠撞了紫宴的脸一下，撞得他鼻血直流。

她趁机一个翻转，将紫宴压到地上。

洛兰讥嘲地笑，声音嘶哑难听："看来你的心还舍不得我死呢！"

紫宴强撑着，挥拳击向洛兰的太阳穴。

洛兰侧头避开的同时，狠狠给了他的脸一拳。

"咣当"一声，小角破窗而入。

林坚也听到动静，从二楼的楼道急奔过来。

"不用你们管！"

洛兰骑在紫宴身上，抡起拳头就揍。

每一拳都狠狠砸到紫宴脸上，骨头和肉相撞的声音清晰可闻。

不过一会儿，紫宴就被打得眼睛乌青、嘴巴肿起，满脸青青紫紫，完全看不出本来模样。

小角似乎早已经习惯洛兰的狠辣，袖手旁观，十分淡定。

林坚却是百闻不如一见，看得眼睛发直。

紫宴一动不动地瘫在地上，只有手脚在不停抽搐。

洛兰站起来。

因为受伤的一只手一动就痛，半边身子僵硬，姿势十分怪异。林坚下意识想扶她，却被她冷淡地推开。

小角拿了医药箱，递给洛兰。

洛兰取出两支药剂，用嘴咬掉注射器的盖子，把药剂注射到紫宴体内。

她的手搭在紫宴脖颈上。

等到紫宴心跳恢复正常、手脚不再抽搐后，她才开始处理自己的伤口。

小角蹲在她身前，帮她把断裂的手腕再次接好，用接骨仪器固定住。

两个人自始至终没有说过一句话，却一抬眼、一低头就知道对方想要什么，默契得像是已经在一起生活了一辈子。

林坚发现自己完全插不上手，只能呆看着。

包扎好手腕，小角盯着洛兰的额头，"血。"

洛兰不在意地抹了下额头，"不是我的。"

小角看紫宴，"邵逸心？"

林坚终于能插上话："这个奴隶意图攻击主人，应该处死。"

"他是我的人，我会处理。"

洛兰盯着紫宴，紫宴直勾勾地盯着小角，似乎想穿透他的面具看清楚他的脸。

"带上邵逸心，我们回去。"

洛兰转身向屋外走去。

小角扛起紫宴，跟在洛兰身后，"我们不住这里吗？"

"以后要住在皇宫。"

"这里不是洛洛的家吗？"

洛兰回头看了眼熟悉的屋子，面无表情地说："我已经再也回不去了。"

小角似懂非懂，没有再问。

林坚打开飞车门。

洛兰坐到前座，小角把紫宴扔到后座，自己也钻进后座。

林坚开着飞车，送洛兰回女皇官邸。

不到十分钟，飞车降落。

洛兰下车后，对林坚说："今天辛苦你了。"

"我没什么，陛下才是真的辛苦了，早点休息。"

洛兰走在前面，小角扛起紫宴，跟在后面。

林坚站在车旁，目送着他们，突然扬声说："陛下，你还欠我一支舞。"

洛兰回头看了林坚一眼，什么都没说地走进屋子。

会客厅。

小角把紫宴放到椅子上，刚要起身，紫宴突然伸手，想要摘下他的面具。

小角敏捷地躲开他的手，迅速后退，站到洛兰身旁。

紫宴盯着小角，眼中满是急切期待，"他是不是辰……"

洛兰打断了他的话："小角是变回了人，但不是你期待的那个人。他是小角，我的奴隶。"

紫宴冷笑。

就算小角记忆丢失、智商不高，可体能卓绝，是这个星际间最强悍的男人，并不是任人拿捏的软柿子。

洛兰拉着小角转过身，把衣领往下拉，露出后脖子上的奴印。

紫宴愤怒地盯着绯红的奴印，"你又花言巧语地骗了他？"

洛兰胳膊搭在小角肩头，身子半倚着他，轻佻地摸摸小角脖子上的印记，"告诉这位'少一心'先生，你是不是自愿当我的奴隶？"

小角转过头，认真地看着紫宴，"我愿意。"

"你根本不知道什么是奴隶！"

"我知道，我是只属于洛洛的私人财产。"

紫宴痛心疾首。

洛兰不怀好意地笑："你醒来后，还没照过镜子吧？"

紫宴盯着洛兰，心中有了不好的预感。

洛兰敲敲个人终端，一个屏幕出现在紫宴面前，里面映出他的头像。他下意识地看向脖子，左耳根下方是一枚红色的奴印。

洛兰笑得像是个奸计得逞的恶魔，"你也是我的奴隶。"

紫宴气得胸口都痛，怒吼："英仙洛兰！"

"我知道你不愿意，但我喜欢的就是你不愿意。如果每个奴隶都像小角这样温驯，就没意思了。"

"你真是个变态！"

洛兰毫不示弱："恭喜你成了变态的玩物。"

嘀嘀。

洛兰的个人终端突然响起蜂鸣音，来讯显示是林坚。

洛兰接通了音讯。

"什么事？"

"奥丁联邦正在开新闻发布会。"

"知道了。"

洛兰打开新闻频道，一个穿着黑色职业套装，头发一丝不苟地盘在脑后，打扮得精致美丽的女子正在讲话。

"……奥丁联邦是得到星际人类联盟承认的合法星国。当年的停战协议上，不但有奥丁联邦首任执政官的签名，还有阿尔帝国皇帝的签名。阿尔帝国的女皇陛下竟然无视协议，信口开河地说阿丽卡塔星属于阿尔帝国，不但无视奥丁联邦是主权独立的星国，还完全不尊重英仙皇室……"

洛兰觉得女子的面孔似曾相识，看了眼屏幕下方的字幕，才想起来她是谁。

紫姗，奥丁联邦信息安全部部长。

三十多年前，和楚墨订婚，成为执政官的未婚妻。

当年，紫宴被定为叛国罪名、"死"在飞船爆炸事故中后，紫姗接管了紫宴的势力。楚墨为了方便掌控，索性把紫姗变成自己的女人。

洛兰赞许地鼓掌，满面笑意地看着紫宴。

"你养大的女人倒是没有辜负你的姓氏，已经是楚墨的得力帮手。"

紫宴眼神晦涩，沉默不言。

那个热情冲动的少女已经变成了一个逻辑缜密、言辞犀利、独当一面的女人了。

"陛下。"清初敲敲门，走进来，目不斜视，就好像完全没看到紫宴和小角，"林楼将军和闵公明将军请求视频通话。"

"接进来吧！"

清初将视频投影到洛兰面前。

会议室内，坐着十几个人，有穿着军服的林坚元帅、林楼将军、闵公明将军，还有现任总理库勒。

林楼将军神情严肃，"陛下看阿尔帝国的新闻了吗？"

"看了。"

"必须赶在事情发酵前尽快处理。否则邵茄公主那边会抓住这事大做文章，内阁也会攻击陛下，我们正在开会商议对策……"

洛兰截断了他的话："星际人类联盟承认的奥丁联邦是携带异种基因的人类建立的星国，不是会异变成野兽的异种。让异种先证明自己还是人类，再来谈协议是否合法吧！"

会议室里的人全傻了，呆呆地看着面色淡定、眼神冷漠的洛兰。

所有人都认为，刚登基的女皇贪功冒进、说错了话，却不知道她早已设好局，就等着奥丁联邦反驳。

会议室里的人终于意识到，女皇陛下的野心比叶玠陛下更大，叶玠陛下只是想征服奥丁联邦，洛兰陛下却是要从根本上粉碎奥丁联邦存在的合法性，让他们在星际中无法立足。

洛兰看他们没有问题，关掉了视频。

紫宴冷冷地盯着洛兰。

洛兰一脸漠然："阿尔帝国应该有不少人对你的脸印象深刻，小角那里有面具，不想死的话以后就把面具戴上。"

她带着小角朝楼上走去，紫宴的声音突然在身后响起："英仙洛兰，如果异种不是人，你曾经爱过的千旭算什么？"

洛兰停住脚步，淡然地回过身，居高临下地看着紫宴。

"你不是一直很清楚吗？我是你想掐死的英仙洛兰，不是那个送你培养箱的骆寻。请不要把那个白痴女人做的蠢事拿到我面前来问为什么，我怎么知道屎壳郎为什么非要往粪堆里钻？"

紫宴一言不发。

洛兰走了几步又停下，回过身，唇畔含着一抹讥讽的笑，"哦，对了，那个培养箱我帮你带回来了，在你的房间里放着。"

紫宴目光死寂。

洛兰冲他笑了笑，"晚安，我的奴隶！"

Chapter 2

褪色的记忆

不管发生什么，他都不会抛下她，不会留下她独自一人。

他想陪着她，一直陪着她，直到她心里的伤口全部愈合。

议政厅。

一个中年男子正在慷慨激昂地陈述他的观点。

洛兰昏昏欲睡，静音模式的个人终端突然振动几下，她才陡然清醒了一点。

来讯显示上没有名字，信息是从她之前在曲云星用的个人终端上自动转发过来的。

"找到阿晟和封小莞了，人已经平安带回曲云星。"

是艾米儿的消息，她应该已经知道辛洛的真实身份，这条信息里暗藏着疏离和试探。

洛兰没有回复，关闭信息框，看向正在说话的议员。

已经持续了三个小时，议员们依旧高谈阔论着不应该对奥丁联邦宣战的各种理由。

洛兰只是试探性地提了一下，结果就引来滔滔不绝的长篇大论。

大部分人都觉得阿尔帝国的当务之急是解决小阿尔的问题，只有理顺内政，才能谈外事；只有极少部分人觉得应该先对奥丁联邦宣战，先解决人类和异种的问题。

洛兰现在才明白治理一个星国和管理一个雇佣兵团完全不可同日而语。

尤其是她这种没有根基，也没有威望的皇帝，简直每一个大一点的决定都会遭遇重重质疑和阻挠，更何况是一场伤筋动骨的星际战争。

会议结束后，洛兰离开议政厅。

她没有乘坐代步的飞车，沿着林荫大道慢慢走着。

阿尔帝国的所有部门各司其职、相互制约，想要做成一件事，必须取得大多数人的支持，而如何得到大多数人的支持就是政治了。

虽然还没有投票表决，但毫无疑问，绝大部分人都不支持现在开战。

叶玠当时步步为营，占尽天时地利人和，才因势利导地发动了战争。

和叶玠相比，她在军队中没有基础，在民众中没有威望，想获得大多数人的支持只有两条路——要么慢慢建立根基和声望，要么走捷径。

叶玠为了稳妥，把两条路都给她铺好了。

按照他的计划，她应该先花几年或十几年时间，把小阿尔的问题解决了，既可以统一阿尔帝国，提升威望，又可以趁机建立自己的根基。

等有了一定基础，再考虑对奥丁联邦宣战的问题。

只要一步步来，总能成功。

但是，叶玠不知道曲云星上的事。

每次想到楚天清的那个地下实验室，洛兰就隐隐不安。

她一回来就碰上叶玠的生命已经在倒计时，就没有告诉叶玠这件事。

当年，洛兰把楚天清想成了一个利欲熏心的卑鄙小人，没有多想实验室的事，可从叶玠口中知道楚天清所做的一切并不是为了争权夺利，而是高瞻远瞩地意识到异种的繁衍危机，才做了很多疯狂的事。

如果从楚天清的实验室里泄露的一点残渣，就让她一个A级体能者高烧生病，会不会楚天清研究的东西专门针对人类基因？

如果安教授选择的路是异种基因和人类基因融合，异种与人类和平共处，那么楚天清选择的路有没有可能是强化异种基因、清除人类，与安教授截然相反？

人类觉得异种是人类进化的错误，应该被修正清除，可也许在楚天清眼里，普通基因的人类早已经在进化中落后，应该被淘汰清除。

从实验室炸毁到现在已经过去四十多年，楚墨有没有继续楚天清的研究？

洛兰站在众眇门上，眺望着远处。

一栋栋屋宇连绵起伏，直到天际。

星际列车的轨道犹如巨龙穿梭盘绕在城市上空。

看似平凡普通的景致却随时有可能化为灰烬。

一瞬间，洛兰做了决定——

楚墨这只魔鬼，不是他们兄妹放出来的，但他们曾与魔鬼合作，或多或少让魔鬼变得更强大了。不管付出什么代价，她都要把楚墨封回瓶子，再把瓶子砸成碎末。

林坚走到观景台上，看到洛兰凭栏而立，独自观景。

"陛下，可以单独说几句话吗？"

洛兰回身看了眼一直随在她身后的警卫，示意他们可以退下。

林坚走到她身旁，和她并肩而立，"陛下想立即开战？"

"是！"

"时机还不成熟。"

"因为我威望不足，既不能让民众信服，也没有办法让军队服从。"

"是。"

洛兰侧身倚在栏杆上，看着林坚，"听说你的口碑非常好，被称为'零差评男人'。"

林坚以拳掩嘴，笑着咳嗽了一声，"因为我是林榭将军的儿子，民众移情厚爱而已。"

"太谦虚了。"

洛兰很清楚有一位异常优秀的父亲或母亲意味着什么。

众人会对你的期望远远高于普通人，看你的目光格外苛刻。表现优秀是正常，因为你是某某的女儿。必须要表现得非常优秀，才有可能让大家觉得你不愧是某某的女儿。林坚的父亲是万人敬仰的英雄，林坚在父亲的光环下，依旧能让大家交口称赞，绝对付出了常人难以想象的努力。

林坚看洛兰一直目光灼灼地盯着他，像是一只蓄势待发的豹子盯着志在必得的猎物，不禁微微红了脸，"陛下！"

洛兰终于把赤裸裸的目光收敛了几分，"你家的厨子外借吗？"

"……不外借。"

"如果今晚我想吃他做的菜，应该怎么办？"

"……去我家。"

"还有其他客人吗？"

"没有。"

"你邀请单身的女皇去你家和你单独共进晚餐？"

林坚虽然脸色发红，却迎着洛兰的视线，没有丝毫避让："是！"

洛兰一言不发地转身，径直走向升降梯，打算离去。

林坚以为洛兰生气了，着急紧张地叫："陛下！"

洛兰回过头，"我去换件衣服。元帅阁下，晚上见。"

林坚少年老成，向来喜怒不形于色，骤然间由惊转喜，竟然像是少年人一般傻笑起来。

洛兰回到女皇官邸。

四周静悄悄，只有两个机器人在花园里打理花草。

洛兰问清初："小角和邵逸心呢？"

"在游戏室。"

洛兰点了下控制面板，游戏室的监控画面出现。

小角戴着白狐面具，正在专心致志地打《星际争霸》游戏，四周星辰闪耀。

紫宴坐在轮椅上，看着小角玩游戏。

他脸上戴着一张浅紫色的面具。

造型华丽，像是凤尾蝶展开的翅膀，两只蝶翼一直延伸到鬓角，把耳朵都遮盖住。眼睛四周和脸颊上勾勒着色彩艳丽的彩色花纹，一颗颗细小的钻石和珍珠像是散落的星辰般参差错落地点缀其上，让每一道花纹都散发着妖冶的光芒。

洛兰无语。

真是个妖孽！让他戴上面具是为了不引人注目，他倒好，竟然连面具都美得艳光四射。

洛兰问："哪里来的面具？"

清初说："邵逸心嫌弃小角的面具不好看，他自己画的图，我让人制作的。"

洛兰看向清初，她曾在斯拜达宫住了十年，对辰砂和紫宴都很熟悉。

清初似乎猜到洛兰在想什么，平静地说："我是皇帝的管家，只忠于皇帝。"

洛兰收回目光。不管清初察觉到什么,她都会守口如瓶。

洛兰关闭监控视频,对清初吩咐:"帮我准备裙子,我要出去吃晚餐。"

"什么样的晚餐?陛下有指定的样式吗?"

洛兰言简意赅:"和一个男人的晚餐,男人喜欢的样式。"

清初愣了一愣,说:"明白了。"

洛兰冲完澡,裹着浴袍走出来。

清初已经准备好衣服,一排架子上挂着长裙,一排架子上挂着中短裙。

小角兴冲冲地推门进来,问:"晚上吃什么?我和你一起做饭。"

清初留意到小角压根儿没敲门,可洛兰没有任何不悦,显然,两个人都已经习惯这样的相处方式。

洛兰的手指从不同颜色、不同款式的衣服上滑过。

"我晚上要出去吃饭。你想吃什么告诉厨子,我哥哥的御用厨子,做得不会比我差。"

"我也要和你一起出去吃饭。"

"不行。我有正事,不能带你。"

小角沉默了一瞬,说:"我等你回来一起吃水果。"

洛兰漫不经心地答应:"好。"

小角安静地看着她挑选衣服。几十件衣裙,只是为了吃一顿饭?对方一定很重要吧!

洛兰看向小角,"还有事吗?"

小角摇摇头,一言不发地离开了。

洛兰实在懒得再花心思,问:"你的建议是什么?"

清初拿起一条深V露背长裙。

洛兰摇摇头,"我穿不了。"

"肯定适合,陛下的背部曲线很漂亮。"

洛兰懒得废话，直接转身，拽下浴袍给清初看。

清初震惊地愣住。

从肩胛骨下一直到腰臀部满是狰狞的陈年旧伤。陛下表现得太云淡风轻，每次说起她在无人星球上的经历都轻描淡写，几句话带过，似乎三十年弹指一挥间，可这些伤痕清楚地表明那段日子多么艰难。

洛兰把浴袍重新披好。

清初回过神来，"抱歉！"

她急忙把手里的深V露背长裙放回衣架上，拿了一条水晶蓝的吊带抹胸小礼服。

洛兰接过，去更衣室里换好衣服。

清初帮她选好搭配的首饰和鞋子。

洛兰梳妆打扮完，在警卫的陪同下，去林坚家吃晚餐。

洛兰乘坐的飞车降落时，林坚已经等在门口。

警卫帮洛兰打开车门，洛兰下车的一瞬，林坚眼前一亮。

微卷的短发，水晶蓝的吊带抹胸小礼裙，耳上和腕上戴着简单的宝石花首饰，整个人利落又妩媚。

林坚弯身，吻了下洛兰的手背。

"欢迎！"

洛兰看着林家的宅邸，脸上露出一丝回忆的微笑，"我小时候来过你家玩，不过当时你还没出生。"

林坚叹了口气，"你是我的童年阴影。"

洛兰不解地看他。

"小时候不管我学会什么，我爸总会打击地说'洛兰这么大时，早已经会什么什么了'，我一直在被你碾压。"

洛兰笑了笑，坦然地接受了林坚变相的恭维。

花园里，烛光摇曳。

一张不大的餐桌，铺着洁白的桌布，摆着两套精美的餐具。

桌上的水晶瓶里插着洛兰小时候最喜欢的白色百合花，颜色皎洁、香气馥郁。洛兰随手拨弄了一下，虽然她现在已经不喜欢了，不过林坚的确花了心思。

林坚帮洛兰拉开椅子，等洛兰坐好后，他才坐到对面。

因为桌子不大，两人距离很近，能看到对方眼睛中映出的摇曳烛光。

侍者开始一道道上菜。

两人一边吃饭，一边闲聊。

洛兰实在不擅长和人聊天，经常不知道该说什么。

幸好林坚总是主动提起话题，一直没有让气氛冷场。

"……去奥丁联邦做间谍前，你在哪里？"

"有时候在龙血兵团，有时候在别的星球。"

"做什么？"

"基因研究，帮人做手术，还有一些杂七杂八的行动。"

林坚发现，洛兰不管说起什么，都很平淡寻常，似乎真的没什么，可是叶珩给他看的资料不是这样。

这个女人长期披着盔甲作战，已经和盔甲融为一体。如果不是因为她有所图，只怕连这些话都不会说。

林坚喝了口酒，直白地说："你刚刚登基，真的不适合立即对外宣战。而且，最近奥丁联邦没有做任何事，我们突然宣战，师出无名。"

洛兰终于抬起头，正眼看着他："所以，我需要你的帮助。"

"说服我！"

"距离上一次星际大战已经四十多年过去，你不觉得奥丁联邦太安静了吗？"

"上一次是两败俱伤，两国都需要休养生息。"

"楚天清有一个秘密实验室，在研制针对人类的基因武器。我担心等奥丁联邦准备好，对我们宣战时，就会是毁灭性的战争。"

"证据？"

"我追查到一些蛛丝马迹，但没有搜集到证据，都是我的推测。"

"你觉得这样能说服军部和内阁吗？"

"不能。"

林坚看着洛兰，洛兰也看着林坚。

林坚自嘲地笑了笑，"但是，你说服了我。"

洛兰伸出手，"谢谢！"

林坚和她握了握手，洛兰要抽回手时，他却没有放，"一旦宣战，我将要为你死战。"

洛兰平静地问："你要什么？"

"你。"

"成交。"

林坚无奈，"能换个词吗？"至少听起来不要那么像交易。

"好？"洛兰完全不解风情。

林坚轻轻吻了下她的手背，放开她的手。

"我送陛下回去。"林坚站起来。

洛兰有点意外，本来以为还有饭后活动。

"你不是说我欠了你一支舞吗？"

"不着急，来日方长。"

下午在议政厅开会时，林坚看到她困得打瞌睡。虽然会议是很冗长无聊，可这段时间她也的确缺觉少眠。

林坚送洛兰回到女皇官邸。

洛兰下飞车时，林坚也跟着走下飞车。

"明天见。"洛兰说完就要走。

林坚叫住她，"你就这么走了？"

洛兰疑惑地看着他。

林坚走到她面前，"你今天晚上已经接受我的求婚，我们已经是未婚夫妻。"

洛兰无奈，像是看着一个要糖吃的小弟弟，"你想怎么样？吻别？"她爽快地仰起脸，一副完全配合的样子。

林坚拥住她，想要吻她的唇，可她的眼睛太过清醒冷静，似乎超脱于红尘之外，波澜不兴。最终，他只是在她脸颊上亲了下，"晚安，早点休息。"

"晚安。"

洛兰说完，头也不回地走进屋子。

林坚暗暗叹了口气。

忽然间，他感觉到什么，抬头看向楼上——小角站在玻璃窗旁，身躯笔直如剑，冷冷地盯着他。

只是一个奴隶而已！林坚淡然地收回目光，进了飞车。

洛兰走进卧室，还没有来得及让智脑开灯，一个人突然从黑暗中蹿出，把她扑倒在地，压到她身上。

洛兰心中一惊，正要拔枪，看到是小角，又放松下来。

她推推他，"别闹了，我很累，想睡觉。"

小角却更加用力地压住她，在她脸颊、脖子上嗅来嗅去、蹭来蹭去，似乎急切地寻求着什么。

洛兰拍他的头，"放开我！"

小角不但不听，反而变本加厉，把她牢牢地抱在怀里，像是怕她会不翼而飞、消失不见。

洛兰忙了一天，已经疲惫不堪，小角却莫名其妙地闹个不停，她一下子被激怒了，又推又打，连踢带蹬，想要从小角身下挣脱。

小角想到刚才从窗户里看到的一幕，喉咙里发出愤怒的呜呜。他双腿缠住洛兰的腿，阻止她乱踹，一手将洛兰的两只手压在她的头顶，几乎不费吹灰之力就将洛兰束缚得完全动不了。

洛兰不明白小角在发什么疯："你究竟想干什么？"

小角悲伤愤怒地瞪着洛兰。

他胸膛里好像有一把锋利的刀在一下下扎他的心，又好像有熊熊烈火在焚烧着他的心，他很痛苦、很煎熬，却自己也不知道自己究竟想要什么。

激烈的情绪像是澎湃的海潮，翻涌在胸膛内，无处可去，越积越多，像是要把他撑破、炸成碎末。

他昂头嘶吼，猛地低头，狠狠一口咬在洛兰裸露的肩膀上。

洛兰痛得惨叫。

她不明白，小角的眼睛没有变红，身体也没有任何异变症状，为什么会突然兽性大发。

小角重重地啃咬，像是要把洛兰嚼碎了，吃进自己身体里，又像是要把自己揉碎了，融进洛兰身体里。

洛兰拼命挣扎，小角紧缠不放。

两人激烈的肢体纠缠中，鲜血淋漓。

小角的鼻端、唇齿间，全是洛兰的味道。

似乎有什么东西冲破重重迷雾、层层屏障，从心里直冲到大脑，轰然一声炸开，幻化成亿万星辰，照亮他的大脑。

小角抬起头，怔怔地看着洛兰。

他眼前清晰地浮现出一幅画面，就像是突然看到另一个时空的自己和洛兰——

她黑发披垂，眉目柔和，穿着白色的长裙子，手里拿着一束捧花，看上去紧张不安，但笑得十分甜美。

他站在她身边，穿着一袭军装，上身是镶嵌着金色肩章和绶带的红色军服，下身是笔挺的黑色军裤，一直面无表情、眼神冷漠，像是很不情愿和洛兰站在一起。

洛兰啪地甩了小角一巴掌。

"你现在没有异变也要吃人吗？"

小角回过神来，茫然地看着洛兰雪白肩膀上血淋淋的伤口。

他咬的？

刚才究竟发生了什么？

好像出现了幻觉，看到一个不像洛兰的洛兰和一个不像他的他。

小角抱歉地低下头，用舌头温柔地舔舐她的伤口。

洛兰狠狠一脚踹开他，"我是人！"有药剂可以喷，不需要野兽的疗伤方式。

洛兰起身去找药。

灯亮的一瞬，她才看到紫宴单腿站在门口，冷眼看着她和小角，也不知道他究竟在那里站了多久。

洛兰一身狼狈，凶巴巴地问："看什么看？没看过人打架吗？"

紫宴一言不发。

洛兰走进卫生间，对着镜子查看伤口，发现小角咬得还挺深。

她脸色铁青地拿出消毒水，把伤口清洗干净，拿了一片止血带贴在伤口上。

洛兰把染血的裙子脱下，擦去脸上和身上的血迹，换了件干净的家居服。

洛兰走出卫生间，看到小角站在屋子正中间，满身忐忑不安，似乎连手脚都不知道该放在哪里。

紫宴依旧淡漠地立在门口，一副冷眼看戏的样子。

洛兰盯着小角，觉得自己是自作自受。

明知道小角是头猛兽，却把他豢养在家里。他整天无所事事，精力无处发泄，自然会乱咬乱抓。还有紫宴，这种妖孽如果反噬，可不会只在她肩膀上咬一口。

洛兰坐到沙发上，对紫宴说："我们需要谈一谈。"

小角立即坐到她对面，十分配合的样子。

紫宴依旧靠墙而立，不言不语。

洛兰对紫宴心平气和地说："楚墨已经知道你还活着，正在全星际追杀你。他不可能任由你活着，整个星际能保障你安全的人只有我。"

紫宴淡笑："你是建议，我为了不被虎吃，就来投靠你这只狼吗？"

洛兰靠着沙发，长腿交叠，双臂搭在沙发背上，笑看着紫宴："你又不是羊，怕什么狼呢？"

紫宴讥讽地笑笑，没有吭声。

洛兰说："我在准备对奥丁联邦宣战。"

紫宴漠不关心："你不会指望我们帮你吧？"

"楚墨和左丘白是我们共同的敌人。"

"我们和你也不是朋友。"

"可以先合作干掉他们，我们再翻脸。"

"如果我不同意呢？"

洛兰抬起手，在脖子前划过，做了个割喉的动作。

紫宴眯着桃花眼笑，头微微抬起，指指自己的脖子，示意她随便割。

洛兰打开个人终端。

阿晟、封小莞、红鸠、猎鹰、独眼蜂……他们的头像一一出现在屏幕上。

紫宴的目光骤然变得犀利。

洛兰悠然地说："阿晟和封小莞在曲云星上。还有红鸠他们的走私船，别告诉我你不知道他们在哪里。"

紫宴逃到啤梨多星肯定不是毫无因由，应该是清楚艾斯号的走私航线，想搭乘他们的飞船前往下一个落脚点，只是没想到自己会突然发病，被一帮地痞劫走。

"你想怎么样？"紫宴眼神森寒。

洛兰笑吟吟地点击虚拟屏幕，人像消失，屋子中央出现曲云星和艾斯号太空飞船。

她弹弹手指，曲云星轰然炸毁。

她又弹弹手指，艾斯号轰然炸毁。

紫宴眼神阴寒地盯着她。

洛兰一脸漠然："我可没打算自己动手。只要让楚墨知道他们的存在，即使我不毁灭曲云星，楚墨也会毁灭；即使我不炸毁艾斯号，楚墨也会炸毁。"

紫宴从不敢低估这个女人的狠毒，但她总能比他估计的更狠毒。

用一个星球和一整艘飞船的人命来威胁他，要么合作，要么死，没有第三种选择。

紫宴只能妥协，无奈地问："我已经是残废，能帮你做什么？"

"看上去紫姗继承了你的爵位，接管了你的势力，可你连心都比别人多准备了两颗，怎么可能不给自己留后手？"

紫宴一言不发，没有否认。

洛兰说："我需要你的情报。作为回报，我会保障曲云星和艾斯号的安全，当然，还有你的安全。"

紫宴盯了一眼专注聆听的小角，说："好。"

洛兰很清楚，和紫宴合作无异于与虎谋皮，他随时有可能把她生吞活剥了，但事有轻重缓急，必须要弄清楚奥丁联邦和楚墨的动向。很多情报，除了同为异种的紫宴，没有任何一个阿尔帝国的特工能探查到。

"晚安。"洛兰抬抬手，示意紫宴可以消失。

紫宴看向小角，小角一直目不转睛地盯着洛兰，似乎他的世界除了洛兰，再容不下其他。

　　紫宴心中难受，黯然地转身离开。

　　洛兰沉默地瞅着小角，眉头紧蹙。

　　小角想到她肩膀上的伤口，又忐忑又难受，把自己的脖子凑到洛兰面前，"你也咬我一口吧！"

　　洛兰推了他一下，冷着脸说："咬一口怎么能解气？我想把你的心挖出来。"

　　"可以。"小角开始解衣服扣子。

　　洛兰知道他是认真的，急忙拽住他，没好气地说："白痴！我又不吃人，要你的心干吗？"

　　小角茫然地看着洛兰。

　　洛兰展颜一笑，不再刁难他："我想到个办法，保证你不会再闷到四处咬人。"

　　小角讷讷地为自己辩解："我不会咬别人，我只……只……咬你。"

　　洛兰哭笑不得："你什么意思？我应该感激你对我的特殊照顾吗？"

　　小角急忙摇头。

　　洛兰疲倦地叹口气，站起来拍拍他的头，"去睡觉吧！明天我会带你去一个好玩的地方。"

　　小角没有受到预想的惩罚，稀里糊涂回到自己房间。

　　身为洛兰的贴身警卫，他的卧室就在洛兰隔壁，有一个暗门和洛兰的房间相通。

　　小角更喜欢打地铺睡在洛兰床畔，但洛兰坚持他必须住自己的房间。小角已经约略明白一些人情世故，只能接受。

　　他平躺在床上，听到洛兰几乎头一挨枕头就沉入睡乡。

　　她的呼吸平稳悠长，像是某种安心宁神的乐曲。

　　小角专注地聆听着，渐渐地，在洛兰的呼吸声中，他也迷迷糊糊睡了过去。

　　…………

恢宏的礼堂内。

香花似海、乐声悠扬。

他和洛兰并肩而立，正在宣誓，举行婚礼。

他一袭军装，上身是镶嵌着金色肩章和绶带的红色军服，下身是黑色军裤，站得笔挺，眼中满是不耐烦，一脸冷漠。

洛兰穿着白色的婚纱，手里拿着一束新娘捧花，眉目柔和，眼神紧张不安，却努力地笑着，唇角弯着可爱的弧度。

婚礼十分冷清，宾客只有寥寥几位，壁垒分明地各站两侧。每个人都严肃地板着脸，没有一丝喜悦，像是对峙的两方。

自始至终，他面无表情、一言不发，像一座冰山一样浑身散发着冷气；洛兰笑容甜美，透着小心讨好，亦步亦趋地跟随着他，似乎生怕自己做错什么，惹来他的厌烦。

仪式刚结束，他就不耐烦地转身，大步往前走。

洛兰急急忙忙地去追他，却因为裙摆太长，被绊了一下，整个人朝地上扑去。

…………

太空港。

他穿着军服，坐在一辆飞车里。

洛兰穿着一件小礼裙，急急忙忙地快步走过来，眼中满是抱歉，脸上满是讨好的笑。

他却面色冰冷，眼神不悦。

洛兰走到飞车前，正要上车。

他冷冷地说："请公主记住，我不会等你。"

突然间，车门关闭。飞车拔地而起，呼啸离去。

洛兰仰起头，呆呆地看着飞车，眼神中满是难堪无措，却依旧微笑着。

…………

飞船里。

他一袭军服，肃容端坐在座位上。

监控屏幕上，洛兰拼了命地朝着飞船狂奔过来，一边跑，一边大叫"等等我"。

他的听力非常好，明明听得一清二楚，但是，依旧毫不留情地下令：

"起飞。"

飞船拔地而起。

警卫嗫嚅地提醒："夫人还没……"

他冷声纠正："公主！"

警卫知道他心里根本没有认可洛兰的夫人身份，不敢再多言。

飞船渐渐远去，监控屏幕里的女子变得越来越小。

楼宇环绕中，空荡荡的大地上，只有她一个人，佝偻着身子，低垂着头。

孤零零的身影，满是无助难过，像是被整个世界都遗弃了。

…………

小角猛地睁开眼睛坐起来。

他怔怔发了一瞬呆，跳下床，冲到洛兰房间，看到她安稳地睡在床上，剧烈的心跳才渐渐平复。

幸好！只是一个噩梦！

小角舍不得离开，坐在床畔的地板上，安静地凝视着洛兰。

夜深人静，噩梦的刺激，让他回想起很多年前，当他还是一只野兽时的事情。

洛兰性格冷漠，脾气乖戾，几乎出口就伤人。

但也许因为他不会说话，自己从来不用语言表达，也就从来不像人一样用语言去判断一个人。

他只用自己的心去感受，透过表象看到本质。

她嘴里骂着他，手下却分外温柔，帮他仔细地拔出扎进背上的金属刺。

她对阿晟和封小莞冷言冷语，却不允许任何人欺负他们，会惩治麦克、莉莉，也会为他们出头去找曲云星的总理艾米儿。

她会因为他身体疼痛，特意停止实验，却丝毫不肯让他领情，一定要说是因为自己累了。

她会一边恶狠狠地恐吓他，一边不睡觉地调配各种治疗伤口的药剂。

…………

因为他智力低下，她做的事情，他都看不懂。

但她的喜怒哀乐，他都明白。

洛兰看上去非常坚强，可实际上她的心一直沉浸在悲伤中。

他不知道她在悲伤什么，但他知道，她一定经历过很多很多不好的事情，就像她背上的恐怖伤疤，她心上一定有更加恐怖的伤疤。

他很心疼她，却什么都不会做，但至少，永远的忠诚、永远的陪伴他能做到。

小角轻轻握住洛兰搭在床畔的手。

他一定不会让梦里那样的事情发生。不管发生什么，他都不会抛下她，不会留下她独自一人。

他想陪着她，一直陪着她，直到她心里的伤口全部愈合。

洛兰突然睁开眼睛。

两人目光相触，在黑暗中交融。

小角问："我吵醒了你？"

"不是，恰好醒了。"洛兰鼻音很重，声音十分喑哑，"怎么不睡觉？"

"我做了个梦。"

"什么梦？"

小角摇摇头，不肯说。

洛兰没有继续追问，"我也做了个梦。"她眼神迷蒙，语气怅然，和白天的犀利截然不同。

"什么梦？"

"梦到我小时候的事。爸爸的好朋友林榭叔叔结婚，我和哥哥去做花童。婚宴上，爸爸为大家弹奏舞曲时假公济私，弹奏了他和妈妈的定情曲。爸爸是皇室王子，整天吃喝玩乐，过得很恣意，妈妈是雇佣兵，每天出生入死，活得一丝不苟。两人的身份性格都天差地别，分分合合好几次，却始终放不下对方，最后妈妈为了和爸爸在一起，放弃一切，隐姓埋名地嫁进英仙皇室。"

洛兰眯着眼睛，神情怔怔的，似乎还在回想梦境。

小角问："你爸爸和妈妈幸福吗？"

"幸福！虽然认识我爸爸的人想不通风流倜傥的爸爸怎么会娶了无趣

的妈妈，认识我妈妈的人想不通能干厉害的妈妈怎么会嫁给没用的爸爸，可其实，看似天差地别的两个人是天造地设的一对。只不过……"洛兰突然住口，把后面"情深不寿"的话都吞了回去。

"只不过什么？"

洛兰微笑着说："没什么。大概晚上去了林榭叔叔的家，旧地重游，所以夜深忽梦少年事。"

小角虽然不知道下半句是"梦啼妆泪红阑干"，却清楚地感受到她的心情和她脸上的表情截然相反。

洛兰抽出手，拍拍小角，"去睡觉吧！"

她转了个身，闭上眼睛，努力再次进入梦乡。

小角默默离开洛兰的房间。

他在屋子中间怔怔地站了会儿，突然想起什么，匆匆拉开门，快步走下楼，看到落地玻璃窗前的三角钢琴。

他坐到钢琴前，打开琴盖。

刚变成人不久时，他曾经听到洛兰在泉水边哼过一首歌。

那一刻，她的心情就如阳光下的山涧泉水般轻松愉悦。

莫名其妙的直觉，让小角认定洛兰在梦里听到的曲子就是那首曲子。

他无法让她重温梦境里的快乐，但至少可以让她重温梦境里的歌。

小角双手搭在琴键上，开始弹奏那首曲子。

洛兰正在努力入睡，熟悉的乐曲声传来。

她徐徐睁开眼睛，屏息静气地聆听，就好像稍不留神就会惊醒一个好不容易才来的美梦。

一会儿后，她轻手轻脚地下床，走出房间，循着乐曲的声音，走到楼梯口。

居高临下地望去——

月光如水，穿窗而入。

皎洁的光芒笼罩着窗前的小角。

他坐在钢琴前，正在专心致志地弹琴。

弹奏技法和她幼时听过的不同，琴曲里倾诉的感情却和她幼时感受到的一模一样。

　　这首歌的歌词其实有点悲伤，她不明白为什么爸妈会用它做定情曲。

　　爸爸把她抱在膝头，一边弹奏，一边告诉她，体会过悲伤，才会更珍惜幸福啊！

　　这首歌在爸爸的演绎下总是洒脱又快乐。

　　这点连叶玠都做不到，毕竟琴为心声，爸爸是弹奏给自己历经波折、最终完满的爱情，叶玠却是感伤怀念旧日时光。

　　洛兰眼眶发酸，几欲落泪，浑身失力地软坐在楼梯上。

　　熟悉的乐曲声中，她忍不住跟着琴曲低声哼唱，就像当年妈妈常常做的一样。

　　…………

　　是否当最后一朵玫瑰凋零

　　你才会停止追逐远方

　　发现已经错过最美的花期

　　是否当最后一片雪花消逝

　　你才会停止抱怨寒冷

　　发现已经错过冬日的美丽

　　是否只有流着泪离开后

　　才会想起岁月褪色的记忆

　　是否只有在永远失去后

　　才会想起还没有好好珍惜

　　…………

Chapter 3

为你而战

我属于你，是你的奴隶，只为你而战！

早上九点。

阿尔帝国英仙皇室召开新闻发布会，宣布女皇陛下和元帅阁下订婚。

皇室对外办公室放出了几张洛兰去林坚家共进晚餐的照片，虽然照片上没有什么亲密动作，可看女皇和元帅的装扮，就知道他们两人不是在谈公事。

随着官方消息的公布，各种小道消息也满天飞。

相比洛兰的争议不断、负面新闻缠身，林坚可以说是毫无瑕疵的国民好先生。

从林楙将军阵亡，他第一次出现在媒体镜头下就表现得稳重得体，让所有人交口称赞。

对女皇陛下的婚事，媒体还有所顾忌，星网上的普通民众就没有那么多避讳了，几乎恶评如潮，一面倒地攻击女皇利用元帅的温柔善良，促成婚事。

"女皇不就是很善于利用自己的婚姻吗？当年做间谍时，可是嫁过恶心的异种。"

"本世纪最励志的故事，癞蛤蟆想吃天鹅肉怎么办？只要癞蛤蟆当上女皇，就能成功。"

还有人仿照洛兰和林坚共进晚餐的照片，合成出邵茄公主和林坚元帅一起用餐的照片。

"是不是这样才顺眼多了？真的是公主和王子，而不是邪恶女巫和受诅咒的王子。"

…………

清初按照惯例，把整理好的每日新闻汇报给洛兰。

洛兰听到自己被叫作邪恶女巫，不在意地一笑而过。

清初担忧地分析："这种形势下，陛下如果执意对奥丁联邦宣战，会对陛下很不利，不如按照叶玠陛下的安排，先收复小阿尔，统一阿尔帝国，再考虑对外战争。"

洛兰盯了眼清初，清初立即闭嘴。

突然，小角门都没敲地冲进办公室，着急地问："邵逸心说你要和林坚元帅结婚？"

洛兰正在签署文件，头也没抬地"嗯"了一声。

小角问："什么是结婚？"

"你不是会用智脑吗？自己去查。"

"我查过了，婚姻就是两个相爱的人缔结法律关系，让他们的亲密关系被社会认可。"

"既然知道还问什么？"

"你爱林坚吗？"

洛兰被小角逗乐了，抬起头，好笑地看着小角。

从清晨到现在，已经有无数人来问过她和林坚订婚的事，各种担心忧虑，却没有一个人问她爱不爱林坚。大概所有人都认定，在她这个位置上，男女之爱已经是最无关紧要的小事，无须在意。

小角固执地又问了一遍："你爱林坚吗？"

洛兰温和地说："我爱阿尔帝国，爱人类。"

"你不爱林坚！"

"我和林坚的情况特殊，我们都爱阿尔帝国就够了。"

小角在梦境里听到"结婚"的字眼，不知道什么意思，就上星网查询"什么是结婚"，出现了很多视频和图片。

他发现梦境中洛洛穿的那种白色长裙叫婚纱，是举行婚礼的时候新娘穿的衣服。

他不明白为什么会梦到自己和洛洛举行婚礼，但突然明白了自己想要什么——他爱洛洛，他想要和洛洛结婚，永远在一起。

当他告诉邵逸心这个想法时，邵逸心满面讥嘲、大笑不止，笑得连眼泪都差点掉下来。

小角很恼火，不明白邵逸心究竟在笑什么。邵逸心让他看今天的新闻，又让他去星网上查询异种和人类。

小角浏览完所有网页，明白了邵逸心的意思。

异种和人类是死敌，但他和洛洛不是敌对关系，异种和人类的关系不适用于他和洛洛。

小角期待地看着洛兰，"你和我是什么关系？"

洛兰歪着脑袋，用电子笔敲敲头，"皇帝和奴隶的关系。"

小角闪身绕过办公桌，站到洛兰身旁。

他拽着洛兰的办公椅，把洛兰转向他，双手撑在椅子的扶手上，上半身前倾，严肃地盯着洛兰："我愿意只属于你，可你也要只属于我。"

洛兰的视线扫向清初，清初立即带着机器人秘书迅速离开。

洛兰双手推了下小角，没有推开。

她无奈地说："小角，你不属于我，我也不属于你。我是皇帝，一辈子都不会改变，但你的奴隶身份只是暂时的，方便你留在奥米尼斯。如果有一天，你想离开，我会送你离开。"

"我不想离开！"小角误解了洛兰的意思，眼中满是悲伤，声音都有点轻颤："你希望我离开？因为你要和林坚结婚？"

洛兰头疼，不知道紫宴究竟和小角说了什么，居然让小角这么纠结她结婚的事。

"我结不结婚和你压根儿没有关系，我也没希望你离开！"

小角满眼希冀地盯着洛兰："你希望我留下？留在你的身边？"

"当然！"

谁会不希望有一个4A级体能的保镖？尤其是这个保镖简单、忠诚、可靠、强大。只要他在，她完全不用担心任何危险。

小角如释重负，猛地抱住洛兰，头轻轻地在洛兰耳边和脸颊边挨蹭，用他唯一知道的央求方式，卑微地请求："不要和林坚结婚。"

"为什么？"

"因为……你不爱他。"

小角想说"因为我爱你，我想和你结婚"，还想说他梦到他们结婚了，可是想到邵逸心讥讽地大笑，他终是没有说出口。

他害怕看到洛兰也讥讽地大笑。

洛兰安抚地拍拍小角的背，"我的事不用你操心，不要胡思乱想了。

我知道你在家里待得很无聊，再给我一个小时，等我看完这几份文件，我带你去一个好玩的地方，保证你会喜欢。"

小角想了想，有了新的打算，"我等你。"

一个多小时后。

洛兰走出办公室，看到小角坐在走廊的长椅上，双膝并拢，背脊挺得笔直，手里拿着一个精致小巧的点心盒。

他看到洛兰立即站起来，把点心盒递给洛兰。

因为面具遮挡，洛兰看不到他的表情，直觉上他好像很紧张。

洛兰看了眼四四方方的点心盒，就是皇宫里最普通的点心盒，里面只能装一两块点心。清初知道她不喜欢营养剂，经常会放一大盒在她的卧室和办公室，方便她饿时充饥。

洛兰说："我不饿。"想把点心盒还给小角。

小角讷讷地说："我刚才做的姜饼。前面几块都失败了，就这一块成功了。"

"你做的姜饼？"洛兰十分诧异。因为小角对厨艺既无兴趣，也无天赋，虽然给她打了很多年下手，但也就能做顿早餐，烤面包、煎蛋。

小角没有说话，只是点点头。

洛兰正要打开点心盒，小角挡住她，扭捏地说："你饿的时候再吃，最好是我不在的时候。"

"为什么？"

小角眼神闪烁，不敢正眼看她，"也许做得不好，你觉得很难吃。"

洛兰觉得他古古怪怪，但没有多想，笑摇摇头，把点心盒交给机器人，吩咐它放到她的卧室去。

小角的目光一直尾随着机器人，似乎很不放心，想说什么又不好说的样子。

洛兰拽着他的胳膊往外走，"别看了，饼干不会长着腿跑掉，现在我要带你去一个地方。"

半个小时后。

洛兰的私人飞船到达奥米尼斯军事基地。

飞船着陆，小角却依旧站在舷窗旁，专注地看着外面，眼睛里迸发出异样的光彩——近处是一队队军人，远处是停泊着的各式战舰，空中是起起落落的战机。

洛兰难得地开了个玩笑，"如果不喜欢，我们可以立即回去。"作势欲转身回去。

小角急忙抓住她的手，"洛洛！"

洛兰眨眨眼睛，"骗你的！你口水都流下来了，怎么可能不喜欢？"

小角竟然真的擦了下嘴，"没有，你又骗人。"

洛兰忍俊不禁。

小角拍了一下洛兰的头，"骗子！"

洛兰嘟囔："那么傻，不骗你骗谁？"

清初轻轻咳嗽了一声，提醒："陛下，飞车到了。"

洛兰看舱门已经打开，谭孜遥领着一队警卫等在外面。

她带着小角走下飞船，坐上空陆两用飞车。

小角一直盯着窗户外面看，惊叹地说："比《星际争霸》游戏里面的军事基地还大。"

洛兰微笑，"我记得，游戏里你的军团是第一名。"

"你知道？"小角惊喜。

他在游戏中的军团叫洛洛军团，其实他很希望洛洛能和他一起玩，可洛洛太忙了，每天连睡觉时间都不够。

洛兰坦然地说："你是我的奴隶，你的个人终端在我的智脑监控下，我随时可以查看你的上网记录，当然知道了。"

小角也没觉得有什么不妥，反而很开心洛洛会关心查看他做了什么。

一路行去，小角看得目不转睛。

就好像整个浩瀚苍穹都突然向他打开，那些庞大的战舰、纤巧的战机，如同漫天闪烁的璀璨繁星，向他发出无声的邀请。

下飞车时，小角听到谭孜遥向洛兰汇报："元帅听闻陛下在这里，过一会儿要来。"

他突然明白洛兰为什么要和林坚结婚了。

洛兰不是想要林坚，而是想要这些军队。如果他能拥有比林坚更好的军队，洛兰就不用勉强自己和不爱的人结婚。

小角怔怔地望着眼前宏伟的军事基地。

洛兰停下脚步，回身看他，"小角？"

小角回过神来，快步走到洛兰身边，期待地问："我可以驾驶真的战机吗？"

洛兰瞥了小角一眼，抿着唇笑，"你以为我带你来这里是为什么？只是让你看看吗？"

小角的心急跳。

他已经明白异种和人类敌对，在阿尔帝国，一个异种驾驶战机绝不是一件容易的事，可洛兰就打算这么干了。

"我真的可以驾驶战机？"

"真的，不但可以驾驶战机，将来你想指挥战舰也没有问题。不过……"洛兰的笑容消失，表情很严肃，"你是异种，我是人类，你明白这是什么意思吗？"

"明白，异种和人类敌对，奥丁联邦和阿尔帝国敌对。"

"我是阿尔帝国的皇帝，正在准备对奥丁联邦宣战。你如果为我驾驶战机、指挥战舰，就意味着要和异种作战。你必须考虑清楚。"

小角毫不迟疑地说："我属于你，是你的奴隶，只为你而战！"

洛兰未置一词，淡然地看向前方，眉梢眼角的冷意却淡了几分，唇角微微上翘。

林坚一早上都在应付内阁的质疑，表明他和女皇的婚姻出自本心，绝没有其他目的。

等到中午吃午餐时，林坚才知道阿尔帝国民众对他和女皇婚事的反应比内阁还强烈。

林坚匆匆浏览了一遍网页，肝火上升，简直想骂脏话。

他担心洛兰受到影响，急忙联系清初，看看该怎么安抚洛兰的情绪，没有想到清初说陛下没事。

洛兰像是什么都没有发生一样，去奥米尼斯军事基地视察。

林坚再次意识到他的未婚妻不是一般女人，她经历过太多大风大浪，既有足够的坚强，也有足够的智慧，根本不需要他的保护安抚。

他想了想，告诉谭孜遥，他会赶去陪同陛下视察。

瞭望塔。

360度的环绕观察窗，视野一览无余。

小角穿着黑色的作战服、戴着作战头盔，站在监控屏幕前，全神贯注地看着高空中飞行的战机。

洛兰穿着宝蓝色的半袖及膝裙，戴着一顶同色系的帽子，打扮得庄重优雅，很符合女皇的身份。

她站在小角身后，唇畔含着丝浅笑，看着小角痴迷的样子。

林坚走出升降梯，一眼就看到洛兰。

他走到洛兰身旁，问好："陛下。"

洛兰侧过头，唇畔的笑自然而然地消失，"内阁怎么说？"

"不反对我们的婚事了。"

"我是说打仗。"

"还需要时间。"

"尽快推进。"

"陛下……"林坚欲言又止。

洛兰挑眉，"什么事？"

"您看到星网上的议论了吗？"

"看到了。"洛兰不在意地笑笑，"对你造成了困扰？"

林坚觉得自己的台词被洛兰抢了，不过，这事的确对他造成了困扰，却没有对洛兰造成困扰，"如果陛下不反对，我想发表一个公开声明。"

"随便。"洛兰显然对这个话题没有兴趣。

林坚不明白洛兰为什么会突然跑来军事基地，根据叶玠陛下的介绍，洛兰完全不懂行军打仗，也对此没有什么兴趣。

"陛下来军事基地是有什么事吗？"

洛兰没有正面回答林坚的问题，反而问："你介意我派一个人来基地工作，训练特种战斗兵吗？"

"谁？现在的教官都是阿尔帝国最优秀的军人。"

"小角。"

林坚觉得荒谬，看了眼默不作声的小角。

"他是异种。"

"我知道。我们的敌人也是异种。"

林坚明白了洛兰的意思。因为叶玠陛下也曾反复在他面前说过，想要打败你的敌人，就必须先去了解他们。

林坚想了想，说："我可以给他一次机会。"

停机坪。

林坚穿着作战服、戴着作战头盔，站在两艘战机前。

他对洛兰说："这是叶玠陛下生前私人拨款、投入研制的新型战机，最近刚刚生产出来。我也是第一次驾驶，让小角跟着我飞行一次，只要他能跟上我，我就能放心把我的士兵交给他训练。"

"合情合理的要求。"洛兰同意。

林坚先跳上战机。

洛兰对小角小声叮嘱："跟上林坚的飞行动作就行了，不要引人注目，明白吗？"

"不要输，也不要赢，不能让别人看透我的实力。"

洛兰觉得小角变聪明了，居然可以理解人与人之间复杂微妙的关系。

她笑拍拍小角的肩膀："好好表现，回家后我给你做好吃的。"

洛兰正要转身离开，小角突然问："为什么你觉得我不会输？"

洛兰笑看着他，"你会输吗？"

"不会。"小角看着眼前的战机，觉得无比熟悉，似乎有什么东西正在血液里咆哮着要冲出来。

洛兰冲小角挥挥手，示意他上战机。

小角却没有动，盯着洛兰，小声说："我会很努力，你等等我。"

洛兰不解："等你什么？"

"等我有能力做到你想要林坚做的事，你就可以嫁给你爱的人。"

洛兰既觉得荒谬可笑，又觉得心头柔软地牵动。她笑着叹了口气，转身随警卫离开。小角迟早会明白人性多么复杂，虽然婚姻的释义是"两个相爱的人缔结法律关系"，但那只是一个书面解释。

瞭望塔。

洛兰看着全息监控屏幕上两架战机一前一后起飞。

虽然林坚没有告诉任何人这次飞行的目的，但毕竟是元帅阁下的试飞，又是最受关注的新型战机，消息就像长了翅膀，没几分钟已经传遍整个军事基地。

没有训练任务的人几乎都跑出来围观，连洛兰所在的瞭望台上也站满了闻讯赶来的军官。

谭孜遥看洛兰没有反对的意思，就没有采取任何行动，只是命警卫站在洛兰身后，隔开了其他人。

两架战机不瘟不火地飞行了一会儿。

突然，林坚的战机快速向上拔起，犹如一鹤冲天。

一个军官点评："基本飞行动作。看似简单，可做标准了不容易，元帅的这个动作可以打满分。"

"咦，第二架战机是谁在开？也是个满分动作。"

林坚的战机从快速上升毫无预兆地变成快速下降，像是一只敏捷的海鸥，突然发现猎物，从高空飞掠而下，直击水面。

"满分！满分！"

一连两声惊叹，一声是给林坚，一声是给小角。

林坚的战机变换着各种花样飞行。

V字俯冲提升、360度连续旋转、螺旋形提升……

小角的战机一直严格地跟着他的动作飞行，就像是两辆并驾齐驱的赛车，一直未分胜负。

　　渐渐地，本来的试飞隐隐有了几分较劲的味道。

　　林坚的战机忽然一连串S形摆尾，就像是一条鱼突然发现猎食者，为了甩脱敌人，采用了迷惑动作——看上去要向左，突然转向右；看上去要向右，突然转向左。

　　小角紧随其后，也摆尾飞行。

　　两架战机如同两条鱼儿，在天空中疾速游弋。

　　外行看热闹，内行看门道。

　　洛兰没觉得有什么，瞭望塔里的人却激动了，开始计数。

　　"十、十一……"

　　谭孜遥小声为洛兰解释："摆尾动作是战机飞行中最常见的迷惑动作，只要是战机驾驶人员就会学习。看上去不难，可飞行速度越快，连续摆尾次数越多，难度就会越高。对精微控制力、动作细腻度、力量精确度、体能的要求都极高。一般A级体能者在这样的高速下能完成十次摆尾就已经不错了。"

　　数到十六时，瞭望塔里已经群情激昂。

　　所有军官一块大喊着计数，像是过新年时玩倒计时敲钟。

　　"二十、二十一……"

　　谭孜遥都开始兴奋，激动地说："元帅有希望打破自己的最佳纪录。"

　　两架战机一前一后，做着一模一样的动作。

　　"二十六、二十七、二十八……"

　　林坚已经打破自己的最佳飞行纪录，却没有人顾得上为他欢呼，因为飞行依旧在继续。

　　整个军事基地，关注这次飞行的人都聚精会神地盯着看。

　　"三十、三十一、三十二……"

　　过了三十，计数的人越来越少。很多人紧张得连呼吸都放轻了，似乎生怕自己呼吸重了就会影响到高空中的战机。

　　瞭望塔里，一片落针可闻的寂静。

　　洛兰头疼地揉太阳穴。

　　本来只想让小角混个教官资格，没有想到小角激起了林坚的好胜心，竟然超水平发挥。小角什么都不懂，只知道傻乎乎地跟着照做，却不知道他做到的事情意味着什么。

终于，在连续完成三十八组摆尾后，林坚停止摆尾，小角紧跟着也停止。

瞭望塔里静默了一瞬，响起雷鸣般的鼓掌声，喜悦的欢呼声。

两架战机一前一后降落。

很多士兵围聚在停机坪四周，欢欣鼓舞地高声喝彩鼓掌。

看到洛兰走过来，他们才恭敬地让开一条路。

洛兰急速盘算着怎么办，一时间脑子里一团乱麻，没有想到任何妥帖周到的解释。

战机舱门打开，林坚跳出战机。

四周的士兵激动地高声大喊"元帅"，林坚冲大家笑着挥挥手。

小角却一直呆呆愣愣，坐在战机里没有动。

林坚看了眼洛兰，压下心里的疑惑，非常有风度地走过去，准备把小角介绍给大家。

"快出来，都等着见你呢！"

小角像是什么都没有听到，依旧一动不动。

洛兰叫："小角！"

小角茫然地抬头，看到洛兰，似乎清醒了几分。他跳下战机，还没有站稳，就直挺挺地栽倒，昏厥过去。

洛兰急忙冲过去，查看他的脉搏心脏，发现一切正常，看来昏迷的原因不是身体不适。

林坚关切地问："要叫医生吗？"

"不用，我就是医生。"洛兰念头一转，对林坚说："小角虽然勉强完成了飞行动作，可因为太过勉强，身体受到了伤害。"

林坚心里的疑惑淡了，"伤得厉害吗？"

"不算轻，但没有大碍，放医疗舱里躺两天就行了。"

林坚听到要躺两天，觉得小角的确是太勉强自己，对他的体能不再纠结，叫士兵送小角去医疗室。

洛兰礼貌地拒绝："你打破了之前的飞行纪录，大家都在等着恭贺你，我就不打扰你，先回去了，正好带小角一起走。"

林坚知道他必须去和关心他的长辈朋友们交代一声，只能抱歉地说："那我不送你了。"

"你去忙吧，谭军长会护送我回去。"

洛兰让警卫把小角放到移动床上，带着小角一起离开。

林坚目送着洛兰的背影，心中有一丝怅然。

他刚刚在飞行中体能晋级了，所有人都意识到了，才会那么激动兴奋，等着向他求证，可是他的未婚妻却丝毫没有注意到。

不过，叶玠早已经和他说过，"我的妹妹恐怕不会是个好恋人，但一定会是个好战友"。他想要打败奥丁联邦、为父亲复仇，需要的是战友，不是恋人。

林坚收回目光时，已经一切恢复如常，笑着朝大家走去。

洛兰回到官邸，把昏迷的小角放进医疗舱。

她再次检查小角的身体，确认不是身体的原因导致昏迷，而是精神受到刺激，导致昏迷。

洛兰坐在医疗舱前，沉思地看着小角。

难道是她太激进？只想着时间紧迫，什么都恨不得一蹴而就，忘记了循序渐进。

紫宴的声音突然响起："你又对他做了什么？"

洛兰头也没回地说："现在对付你们，还需要玩阴谋诡计吗？"

紫宴默然。

他们现在是砧板上任人宰割的鱼，的确不需要多费心思。

洛兰的语气中流露出一丝隐隐的担忧："小角驾驶完战机就昏迷了，也许是因为大脑皮层突然接收到太多信息，受到过度刺激。"

紫宴满面震惊、难以置信："你让他驾驶战机？"

"我想让小角帮我训练太空特种战斗兵，如果一切顺利的话，也许将来可以让他成为舰长，指挥军舰作战。"

紫宴哑然。

这个女人是疯子！竟然会让奥丁联邦的前任指挥官去帮她训练士兵，

甚至指望着他带兵去攻打奥丁联邦。她的脑子里究竟长着什么？

洛兰猜到他在想什么，回头盯着他，警告地说："不要把他们混为一谈，小角是小角，辰砂是辰砂。"

紫宴讥讽地冷笑："你祈求小角永远不要恢复记忆吧！"

"紫宴先生，你不用故意刺激我。"洛兰对紫宴指指自己的大脑，"小角不是失忆，是因为长期注射镇静剂，神经元受到不可修复的毁损。丢失的东西还能找回来，可毁坏的东西，没了就是没了！"

洛兰摊摊手，做了个遗憾的表情。

紫宴看着医疗舱里昏迷的小角，眼中满是哀伤。难道真的一点希望都没有了吗？

洛兰回到卧室，冲了个澡。

她披着浴袍出来，去外间倒水喝时，看到清初放在饮料机旁的饼干盒。她突然想起早上小角拿给她的点心，打开了饼干盒。

一盒子五颜六色的小点心盒，根据不同口味，盒子的颜色花纹也不同。

洛兰记得小角拿的是一个玫红色的盒子。她把最上面的三个玫红色的小点心盒都挑出来，一个个打开看。

第一盒是御用厨师做的点心，形状像是一朵含苞待放的花，重重叠叠几层颜色，洛兰觉得挺好看，顺手放进嘴里。

第二盒一看就是小角做的，一块姜黄色的圆饼干，上面用红色的果酱汁绘制着一朵月季花，线条简单，朴实得近乎笨拙。

洛兰笑着摇摇头。

小角在厨艺上真的没有丝毫天分，估计味道也就是勉强能吃。

她拿起饼干，正准备尝尝味道，敲门声响起。

"陛下。"

洛兰把饼干放回点心盒，看向门口。

"请进。"

清初走进来，"陛下，元帅阁下正在发表公开声明，您要看吗？"

"看。"

洛兰把小点心盒放回大饼干盒，走到沙发旁坐下。

清初把视频投影到洛兰面前。

林坚穿着黑色正装、打着领带，面对镜头在讲话。

他从两家父母辈的友情说起。

洛兰的父母结婚时，林坚的父亲是伴郎。林坚的父母结婚时，洛兰是花童。

后来出了一系列变故，洛兰跟随母亲离开奥米尼斯星，搬去蓝茵星定居。

林坚并没有见过洛兰，可因为林坚的父亲每隔两三年就会去蓝茵星探望洛兰一家，总会不停地在林坚耳边提起洛兰，以至他从很小就知道洛兰的一切。

她喜欢吃什么、喜欢做什么……可以说，他们是一种另类的青梅竹马。

对他而言，洛兰公主美丽、聪慧、坚强、独立、强大、可靠，像是天空中最亮的星星，是他从小一直仰慕的人。

现在，他终于鼓足勇气才敢追求她，洛兰能答应他的求婚，他非常开心。

林坚特意把星网上疯传的那张洛兰的丑照拿了出来。

"你们看这张照片时，看到的是凶狠丑陋；我看这张照片时，看到的是可靠安心。我是军人，我知道我的职责是什么，也从不畏惧为自己的职责牺牲，但我也是人，也会软弱害怕。我希望，如果有一天我受伤倒下时，能像叶玠陛下一样幸运，有一个女人抱住我，用自己的凶悍守护住我。"

最后，他语重心长地说："星际局势动荡不安，战争随时有可能爆发，请每个人扪心自问，我们需要的是一位温柔的需要我们保护的女皇，还是一位强悍的来保护我们的女皇？"

洛兰关掉视频，对林坚的溢美之词，未置一词。

清初把最新的民意调查发送给洛兰。

"数据显示，林坚元帅发表公开声明后，陛下的支持率陡然上升，对陛下想做的事有利。"

"帮我送一个花篮和一张感谢卡给林坚元帅。"

洛兰觉得政治真是有意思。

先哲教导人们，看一个人要看他没有说的是什么，而不是看他说了什么，政治却恰恰相反，难怪叶玠要给她搭配一个会说话的丈夫。

清初温和地建议："与其送花篮和感谢卡，不如送一份贺礼，恭喜元帅体能晋级。"

洛兰愣了愣，反应过来。

"今天刚晋级？"

"在和小角的战机试飞中。"

难怪军事基地里的军人那么激动兴奋，当然不可能只为了一个飞行纪录，是她大意了。

洛兰赞许地看着清初："难怪哥哥对你信任有加，不仅仅是忠诚，还有你本身的能力。"

清初垂下眼眸，掩去了眼内的哀伤，唇畔依旧保持着恰到好处的职业性微笑。

半夜。

紫宴辗转反侧，迟迟不能入睡。

他觉得胸闷气短，吩咐智脑打开窗户、拉开窗帘，让户外的新鲜空气流入室内。

夜色深沉、万籁俱寂。

皎洁的月色，从窗户洒落，给屋子里的所有家具镀上薄薄一层霜色。

靠窗的桌上摆放着一个白色的培养箱，里面没有栽种任何东西，空空的一个白盆，月色映照下，像是玉石雕成。

紫宴坐起身，拿起培养箱，手指在底座上无意识地轻轻摩挲。

那枚东西究竟应不应该拿出来？殷南昭说合适的时机，可到底什么是合适的时机？

四十多年了！

当年的记忆还栩栩如生、历历在目，可他已经在星际颠沛流离四十余载。

曾经朝夕相处、一起长大的朋友，封林、百里苍死了，辰砂傻了，楚墨、左丘白、棕离成了敌人，而他变成了残废。

　　身为奥丁联邦的前信息安全部部长，他竟然答应了阿尔帝国的皇帝去刺探奥丁联邦的信息。

　　四十多年前，如果有人告诉他，有一天他会泄露奥丁联邦的机密信息给阿尔帝国的皇帝，他一定会觉得对方疯了。

　　现在他却清醒地做着这些疯狂的事。

　　真像是一场荒诞离奇的大梦，只是不知道梦的尽头究竟在哪里。

　　轻微的异响声传来，紫宴立即把培养箱放回桌上，若无其事地靠床坐好。

　　门打开，小角出现在门口。

　　不知是终年少见阳光，还是身体依旧不舒服，他脸色惨白，眼神看上去十分迷惘凄凉，就像是刚刚从一个漫长的美梦中惊醒。梦醒后，发现竟然樵柯烂尽、人事全非，一切和梦境中截然相反。

　　紫宴温和地问："怎么没戴面具？"

　　虽然他自己也没戴面具，但他知道自己身份特殊，懂得回避危险，小角却傻乎乎，压根儿不明白他的脸在阿尔帝国意味着什么。

　　小角没有回答，目光从紫宴的脸上落到他的断腿上，定定看着，就像是不明白为什么他一觉睡醒后，明明双腿健全的人却变成了残废。

　　皎洁的月光下，小角的身影看上去陌生又熟悉。

　　紫宴的心跳骤然加速，目不转睛地盯着他："你是谁？"

　　清晨。

　　洛兰起床后，去查看小角，发现医疗舱空着。

　　她吓了一跳，急忙去找他，发现他在厨房。

　　小角戴着一个铂金色的半面面具，穿着白色的厨师围裙，正在烤面包、煎鸡蛋，准备早餐。

　　洛兰问："什么时候醒来的？"

　　"半夜。"小角倒了一杯洛兰喜欢的热茶，递给她，"早上好。"

洛兰接过热茶，坐在餐台前，"有没有哪里不舒服？"

"没有。"

"昨天为什么会晕倒？"

"不知道。"小角的眼神中满是困惑，似乎自己也不明白，"驾驶战机的时候，脑子里突然浮现出很多和战机有关的画面，就好像以前飞行过很多次，觉得特别累，然后我就什么都不知道了。"

洛兰昨天就是这么估计的。

应该像他以前看到战舰时一样，脑子里会自然而然地浮现出战舰的构造图，只不过这次人正在高强度飞行中，没有时间慢慢消化突然涌出的大量信息，大脑就罢工了。

洛兰抿了口热茶，问："你还想驾驶战机吗？"

"想！"小角眼巴巴地看着洛兰，似乎生怕她不带他去了。

洛兰笑，"我和林坚说了你需要休息两天。你先乖乖待在家里休息，明天我带你去军事基地。不过，可不是让你去玩的，是让你去当教官，训练士兵。"

"好。"小角把一碟烤好的面包放到洛兰面前。

洛兰咬了一口，满意地点点头，两只眼睛愉悦地眯成月牙形状，"好吃！"

小角静静地看着她。

洛兰疑惑地抬起头，"怎么了？"

小角摇摇头，低头拿起一块面包，咬了一大口。

洛兰看着他的新面具，"怎么不戴以前的动物面具了？"

"邵逸心给我的面具，说这个好看。你要不喜欢，我换回以前的面具。"

洛兰不得不承认，紫宴的审美的确比小角靠谱。

铂金色的半面面具，造型简单，几乎没有任何修饰，只是在额头和眼睛周围有些凹凸刻纹，但和小角冷硬的气质浑然一体，让人觉得脸上的面具没有丝毫突兀。

"你要去做教官了，需要点威严，戴这个更好。"洛兰探过身，摸了下小角的面具。

不知道用什么材料做的，看着是金属质感，可摸着很柔软，十分轻薄，紧贴着脸部。训练和飞行时，都可以直接在外面戴上头盔，看来紫宴考虑的可不仅仅是美观。

　　洛兰叮嘱："无论任何情况下，都不能摘下面具。"

　　"好。"小角答应了。

　　洛兰吃完早餐，准备出门去开会。

　　小角像往常一样，亦步亦趋地跟在她身后，把她送到门口。

　　洛兰看到守候在飞车旁的警卫，对小角说："你回去吧！"

　　小角听话地止步。

　　洛兰往前走了几步，突然又停住脚步，回头对小角说："再忍耐一天，明天开始就不用无所事事地待在房间里了。"

　　小角温驯地说："好。"

Chapter 4

身不由己

那个曾经在月下纵酒高歌的他，做梦都想不到，有朝一日他竟然会坐在奥米尼斯星上，帮助他们的敌人去摧毁无数人用性命和鲜血守护的美景。

第二日。

洛兰特意安排好时间，陪小角去军事基地。

飞船到达后，林坚带他们去训练场。

"特种战斗兵都是层层选拔出来的兵王，一个两个都心高气傲，不肯服人。听说新教官是前天驾驶新战机的人，才愿意接受。"

洛兰十分敏锐，"你没有告诉他们小角是异种？"

"我觉得还是不要说比较好。"林坚难得孩子气地眨眨眼睛，狡黠地笑，"也不算欺骗，因为压根儿没有人问我这个问题。"

洛兰思索了一瞬，认可了林坚的做法。

她突然想起什么，停住脚步，回头看向一直跟在她和林坚身后的小角。

"小角！"

小角走到她身边站定。

洛兰绕到他身后，左右打量，拍拍他的肩膀示意他蹲下一点，让她查看。

小角像是往常一样，只是温驯地配合，完全没有追问洛兰究竟想做什么。

林坚疑惑地看着。

洛兰满意地说："看不到。"

林坚明白了，她指的是小角后脖子上的奴印。

"位置不显眼，军服都有衣领，只要小心一点，不要穿低领的衣服，应该没有人会发现。"

训练场。

一百个军人穿着训练服，站得笔挺。

林坚向他们介绍身旁的小角，"这位是肖郊，肖教官。他的本事不用我多说，昨天和我一起试飞新战机，你们应该都看到了。从今天开始，由肖教官负责你们的特训。"

小角面朝士兵，双腿并拢，抬手敬军礼。

看到他标准的军姿和军礼，一百个军人不禁站得更直了，齐刷刷回礼。

林坚说："介绍一下自己吧！"

士兵一个个出列，大声报出自己的名字、体能级别。

"邓尼斯，一等兵，A级体能！"

…………

林坚走到洛兰身旁，低声说："能不能让这帮刺儿头心服口服，只能靠小角自己，我们都帮不上忙。"

洛兰淡淡一笑，"走吧！"

他们还没走出训练场，就听到一个士兵介绍完自己后，挑衅地说："报告教官，请您摘下头盔，让我们也认识一下您。"

洛兰不知不觉脚步慢下来，却强忍着没有回头。

小角不能永远豢养在她身边，他是头猛兽，本来就应该去丛林里纵横，她能做的只是帮他指路，路却要他自己走。

小角摘下头盔，士兵看到他的脸，全部发出不满的嘘声。

"报告教官，请问教官为什么要戴面具？脸上有伤吗？"

"伤痕是军人的荣耀，请让我们见证教官的荣耀！"

"藏头露尾算什么呀？"

…………

小角平静到淡漠的声音："想见证我的荣耀，自己动手。"

士兵们全都兴奋起来，一个个摩拳擦掌、跃跃欲试。

洛兰走到训练场门口，终是忍不住回头望去——

一个士兵猛虎下山般地朝着小角扑过去。

小角原地未动，一脚就把企图摘下他面具的士兵踢飞出去。

小角问："还有谁？"

又一个士兵杀气腾腾地冲过去。

小角干脆利落一脚，那个士兵像断线风筝一样飞出去，四脚朝天摔在地上。

又一个士兵扑过去……

随着小角一脚踢飞一个，士兵们怪叫声连连，再顾不上顺序，三三两两全扑上去，到后来甚至一拥而上。

小角的身影淹没在人群里，完全找不到他在哪里，只看到士兵们一个接一个惨叫着飞出来。

看上去摔得非常狠，可一个个刚落地就又生龙活虎地站了起来。

大概觉得自己什么都还没弄清楚就被一脚踢出来了，实在太憋屈，竟然一个个又大吼着往里冲。

没过一会儿，又被一脚踢出来。

被踢飞三四次后，渐渐地，有人被踢服帖了，再爬起来时，不往里面冲了，笑嘻嘻地站在旁边看戏，时不时还大叫着喝声彩。

洛兰忍着笑回过头，离开了训练场。

林坚满腹狐疑，"小角以前究竟是什么人？实战经验竟然这么丰富！"

"怎么了？哪里不对吗？"

"陛下别小看那一踢。既要把人踢出来，又不能真伤着人，踢一个两个没什么，可这么多人，每个人的体能有差别，进攻方式也不一样，连着要踢几百下，每一下都精准无比，需要强大的判断力和控制力。"

洛兰说："你的判断没有错，小角的确有很丰富的实战经验。他曾经是奥丁联邦最优秀的战士，在北晨号上服役。战争中被朋友陷害，受了重伤，脑神经受损，机缘巧合下被我救了，就一直跟在我身边。"

"竟然是这样，太可惜了！"林坚对小角很同情，身为军人，在战场上受伤，甚至死亡，都理所当然，但被朋友陷害变成傻子，却让人太憋屈了。

"过去的事情，小角忘得一干二净，但打打杀杀的本领却已经融入身体，成为本能。"

林坚本来只是出于对洛兰的盲目信任，才答应让小角做教官，内心并没有什么期望。现在却暗暗庆幸自己答应了，这种人才可遇不可求，他们真是捡到宝了。

林坚说："先让小角适应一下军队，如果没有问题，以后他的工作量恐怕会很大。"

洛兰不得不为自己的哥哥骄傲。

叶玠非常有识人之明，给她推荐了一个好战友。林坚的父亲死在战场上，他对异种却没有盲目地仇恨，更没有随意迁怒到异种个体，竟然愿意重用小角，心胸和胆魄都非一般人能及。

洛兰还有工作要处理，需要赶回长安宫。

上飞船前，洛兰对林坚诚恳地说："我知道，我做事经常不合规矩，让你感到为难，但我只有一个目的，阿尔帝国必须铲除奥丁联邦，收复阿丽卡塔星。"

"我们目标一致。"林坚微笑着拥抱了一下洛兰，"请相信我，我能接受你的不合规矩。"

"谢谢。"

林坚发现洛兰对他的态度有所改变，虽然距离恋人还很遥远，但至少已经算是朋友。

林坚凝视着洛兰，真挚地说："我在公开声明中说的话都发自内心，不是应付公众，我真的从小就仰慕你。"

洛兰愣了愣，将一盒药剂递给林坚，"恭喜你体能晋级，成为2A级体能者。"

林坚接过药剂盒打开。里面放着三支不同颜色的注射剂，上面写着"体能优化剂"，他禁不住惊喜地笑。

林坚听说过这种药剂。

在体能晋级后的一个月内注射，可以最大限度地激发身体潜能，帮助体能达到同级别的最优状态。可惜，因为原材料难得，它的发明者从没有公开出售过，以至全星际的拍卖市场上，它常年处于高价求购的状态，有钱都没处买。

林坚完全没有办法拒绝这份贺礼，真心实意地说："谢谢！"

在林坚的配合下，洛兰帮小角做了一个新身份。

肖郊，一个在皇室护卫军服役的军人。

很多年前，奉叶玠陛下的命令，去执行秘密任务。现在任务完成，他回到奥米尼斯星，进入奥米尼斯军事基地工作，担任特训营的教官。

这份履历几乎将小角身上的所有疑点都掩盖住。

因为一进入军队，就被派出去执行秘密任务，所以几乎没有人见过他。

即使有人起疑想追查，也只能看到小角的履历全部加密，没有皇帝或元帅的授权，不能私自查阅。

洛兰本来担心小角脸上的面具会让士兵无法接受，没想到那帮学员被打服帖后，竟然把面具视作了小角的勋章。

小角的态度非常坦荡磊落，谁想看他的脸就自己来摘下他的面具，他随时欢迎。

学员们正面围攻、暗地偷袭，前赴后继，各种方法一一尝试过，都铩羽而归。面具在他们心中变成了一种象征，不是代表着怪异，而是代表着强大。

洛兰看小角在军事基地适应良好，简直如鱼得水，放下心来，开始考虑如何处置阿晟和封小莞。

曲云星。

夜色宁静，晚风清凉。

卧室里，时不时响起含糊不清的娇喘呻吟声。

艾米儿正在和一个精壮的男人翻云覆雨，个人终端突然响起。

艾米儿挣扎着去看来讯显示。

男人正在兴头上，一边挺动着身子，一边舔吻着她的脖子，"亲爱的，待会儿再回复！"

艾米儿看到来讯显示上"辛洛"两字，抬起修长的玉腿，一脚把男人踹下床。

她披上睡袍，走进隔壁的书房。

等密码门关闭后，下令："接通。"

英仙洛兰的全息虚拟人像出现在她面前，一身利落的职业套装，坐在黑色的皮椅上，身后的墙壁上悬挂着英仙叶玠的照片。

艾米儿屈膝弯身，行了一个夸张的屈膝礼，脸上春色荡漾，声音沙哑撩人："女皇陛下！"

洛兰表情冷淡，扫了眼她脖子上和胸上的吻痕，"想勾引人，先把身上的情欲痕迹遮盖严实了。"

"正常的生理需求。"艾米儿丝毫不以为耻，笑嘻嘻地把睡袍拉严实，坐到办公椅上。

洛兰说："我已经派飞船去接阿晟和封小莞。按照行程，一个小时后到曲云星，把人送上飞船。"

艾米儿柔媚地笑，声音婉转地说："奥米尼斯星不欢迎异种，不如让阿晟和封小莞待在我这边，省得给陛下添麻烦。"

洛兰没有丝毫商榷余地，冷漠地命令："一个小时后，把人送上飞船。"

艾米儿只能妥协："是。"

洛兰的目光在艾米儿背后的墙壁上停留了一瞬，一言不发地切断信号，人影消失不见。

艾米儿呆呆坐了会儿，转身看向身后的墙壁。

风情万种的笑容消失，一脸肃然。

浅蓝色的墙壁上挂着一张素白的面具，制作材料普通，没有任何装饰，只额头上手绘着红色花纹。

艾米儿第一次见到时，不知道什么意思，以为是普通的装饰。

只是为了纪念，她买了张一模一样的面具，用赤色的颜料复制出图案。

后来遇到一个从泰蓝星逃出来的异种，她才知道这种红色的花纹由琉梦岛上的奴隶独创，叫同心连理纹，需要用鲜血绘制，沉心静气一笔画成。

奴隶没有人身自由、没有私有财产，甚至连自己的身体都不属于自己，命运任由他人掌控。很多奴隶恋人，今日相聚，明日也许就有一个被卖去别的星球，从此生死不明。

泰蓝星的奴隶认为：虽然命运不自由，但灵魂自由；虽然身体不属于自己，但鲜血属于自己。

心有所属的奴隶用自己的血液在恋人额头虔诚地绘制同心连理纹，寓意即使天各一方、永不相见，我的灵魂也会永远跟随你、守护你、祝福你。

艾米儿最后一次见到那位改变她命运的男人时，他就戴着一张这样的面具。

当时她觉得怪异，禁不住多看了几眼，记住了图案。

后来知道图案的意思时，推测到他的出身，她肃然起敬的同时，心情豁然开朗，彻底放下了过去。

他经历过最惨重的黑暗，却依旧行事顶天立地、磊落光明，能毫无偏见地救护她这个人类。

他不但打败了自己的出身，还能惠及他人。

她就算没有他的本事，至少也应该有他的态度，把苦难踩在脚下，把黑暗抛在身后。

艾米儿不知道他的名字，不知道他的身份，甚至不知道他的长相，每次见到他时，他不是戴着作战头盔，就是戴着面具，恰好遮住了脸。

她成为曲云星的总理后，为了纪念他，特意设立了假面节，但这么多年过去，他再没有出现过。

艾米儿隐隐约约感觉到他应该已经死了。

欠他的，无法回报给他，只能回报给他的同胞，但是，她还是太弱，心有余而力不足。只希望那个精神分裂的女人能善待阿晟和封小莞，毕竟他们相识一场。

阿晟和封小莞稀里糊涂被人送上飞船，又稀里糊涂被人接下飞船。

两人走下舷梯，看到一个利落干练的女人，头发一丝不苟地盘在头顶，穿着白衬衣和黑色铅笔裙，身后跟着一个金色的机器人。

她对阿晟和小莞友好地伸出手，微笑着说："欢迎你们来到奥米尼斯！我叫清初，是阿尔帝国皇帝的管家。将来不管遇到任何事，你们都可以随时找我。现在我带你们去见陛下。"

阿晟和封小莞看着眼前恢宏美丽的宫殿，都猜不透阿尔帝国的皇帝为什么要找他们，忐忑不安地相视一眼。

阿晟刚想安慰小莞"别怕"，小莞已经对他笑了笑，安抚地说："别怕，不会有事。"

阿晟苦笑。

他这个长辈做得真是失败，不过，他只有E级体能，小莞却已经是A级体能，小莞的确比他更有资格安慰人。

阿晟和小莞随着清初走进一个三层高的建筑物，穿过宽敞安静的大厅，走过一段长长的寂静走廊，来到一个屋子前。

褐色的雕花木门自动打开。

一个短发女子正站在窗边欣赏风景，闻声回头看向他们。

"辛洛？"阿晟十分意外，表情惊疑不定。

封小莞却没有那么多思虑，惊喜地欢呼一声，像是飞鸟投林般扑向洛兰，"洛洛阿姨！"

洛兰向一旁闪避，没想到小莞已经是A级体能，没有躲开，被小莞抱了个满怀。

"放开我！"洛兰的声音和身体一样僵硬。

洛洛阿姨还是老样子啊！小莞笑着做了个鬼脸，放开洛兰。

"洛洛阿姨，你怎么在这里？这些年你过得好不好？有没有看见我已经长大了？我们回曲云星了，艾米儿阿姨说你让她去救我们。你怎么知道我们碰到大麻烦了？哦，是不是邵逸心叔叔告诉你的？邵逸心叔叔一直没有回来找我们，我和阿晟都很担心他。艾米儿阿姨说他很安全，但不肯告诉我们他究竟在哪里……"

小莞的嘴巴就像是机关枪，完全停不下来。洛兰从水果盘里拿起一个桃子塞到她嘴里，世界终于恢复安静。

小莞不好意思地吐吐舌头，咬了口桃子，"好甜！"

洛兰看向阿晟，"你们没有看过新闻吗？"

"什么新闻？"阿晟的表情很茫然，"我们莫名其妙被乌鸦海盗团追捕，后来又被龙血兵团追捕，邵逸心让我们先走，他去引开追兵。没有想到我们乘坐的飞船竟然是贩卖奴隶的黑船，幸亏小莞体能好，又随身带着不少小玩意儿，我们才能逃掉。可是，因为小莞把别的奴隶也放走，激怒了奴隶贩子，他们竟然找雇佣兵团来追杀我们，危急时刻我们被另一个雇佣兵团救了。到曲云星后，艾米儿总理才告诉我们，你拜托她寻找我们。"

洛兰发现阿晟和封小莞的日子过得还真是波澜起伏、险象环生，"你们忙着逃命时，没有时间看新闻，到曲云星也没有看吗？"

封小莞着急地举手，表示要说话。她嘴里塞满桃子，两个腮帮子鼓鼓的，像只鼷鼠。

阿晟纵容地笑笑，竟然真的闭嘴不言。

封小莞急忙咽下桃子，赶紧说："艾米儿阿姨让我和阿晟住到一栋长满吸血藤的屋子里，她说你之前一直住在那里。我看见里面有好多只在图片里见过的实验仪器，开心得不得了，就一直在里面玩，阿晟也一直待在实验室里陪我。后来，半夜里，我们突然被艾米儿阿姨拎出来，扔上飞船。她说阿尔帝国的皇帝要见我们，不知道那个皇帝脑子是不是被草履虫侵袭了，智商有问题吧？竟然要见我们……"

阿晟已经察觉事情不太对劲，不停地咳嗽，示意封小莞闭嘴。

洛兰恍惚了一瞬，淡淡地说："我就是那位脑子被草履虫侵袭了、智商有问题的皇帝。"

小莞目瞪口呆地看着洛兰。

阿晟心慌意乱，正想道歉，小莞突然欢呼一声，冲过去一把抱住洛兰，"天哪！我找到大靠山了，哈哈哈……"

洛兰推开她。

小莞一脸得意忘形，手舞足蹈地说："皇帝是不是很厉害？是不是谁敢欺负我，洛洛阿姨就可以帮我打谁？"

阿晟和清初都额头滴汗，第一次有人把皇帝当打手用。

洛兰淡淡地说："我不算厉害，但保护你足够了。"

"耶！"小莞握握拳头，咧着嘴笑。竟然立即打开个人终端，嘴里念念有词，开始罗列欺负过她的人的名单。

洛兰拍了下她的虚拟屏幕，示意她先回答问题："你喜欢基因研究？"

小莞狂点头。

阿晟说："小莞长得快，为了避人耳目，我们不能在一个地方久留，一直在搬家，没有机会让她上学。体能是邵逸心教的，基础知识是我教的，后来都是她自己在星网上注册课程自学。等我和邵逸心发现时，她已经能鼓捣出很多药剂，我们这次能从奴隶贩子手里逃出来也多亏她的那些药剂。"

洛兰沉思地看着小莞。

基因真是宇宙中最神奇的小精灵，明明母女俩连面都没有见过，可小莞竟然遗传了封林的喜好，自然而然地走上基因研究这条路。不过，小莞的天赋明显远胜封林，应该是左丘白的基因在起作用，看来小莞继承了楚天清的智商。

小莞困惑地歪着头，"洛洛阿姨？"

洛兰回过神来，掩饰地说："英仙皇室有一个皇室资助的基因研究所，我是荣誉所长，你来做我的助理吧！"

小莞惊喜，刚要欢呼又迟疑了。

"我……我……都是自己胡乱学的，没有大学文凭，也没有接受过正规训练，真的可以吗？"

"从现在开始学。"洛兰睨着小莞，"不敢吃这个苦吗？"

小莞瞪着眼睛，大声说："我不怕吃苦！"

洛兰看了眼清初，清初会意，对小莞说："小莞，我先带你去休息，洗个澡、吃点东西。如果你不累，我们可以去参观研究所，就在皇宫里，不算远。"

小莞高高兴兴地跟着清初离开了。

阿晟心事重重地看着洛兰。

这一刻，他开始怀疑自己是不是做错了，总是在小莞面前淡化异种和人类的矛盾，以至小莞对阿尔帝国的皇帝没什么概念，依旧把辛洛当作亲人，没有丝毫戒心，毫无保留地信任着她。

洛兰倚着办公桌的桌沿，双臂交叉环抱在胸前，开门见山地说："我需要你的身体，交换条件是小莞可以得到她想要的一切。"

阿晟松了口气，知道对方的企图反倒不用胡思乱想、忐忑紧张了。

"我的身体到底有什么特殊的地方？"

"很弱，正好帮我测试药剂。"

直觉告诉阿晟洛兰说的是实话，但不是全部的实话。

他想了想，说："我可以答应你，只有一个条件，你必须发誓保证小莞的安全。"

洛兰有点意外，问："你自己的安全呢？"

阿晟笑了笑，眼中隐藏着苦涩，"小莞十分聪慧，每天都在进步。我已经是她的负担，是时候让她展翅高飞，去寻找自己的世界了，我怎么样都无所谓。"

洛兰沉默地盯着阿晟，眼中暗影翻涌，似乎有无数悠悠时光，怆然掠过。

阿晟不解。

有时候，邵逸心看着他时，也会流露出这种意味深长的复杂目光，他还曾经问过邵逸心"是不是我长得像你认识的某个人"，邵逸心笑着摇头，"不是。"

洛兰说："我发誓，保证小莞在阿尔帝国的安全。"

阿晟放心了，"只要你说到做到，不管你想做什么，我都会全力配合。"

洛兰转过身，冷淡地吩咐："你出去吧！机器人会带你去你的房间，邵逸心住的地方离你不远，你可以去和他打个招呼。"

阿晟的脚步声渐渐远去。

洛兰看着窗外，任由纷杂的思绪沉入心底、慢慢寂灭。

春日将尽，已经绿肥红瘦、花褪残红小。

不知道英仙皇室的哪一位皇帝或者皇后喜欢白茶花，窗外种了两株茶树。应该都有千年树龄、树干笔挺、树冠盛大。开花时，碗口大的花朵压满枝头，一眼望去，皑皑雪色、皎洁如玉。

花谢时，其他的花是一瓣瓣飘落，像是对树枝恋恋不舍，茶花却是一整朵一整朵地从枝头坠落，毫不留恋地归于尘土。

朵朵白花，萎谢在地，叠雪堆霜，犹如花冢。

洛兰觉得这茶花倒比很多人都烈性，开时馥郁秾丽，毫无保留地展现芳姿；去时毫不留恋，令人惊心动魄地决绝。

傍晚。

小角从军事基地回来，发现往日安静冷清的屋子里十分热闹。

邵逸心和阿晟坐在桌旁打牌。

一个小麦色皮肤、扎着高马尾的少女在试穿衣服。

沙发上已经堆了一堆五颜六色的衣裙，屋子里还有满满两大衣架。地上摊开了无数盒子，有的盒子里面装着帽子，有的盒子里面装着鞋子。

清初和两个服装师站在一旁，帮少女选择搭配衣服。

洛兰端着杯热茶，站在靠近露台的地方，冷眼看着，似乎和整个气氛格格不入，又似乎她才是一切的中心。

马尾少女又换了一套衣服，急匆匆地跑出来询问："这套怎么样？"

邵逸心和阿晟都捧场地说："好看！"

马尾少女视线转向洛兰，"洛洛阿姨？"

洛兰摇摇头，表示否决。

马尾少女欢快地笑，"我也觉得这条裙子穿着有点别扭。"

她飞快地从清初手里又拿了一套衣服，像头小鹿般冲进卫生间去换衣服。

小角绕过地上的帽子盒和鞋盒，走到洛兰身边。

"我回来了。"

阿晟看小角的姿态不像是客人，紧张地看邵逸心，捉摸不透小角是谁，和洛兰又是什么关系。

邵逸心指指阿晟，对小角说："阿晟。"又指指小角，对阿晟说："肖郊。"

阿晟愣了下，一边惊讶有人的名字居然和他走失的宠物发音相同，一边礼貌地站起来打招呼："您好。"

小角冷冰冰地说："你好。"

阿晟摸不透他的喜怒，越发紧张。

邵逸心笑着说："不用理会！肖郊除了对他的女皇陛下有好脸色外，对别人都是一张臭脸。"

阿晟释然了。

那只高傲的宠物也是这副德行，看着脸臭，但只要别惹它，不难相处。

小莞换好新的衣服，跑出来，冲着小角挥挥手，落落大方地说："你好，我是封小莞。"

小角没有任何反应。

洛兰倒像是想起什么，抿着唇微微一笑，瞅着小角说："洛洛阿姨。"

小角唰一下扭过头，脸上有面具看不到变化，耳朵却有点发红。

洛兰禁不住伸手，想要捏捏他的耳朵，小角一下子躲开了。

洛兰愣了一下，没在意地收回手。

小莞终于挑好衣服。

满满一架子五颜六色的衣服，十几双鞋子和帽子，还有些杂七杂八的配饰。

她迟疑地问洛兰："这些我全都可以留下？每天都可以想怎么穿就怎么穿吗？"

"嗯。"

封小莞眨巴了几下眼睛，一言不发地冲过来，用力抱住洛兰。

这一次，洛兰没有推开她，因为她感觉到濡湿的液体滴落在她的脖子上。

两个男人带孩子，再细致也照顾不到少女的心思。而且，他们一直东躲西藏、颠沛流离，肯定怎么不引人注目怎么来。

阿晟亲眼看见过洛兰被烈焰兵团的副团长带走，有心理阴影，下意识地给小莞买的衣服都是灰扑扑的、没有身形的。

小莞年少早慧，为了照顾阿晟的心情，怎么粗糙怎么来，连裙子都没有穿过，可豆蔻年华，怎么可能不爱美？

洛兰安抚地拍拍小莞的背。

封小莞把脸在洛兰肩膀上蹭了蹭，抬起头时已经笑得没心没肺，"晚饭吃什么？我想吃烤肉。"

洛兰看了眼小角，"好，小角也喜欢吃烤肉。"

花园里。

阿晟和封小莞站在烤炉前，一个负责烤，一个负责捣乱。幸亏还有个烤炉，厨师一直在兢兢业业地工作。

小角和清初端着盘子，在挑选自己爱吃的食物。

洛兰坐在角落的花丛里，一边喝酒，一边在看文件。

紫宴坐到她身旁，拿起洛兰喝的酒，给自己倒了一杯。

洛兰头也没抬地说："普兰提斯酒，专为A级体能者酿造，你最好不要喝，会增加你心脏的负担。"

紫宴笑着摇摇酒杯，看着红色的酒浆均匀地挂在玻璃杯上往下流，"好酒！"一仰头把酒全喝了。

洛兰瞥了他一眼，什么都没说。

紫宴又给自己倒了一杯酒，"阿晟说你要小莞做你的研究助理？"

"你有意见？"

"神之右手愿意亲自教导小莞，我哪里敢有意见？但研究所的人不会有意见吗？"

洛兰点击了下屏幕，对紫宴勾勾手指。

紫宴探头去看，是一份阿尔帝国公民的身份资料。

照片是封小莞，名字也是封小莞，出生地曲云星。作为特殊人才，从曲云星移民到奥米尼斯星，都是真实资料。只不过基因栏里的标注不是携带异种基因，而是祖先曾经参照今鸟亚纲和头足纲物种的基因编辑过自己的基因。

"你要让小莞冒充普通基因的人类？"

"不算是冒充。"

紫宴明白过来。

小莞本来应该是被死神收走的孩子，洛兰编辑修改了她的基因，她才能活下来。

基因编辑已经在全星际被禁了上万年，没有人知道经过神之右手的编辑，小莞现在的基因到底算什么。

洛兰端起酒杯，和紫宴的杯子碰了下，"只要你配合，我会保证小莞的安全。"

紫宴讥嘲："我敢不配合吗？"

洛兰摊开手掌，示意他应该有所表示。

紫宴把一枚指甲盖大小的信息存储盘放到洛兰掌心。

"楚天清在曲云星进行秘密实验的研究资料。"

洛兰的手一下子握紧，身子不自禁地前倾。她盯着紫宴，似乎想看清楚紫宴眼睛里面究竟还藏着什么。

"实验室早已经炸毁，你怎么能追查到四十多年前的资料？"

"你不是很清楚实验室是被谁炸毁的吗？资料是他特意留下的。"

洛兰沉默了一瞬，问："我救你回来时，你遍体鳞伤、身无长物，这段时间你连这个屋子都没有离开过，所有活动都在监控中，根本无法和外界联系，怎么拿到的资料？"

"你给我的。"

洛兰立即反应过来，"那个培养箱？"

"我在底座上做了个夹层，放上土，再种上吸血藤，没有人会想到里面居然还藏着这么重要的东西。"

"既然一直在你手里，为什么现在才给我？"

"因为……"紫宴的身子也向前倾，两个人的脸几乎碰到一起，已经能感受到对方的鼻息轻拂过自己的肌肤。

"因为什么？"洛兰全神贯注，专注倾听。

紫宴对洛兰的耳朵吹了口气，"不告诉你！"

他靠坐回椅子，笑吟吟地看着洛兰，像是什么事都没有发生过。

洛兰愣了愣，不悦地警告："别玩火！别忘记你现在是我的奴隶，我可以对你做任何事！"

紫宴慵懒地靠着椅背，意味深长地瞥了眼洛兰，眯着桃花眼看向楼上的卧室，"来啊！我倒是好奇到底谁才是玩物。你玩我，还是我玩你？"

洛兰重重放下酒杯，甩袖离去。

紫宴一口气喝尽杯中的酒，仰头看向头顶的天空。

云疏星淡，一轮皎洁的月亮高挂在天空。

他想起那个他出生长大的星球，每天晚上都是两轮月亮争辉。

在阿丽卡塔星上生活的人，都知道这份安宁的美景来之不易。奥丁联邦志愿参军的年轻人远远高于其他星国，能间接服务军队的职业也是一般人最崇尚的职业。

那个曾经在月下纵酒高歌的他，做梦都想不到，有朝一日他竟然会坐在奥米尼斯星上，帮助他们的敌人去摧毁无数人用性命和鲜血守护的美景。

洛兰把信息存储盘放到智脑的读取器上，一个个文件包出现在屏幕上。

她没有立即打开，怔怔地看着屏幕发起呆来。

楚天清的秘密实验室被炸毁后，所有研究员被剿杀，楚天清自己也被诛杀。

眼前的这份资料应该是唯一的一份。

只有这样，才能解释为什么这么多年楚墨都很安静。

因为楚天清一辈子的心血被毁，楚墨不得不重新再来。

他……既然能追查到秘密实验室，不可能不知道楚天清的目的，为什么要毁掉楚天清的心血，帮人类争取时间？

洛兰眼前忽然浮现出很多年前的一幕景致——

火树银花、灯火辉煌的曲云星街头。

人们从四面八方汇聚而来，戴着五颜六色、千奇百怪的面具载歌载舞，欢庆着一年一度的假面节。

在面具的遮掩下，人们没有了基因之比，没有了美丑之分，没有了贫富之差，没有了贵贱之别。

不管是异种，还是人类，都在平等快乐地享受节日。

小角端着一碟烤肉走进来，"你晚上几乎什么都没吃。"

洛兰如梦初醒，苍白着脸对小角勉强地笑了笑，"我不饿，你自己吃吧！"

小角看她要工作，把烤肉放到桌上，准备离开。

"小角。"洛兰叫。

小角停住脚步，回身看着洛兰。

洛兰指指房间里空着的椅子，"陪我待一会儿。"

小角听话地坐到椅子上，安静地看着她。

洛兰问："喜欢新工作吗？"

"喜欢。"

"有人欺负你吗？"

"他们打不过我。"小角的语气很自负，似乎觉得洛兰的话问得很没有道理。

"我也打不过你，可我常常欺负你啊！"

小角沉默地看着洛兰，似乎被问蒙了。

洛兰逗他："为什么我打不过你也可以欺负你？"

小角垂眸思索了一瞬，抬眼看向洛兰："因为你是洛洛。"

洛兰笑叹："傻子！"

…………

闲聊中，她的心情渐渐安定下来。

洛兰把烤肉推给小角，"你吃东西，我工作。"

她打开文件，开始浏览研究资料。

小角凝视着洛兰。

她渐渐沉入工作中，眉头微蹙，一手撑着下巴，一手拿着电子笔，时不时在屏幕上写写画画做记录。

窗户半开，晚风徐徐吹来。

随着纱帘飘扬，一阵阵浓郁的烤肉香传来。

阿晟和清初一问一答，轻言慢语地聊着天。

阿晟的问题琐碎细致，清初却没有丝毫不耐烦，似乎完全理解一个人初到一个陌生星球的惶恐不安，她用自己的善意和耐心尽量解答，安抚着阿晟的各种疑虑。

　　封小莞在和厨师讲她以前都吃过什么样的烤肉，边说边笑，银铃般的清脆笑声里毫无忧愁，洋溢着年轻的憧憬和飞扬。

Chapter 5

并肩作战

这一别就是浩瀚星空、亿万星辰，也许一辈子都不会再见面，也许再次听到对方的消息时是对方的死亡讣闻，但是——

我知道，你是我的战友！星光闪耀处，我们在一起战斗！

一年后。

肖郊教官成为奥米尼斯军事基地最受欢迎的教官。

每个特种兵都以能进入他的特训队为荣，以至有限的名额争夺得非常激烈，必须要足够优秀才能被选拔上。

因为训练任务密集，还经常有夜间特训，小角不得不搬到军事基地的宿舍住，只能休息日回皇宫。

洛兰早就预料到这一天，只是没想到会这么快。

小角的成长速度惊人，像是冲出笼子的苍鹰，一旦振翅，就迎风而上、直击长空。

封小莞也适应了研究所的生活。

她性格爽朗、爱说爱笑，作为年龄最小的研究员，很受其他研究员的照顾。

她顶着天才少女的名头，作为特殊人才被引进阿尔帝国，由皇帝特批加入研究所，本来大家还是存了几分质疑，不过，相处下来后，所有人都觉得小莞虽然稚嫩、缺乏经验，但勤奋好学、聪慧敏锐，完全没有辜负皇帝的优待。

研究员们认可了小莞的天赋品性，她年龄小的优势就展现出来，每个人都把她当小妹妹，很乐意多指导她几句。

封小莞知道这些基因学家都是行业内出类拔萃的人物，机会来之不易，如饥似渴地学习，进步神速，越发让大家喜欢她。

阿晟作为洛兰的实验体，接受着一次又一次药剂实验。

感受绝对谈不上愉快，甚至可以说很痛苦，有时候他都以为自己要死在药剂实验中了，但看到小莞像个普通女孩一样过着正常的生活，就觉得任何痛苦都可以忍受。

第一次，小莞正大光明地享受生活，不用再刻意压抑自己，不用再躲躲藏藏避人耳目，不用再时时刻刻准备着搬家逃亡。

每天按照自己的心意，穿上漂亮衣服，高高兴兴地去上班。

有了一起讨论问题的同事，有了一起看电影逛街的朋友，甚至有了一位所有基因研究员梦寐以求的导师，指导着她在喜欢的事业上一日千里、突飞猛进。

阿晟既开心又酸楚。

他已经失去飞翔的能力，有机会看着小莞越飞越高，已是一生之幸。

会议室。

洛兰头疼地看着来自小阿尔英仙邵靖的回执。

按照英仙叶玠的命令，每四年奥米尼斯军事基地会联合阿尔帝国其他几个军事基地举行一次全军军事演习。

今年军事演习前，洛兰只是按照叶玠在位时的惯例，给英仙邵靖礼貌地发送了邀请函，表示蓝茵星的军队依旧是阿尔帝国军队的一部分，阿尔帝国的全军军事演习他们也在其中。

英仙邵靖以前从来没搭理过叶玠，这一次却接受邀请，不但派出军队参加演习，还派了邵茹公主随军队一同前来。

洛兰猜不透英仙邵靖打的什么主意。

他看着病入膏肓就要死了，却一直苟延残喘地活着。

今年的军事演习，林坚对外宣称邀请了阿尔帝国的盟国格图星国和鲁兹雅理星国等七个星国的军队，是多国联合军事演习，规模大、要求严，全军上下必须全力以赴。

但洛兰和林坚都知道，这不仅仅是普通的军事演习，还是在为星际大战做最后的练兵。

借着这次军事演习，不仅要磨炼军队，还要说服内阁，让他们明白阿尔帝国的军队已经准备好。

因为有特殊目的，绝对不能出任何差错，洛兰不希望在这个节骨眼上激化大阿尔和小阿尔的矛盾，希望维持目前的稳定状态。

洛兰划拉了一下屏幕，把邵茄公主的资料扔到林坚面前，"你负责接待，务必让她高兴了，不要给咱们添乱。"

林坚苦笑，但没有拒绝。

邵靖陛下的父皇为了皇位，设计杀害了洛兰的父亲，洛兰能这么心平气和地谈论仇人之后已经不容易，再让她去接待邵茄公主，还要笑脸相迎，以她的性子真的是太勉强。

军事演习开始的前一天，小阿尔的代表团抵达奥米尼斯星。

林坚去迎接邵茄公主，根据以前的新闻资料，本来以为会看到一个盛装打扮的公主率先走下飞船，没想到只看到一队军人。

他正用目光搜索着疑似公主的人物，一个少尉军衔的军人站定在他面前，平视着他。

林坚这才认出军帽下的那张脸是邵茄公主。他十分意外，愣了一愣，急忙伸出手要握手。

邵茄公主却站得笔挺，敬了个标准的军礼，"元帅阁下。"

林坚只能缩回手，也敬军礼回礼，"公主殿下。"

邵茄公主扫了眼四周，讥嘲："看来皇帝陛下不打算见我。"

林坚笑得很谦和，一脸诚挚地说："陛下有工作走不开，明天的军事演习上殿下就能见到陛下。"

邵茄公主在林坚的陪同下，朝着飞车走去。

林坚发挥长袖善舞的本事，亲切地寒暄："殿下第一次来奥米尼斯吧？有哪里想去玩吗？我可以提前安排。"

"烈士陵园。"

林坚语塞，实在不知道该接着说什么。难道打蛇随棍上地介绍烈士陵园的风光吗？

邵茄公主看了几眼林坚，突然问："你爱皇帝陛下吗？"

林坚愣住。他也算心思玲珑、机智多变的人，却实在把握不住这位公主的谈话思路。

邵茄公主似乎明白了什么，抿着唇笑起来，笑容比新闻上的她少了一分端庄，多了一分娇俏，更符合她的年龄。

两人已经走到飞车旁。

林坚站在打开的车门旁，坦然地看着邵茄公主，"陛下是我从小一直仰慕爱恋的女人。"说完，他风度翩翩地做了个邀请邵茄公主上车的手势。

邵茄公主的笑容淡去，眼睛一眨不眨地盯着林坚："你是我从小一直仰慕爱恋的男人。"

林坚目瞪口呆。

邵茄公主的眼眶发红，声音发涩，带着点喑哑的鼻音："阁下，我是认真的，请你给我一个追求你的机会。"说完，她坐进了飞车。

林坚只能暗自庆幸，他和邵茄公主不坐同一辆飞车。

他摸不清邵茄公主是少女怀春、莽撞冲动，还是因为皇位，另有所图，想要离间他和洛兰的关系。

林坚一上飞车，立即联系洛兰。

信号接通时，洛兰正在皇家基因研究所工作，里面穿着卡其色的职业装，方便随时接见官员开会，外面套着白大褂，方便做实验。

她对封小莞叮嘱了几句，匆匆走进隔壁的办公室，把门关上。

"邵茄公主不好应付？"

林坚没有正面回答她的问题，"我只能送她到皇宫，军队里有点急事，不能陪公主殿下吃晚餐。"

洛兰想了想，说："我找个皇室的长辈去招待她吃晚饭。"

"找个稳妥可靠、谨言慎行的，这位公主的心思十分……跳脱，我有点摸不准。"

"明白。"

林坚看着洛兰，迟迟没有说话，却又没有切断信号。

洛兰挑眉，"你还有事？"

林坚笑摇摇头，"没有了，你去忙吧！晚上不要通宵做实验，明天你要出席军事演习的开幕式。"

"知道了。"

洛兰切断信号，虚拟人影消失。

林坚默默看着屏幕上通讯录里"未婚妻"的昵称。

他没有看过洛兰的通讯录，但不用多想也知道他肯定就是"林坚"。

已经订婚一年多，两个人的约会就是每个月单独吃一次晚饭。

烛光鲜花下，两人拿着酒杯，谈的却都是公事。

内阁里谁可以拉拢，谁只能放弃；哪位将军擅长进攻，哪位将军适合防守；开战后对经济的影响……

他们俩都在尽力经营这段关系。只不过他很忙，她更忙，给彼此的时间和精力都非常有限。

洛兰身兼数职，忙碌程度让林坚实在不忍对她苛求。

这个女人想要凭一己之力改变整个星际的局势，想要重新定义人类和异种的格局，她已经把自己逼到悬崖边上，踏错一步，就会万劫不复，是真的没有精力去考虑私人感情。

中午。

洛兰匆匆离开皇家基因研究所，脱下白大褂，喝了罐营养剂，稍微整理了一下仪容，就冲进议政厅，开始履行女皇的工作。

会议室里，已经有十几位官员在等她。

看到她进来，他们礼貌地站起，微笑着问好："陛下。"

洛兰丝毫不敢掉以轻心，也微笑着问好："诸位下午好，请坐。"

这帮人看上去文质彬彬，即使吵架时都不忘保持绅士风度，可其实一个个全是食人鲨，不但对自己的利益毫不松口，还虎视眈眈地垂涎着别人的利益。一旦对手暴露出弱点，他们就会毫不犹豫地扑上来，狠狠咬掉对方一块肉。

就算她是皇帝，他们下嘴时也丝毫不会客气。

一份份提案审核商讨，连续几个小时唇枪舌剑。

直到傍晚，才结束会议。

洛兰走出会议室，独自一人时，紧绷的神经才略微放松几分，露出了倦怠。

她宁可待在实验室里做三天三夜的实验，也不愿意和一群食人鲨开会，进行博弈和暗战。

洛兰记挂着实验，本来想回研究所看看，但想到林坚的提醒，最终还是放弃了。

她拖着疲惫的身躯回到官邸时，天色已经黑透。

洛兰没有胃口吃饭，倒了杯酒，坐在露台上思索该怎么办。

随着战争的临近，困难和阻挠会越来越多。

她本来就执政经验少，又分了很多精力在实验上，现在已经举步维艰，如果局势再复杂一点，一个处理不当，就会直接影响战争。

她丢掉皇位无所谓，但如果战争失败，后果不堪设想。

叶玠不是没有给她留人。

人际关系、往来事务上有清初。

她跟在叶玠身边四十多年，后面十来年叶玠一直在刻意训练她，就是为了有朝一日能成为洛兰的左膀右臂。现在她也没有辜负叶玠的期望，将所有人际关系、往来事务处理得井井有条。

政务上有来自贵族的端木苏梧和来自平民的翁童。

可以说叶玠考虑得很周到，兼顾了不同的利益阶层。但是，他们是叶玠一手提拔培养的人，优点是忠心，缺点也是忠心。

他们认定，洛兰应该按照叶玠的计划一步步来，先统一阿尔帝国，凭借良好的政绩，获得内阁的信任，在民众中建立威望，然后顺理成章地对奥丁联邦宣战。

洛兰的所作所为却完全违背了叶玠的计划。

不像清初，他们对洛兰缺乏信任，又已经认定洛兰贪功冒进，就越发不信任洛兰。

人与人之间的关系十分微妙，一旦有了偏见，不管洛兰做什么，他们都会先入为主地认为洛兰不对。现在他们不但帮不上洛兰，反而对她常有掣肘。

洛兰不是不可以起用新人，可这个人不但要精通政务、善于平衡各方利益，还必须中立，和任何政党的关系都不亲近，才能为她所用，绝没有那么容易找。

洛兰正在喝闷酒，突然看到在花园里散步的紫宴。

她眼睛一亮，这不就是现成的人才吗？

不但懂得处理政务、擅长平衡利益，而且独立于所有政党关系外，不可能和任何人结党营私，只能服务于皇帝。

"邵逸心！"洛兰直接跃下露台，站在花丛旁叫。

紫宴转头看向洛兰。

灯光映照下，他脸上的彩绘镶钻面具比花园里盛开的鲜花更瑰丽。一般人只能在舞会上戴这么妖冶张扬的面具，平常戴会显得怪异恶俗，他戴着却没有丝毫违和，反而有种遗世独立的冷峻。

洛兰心里暗骂了声妖孽，语气却十分温和："帮我个忙！"

"可以不帮吗？"

"不可以！"

紫宴分花拂柳地走过来，"什么事？"

洛兰坐到树荫下的长椅上，拍拍身边，示意紫宴也坐。

紫宴坐下。

洛兰打开屏幕，让紫宴看今天的会议记录。

紫宴一目十行地浏览完，还是没明白洛兰的意思。

"你要我做什么？"

"你的意见。"

"我的意见？"

洛兰点点头。

紫宴一时没忍住，探手摸了下洛兰的额头。

洛兰直视着他说："我没有发烧，没有喝醉，没有嗑药，脑子正常。"

紫宴一言不发地拿过电子笔，痛快地写出处理意见。

洛兰边看边点头，觉得正是她所想，不过她没有紫宴的本事，在达成自己的目的时，把每个部门的利益都安排稳妥，把每个执行步骤都考虑周到，这一定要多年努力学习和实践经验才能做到。

紫宴写完，看着洛兰。

洛兰在他的意见基础上修改了一些细枝末节，签下生物签名，点击发送，让各个部门遵照执行。

一瞬间，洛兰心情大好。

那群食人鲨想要刁难她，却没想到她会这么快就处理好，肯定很吃惊吧！

紫宴盯着洛兰，喃喃自语："不是你疯了，就是我疯了。"

阿尔帝国的政务竟然由他这个奥丁联邦的前任部长、现任逃犯去决定处理，真是疯子都想不出来的事！

洛兰伸出手，想要和紫宴握手庆贺，"你没疯，我也没疯，这叫合作愉快。"

紫宴没搭理洛兰，翻了个白眼，站起来要离开。

"喂，你很缺钱吧？现在异种到处受排挤，赚钱可不容易，属下再忠心也需要钱吃饭。我开的工资很高哦！"

紫宴脚步未停，不屑地讥嘲："有多高？"

"随你开价！"

紫宴停住脚步。虽然答应洛兰感觉好打脸，但他的确缺钱。

他是孤家寡人，可他手下的很多人都有父母儿女，他的脸面和他们的生活比起来一钱不值。

紫宴转过身，开了个天价，"一天一百万，阿尔帝国币。"

"成交。"洛兰眼皮都不眨。

"按天收费，概不拖欠。"

"你看我像欠人工资的小气老板吗？"

紫宴忍不住爆粗口，"他妈的，早知道当年我也去学基因了。"

洛兰笑着伸手。

紫宴看到熟悉的笑颜，下意识就握住了她的手。

洛兰说："邵逸心，从现在开始你就是阿尔帝国皇帝的私人秘书了，请努力工作。除了刚才谈好的工资，你还享有其他福利，具体事项请找清初咨询。"

紫宴回过神来，像触电一样甩掉洛兰的手，"你不怕将来我利用知道的一切对付你吗？"

洛兰眉梢眼角露出几丝疲惫，淡笑着说："我得先渡过眼前的难关，才有将来让你对付。"

清晨。

洛兰打扮得端庄优雅，在林坚的陪同下，出席军事演习的开幕仪式。

看到一身军装，留着短发的邵茄公主，洛兰笑容不变，礼貌地伸手，客气地恭维："公主穿军装很好看。"

邵茄公主没有像别的女性皇室成员一样行屈膝礼，而是仿如平级一般和洛兰握了下手，毫不客气地说："穿军装可不是为了好看。"

洛兰微笑，像是完全没有脾气，"公主说得有道理。"

等邵茄公主离开后，林坚宽慰她："邵茄公主还是个小女孩，不必往心里去。"

洛兰没有吭声。

她在邵茄公主这个年纪是什么样子呢？哦，想起来了，她把自己弄失忆，送到敌国做间谍去了。

雄浑的军乐声中，各个军事基地、各个星国的代表方队在军旗的引领下入场。

此次军事演习采用混战淘汰制。

每队算一个分值，赢的一方得到输掉一方的分值，分值可以累加。

比如，一个队打败了另外三个队，加上自己的分值，总共四分。如果这时候有一个队打赢了它，就可以一次得到四分。所以混战中不仅要赢，赢的时机也很重要。

最后，分值最高的两队进入决赛，其他演习部队只能选择一方参与作战。

洛兰发现邵茄公主没有坐在观礼台上，而是站在小阿尔的代表方队中，看上去竟然是要参加军事演习。

她侧过头，脸上带着笑，声音却冷如寒冰："怎么回事？"

林坚也很困惑："不知道。"

洛兰叮嘱："我记得邵茄公主是B级体能，注意她的安全。"

林坚笑容温柔，声音却非常严肃，"明白！"如果这个节骨眼上邵茄公主在演习中受伤，后果不堪设想。

　　他们俩在谈论正事，可看在外人眼里，女皇和元帅笑容满面，头紧挨着头，在甜甜蜜蜜地讲悄悄话。

　　最后入场的是奥米尼斯军事基地的代表队。他们经过观礼台时，都侧头向坐在上面的女皇陛下和元帅阁下敬军礼。

　　洛兰和林坚说完话，回过头时才看到小角。

　　他站在队伍正中间，正侧头看着洛兰，表情被脸上的面具遮去，目光却毫不遮掩地盯着洛兰。

　　林坚忽然握住洛兰的手，侧头在洛兰耳畔低声笑说："肖教官现在是基地内最受欢迎的单身男士，男人想扒下他的面具，女人想扒下他的衣服。"

　　洛兰瞥了眼林坚。

　　林坚心里懊恼，觉得自己失言了。可不知道为什么，每次看到小角看洛兰的目光，即使明知道他只是洛兰的奴隶，根本不可能有什么，却依旧会激发雄性动物的本能。

　　林坚看着表情没有丝毫变化的洛兰，莫名其妙地就想起邵茄公主红着眼眶的样子，视线下意识地飘过去，没想到邵茄公主正直勾勾地盯着他。

　　林坚立即移开目光，握紧洛兰的手。

　　洛兰没有回握他，可也没有抽掉自己的手，一直任由他握着。

　　林楼将军作为此次军事演习的总指挥，发表讲话，然后和其他几个星国的指挥官一起宣布演习正式开始。

　　开幕式结束后，洛兰立即离开，赶去研究所。

　　她坐在飞船上左思右想，总觉得不放心，正在犹豫要不要联系小角，个人终端的蜂鸣音响起，来讯显示是小角。

　　洛兰立即接通："什么事？"

　　"马上要上飞船了，个人终端要上缴，在演习结束前都不能联系外界。"

　　"知道了。"

"你希望我怎么表现？"

小角周围应该有很多人，不停地有说话声传来，他的声音压得很低，几不可闻，就好像他身上那个不能见光的字。

洛兰沉默了一瞬，说："把体能控制在A级，别的你自己决定。"

"明白了。"

洛兰说："还有一件事。"

小角安静地等着。从个人终端里传来军人的喝令声，催促还没有上缴个人终端的人尽快上缴，他却好像一点都不着急。

洛兰说："你留意一下邵茹公主，尽早把她淘汰掉，但不要让她受伤，保护她的安全。"

"好。"

"注意安全。"洛兰主动切断信号。

她凝视着小角身影消散的方向，表情怔怔的。

自从小角搬去军事基地住，他们之间就好像没有以前那么亲密了。

洛兰知道自己太忙，但每天的时间就那么多。实验至关重要，不但不能停，反而应该尽力加快速度；皇帝的工作也不能有丝毫懈怠，必须处理妥当；还有只许赢不许输的战争……

胃部一下下痉挛抽痛，神经性胃病又犯了。

洛兰一手按压在胃部，一手点击个人终端，打开了需要处理的文件。

在飞船到达皇宫前，她还能看完一份文件。

军事演习要持续十五天。

洛兰有权观看全过程，但她实在没有时间关注，嘱托林坚有什么事就通知她。

她相信林坚明白"有什么事"包括小角。

洛兰已经把从紫宴那里得来的楚天清的研究资料全部整理完毕，有了大致的猜测和方向，她把项目交给封小莞去做。

封小莞没想到自己进研究所才一年多，就能独立做项目，又是惊喜又是惶恐，却不敢表露出丝毫退缩。

在洛洛阿姨的词典里没有"不行"两个字，如果这一刻不行就努力下一刻行，如果今天不行就努力明天行。

封小莞暗下决心，一定会拼尽全力，让洛洛阿姨满意。

洛兰自己继续在阿晟身上做着药剂实验。

帮助异种基因和人类基因稳定融合的药剂已经在小角身上证明有效果，但小角是4A级体能，体质强悍，非常人能比，他能承受的药效，换成其他人却是催命毒药。

如果当初的药效能温和一些，就算不能彻底挽留住叶玠的生命，也至少能延长他的生命。

洛兰希望最终研究出的药剂，不仅仅适合A级以上的体能者，还能适合普通人，连E级、F级体能的人也可以使用；不仅仅适合异种，还能适合其他非纯种基因的人类。

很多基因病都是体内基因相斥不融导致的先天性基因缺陷或者病变。如果药剂能帮助不同基因的稳定融合，不但能治疗很多基因病，还有可能提高人类的繁衍出生率。

虽然研究已经初具成果，明确了方向，但现在的研究依旧丝毫不轻松。如果说以前的研究像是大海捞针，那么现在的研究就像是在针尖上雕刻出一个大千世界。

洛兰必须反复实验调整，反复计算测试，才能分毫不差地把那个世界的勃勃生机呈现出来。

阿晟昏迷了三夜四天后苏醒。

一会儿后，他才明白自己在哪里，看着洛兰，不停地眨巴眼睛。

洛兰不耐烦地拍拍医疗舱，"醒来了就赶紧起来，还有事要你做。"

阿晟嚷："你不让开，我怎么起来？裸奔吗？"

"真麻烦！"洛兰转过身。

"我知道你不介意看男人裸体，可我很介意被你看！"阿晟从医疗舱里钻出来，抓起淡蓝色的病人服，背对着洛兰匆匆穿上。

"好了。"

洛兰转身。

阿晟穿着淡蓝色病人服的背影映入眼帘，和锁在记忆深处的另一个身影重叠，一瞬间心像是被什么东西猛击了一下，洛兰大脑一片空白，呆愣在当地。

　　阿晟恰好回身，看到她表情怪异，"怎么了？"

　　洛兰立即恢复正常，仔细盯了一眼他的脸，若无其事地说："伤疤淡了。"

　　"是吗？"阿晟急忙对着医疗舱上的金属面，打量自己，"好像是淡了很多。"

　　他的伤疤是当年和人打架时，被人砍的，一条刀疤从左眼角直到右耳根，斜穿过整张脸。因为当年没有钱好好治疗，就找了个便宜的黑诊所，随便处理了下。伤疤长好后，肌肉纠结，整张脸都有点变形。

　　洛兰问："身体还有其他变化吗？"

　　阿晟活动手脚，仔细感受了下说："觉得身子很轻，好像充满了力量。哦，对了！"

　　他拍拍自己的左腿，"我年轻的时候，过得很颓废堕落，酗酒、打架、嗑药、赌博，什么都做。有一次和人打架，整条腿都被剁掉了。没有钱做断肢再生手术，就成了残废，差点饿死在街头。后来碰到一个好心人，强迫我戒酒戒毒，又带我去做断肢再生手术，还借钱给我让我去学兽医，有了一技之长养活自己……"

　　阿晟似乎觉得自己扯远了，急忙收住话头，"这条腿看上去好了，但耽误的时间太久，总是不太对劲，体能也从C级降到E级。现在却没有不对劲的感觉，就像是两个一直不能完全融合的部件终于完全融合。"

　　阿晟突然意识到什么，激动地问洛兰："我会不会体能也变好了？"

　　洛兰没理会他的问题，走到一台仪器前，示意他过去，"测试一下腿部机能，看看前后的数据差异。"

　　阿晟站到一个圆台上，按照智脑的指令，又蹦又跳、又跑又踢。

　　洛兰一边盯着监控屏幕上的数据，一边看似漫不经心地闲聊："那个好心人叫什么名字？"

　　"千旭。千山连绵的千，旭日初升的旭。"

　　洛兰沉默地看着一组组数据闪过屏幕。

　　"我问他为什么要帮我，他说我们有缘，因为我的名字里也有个日字。我开玩笑地说看名字像兄弟，他笑说我们也许就是失散的亲兄弟。"阿晟想到往事，又是缅怀，又是黯然，"小角就是他的宠物。星际大战结束后，他让我移民到曲云星，说那里应该比别的星球太平，拜托我好好照顾小角，我却把小角弄丢了。他还说……"

洛兰冷斥："少说废话、专心测试！"

阿晟心里嘟囔"神经病，明明是你在问我"，表面上却不敢招惹洛兰这个煞神，乖乖闭上嘴巴。

洛兰对比完数据，眼内闪过诧异，"你的感觉没有错，这条腿的数据变好了。去做个体能测试，也许体能真的变好了。"

阿晟满面震惊，"你给我注射的到底是什么药剂？"本来以为会把他的身体搞垮，没想到居然让身体变好了。

洛兰没有回答他的问题，冷淡地说："再做一次全面详细的身体检查，你的工作就完成了。"

"之后呢？"

洛兰一边低着头做记录，一边说："之后我会找普通人测试药剂，如果药效没有偏差，副作用可控，这个药剂就算研究成功了。"

阿晟暗自咋舌，居然还需要测试！

以后他再也不抱怨药贵了，原来一个药剂的诞生竟然要做这么多研究和测试。

一天的繁重工作结束后，洛兰疲惫地回到官邸。

她没有胃口吃饭，一个人坐在露台上，端着杯酒，一边喝酒，一边望着头顶的星空怔怔发呆。

她完全没想到，这个还没有命名的药剂在促进异种基因和人类基因稳定融合时，一个副作用竟然是能修复受损的身体组织。

如果它能修复身体，让阿晟脸上的伤疤变淡、腿变好，是不是也能修复受伤的大脑？

洛兰给助理刺玫发消息："阿晟的身体检查报告出来后，尽快发给我。"

"阿晟的身体依旧在恢复期。根据今天的血检和细胞活性测定，需要再等几天，才能出报告。"

洛兰闭上眼睛，无声地轻叹口气。

嘀嘀。

个人终端的蜂鸣音突然响起。

来讯显示是林坚，洛兰立即接通音讯。

"邵茄公主和肖郊出事了。"

洛兰立即站起，一边快步往屋外走，一边下令："封锁消息，我会尽快赶来。"

哈牧特星，一颗地形复杂、气候多变的原始星。

挑中这颗星球做军事演习就是因为环境复杂多变，有挑战性。

赶去哈牧特星的路上，洛兰和林楼将军视频通话，了解事件经过。

"究竟怎么回事？"

"军事演习的第三天，邵茄公主的战机被击中，跳伞逃生时，遇到兽群，幸亏肖郊救了她。我担心公主出事，让林坚去游说公主退出军事演习。结果不知道发生了什么，公主不但没有退出演习，反而更加激进，深夜带兵偷袭另一支军队，大获全胜，引起所有人关注，我想做点手脚把公主弄出来都不方便。昨天，邵茄公主的军队和肖郊的军队狭路相逢，展开激战，明明公主这方已经战败，公主却一直不肯认输，竟然飞到死亡大峡谷，想利用死亡大峡谷的复杂地势反败为胜，最终战机撞毁，肖郊和公主都失踪了。"

林楼将军发来最后的监控视频——

绵延几千里，一眼看不到底的大峡谷。

因为地处活火山口，峡谷下方不是奔涌的滔滔江河，而是翻涌的炽热岩浆。峡谷两侧壁立千仞，没有任何生物。

峡谷内到处都是火山喷发、岩浆冷却后形成的高低起伏、形状各异的石柱、石笋、石块。白色的烟雾一年四季缭绕不散，让造型奇特的石块岩峰若隐若现，看上去仙气缥缈，可实际上这些烟雾都是剧毒，以致这个绵延几千里的峡谷内寸草不生，被叫作死亡大峡谷。

邵茄公主不服输，驾驶战机闯入死亡大峡谷，企图借助死亡大峡谷的复杂地势甩脱后面的追兵。

她的计策的确奏效了，大部分的战机都没有再继续追击，只有三架战机跟进来。而且都不是追击的姿态，显然是想劝邵茄公主返航，邵茄公主却没有理会。

她应该有死亡大峡谷的地图，战机在白色的烟雾中灵活自如，眼见着就能彻底逃脱。

可是，死亡大峡谷下是活火山，时不时就会有小规模的岩浆喷发。喷发地点、喷发时间都不定。邵茄公主非常不幸地碰到了一次小型喷发。

火红的岩浆像是人工喷泉般突然冲出来，截断了邵茄公主的去路，战机紧急闪避，撞向白雾中隐藏的石柱，尾翼碎裂。

邵茄公主刚勉力维持住战机平稳，又一波岩浆喷发。

受到地底热气的影响，周围的白雾越发浓密，视线所及，几乎什么都看不见。

这一次邵茄公主再也控制不住战机，一头撞向峡谷侧面的山壁，战机爆炸，公主被弹射出来。

地磁活动导致信号受到干扰，监控画面戛然而止。

只看到最后一瞬，白雾弥漫中，另外一架战机正急速飞来，应该就是失踪的肖郊的战机。

…………

洛兰捂住脸，长出口气。

白痴！我是说了要保护邵茄公主的安全，可是没有让你用命去保护！

清初把一段视频资料发送给洛兰，表情严肃地说："和邵茄公主有关。"

洛兰打开视频。

战舰上，邵茄公主正在穿戴作战服和准备武器，准备上战机，随军记者提问："殿下为什么会参加这次的军事演习？"

"我想证明，我不但有能力保护自己，也有能力保护别人。"

"向谁证明？阿尔帝国的民众吗？"

邵茄公主侧头看向记者，露出了一个自嘲的笑容，"我喜欢的男人。"

记者意外地愣了愣，惊讶地问："公主殿下有心仪的对象了，能透露名字吗？"

"不能！"

"那能透露他是一个什么样的人吗？"

"聪明、优雅、仁慈、坚毅、勇敢，还很英俊。"

记者激动地还想再问，邵茄公主的警卫礼貌地说："采访时间结束。"把记者请走了。

洛兰皱眉沉思，手无意识地轻敲着椅子扶手。

清初说："我查过邵茄公主的参军时间，是陛下宣布和林坚元帅订婚的第二天。"

"林坚发表公开声明的第二天？"

"是。"清初想了想，又补充："邵茄公主本来是一头长发，参军的时候剪掉了。"

"林坚去游说邵茄公主退出演习，公主不但没有退出，反而行为更加过激？"

"是。"

洛兰轻敲着扶手，一言不发。

洛兰赶到哈牧特星时，林坚在临时搭建的搜救指挥营地指挥搜救工作，已经四十多个小时未睡，脸色憔悴、神情焦躁。

"我来盯着吧，你去休息一会儿。"洛兰一脸平静地看着搜救队的搜救画面。

林坚像是什么都没有听到一样，失神地看着玻璃窗外翻滚的白色烟雾，"就算他们在战机失事后，身体没有受到任何损害，作战服也没有受到任何损毁，作战头盔的防毒过滤系统也只能支撑四十四个小时。"

洛兰瞟了眼屏幕上的时钟，距离邵茄公主出事已经过去四十六个小时，超出两个小时。其实，已经可以判定他们死亡了，只不过因为林坚没有下令停止搜救，所有搜救队还在继续工作。

洛兰说："你去休息一会儿，还有很多事要处理。"

林坚突然脾气爆发，愤怒地质问："你没有任何感觉吗？就算邵茄公主的生死你毫不关心，可肖教官好歹跟着你很多年……"

洛兰声音冰冷，毫不客气地打断他："你希望我是什么反应？不吃不喝不睡，还是大吼大叫、迁怒发泄？"

林坚冷静下来，难堪地说："抱歉！我失态了。"

他拿起头盔走出搜救营房，却不是去休息，而是戴上头盔，加入了搜救工作队。

洛兰看着林坚的身影渐渐消失在白雾中。

清初试探地问："要不我去找元帅谈一下……"

"不用了。既然他这样做能安心，就让他做吧！"

洛兰打开智脑，仔细地看着搜救工作组的专家们模拟的当时状况。

第一种可能，也就是最坏的可能，肖郊企图去救即将身陷岩浆的邵茄公主，自己也被岩浆吞没了。

第二种可能，肖郊的战机恰好帮邵茄公主挡住喷发的岩浆，肖郊不幸身亡，邵茄公主侥幸逃脱，为了躲避流动的岩浆，慌不择路，进入死亡大峡谷深处。

第三种可能，也就是最好的可能，肖郊靠着精确的控制，利用战机挡住喷发的岩浆，自己和邵茄公主都侥幸逃脱，为了躲避流动的岩浆，慌不择路，进入死亡大峡谷深处。

洛兰直接把第一种和第二种可能划掉，在第三种可能中又把慌不择路删除，改成镇静应对，然后对智脑下令："模拟逃生路线。"

一会儿后，智脑给出三条路线。

洛兰盯着路线图思索。

清初对比了一下搜救队的搜救路线，"前面两条路线都有人搜查，第三条路线没有，需要派人去吗？"

"如果还有机器人，就派几台去。"

洛兰挥手抹去智脑模拟的逃生路线图，俯瞰着死亡大峡谷的实景地形图——

一条绵延几千里、深不见底的大峡谷，两侧悬崖陡峭、壁立千仞，中间白雾浩荡、怪石耸立。

其实生路很明显，只不过一般人做不到，所以想都不敢想，可小角不是一般人。

洛兰拿起头盔，走出营房，钻进一辆医疗车。

旁边正在休息的医疗兵急忙冲过来大喊："你是谁？不要乱动！"

清初打了个手势，两个警卫走过去和医疗兵交涉。

没等他们交涉出结果，洛兰已经驾着医疗车离开。

峡谷内，邵茄公主的战机坠毁地点。

四周白雾缭绕。

洛兰的目视距离不超过两米，她对自己的驾驶技术没有信心，已经调整成自动驾驶。

因为峡谷内的地磁场紊乱，几乎所有探测仪器都没有办法使用，只能靠着人力一点点搜索。

飞车用蜗牛的速度飞着"Z"字，一边来回飞，一边慢慢上升。

一百米、两百米、三百米……

随着高度的上升，白雾变得越来越淡，洛兰从窗户望出去的距离越来越远。

飞到五千多米时，洛兰看到崖壁上的一个人影。

小角背着昏迷的邵茄公主，正在向上攀缘。

陡峭的石壁犹如用刀斧劈过，笔直光滑，完全没有立脚之地。上面不知道还有多高，下面却是万丈悬崖、滚滚岩浆。

小角完全靠着双手双脚，带着一个人慢慢向上攀缘，已经爬了四十七个小时。

洛兰驾驶着飞车慢慢靠近。

"小角！"洛兰不敢大声呼喊，怕惊吓到他，尽量让声音平静柔和。

小角没有吭声，但向上攀爬的动作停止了。

洛兰不知道他现在是否神志清醒，虽然越向上毒气越淡，作战头盔里的防毒过滤装置坚持的时间也会变长，可小角背负着一个人在绝壁上攀缘，对氧气的需求会变大。

洛兰尽量温和地说："小角，我是洛洛。我会操控机械臂抓住你，你

097

不要动，越配合越安全。"

洛兰操控着机械臂去抓取小角和邵茄公主，"对，就这样，不要动，马上就好，马上！"

机械臂抓取成功，缓缓缩回，把小角和邵茄公主带进车厢。

洛兰立即扑过去，一把摘下小角的头盔，把氧气面罩按到他脸上。

小角看着洛兰，抬起手无力地指了下邵茄公主。

洛兰没理会，检查完他的身体数据，确定一切正常后，才把邵茄公主的头盔摘下，给她套上氧气面罩。

医疗车回到搜救营地。

医疗兵早已严阵以待，把邵茄公主接下医疗车，带入营房去做身体检查。

小阿尔的官员想过来询问洛兰究竟怎么回事，被警卫兵挡在外面。

没一会儿，林楼和林坚一前一后赶过来。

洛兰把事情经过简单说了一下。

林楼和林坚听到小角竟然背着邵茄公主沿着峭壁攀缘而上，完全不是他们任何人猜想的逃生路线，都很震惊。

可仔细想去，如果剔除救援因素，往上走才是那种险恶绝境中唯一的生路，虽然这条生路看上去更像是一条死路。

在众人各种各样的目光中，林楼将军对小角温和地说："虽然演习还没有结束，但你可以提前退出。"

小角看洛兰。

洛兰说："你自己决定。"

小角对林楼将军敬了一个军礼，说："我想立即归队。"

林楼将军赞许地点头，"好！"

他对副官说："派人送肖郊归队。"

小角跟着副官正要上飞船，邵茄公主从营房里冲出来，手臂上还挂着治疗仪，大声喊："我也要归队！"

林楼将军不悦地蹙眉，转头间却已换上笑脸，"殿下还是休息一下，等全面检查完身体再说。"

邵茄公主指着小角，咄咄逼人地质问："为什么他不用检查身体、不用休息就能归队？"

没有人回答得出来。

邵茄公主用力推开医护人员，朝着飞船跑过去。

洛兰大步流星地走过去，抓住她的手腕，一个过肩摔将她狠狠摔到地上，"这就是你不能归队的原因。"

邵茄公主不服气地站起来，朝着洛兰狠狠扑过去。

洛兰干脆利落，又是一个过肩摔，把她摔倒在地。

邵茄公主再次爬起来，不服气地又朝着洛兰扑过去。

洛兰轻轻松松，又是一个过肩摔，把她摔到地上。

连摔三次，第一次还可以说是邵茄公主没有准备，可后面两次，洛兰连动作都没有换，邵茄公主却依旧躲不开。

一直不肯服输的邵茄公主也意识到洛兰是近身搏斗的高手，她再挑衅下去，只会自取其辱。

她又嫉又恨、又羞又恼，气鼓鼓地瞪着洛兰，"你竟然敢摔我……"

洛兰喝斥："用敬语！"

"凭什么？别忘记皇兄还没承认你是皇帝！"

"凭我是英仙洛兰，你是英仙邵茄。"

邵茄公主想起来，就算英仙洛兰不是皇帝，也是年长的姐姐，按照皇室规矩，未经对方允许，她说话时必须用敬语。

邵茄公主理智上知道自己应该立即道歉，不应该让洛兰当众抓住她的痛脚，但看到站在洛兰身后的林坚，她不知为什么就是没有办法服软，倔强地咬着唇，一声不吭。

洛兰冷笑："真是百闻不如一见，最有修养礼貌的公主！"

邵茄公主的眼泪直在眼眶里打转。

洛兰对邵茄公主的警卫吩咐："护送公主回指挥舰检查身体，没有我的允许，她哪里都不能去。"

几个警卫感激地对洛兰敬军礼，急忙围住邵茄公主。

林楼对林坚打了个眼色，示意他陪陪女皇，自己带着邵茄公主和她的警卫一起离开了。

林坚走到洛兰身边，温和地说："这事的确是邵茄公主不对，任性冲动，为了证明自己，天真地用生命去冒险，但你当众动手摔她，还是不太妥当。"

"英仙邵靖他父亲害死了我爸爸，我只是摔了一下他妹妹，他应该不至于为这个和我开战。"

林坚暗叹口气，"我送你回奥米尼斯星。"

"不用了，我自己回去。你去看看邵茄公主，想办法尽早把她带回奥米尼斯星。"

林坚目送着洛兰头也不回地走上飞船。

舱门关闭前，他突然叫："陛下！"

洛兰回过身，看着林坚。

林坚欲言又止，最终放肆地问了出来："为什么肖教官宁可走一条死路求生，也不肯寄希望于有人去救他？"

洛兰没有回答。

林坚问："如果是你，你也是这样的选择吧？"

"是。"

"你有没有想过，不是没有人去救你，而是你压根儿不给对方机会？"

洛兰笑了笑，说："抱歉，我就是这样的人。"

她转身走进船舱，飞船门在她身后合拢。

清初瞅了一眼依旧站在外面的林坚，忍不住建议："陛下，我觉得还是请元帅阁下和我们……"

洛兰抬了下手，示意她噤声。

清初只能收声，凝视着她的背影，沉默地跟随。

独自一人走在自己选择的路上，不知道是因为强大才不需要陪伴，还是因为没有人陪伴才不得不变得强大。

经过十五天的针锋相对、奋力搏杀，多国联合军事演习结束。

奥米尼斯军事基地以团队积分第一，再次获得第一名。

肖郊以个人积分第一备受瞩目，尤其是他还因为救邵茄公主耽误了两天半的时间。

小阿尔的邵靖陛下特意发来感谢信，谢谢他勇救公主。

林楼将军为了表彰他解救邵茄公主的行为，给肖郊授予金盾勋章。

一时间，肖郊风头无两，人人都知道他的名字，成为所有军人羡慕的对象。

闭幕仪式结束后，所有军人开始狂欢。

酒酣耳热之际，一起摸爬滚打、纵横飞翔了十几天的队友一哄而上，把小角扛起来，在营地里边走边喊"肖郊"的名字，四处耀武扬威。

其他军人都善意地笑着起哄，尤其小阿尔蓝茵星的军人，因为小角救了邵茄公主，完全把肖郊当自己人，简直恨不得直接把他拐带到蓝茵星去。

军人之间的友谊很简单，也很直接。

不论出身、不论背景、不论资历，只要在战场上的那刻，你守护过我的后背，和我并肩作战过，那就是过命的交情。

小角被大家抬着走了一圈，不知道怎么回事，又变成了扒面具大赛。

人人争先恐后地往上冲，想要扒下小角的面具。

不仅是奥米尼斯军事基地的军人，其他军事基地和星国的军人也来凑热闹，大家一团混战，到最后都忘记了究竟要干什么，只是打得酣畅淋漓。

他们或多或少都感觉到战争不远了！

这一别就是浩瀚星空、亿万星辰，也许一辈子都不会再见面，也许再次听到对方的消息时是对方的死亡讣闻，但是——

我知道，你是我的战友！星光闪耀处，我们在一起战斗！

会议室。

几个将军向洛兰汇报各个军事基地的军事演习成绩和演习中暴露的问题。

等讨论总结完军事演习，几个将军都开始打听小角。

因为成绩太耀眼，想低调也低调不了，几乎所有将军都盯上了小角，想要找林坚要人。林坚只能暗示他们小角是女皇的人，必须要先问过女皇的意见。

这会儿刚说完军事演习，大家就按捺不住地问洛兰要人，一个个完全不顾风度。

千军易得，一将难求。

肖郊既懂得结盟，又懂得分化；既会光明磊落的正面作战，又会不要脸的偷袭；既懂得暂避锋芒、示敌以弱，又懂得义不容辞、勇救公主，这样的人才不抢才是傻子！

洛兰完全没预料到这样的情况，一时反应不过来，只能傻看着一群将军脸红脖子粗地吵架。

如果不是因为是视频会议，彼此不在同一个星球，洛兰觉得他们肯定会大打出手。

林楼将军冲她笑摇摇头，示意她不要吭声。

等几个将军吵累了，林楼将军咳嗽一声，慢条斯理地说："林榭号战舰上缺一个副舰长，我觉得肖郊很适合。"

几个将军本来摩拳擦掌、斗志昂扬，听完林楼将军的安排，立即偃旗息鼓。

以林榭将军命名的战舰不但直属元帅阁下统辖，而且是阿尔帝国装备最好的战舰之一，如果开战的话，肯定会是英仙号太空母舰的主力战舰，的确很适合肖郊。

林楼将军征询地看洛兰。

洛兰说："如果元帅阁下没有意见，我也没有意见。"

一群将军都善意地偷笑，女皇看上去很强势，可不管人前人后，都给足林坚面子。

林坚暗自苦笑，洛兰以他的意见为准只是因为小角身份特殊，需要他的支持，其实洛兰早已表明态度。

林坚仔细回想了一遍肖郊这一年多的表现，郑重地说："我没有意见。"

林楼将军是真心喜欢肖郊，开心地说："那我就下调令了，等肖郊回奥米尼斯休整几天后，就可以直接去赴职，舰队正等着用人。"

众人都听懂了林楼将军的言外之意，整个会议室内沉默下来。

女皇自从登基，就一直态度强硬地想要对奥丁联邦宣战。

林坚元帅和女皇订婚后，林家也渐渐站在女皇一边。现在林楼将军的调令等于正大光明地开始部署战争了。

虽然每个人都有心理准备，人类和异种之间，阿尔帝国和奥丁联邦之间，必定要决一死战，但是，当战争真到眼前时，没有一个人感觉轻松。

上一次星际大战才过去四十多年，在座的军人，要么亲身经历过那场战争，要么就有亲人、朋友死在那场战争中，没有人比他们更明白战争的残酷。

闵公明将军浑厚苍郁的声音响起："四十多年前，叶玠陛下回来时就告诉过我们，战争才刚开始，还没有结束。我们身为军人，丝毫不敢懈怠，一直在为这一天做准备，但是，陛下，您真的准备好了吗？"

洛兰明白闵公明将军的意思。

从战争开始的一刻起，她的皇位就架在了刀尖上。如果战争结果让民众不满意，皇室内部很可能再起风波，内阁也很有可能支持邵茄公主或者第二顺位继承人。

到时候，她不但皇位保不住，连性命都有可能危险。

洛兰目光坚毅地从所有将军的脸上扫过，没有丝毫犹疑地说："我准备好了！"

闵公明将军点点头，肃容说："好！"

林楼将军站起来，对所有将军说："上一次星际大战，很多战友死在战场上，包括我哥哥林榭将军。我侥幸逃生，保住一条命，但这条命已经不属于我自己。说句心里话，我很庆幸陛下想要开战时我还未老。我想回到战场上，为我自己、为我哥哥、为所有亡故的战友再次战斗！如果死，我死而无憾；如果生，我想在阿丽卡塔星祭奠他们！"

所有将军齐刷刷站起，对洛兰敬礼，异口同声地说："愿为帝国死战！"

一瞬间，洛兰觉得自己的心在战栗、血在发烫。

她的一个决定就是无数军人的性命。他们不畏惧牺牲，但他们的牺牲必须要有价值！

洛兰站起，对所有将军承诺："从现在开始，我和诸位并肩作战，直至胜利！"

Chapter 6

圆舞

其实，选谁做舞伴都无所谓，因为这是圆舞，总会相遇，也总会分开。

洛兰和内阁开完会，离开议政厅。

想到已经万事俱备，只要等内阁同意，就可以正式对奥丁联邦宣战，洛兰的心情略微轻松了几分。

虽然现在依旧困难重重，但相比她刚登基时的处处碰壁，一切都在按照她的计划进展，洛兰有信心一年内获得内阁的同意。

突然，个人终端振动了几下。

是助理刺玫发来的文件，阿晟的身体检查报告。

洛兰立即打开检查报告，仔细看完结论，本来还不错的心情，骤然跌到谷底。

警卫询问"要准备飞车吗"，洛兰做了个"不要打扰我"的手势，示意她想一个人走一走。

洛兰沿着林荫道，走到众眇门。

站在众眇门的观景台上，极目远望。

玄之又玄，众眇之门。

人类已经可以借助各种望远镜看到遥远的无数个光年外，但是依旧没有一个仪器能让人类看清楚自己近在咫尺的未来。

那个六岁的女孩，依偎在父亲怀里，和哥哥争抢望远镜看向远处时，绝不会想到，有一日她会以皇帝的身份，站在这里登高望远，孤独一个人，父亲和哥哥已经都不在了。

洛兰走到观景台上唯一的望远镜前，打开控制面板，用望远镜看向四处。

通过望远镜的镜头，能看到皇宫外她曾经的家。

绿树掩映中，两层高的小楼安静地矗立在阳光下。

洛兰调整着望远镜的放大倍数，看到了露台上的花。

白白紫紫、粉粉蓝蓝的朝颜花开满露台四周，如果是晚上，盛开的花就是夕颜花。

她和叶玠小时候常种朝颜花和夕颜花，一个清晨盛开，黄昏凋谢；一个黄昏盛开，清晨凋谢。

两人种它们的原因没什么特别，就是好养。撒把种子到土里就能活，开出一大片一大片的花，很能满足小孩子的成就感。

望远镜的屏幕里，一朵朵朝颜花随着微风轻颤，似乎就盛开在她眼前。

依稀有两个孩子站在露台上数花朵，"1、2、3……"每天比较是朝颜花开得多，还是夕颜花开得多。

洛兰禁不住微笑。

叶玠也曾站在这里眺望过他们的家吧！

虽然回不去了，但那些快乐温暖都真实存在过，像是美丽的朝颜花和夕颜花般，盛开在命运的旅途上。

洛兰调整望远镜，继续四处乱看。

无意中掠过一个屋子时，看到一对男女在窗户前紧紧相拥，像是正在拥吻。

她的恶趣味发作，立即点击控制面板，锁定他们。

随着镜头一点点拉近放大，洛兰看清楚了那对男女的面貌，男子是林坚，女子是英仙邵茄。

洛兰含着丝若有若无的笑，平静地看着。

林坚还穿着军服，连头上的军帽都没有摘下，一手扶着英仙邵茄的背，一手搂着英仙邵茄的腰。

英仙邵茄穿着粉白色的细肩裙，纤细的胳膊像是朝颜花的藤蔓一样，柔弱无骨地绕在林坚的脖子上。

当英仙邵茄意乱情迷地去解林坚军服的扣子时，林坚好像终于从激情中清醒了一点，抬手碰了下控制屏，玻璃窗渐渐变色，将一切隐去。

洛兰关闭镜头，把目光投向天空尽头。

众眇之门，玄之又玄。

洛兰离开众眇门，慢慢走回官邸。

清初急匆匆迎上来，脸色非常难看。

"邵茄公主本来应该今天乘飞船离开，但飞船起飞后，才发现她竟然私自溜下飞船，去向不明。现在到处都找不到人，想要定位她的个人终端，信号也被屏蔽了……"

洛兰把望远镜里录下的视频发给清初。

清初看完视频，眼睛惊骇地瞪大，气急败坏地说："陛下，必须……"

洛兰食指搭在唇前，做了个噤声的手势，示意她不要多言。

"如果你是担心我的皇位，没必要；如果你是担心我，更加没必要。"

洛兰从小就知道自己是个怪物，从来不招男孩子喜欢。男人对她的态度不是畏惧地敬而远之，就是尊敬地俯首称臣，林坚不喜欢她很正常，只不过没想到会是英仙邵茄。牵涉到皇位，有点麻烦而已。

清初只能闭嘴，却越想越难受。

现在的局势，战争一触即发，陛下为了大局，肯定不但不能发作，还要帮他们仔细遮掩。

洛兰拍拍清初的肩膀，淡然地说："本来就是各取所需，结果最重要，不要在乎细枝末节。"

清初深吸口气，打起精神，故作开心地说："小莞那丫头嚷嚷着要为小角举办庆祝舞会，恭喜他在军事演习中得了全军第一。这会儿她正在屋子里四处制造地雷，陛下走路时小心点。"

洛兰已经看到了——

飘来荡去的彩色气泡、缤纷艳丽的鲜花、五颜六色的锦带、一闪一闪亮晶晶的彩灯……

洛兰觉得小莞不是为了欢迎小角载誉归来，而是为了满足自己成长中一直没有满足过的少女心。

洛兰完全理解，因为她就是一个完全没有少女期的怪物。

洛兰拿了瓶酒，坐在露台上，自斟自饮。

紫宴按照小莞的吩咐，到露台上挂彩灯。

他瞥了眼洛兰，"碰到什么事了？"

"为什么这么问？"

"直觉。"

洛兰望着远处淡笑，"人生不就是一直在碰到事吗？好事、坏事、不好不坏的事。"

紫宴挂好彩灯，坐到洛兰身旁，顺手拿过她手中的酒杯，一口饮尽杯里剩下的酒，咂吧了下嘴，"比上次的酒烈。"

"你在找死！"洛兰说。

紫宴又给自己倒了一杯，"人生不就是一直在朝着死亡前进吗？你永远不知道明天和死亡究竟哪个会先来。"

他对着空气举举酒杯，喝了一大口，像是对躲在暗中窥伺的死神致敬。

洛兰的酒杯被他抢去，只能拿起酒瓶，直接对着酒瓶喝。

紫宴凝视着洛兰，眼内掠过各种情绪。

明明是一样的身体、一样的脸，却脾气秉性截然不同，像是两个独立的灵魂。

洛兰察觉到他在看她，蓦然回首，捕捉到他眼内未及藏起的温柔和哀伤。

洛兰当然不会自作多情地以为紫宴在看她，"你喜欢那个女人？"

紫宴装没有听见。

洛兰觉得有趣，"我是说那个傻乎乎，一直把你当普通朋友，敷衍地把一株藤蔓当礼物送给你的女人……"

紫宴粗暴地打断她，"我知道你在说谁！"

洛兰举起酒瓶，和紫宴碰了下酒杯，笑说："真没想到长了三颗心的男人，不但没有三心二意，反而这么纯情，当年不敢表白，现在舍不得触碰。"

"英仙洛兰！"紫宴警告地叫。

洛兰依旧不怕死地逗他，笑睨着他，把脸往他面前凑去，"我和她可是长得一模一样，你对她那么温柔，对我怎么就这么凶？"

紫宴一把掐住洛兰的下巴，强迫她的脸转向屋内。

阿晟正在帮小莞布置彩带，起身抬头时，恰好看到洛兰和紫宴亲昵怪异的样子。他惊讶地愣了愣，急忙掩饰地挤出个尴尬的笑。

他脸上的伤疤只剩下淡淡一条痕，只是肤色比其他地方略微深一些，肌肉不再纠结扭曲，五官露出了本来面目。

紫宴讥讽地问："阿晟现在像谁？"

洛兰表情僵冷，一言不发。

因为实验结束，这段时间她一直没有见过阿晟，没想到他的身体竟然恢复到了这种程度。

紫宴冷嘲："阿晟何止长得像千旭！每个细胞都一模一样！你会把他当成千旭吗？"

洛兰挣扎着想要摆脱紫宴的钳制，却始终没有摆脱，一怒之下，直接拿起酒杯，把剩下的酒泼到他脸上。

紫宴不在意地抹了把脸，用染了酒液的手指轻佻地点点洛兰的唇，"我是爱骆寻，我有多爱她，就有多恨你！如果杀了你，她就能回来，我早已经宰了你！"

洛兰抬手想扇他，他已经放开她，飘然离去。

洛兰的胸膛剧烈起伏，猛地拿起酒瓶，咕咚咕咚地大口灌酒。

日薄西山，夕阳慢慢收拢最后的余晖。

暮色四合，一切都渐渐被黑暗吞噬。

小角到家时，看到整栋屋子五彩缤纷、闪闪发亮。

他下意识扫了眼四周，确定自己没有走错。

他疑惑地走进大厅。

突然，四周响起激越欢快的音乐声，五颜六色的彩带和闪闪发亮的雪花从空中飘落。

阿晟和封小莞戴着夸张的小丑面具，从左右两边的楼梯上跳下来，随着音乐又扭又跳，挥舞着双手高声唱"恭喜、恭喜"。

小角觉得他们的舞姿简直比敌人的进攻还可怕，下意识用目光搜寻洛兰，不明白她为什么会允许这种事情发生在她的屋子里。

半月形的露台上，彩灯闪烁。

迷离变幻的灯光中，洛兰独自一人坐在扶手椅里，背对着明亮的大厅，面朝着漆黑的夜色。

小角从载歌载舞的封小莞和阿晟中间径直穿过，走到露台上，"我回来了。"

洛兰没有回头，只是举举酒杯，表示听到了。

小角看到桌上有一瓶酒，地上有一个空酒瓶。

自从洛兰做了皇帝后，就喜欢上一个人自斟自饮，似乎饭可以不吃，酒却不可以不喝。但像今天这样，天才刚黑就已经喝完一瓶酒的状况，依旧很罕见。

小角问："发生了什么事？"

洛兰淡笑："你是第二个问我这个问题的人，我脸上写满了事故吗？"

封小莞停止了跳舞，把滑稽夸张的小丑面具掀到头顶，沮丧地问阿晟："我的歌舞编排得很糟糕吗？"

阿晟摇摇头，"我觉得很好笑、很好玩。"

紫宴笑嘲："小莞，阿晟看你向来只用他那颗长偏的心、完全不用眼睛，你以后少问这种问题了。"

小莞冲紫宴做了个鬼脸，表示"才不要听你的"。

她冲到露台上，张牙舞爪地嚷："我精心布置的庆功舞会，你们赏点光好不好？"

小角没理她，小莞对他也有点发怵，不敢招惹他。

她探身去拉洛兰，"洛洛阿姨，每个人都必须跳舞庆贺！"

洛兰被小莞硬拽到大厅，配合地问："跳什么舞？"

"清初！"小莞冲躲在角落里吃东西的清初用力招手，示意她赶紧过来，"六个人，三男、三女，正好可以跳圆舞。"

呵，圆舞！洛兰微笑。

封小莞毫不迟疑地选定阿晟做舞伴，清初在笑眯眯的邵逸心和冷冰冰的小角之间，毫不犹豫地站到邵逸心面前，把小角留给了洛兰。

洛兰主动握住小角的手，笑着说："其实，选谁做舞伴都无所谓，因为这是圆舞，总会相遇，也总会分开。"

小角沉默地握紧洛兰的手，搂住洛兰的腰，等别人开始跳后，他才模仿着别人的舞步，带着洛兰跳起舞。

洛兰目不转睛地盯着小角，似乎想要透过他的面具看清楚他究竟是谁。

小角困惑地看她，"洛洛？"

洛兰问："这是我们第几次一起跳舞？"

"第一次。"小角无比肯定，"只要和洛洛做过的事，我都记得。"

是吗？洛兰微笑着移开了目光。

随着音乐，大家跳了一会儿，转个圈，交换舞伴，继续跳。

紫宴成为洛兰的舞伴。

他一直觉得英仙洛兰不像是喜欢跳舞的人，但她的舞跳得非常好。

"你以前跳过圆舞？"

洛兰含着笑，慢悠悠地说："我妈妈性格孤僻，不喜欢一切人多的活动，唯独喜欢圆舞，因为她就是在跳圆舞时遇到了爸爸。"

紫宴专注地凝视着洛兰，清晰地表达出想要继续听下文。

"当时，我妈妈在执行任务，为了躲避敌人，哪里人多就往哪里钻，结果无意中闯进一个舞会中。她为了不露馅只能跟随大家一起跳舞，可她压根儿不会跳舞，身体僵硬、不停地踩舞伴的脚，男士们都躲着她走，没有人愿意做她的舞伴，陪她出丑。危急时刻，我爸爸挺身而出，主动拉起她的手，带着她跳舞，帮她躲过追杀。"

"你父亲擅长跳舞？"

"何止是擅长！"洛兰微笑，眉梢眼角尽是温柔，"我爸爸仗着有个皇室身份，不用为生计奔波，一辈子专攻吃喝玩乐，叶玠不过学了点皮毛就已经足够他招蜂引蝶、浪迹花丛了。"

紫宴刚想说什么，音乐声变换，又到了要交换舞伴的时间。

洛兰转了个圈，成为阿晟的舞伴。

紫宴看到洛兰握住阿晟的手时，身子明显僵了一下。

她唇畔含着丝讥笑，眼神放空，不知道在想什么。

和阿晟跳完舞，洛兰本来应该继续和小角跳，她却突然停下来。

"我累了，你们继续玩。"

她径直走上楼梯，回到卧室。

洛兰坐在卧室的露台上，一边喝酒，一边仔细阅读阿晟的体检报告。

小角走过来，坐到她旁边，把一碟她喜欢的水果放到桌上。

"死亡大峡谷的事，谢谢！"

洛兰冷淡地说："不用！当时你距离悬崖顶只差两百多米，即使我没有去，你也能自救。倒是我应该谢谢你救了邵茄公主，否则英仙邵靖不会善罢甘休。"

小角把果碟往洛兰手边推了推，"你晚上没怎么吃东西。"

洛兰瞥了眼垒放得整整齐齐的水果，抬眸看向小角，突然笑叫："辰砂！"

"什么？"小角正在低头帮洛兰剥水果，没有听清。

洛兰盯着他，冷声问："你是谁？"

"我是小角。"小角把剥好的紫提果递到洛兰嘴边，平静坦然地看着洛兰。

"是吗？"洛兰笑挑挑眉。

"是！"小角的目光坚定坦诚。

洛兰淡笑，"一觉睡醒，发现整个世界天翻地覆。亲朋好友死的死、残的残，高高在上的指挥官阁下变成了没有人身自由的奴隶，罪魁祸首却成了自己的主人，滋味很不好受吧？"洛兰伸手，温柔地抚过小角脸上的面具，挑起小角的下巴，端详着他，"明明恨不得立即杀了我，却要假装很关心我，逼着自己和我亲近，很难受吧？"

"洛洛？"小角眨了眨眼睛，十分困惑，完全不明白洛兰究竟在说什么。

洛兰凝视着小角。他的眼睛依旧如同仲夏夜的星空般清澈明亮、干净纯粹，只是不知道究竟是真还是假。

阿晟的体检报告已经证实了她的担心。

她耗费十几年心血研制出的药剂，在促进异种基因和人类基因稳定融合时，副作用竟然是能修复受损的身体组织。

不过，相较胳膊、腿、内脏器官这种身体组织，人类的大脑神秘莫测。可以说，即使人类科技进步到现在，人类曾经面对的两个无穷也依旧存在——人类依旧没有探索到宇宙的尽头，也依旧没有探索到自己大脑的尽头。

在进行反复实验测试前，洛兰不确定这种药剂是否对脑神经也具有修复作用。

也许是她想多了，小角依旧是小角，可也许药剂已经修复了小角被镇静剂毒害的脑神经，眼前的这个男人，根本不是小角，而是辰砂伪装的小角。

洛兰轻轻张嘴，含住小角递到她嘴边的紫提果，舌尖从小角手指上慢慢卷过，小角纹丝不动。

等洛兰抬头，他才缩手，想要帮洛兰再继续剥水果。

洛兰握住他的手，一根根把玩着他的手指。

手指修长、掌心温暖，这只手给了她十多年的陪伴，保护了她无数次，但也是一只随时能置她于死地的手。

小角沉默温驯，任由洛兰把玩，就好像不管洛兰对他做什么都可以。

洛兰挠挠他的掌心，命令："把面具摘掉。"

小角看着她，没有动。

"摘掉！"洛兰命令。

小角抬手，摘下面具。

那张冰雪雕成的脸露在了漫天星光下。

洛兰放开他的手，盯着他的脸告诉自己，他是辰砂，不是小角！

"脱衣服！"洛兰命令。

小角毫不迟疑地站起，一颗颗解开军服的扣子，把外衣脱掉，扔到自己刚坐过的椅子上。

洛兰目不转睛地看着。

"继续！"

小角一颗颗解开衬衣的扣子，把衬衣也脱掉，露出紧致结实的上半身。

他安静地看着洛兰。

洛兰慵懒地靠坐到椅子里，右腿交叠到左腿上，端起酒杯喝了口酒，看着小角，面无表情地命令："继续！"

小角开始解皮带，把长裤缓缓脱下。

洛兰醉意上涌，眼前似乎出现了幻觉——

一个长发女子慌慌张张地冲进男子的房间。

男子正在穿衬衣，不好意思让女子看到自己裸露的上身，立即羞涩地转身。

女子却丝毫没有察觉，一边叽叽喳喳地说话，一边绕着男子转圈，男子急速地扣着衣扣。

小角全身上下仅穿着内裤，站在洛兰面前。

洛兰表情淡漠，长眉微挑，冷冷问："我有说停下吗？"

小角盯着洛兰，没有动。

"怎么不脱了？"洛兰慢慢地啜着酒，似笑非笑地看着他，眼睛内没有一丝温度。

小角慢慢弯下身，缓缓脱下内裤，赤身裸体地站在洛兰面前。

4A级体能，人类力量的极致，身体的每一条曲线都是力与美的完美结合，像是一尊由艺术大师精心雕刻成的大理石雕像，全身上下没有一点瑕疵。

洛兰一口喝尽杯中酒，放下酒杯，笑着鼓掌："你已经不是当年的辰砂，能屈能伸，很能忍，对自己也够狠！可是，演技还是不过关，已经露馅了。"

小角低垂着头，淡漠地说："我是小角，我不知道你不停提到的辰砂是谁。"

洛兰讥笑，兴致盎然地看着他："你不觉得，如果真是小角，根本不应该停下来盯着我吗？还有，这会儿为什么不看我呢？觉得难堪？窘迫？屈辱？"

小角霍然抬头，一双眼睛亮如寒星，"因为我已经知道，你是女人，我是男人，赤身裸体意味着什么。这应该是最亲密温柔的事，但是你……"小角脸上露出委屈和痛苦，"你不是想要我，你是想羞辱我！我做错了什么？"

洛兰愕然地愣了一愣。

眼前的人的确有可能是小角。如果是小角，他的确什么都没有做错，却要承受她的羞辱。一瞬间，洛兰竟然不敢和小角明亮的眼睛对视，借着侧身倒酒，回避开他的目光。

她默默地喝完杯中酒，还想再倒时，发现酒瓶已经空了。

洛兰起身进屋。

出来时，她一手拿着瓶酒，一手拿着件睡袍。

小角依旧赤身裸体地站在露台上。

洛兰把睡袍扔给小角，背对着小角，打开刚拿的酒，先给自己倒了半杯，一边喝酒，一边思索。等酒喝完时，她像是下定了决心，把酒杯重重放下。

她打开药剂箱，从里面拿出七支精致的药剂，排成一排放到桌上。

洛兰转身看着小角，"这是从吸血藤里最新提取研制的镇静剂，目前整个星际已知的最强镇静剂，对3A级和4A级体能的人非常有效，两到三支的剂量就已经足够，使用过量会对脑神经有破坏作用。"

小角问："如果我喝了它，你就相信我不是那个什么辰砂？"

洛兰盯着他，没有说话。

小角拿起一支药剂，眼睛看着洛兰，一口气喝完。

洛兰冷眼看着，一言不发。

小角拿起第二支药剂，毫不迟疑地一口气喝完。

小角拿起第三支药剂，毫不迟疑地一口气喝完。

洛兰俯下身给自己倒酒。

小角看着低头倒酒的洛兰，拿起第四支，扭开盖子，正要倒进嘴里。

洛兰的动作快于自己的理智，突然转身抓住小角的胳膊，不让他继续喝。

小角问："你相信我是小角了？"

洛兰没有说"相信"，却也没有放手。

虽然小角的一举一动都没有问题，看上去和以前一样赤诚忠诚，但她依旧没有办法完全放下怀疑。

她很想告诉自己，是她想多了。

毕竟这一年多来，小角训练士兵尽心尽力、毫不藏私，是士兵们最尊敬崇拜的教官。军事演习中，小角也完全按照她的指令，冒着生命危险救了邵茄公主。

如果他真是辰砂，他完全可以不救，任由她和英仙邵靖打起来。

但是，如果她判断错误了呢？

如果是一个可以忍受羞辱、可以伪装温驯、可以拿自己的命做赌注的辰砂呢？

辰砂忍人所不能忍，处人所不能处，必然图谋巨大。

洛兰的大脑里充斥着截然对立的两个声音，一个说着"杀了他"，一个说着"不能杀"。

杀了他？

万一杀错了呢？如果他真的是小角呢？

不杀他？

万一他是辰砂呢？

洛兰内心天人交战，感觉身体在不受控制地轻颤。

只要让他把七支药剂全部喝完，不管他是小角，还是辰砂，都会失去所有记忆，变成白痴，并且永不能再修复。

但小角就永远消失了！

那个朝夕陪伴她十多载，在她危险时保护她，在她沮丧时安慰她，在她难过时陪伴她的人就没了！

小角看着洛兰握着他胳膊的手，"你的手在发抖。"

洛兰像是触电一样，猛地放开他，端起酒杯一口气喝完，拿起酒瓶还想再倒一杯。

小角从她手里拿过酒瓶，盯了眼瓶子上的标注，说："别喝了，这是2A级体能的人才能喝的酒。"

洛兰想要夺回酒瓶，"还给我！"

这是叶玠留下的酒，疲惫孤独时喝一杯，感觉像是叶玠仍然在她身边。这个时候，她尤其需要，也许再喝一杯，她就能狠下心做决断。

小角躲开她，"不要再喝了！"

洛兰伸出手，气势汹汹地命令："还给我！"

"不给！"

洛兰看小角目光涣散，没有焦距，知道镇静剂的药效开始发挥作用。她觉得眼前的小角晃来晃去，好像有无数虚影。

"你醉了。"

"我没有！"

像是为了证明自己没有醉，小角拿起酒瓶，凑到唇边，喝给洛兰看。

洛兰趁机一把夺过酒瓶，往屋子里逃去，可头重脚轻，竟然在门口绊了一下，整个人朝地上扑去。

小角急忙揽住她的腰，但自己双腿虚软，也没有比她更好，两个人一起摔在地上。

酒瓶倾倒，酒液泼洒在两人身上。

洛兰恼怒地踢小角，"都是你的错！"

"都是我的错。"

小角语气温驯，目光却灼热，满是侵略性，像是一只准备着要捕获猎物的野兽。

洛兰隐隐觉得危险，可是晕沉沉的脑子似乎罢工了，拒绝思考、拒绝行动，浑身发热，只想懒洋洋地躺着休息。

小角呆呆盯了一会儿洛兰，突然俯下头，轻轻地在洛兰脸颊边、耳边挨蹭。

洛兰感觉小角很久没有这样亲昵了。

似乎自从他去基地当教官，就很少有兽化时的行为了。当时她觉得烦不胜烦，现在失而复得，却让人分外欣喜。

"小……角。"

"洛洛……洛洛……"

小角亲吻着洛兰的脖子，从脖子一点点亲吻到脸颊边。每一下触碰都极尽温柔，诉说着无尽的眷恋，就像是在膜拜他渴望已久的珍宝。

洛兰昏昏沉沉，感觉自己在一点点融化。

当小角吻到她的嘴唇时，她略微清醒了一点，觉得哪里不对，用力推小角，挣扎着想要逃离。

小角却用绝对的力量，霸道地压制住她，将她禁锢在自己怀里。

他狠狠吻住她，毫不犹豫地撬开她的嘴唇，长驱直入，宣示着自己占领她、拥有她。

洛兰刚开始不肯配合，企图推开他，可小角长期以来一直压抑的渴望好不容易才冲破重重阻碍释放出来，像是喷发的火山，滚烫灼热的岩浆喷涌而出，势不可当、摧枯拉朽，带着点燃万物、焚毁一切的决然。

洛兰在一波又一波的热烈索求前，渐渐消融，终于放弃抵抗，俯首臣服，随着本能沉沦。

　　地上的酒瓶不知被谁踢了一脚，骨碌碌滚动着，从屋里滚到露台上，残余的酒液滴滴答答、蜿蜒落下。

　　夜幕低垂、繁星闪烁。

　　浓郁的酒香，在晚风中缠绵缭绕。

Chapter 7

小角爱洛洛

他早已经明白男女之情，清楚地表达出心意，她却一直没有回应。

夜里。

洛兰半梦半醒间，觉得身体又重又酸，下意识动了动，想要翻个身，却像是被藤蔓缠住了，一动都动不了。

她挣扎了半晌，终于清醒过来。

睁开眼睛时，发现自己在小角怀里，那张轮廓分明、犹如冰雪雕成的脸正紧挨着她的脸。

洛兰吓得立即又闭上眼睛。

两人肢体纠缠的画面断断续续从脑海里闪过，让人觉得像是一场荒唐的春梦，可耳畔传来小角平稳绵长的呼吸，提醒着她这一切不是梦。

洛兰缓缓睁开眼睛。

镇静剂的药效还没有过去，小角依旧在沉睡。

眉梢眼角没有清醒时的冷峻，如同被四月春风吹拂过的大地，冰雪消融、山水含情。

嘴角微微上翘，带着一丝笑意，应该正在做一个好梦。

洛兰用指尖轻触他的唇角，又像是受到惊吓般立即收回手。

她心如擂鼓，小心翼翼地观察着小角，看他没有醒来的迹象，才终于放下心来。

她轻轻拿开小角的胳膊，从他怀里钻了出去。

洛兰随手拿了件衣袍披上，双腿发酸、脚步虚软地离开卧室，躲到外间的屋子。

昨晚明明只是想查出小角现在究竟是谁，想着要不要铲除后患，怎么就变成了这样？

洛兰觉得应该静下心来好好分析一下前因后果，可脑子像是宿醉未醒，依旧昏昏沉沉、一片空白。

洛兰觉得胃一阵阵抽痛，才想起昨晚几乎什么都没吃，胃病又犯了。

她走到吧台旁，轻手轻脚地给自己冲了杯热茶，从饼干盒里拿了几块点心，坐在角落的沙发里，安静地吃着。

洛兰告诉自己，不过是两个喝醉的人一夜纵欲，没什么可多想的，就当什么都没有发生过！

连吃了三块点心，又喝了些热茶，胃痛略微缓解。

洛兰打开最后一个玫红色的点心盒，突然发现里面的点心和之前吃的都不一样。

一枚朴实的姜饼，上面绘着一朵红色的月季花，造型朴实到拙劣。

洛兰想起来，这是小角亲手做的点心。

当时，他叮嘱她不要当着他的面吃，等饿了时再吃，结果她放到饼干盒里后就完全忘记了。

时光匆匆，竟然已经一年多。

洛兰怔怔发了会儿呆，拿起姜饼细看，才发现背面居然还有字。

圆圆的姜饼上面，上下三行，写了五个玫红色的字。

小角

爱

洛洛

洛兰如同不识字一样呆呆看着。

已经消逝的时光，在五个字的牵引下，像是呼啸的列车，从她心头轰然驶过。

无数被她忽略的琐碎细节一一浮现。

她说自己不是骗子时，小角纵容地对她笑。

漆黑的矿洞里，小角抱着她奔跑，把她紧紧地护在怀里。

实验失败，她绝望痛苦时，小角怜惜地凝视着她，笨拙地安慰她。

她做完手术，手抽筋时，小角爱怜地亲吻她的手。

她和林坚吃完晚饭，拥抱告别后，小角悲伤愤怒地咬她。

她宣布订婚时，小角恳求她不要和林坚结婚。

…………

洛兰翻过姜饼，后知后觉地意识到姜饼上绘制的不是月季花，而是玫瑰花。

一朵表达爱意的花。

她一直觉得小角不通人情，把他当傻子，可其实真正傻的人是她！

听而不闻，视而不见。

难怪小角会迫不及待地搬去军事基地住，难怪他会不再像以前一样亲近她。

他早已经明白男女之情，清楚地表达出心意，她却一直没有回应。

他肯定当作了拒绝。

…………

洛兰猛地站起，快步走到门前，手已经搭到门把上，却没有勇气推开门。

她呆呆站了会儿，转身离开了。

洛兰去书房，冲了个澡，穿上长袖高领的衣服，把身上残留的痕迹遮盖得严严实实。

看看时间才凌晨四点，她去楼下的办公室，打开智脑，开始工作。

刚开始还有点心神涣散，可她身份特殊，面对的事一件比一件重要，根本容不得她分神懈怠。

在现实的强大压力下，那点莫可名状的情绪很快烟消云散，不得不全神贯注地投入工作。

早上七点半，个人终端突然响了。

洛兰看了眼来讯显示，让智脑接通信号。

林楼将军出现在她面前，"早上好，陛下。"

"早上好，林将军。"

林楼将军拍拍工作台的屏幕，"很抱歉这么早打扰陛下，不过我发现陛下还没有签署肖郊的调令，有什么问题吗？如果有问题的话，我必须尽早准备、另做安排。"

洛兰沉默了一瞬，揉着太阳穴说："没有问题。只是工作太多，忘记了。"

她打开文件，签署生物签名，点击发送，把调令发给林楼将军和谭孜遥将军。

林楼将军放下心来，笑着说："林坚各方面都很优秀，不过毕竟经验不足，我看肖郊行事刚毅稳妥，恰好弥补林坚的不足，留在皇室护卫军的确大材小用了。"

洛兰笑了笑，说："既然将军这么欣赏他，就让他立即去报到吧！"

林楼将军满面诧异："只是备战，还没有正式开战，刚刚军事演习完，让他多休息几天吧！我可以给他十天假。"

"不用，让他立即去舰队报到。"

林楼将军看女皇坚持，只能接受命令，"好，我让副官通知他，今天就必须出发，尽快赶来舰队报到。"

洛兰切断信号后，如释重负地松了口气。

机器人来叫洛兰吃早餐，洛兰本想回绝，可转念间又觉得好像太刻意。

她决定还是像往常一样比较好。

洛兰跟着机器人走进饭厅，看到长方形的餐桌上琳琅满目，早餐异常丰盛。

封小莞张开双臂，夸张地比了个手势，"全是小角做的。小角简直是星际最完美的男人，能进厨房、能上战场。"

洛兰泰然自若地坐到餐桌旁，拿起一块烤好的面包，淡定地问："阿晟呢？很不完美吗？"

封小莞懊恼地吐吐舌头，谄媚地补救："阿晟是我心中最好的男人！我嘴巴不刁，有营养餐就很满足，不需要会厨艺；我也不是女皇，不需要男人为我上战场，去征战星际。"

阿晟好脾气地笑笑，"我本来就远远不如小角。"

封小莞不满，刚要说话，小角走过来，把一杯热茶放到洛兰手边。

洛兰客气地说："谢谢。"

小角在她身侧站了一会儿，沉默地坐到她身边的位置上，却没有吃东西，只是看着洛兰，欲言又止的样子。

洛兰始终头也不抬地吃着早餐。

封小莞和阿晟虽然不知道怎么回事，但都察觉到气氛不对，一人拿了一碟食物，迅速溜走了。

小角说："我接到林楼将军的命令，要立即去林榭号战舰报到，待会儿就必须离开。"

洛兰把一串数字发到他的个人终端上，"初始密码是你左手大拇指的指纹，登录后可以改成其他任何密码。"

小角不解："这是什么？"

"一个账户，里面有一点钱。你突然空降到林榭号，肯定会有很多人不服气，只靠拳头也不是办法。虽然战舰上大部分东西都是按照军衔免费配给，但还有很多东西需要花钱购买。"

小角明白了，"这是你给我花的钱？"

"不是我给你的钱，本来就是你的钱，只不过我代为保管了一段时间而已。"

"我的钱？"

"在曲云星时，你配合我研制了一些治疗外伤的小玩意儿，艾米儿拿去售卖，这是你作为实验体的分成。"

小角意外地愣住。

洛兰低头吃着早餐，仿佛毫不在意，"具体事情，你可以去找艾米儿询问，合同是她拟的，公司也是她在经营，我完全没有关心过。"

小角沉默地看着洛兰。

洛兰吃完早餐，放下餐具，起身离开。

小角突然问："是要开战了吗？"

洛兰回身，终于正眼看着他，"是。"

"什么时候？"

"我会争取让内阁尽快同意。"

"林榭号战舰会直接上战场？"

"是。"

隔着一段不远不近的距离，小角看着洛兰，洛兰也看着小角。

如果林榭号战舰会直接上战场，也就是小角会直接上战场。到时候为了行动保密，肯定不会允许任何人离舰，这就是他们最后的告别。

小角问："你……对我有什么要求？"

"帮我打败奥丁联邦。"

"好。"

洛兰面无表情，眼睛里似乎有一丝动容，但一闪而逝，让人根本来不及看清楚。

小角突然大步走过来，紧紧抱住洛兰。

洛兰僵硬地站了一瞬，终于轻轻环绕住小角的腰，低声说："我等你回来。"

小角像以前一样用下巴蹭了蹭洛兰的头。

小角简单地收拾了几件个人用品，就离开了。

紫宴、阿晟、小莞他们都把小角送到门口，洛兰却因为要工作，没有去送他。

办公室里。

洛兰坐在办公桌前，通过监控屏幕，看着小角和紫宴他们一一握手告别后，走向飞车。

上车时，他脚步微顿，回过头。

洛兰不知道他在看什么，只看到他的目光定了一瞬，最终平静地收回目光，坐上了飞车。

引擎声中，飞车起飞，消失在天空。

洛兰安静地坐着，眼中暗潮汹涌，满是说不清、辨不明的情绪。

清初屏息静气，一声都不敢吭。

良久后。

洛兰才像是突然回过神来，"今天的工作我已经处理完，你去找邵逸心核对一下，如果有什么不妥再联系我，现在我要去研究所。"

清初惊诧："都处理好了？什么时候？"

洛兰轻描淡写地说："半夜失眠就起来工作了。"

清初跟在洛兰身后，一边小步跑着，一边快速地说："邵茄公主找到了，她说突然溜下飞船是因为想起来还有一个很想去的地方没有去，想要再在奥米尼斯待两天。"

"随便她。"

"元帅阁下今天会陪邵茹公主去烈士陵园。"

洛兰脚步放慢了，思索地说："英仙号星际太空母舰炸毁后，所有牺牲将士应该都尸骨无存。"

"是。"清初顿了一顿，继续说，"叶玠陛下在烈士陵园里专门建造了一座英魂塔，把所有阵亡将士的名字刻录在英魂塔内，用来纪念所有阵亡将士。"

洛兰算了算时间，发现竟然已经整整四十四年了！

"每年这几天哥哥都很难受吧？"

清初沉默了一瞬，才回答："很难受。虽然陛下从不表露，但那座英魂塔一直压在他心上，陛下能背出英魂塔上所有士兵的名字。"

洛兰吩咐："把名单发我一份。"

清初想了想，才明白洛兰的用意，不赞同地说："陛下，这绝对不是叶玠陛下期望的！"

"当年的战争和我有关，本来就不应该由哥哥一个人承担。"洛兰大步流星地向前走去。

清初看着洛兰的背影，什么都说不出来。

她已经背负了整个阿尔帝国，甚至所有人类的命运，还要再背负上所有战死的亡魂，难怪她对什么都不在意，因为她已经没有余力去在意。

洛兰到研究所时，助理刺玫已经按照她的要求带来二十个普通的异种，二十个普通基因的人类。

异种是从偏远的能源星上征集的退休工人，因为身患重病、报酬优厚，即使明知道是做实验体，依旧十分踊跃。

人类是从监狱里征集的重刑犯，因为基因的先天性缺陷，长期被病痛困扰，都知道是做药剂实验，但有可能治愈自己的疾病，所以有很多人报名。

洛兰看完他们的身体检查报告，确认都符合要求后，让刺玫把他们分成几组，注射药剂，全天监控。

洛兰盯完自己这边的药剂测试后，去看小莞那边的实验研究。

小莞的进展不是很顺利。

洛兰和她一起把研究过程梳理了一遍，她像是有所领悟，风风火火地又投入工作。

阿晟已经完成实验体的工作，但他好像习惯了每天来实验室报到，没有事做就去给小莞帮忙。

他是执业多年的兽医，虽然前面有一个兽字，可一些基础原理相通，辅助性的工作上手很快，帮着小莞打打下手，干得有模有样。

洛兰冷眼旁观了一会儿，发现阿晟做事稳重细致，能弥补小莞跳脱急躁的缺点，配合小莞一起工作，效果竟然出奇地好。

她想了想，对刺玫吩咐，以后就让阿晟以实验体的名义到小莞这里来帮忙。

洛兰忙到下午，匆匆脱下研究服，赶去议政厅。

一群衣冠楚楚的食人鲨坐在会议室里，正等着围攻她。

幸亏紫宴已经和她开过会，提前和她讨论分析过每个人的心态和利益，洛兰应对起来不算吃力，可也是精神高度紧绷，一句话都不敢说错，生怕稍有差池，就引发不必要的麻烦。

等从议政厅出来，已经天色将暮、晚霞满天。

洛兰没有乘坐飞车，安步当车，走路回官邸。

一天中难得的休息时光。

林荫道上，十分安静。

夕阳的余晖给所有景物都镀上一层温暖的金色光芒，整个皇宫金碧辉煌、美轮美奂。

洛兰抬头望向天空，估摸着小角的飞船应该到了哪里。

突然，引擎轰鸣，竟然有一辆飞车从她头顶飞过。

洛兰看向谭孜遥。

谭孜遥涨红着脸说："除了陛下的飞车，只有元帅的飞车能在内宫飞行，元帅肯定不知道陛下正在散步。"

洛兰手搭在额头上，张望飞车降落的方向。是招待贵宾住宿的地方，邵茄公主应该就住在那里。

洛兰回到官邸。

清初告诉她，林坚在会客厅等她。

洛兰径直走到主位上坐下，客气地展了下手，"元帅，请坐。"

林坚坐到洛兰对面，打量着她说："陛下看上去很疲惫。"

洛兰笑了笑，淡然地说："皇帝本来就不是一份轻松的工作。"

林坚知道她这话只是客观陈述，没有任何情绪，既不需要他安慰，也不需要他鼓励。

"我今天晚上离开奥米尼斯，明天这个时候，我应该已经在英仙二号太空母舰上。等陛下说服内阁，我就可以立即开战。"

洛兰真挚地说："谢谢！"

如果没有林坚的全力支持，她不可能这么快就让整个军队进入全面备战状态。

林坚笑摇摇头，表示不用，"我不是为陛下出征，是为我自己出征。"

洛兰看出他有话想说，安静地倾听。

"今天我去了烈士陵园，里面有一座英魂塔，上面刻录着父亲的名字和肖像。我本来打算出征前，请陛下陪我去一趟英魂塔，和父亲告别，但今天邵茄公主陪我去了，陛下应该已经收到消息。"

洛兰点了点头。

"邵茄公主说，她第一次见到我是在一段老的新闻视频上，报道我父亲牺牲的新闻。我母亲哭得几乎昏厥，我一边搀扶着母亲安慰她，一边还在应对媒体。她那时十六岁，刚刚知道自己的父亲是怎么死的。

"她第二次见我也是在一段老的新闻视频上。英魂塔的落成仪式上，我代表阵亡将士的亲属发表讲话。邵茄公主说她正好也要出席一个公众活动，第一次公开演讲，本来很茫然，可听完我的讲话突然有了勇气。从那之后，她就一直在收集我的消息，我的任何一条新闻都没有落下。她每一次出席活动，都会因为想到我会观看新闻而格外严格要求自己，希望我能看到一个完美的她……"

林坚直视着洛兰，坦白地说："邵茄公主说她爱我。"

洛兰平静地看着林坚，表情没有任何变化。

林坚说："我从小到大活得循规蹈矩，父亲死后更是谨小慎微，不敢行差踏错一步。我努力想爱上陛下，但我理智，陛下比我更理智，我的努力就像是在冰山上寻找温暖，注定是徒劳的。我现在还不知道自己对邵茄公主到底是什么感情，也没有时间去仔细思索，但我很感谢她能出现在我上战场前，让我放纵一次。"

林坚自嘲地笑笑，"我的父亲死在战场上，我认识的很多叔叔伯伯也死在战场上，我不知道自己能否活着回来，也许，我也会变成英魂塔上的一个名字。"

洛兰沉默，因为林坚说的完全有可能是事实。

林坚恳切地看着洛兰，"请陛下原谅，我想……和陛下解除婚约。"

"可以。"

洛兰表情十分平静，林坚知道她真的不介意，既释然又怅然。

"如果这场战役结束时，我还活着，请陛下对外宣布我们已经解除婚约；如果我死了，请求陛下照拂我的母亲和邵茄公主。当然，前提是邵茄公主没有威胁到陛下的生命。"

"好。"

洛兰没有丝毫迟疑，像是没有思考一样就草率地说了好，但林坚知道，这个女人是最坚强的战士，永远都可以把后背留给她照看，只要她答应，就一定会说到做到。

林坚站起，双腿并拢，对洛兰敬军礼。

洛兰也站了起来，"保重！"

林坚转身向外走去，到门口时，他突然停下脚步，回身问洛兰："陛下，您害怕过吗？"

洛兰点了点头，"现在，我就在害怕。"

林坚惊诧："害怕什么？"

"我害怕你会死在战场上，我害怕被我亲手送到战场上的士兵都无法再回来，我害怕听到他们亲人的悲痛哭声，我害怕打不赢这场战争，我害怕我犯下错误……"

林坚目瞪口呆。

他一直以为洛兰强大、坚定、自信、从容，完全没想到她居然和普通人一样有那么多担忧畏惧。

洛兰温和地看着林坚，"我只是已经习惯了不管多害怕，都不露声色地走下去。"

林坚突然就笑了，"我还以为您已经是钢筋铁骨，从来都无所畏惧。"

"只要我还是人，就不可能无所畏惧，勇敢不是不害怕，而是明明害怕，依旧迎难而上。"

林坚终于完全释然："陛下，您拥有星际中最勇敢的战士，我们会尽全力打赢这场战争。"

他对洛兰风度翩翩地弯了下身，脚步轻快地离开了。

洛兰呆若泥塑，定定站着。

刚才她脱口而出的那句话并不是她的话，而是很多年前那个男人告诉那个女人的话。

Chapter 8

一个人的战斗

她很清楚，做了这个决定前方就是刀山火海，但她这一路走来时有过平坦大道？

只不过在与所有异种为敌后，她还需要与所有人类为敌而已！

两个月后。

清晨，办公室。

洛兰和紫宴、清初分析内阁是否会支持洛兰现在攻打奥丁联邦。

清初在硕大的屏幕上罗列出每个议员，根据支持开战，反对开战，中立派，把他们划分到不同阵营。

结果很微妙，差不多一半一半。

紫宴画出三个反对开战的议员，对洛兰说："这几个人可以争取。"

洛兰诧异："林坚说他们是坚定的反战派，没有办法游说……"话还没说完，突然觉得反胃恶心，忍不住捂着嘴干呕。

清初急忙问："要不要叫医生？"

洛兰摆摆手，"老毛病，神经性胃痛。"

紫宴讥嘲："不是神经性胃痛，而是酒喝得太多。"

洛兰反讽："你喝得不比我少，少一心！"

清初已经习惯他们俩的针锋相对，像是什么都没有听到一样，询问紫宴："邵秘书说这三位议员可以争取，请问怎么争取？"

"不要叫我邵秘书！"紫宴很不喜欢这个带有从属性的称呼。

"好。"清初抱歉地笑笑，客气地说，"麻烦邵逸心秘书具体说说怎么争取。"

紫宴无奈地抚额。

如果他再反对清初叫他邵逸心秘书，清初一定会抱歉地笑笑，羞涩地说："你我只是同事，叫逸心秘书太亲切了。"

难道当年他在阿丽卡塔时严重得罪过这位姑娘，否则她怎么总是用软刀子割他？

洛兰喝了口热茶，不耐烦地催促："别故弄玄虚了，到底什么意思？"

　　"这三位议员，一位出生长大在阿尔帝国的能源星，另外两位虽然出生在奥米尼斯，但一直旅居其他星球，十几岁才回到阿尔帝国上高中。他们三位看似家庭背景、个人经历完全不同，但我追查过，他们年少时生活的地区都曾经有异种和人类混居。"

　　洛兰在曲云星居住过十一年，立即明白了紫宴的意思。

　　根据三位议员的年龄可以推算出那是一百多年前，人类和异种的关系虽然不友好，但还没有敌对，就像麦克、莉莉和阿晟，机缘巧合下也会成为朋友。

　　看来只要对症下药，不管是胁迫，还是诱导，总有办法让他们同意开战。

　　洛兰赞叹地说："不愧是搞情报工作的间谍头子！"

　　紫宴自嘲："我现在是皇帝陛下的秘书。"

　　洛兰对清初吩咐："这件事就交给邵逸心处理，你全力协助。"

　　"是。"清初明白女皇的意思，邵逸心身份特殊，只能负责动脑，动手的事必须由她出面。

　　和紫宴、清初开完会，洛兰离开办公室，匆匆赶去研究所。

　　封小莞和阿晟已经在实验室等她。

　　洛兰看完小莞最新的研究进展，和她仔细讨论了一遍研究中碰到的问题，帮她厘清思路，纠正了一些她的错误，花费了将近三个小时。

　　洛兰顾不上休息，立即赶去自己的实验室。

　　刺玫和其他五个研究员正在等她，一一向她汇报每个实验体的临床反应。

　　洛兰抱臂环胸，站在屏幕前，盯着密密麻麻的数据和图表，聚精会神地细看。

　　突然，一阵天旋地转、头晕恶心，洛兰眼前发黑，身子摇摇欲坠。

　　刺玫急忙冲过来，搀扶住洛兰，情急下连旧日称呼都冒了出来："老板，您哪里不舒服？"

　　洛兰坐到椅子上，觉得饿得心慌，像是有无数双猫爪子在抓挠。她对刺玫说：“应该是低血糖，给我拿一罐营养剂。”

“您没吃中饭？”

“忘记了。”

刺玫一言不发地拿了罐水果味的营养剂给洛兰。

在洛兰还是龙心时，刺玫已经是她的研究助理，很清楚洛兰的大脑和机器人一样，怎么可能忘记？不过是没时间！

肯定是后面还有事，要赶去议政厅会见官员、处理工作，她争分夺秒，一时间顾不上吃饭。

下午两点。

洛兰离开研究所，赶去议政厅。

开会时，她觉得头晕恶心、手脚无力，全身直冒虚汗，幸好坐在座位上。她面无表情、不动声色，也就没有人留意到她身体不适。

洛兰察觉到身体不对劲，肯定不是简单的神经性胃痛。

开完会后，她暂时放下所有事，立即赶回官邸。

没有通知私人医生，她装作要查找资料，去书房，乘坐升降梯，进入叶玠秘密修建的地下研究室。

她躺到医疗舱里，命令智脑自动检查扫描全身。

一会儿后，全身扫描图像出现在医疗舱上方。

洛兰面色如土，目光呆滞，怔怔地盯着虚拟人像的腹部。

子宫内，两个小小的葡萄一般的东西正在跳动，依稀可辨出头部、手指和脚趾。

智脑的机械声响起：“恭喜！母体和胎儿都健康，但您的身体太疲惫，需要充足的睡眠和休息，建议做一个血检，有可能缺乏微量元素，为了母体和胎儿的健康，请及时补充。”

因为洛兰临时取消工作会议，突然离开，现在个人终端不停地震颤，一会儿冒出一行信息提示。

清初发送的明日工作计划，需要她确认。

政府各个部门发送的文件，需要她审核签字。

林坚发送的军队的能源补给路线，需要她批复。

刺玫发送的最新实验数据，需要她检查分析。

…………

每天都有数不清的工作。

而且，大战在即，阿尔帝国的各派势力正在进行最后的角力，各种事情应接不暇，洛兰已经焦头烂额，根本无暇他顾。

众目睽睽下，她哪里有时间去怀孕生子？更何况孩子的基因……

如果让人发现，不但皇位不保，孩子会有生命危险，而且对奥丁联邦的作战计划也会终止，影响到人类安危。

突然之间，洛兰觉得好疲惫。

每个人都在向她求助，每件事都在等着她裁决，可她碰到了问题该怎么办？

能向谁诉说？能向谁寻求支持？

洛兰闭上眼睛，一动不动地躺着。

半个小时后，洛兰睁开眼睛，下令智脑删除检查记录，若无其事地离开地下实验室。

她刚走出书房。

清初就迎上来，着急地说："伯莱星发生地震，导致矿洞塌方，目前没有人员死亡，只有几个保安受伤，但明天的工作计划要重新制订，需要尽快召集专家，确认伯莱星的能源矿是否可以继续开发……"

"我马上就看，确认后回复你。"

洛兰走进办公室，坐到办公桌前，开始阅读最新的工作计划表。

伯莱星是阿尔帝国重要的能源产地，有可能影响到战争的能源补给，必须优先处理，只能调整其他工作安排。

洛兰看完明日的工作计划，向专家了解完地震情况，和清初商讨完皇室发言人对伯莱星地震的新闻稿，天色已经全黑。

洛兰离开办公室，像往常一样，拿了瓶酒，坐到露台上稍事休息。

可是，倒好酒，端起酒杯时，她突然想到之前的身体检查报告，又慢慢放下酒杯。

洛兰眺望着繁星闪烁的星空。

太空中，无数的战舰和战机在严阵以待，等着她最后的命令。

她是英仙洛兰，阿尔帝国的皇帝！

她是英仙皇室的领袖，代表着全人类的利益！

她想要灭掉奥丁联邦，全星际的异种都会视她为敌！

…………

洛兰很清楚这是一个错误，最好的选择是立即把错误删除。

她又端起酒杯，轻轻摇晃了几下，看着红色的酒浆均匀地挂在酒杯上沿着杯壁缓缓滑落。

洛兰把酒杯凑到唇边，想要喝，却又迟迟未喝。

紫宴的声音突然传来："什么事让你这么为难？"

往常，洛兰忙碌完一天的工作后都会来找他，一边喝酒，一边和他交流一下白天发生的事，听听他的分析和意见。

今天，洛兰迟迟没有来找他，他就出来散散步，结果看到她独自一人坐在露台上，表情凝重，眼神挣扎，酒杯端起了又放下。

他都走到露台的栏杆旁了，她却依旧没有发现。

洛兰掩饰地问："你什么时候来的？"

紫宴意有所指地说："在你走神的时候。发生了什么事？"

"每天都有无数事发生，你指哪件？"

"你害怕我知道的那件。"

洛兰重重放下酒杯，眼神凌厉，不悦地质问："少一心，我会害怕你？"

紫宴觉得她今天情绪不对，决定不再刺激她了，"今天的工资你已经付了，如果不需要我工作，我也不会退款。"

"想得美！我把今天的会议记录发到你的智脑上，你写好处理意见后发还给我。"

紫宴抓住栏杆，跃到露台上，端起酒杯看了看，嗅了嗅，"好酒！为什么表情像是喝毒药一样？"

"少一心，你是十万个为什么吗？我胃痛，想喝却不能喝，不行吗？"

紫宴挑挑眉，拿着酒杯，顺势坐到她身旁，"既然你不喝，我就独享了。"

洛兰指指他的心脏，"你要还想多活几天，少喝一点酒。"

紫宴笑指指她的肚子。

洛兰立即下意识地捂住肚子，警惕地瞪着紫宴。

紫宴说："你的胃病怎么回事？自己是医生都治不好吗？"

洛兰松了口气，"神经性胃痛，不是身体的原因。"

"什么时候开始的？"作为间谍头子，紫宴学过心理学，立即意识到症结所在，问题很巧妙。

"七岁。"

"七岁？"紫宴回忆了一遍洛兰的资料，"和你父亲的死亡有关？"

"我妈妈想查明爸爸的死因，解剖了爸爸的尸体，我是她的助手。从解剖室出来后，我就有了胃痛的毛病。"

紫宴沉默地看着洛兰。

虽然眼前的女人是个让人讨厌的怪物，可想到一个七岁的孩子要亲自解剖父亲，依旧让人悲悯。

洛兰笑了笑，淡然地说："我至少见过我爸的尸体，你连你爸的尸体都没见过，应该比我更惨。"

"你这个女人实在让人不喜欢！"紫宴觉得洛兰简直全身都是刺，不管别人善意恶意，她都不接受。

"我知道啊，你喜欢骆寻那样的，可惜，她不喜欢你这样的！"

"英仙洛兰！"紫宴又有想掐死她的冲动。

洛兰对他的愤怒完全不在意，笑着站起，指指酒瓶，"你慢慢找死，我不奉陪了。"

洛兰回到卧室，脸色垮了下来。

她一直在屋子里来回踱步，眼中满是迷惘挣扎。

已经两个月了，如果想要纠正错误，必须尽快。

良久后。

洛兰走到墙边，拍了下墙壁，暗门打开，露出镶嵌在墙壁里面的保险箱。

"开门！"

智脑扫描洛兰全身，确认洛兰身份后，金属密码门打开。

洛兰探手进去，拿出藏在里面的一个玫红色点心盒。

她坐到床边，打开盒子，拿起圆圆的姜饼。

姜饼的一面绘制着一朵线条简单质朴的玫瑰花，另一面写着五个字"小角爱洛洛"。

洛兰盯着姜饼，翻来覆去地看。

眼神慢慢从迷惘变得坚定，一脸义无反顾的决然。

她把姜饼放回点心盒，仔细盖好盒子，藏到保险箱里，锁好保险箱的密码门。

洛兰按了下通信器："清初？"

清初立即恭敬地询问："陛下有什么吩咐？"

"帮我联线小角。"

小角在军舰上，和外界的联系受到管制。

按照规定，每个军人每七天有一次和亲属视频通话的机会，但亲属的身份资料必须提交军队审核。

小角的身份资料本来就是假的，也不可能把洛兰列为亲属，提交给军队审核，索性就放弃了七天一次的视频通话福利。

洛兰当然有权力直接联系小角，可从小角离开到现在，已经两个多月，她都从没有联系过小角，就像是完全忘记了这个人。

清初听到洛兰的要求，没有流露出任何异样，非常中肯地建议："陛下如果不介意的话，最好不要用自己的名义联系小角。"

"你看着处理吧！"洛兰也明白用自己的名义联系小角，不但是给自己制造麻烦，也是给小角制造麻烦，

"请陛下稍候，给我十分钟。"

清初立即联系各个部门，协调处理此事。

广阔无垠的太空。

星河浩瀚，星光闪耀。

林榭号战舰。

小角和几个军人从训练室出来。

他们看了眼时间，嚷嚷着"时间到了"，急匆匆地大步跑起来。

在战场上，连面对死亡都不会放弃战友的家伙们却瞬间弃战友于不顾，一个接一个地冲进通信室。

小角从一个个通信室门口走过，目光不经意地从一个个士兵脸上掠过。平时人高马大、一个比一个凶神恶煞，现在却都咧着嘴傻笑个不停，眉梢眼角满是温柔。

小角走到一旁的休息区，拿了杯免费的A级体能饮料，孤零零一个人坐在椭圆形的观景窗前，凝望着外面的茫茫虚空。

两个月了……

四周有几个军人在低声说笑，应该是刚和亲友通完话，嘻嘻哈哈地彼此调笑着，越发凸显得小角形单影只，时不时就有人好奇地瞅一眼小角。

小角也发现自己和周围温馨愉悦的气氛格格不入，起身离开。

通信器里突然传来说话声："肖郊中尉，请到A9号通信室。肖郊中尉，请到A9号通信室……"

"收到。"

小角完全不知道发生了什么，却毫不迟疑地执行命令，往通信室走去。

小角走进A9号通信室，金属门自动关闭。

他第一次使用通信室，正在打量该按哪个按钮，洛兰突然出现在他面前，全息虚拟人像栩栩如生，似乎两个人真的近在咫尺。

小角十分意外，愣愣地看着洛兰。

洛兰也有点不自然，"战舰上的生活还适应吗？"语气像是上级慰问下属。

"适应。"

"那个……钱够花吧？"

"你知道账户里有多少钱吗？"

"不清楚。"

"足够买几架战机了。"

"你的意思是够花？"

"我就是买买酒水饮料，请战友吃顿饭而已，连它每天的利息都花不掉。"

洛兰突然想起什么，询问："战舰上没有适合你体能的饮料吧？"

小角温和地说："不只是林榭号战舰上没有，整个星际都没有。"

洛兰点点头，什么都没说。

小角看着洛兰。

洛兰看着小角。

通信室内宁静到尴尬。

小角觉得洛兰找他肯定有事，可洛兰迟迟不说话，小角只能主动问："你找我什么事？"

"……就是想告诉你，清初把我列到你的通信名单上了，用的名字是辛洛。你可以联系我。"洛兰想了想，补充解释，"我想知道舰队的情况，虽然每天都有来自军队的汇报，可我想换个角度了解一下。"

"好。"小角答应了。

两人又沉默地对视了一会儿，洛兰说："你要是没事，我就切断信号了。"

洛兰说着要切断信号，却没有立即切断。

小角忽然往前走了一步，身子前倾，双臂虚绕，抱住她。

洛兰低声说："注意安全。"说完，她切断了信号。

虚拟成像的洛兰慢慢消失在小角怀中。

小角像是突然失了力，身子倚在通信室的金属墙上，半闭着眼睛，一动不动。

洛兰呆呆地站在黑漆漆的屏幕前。

原来她也有一时冲动、毫不理智的时候。

其实，她已经做了决定，根本不需要小角的表态，但似乎非要见他一下，才能最后定下。就像小角最后的那个拥抱，看上去毫无意义，却让人心安。

洛兰微笑着长吁口气。

小角虽然体能卓绝，可这件事太复杂，牵扯到皇室、整个阿尔帝国、甚至整个人类，根本不是他能处理的，这是她一个人的战争。

她很清楚，做了这个决定前方就是刀山火海，但她这一路走来何时有过平坦大道？

只不过在与所有异种为敌后，她还需要与所有人类为敌而已！

有些计划必须提前了！

洛兰平复了一下心情，联系艾米儿。

一会儿后，艾米儿出现在她面前。

一身红色的职业套装，头发绾成发髻，整齐地盘在脑后，比以往少了几分娇媚，多了几分干练。

应该是看到来讯显示后，临时中断工作，和她视频通话的。

艾米儿微微屈膝，行礼致敬："尊敬的陛下，晚上好！请问有何贵干？"

"曲云星政府接受捐赠吗？"

艾米儿实在摸不透这位心思莫测的女皇又想干什么，谨慎地说："曲云星的政治、经济、医疗、教育各方面都比较落后，当然不反对合理的捐赠。"

"我想以私人名义捐赠给曲云星一个基因研究院和一个以治疗基因病为主的医院。"

艾米儿心脏狂跳，笑得越发甜美动人，"私人名义？"

"私人名义。"

艾米儿忍不住吞了口口水，"土地和建筑可以由曲云星政府承担，凭借陛下的身份，各种医疗仪器和研究仪器，只要有钱就能采购到，但是医生呢？教授呢？"

"有句古话说'罗马不是一天建成的'，基因研究院和医院也不可能一天就完善，我会先派几个我的学生过去，建立一个研究室。你从曲云星当地选拔最优秀的年轻医生，让他们进入研究室学习，只要他们勤奋，十年后，医院就会有第一批当地的基因修复师。"

艾米儿发现洛兰不是开玩笑，心跳得越来越厉害，脸上的笑再维持不住，严肃地说："曲云星非常落后，陛下的学生都是杰出的基因学家，真能适应吗？"

"不是移民。虽然他们是我的学生，但我无权要求他们做出这么大的牺牲，会采取轮流制，每个人只需在曲云星待五年，只要报酬优渥，看在我的面子上，他们应该能接受。"

"曲云星上异种和人类混居，陛下的学生习惯了阿尔帝国的环境，会不会无法接受？"

"我在阿尔帝国带的几个学生还没有资格带学生，我说的是我以前的学生，他们都在几个大的雇佣兵团工作，大部分是在龙血兵团。"

艾米儿自己做过雇佣兵，很清楚雇佣兵只认钱不认人，雇佣兵团政治立场中立，对异种没有星国那么仇视。

她突然发现洛兰考虑得很周到，绝对不是心血来潮。

研究院和医院的硬件设施，只要有钱和有渠道，肯定能建设起来。

最关键的就是人才，从外面引进显然不现实，哪个基因学家会愿意到曲云星来工作生活？只有自己培养才最现实。

只要洛兰提供老师，提供学习机会，几十年后，曲云星一定会拥有自己的基因研究院和基因医院。

艾米儿不知道洛兰到底明不明白这对一个贫穷落后的星球意味着什么。

肯定明白吧！

否则不会考虑得这么面面俱到。

艾米儿热切地说："曲云星愿意接受陛下的私人捐赠。"

"我有两个条件。"

来了！艾米儿哀叹一声，却舍不得放弃，只能可怜兮兮地问："什么条件？"

"不管是研究院，还是医院，都不要曲云星政府的钱，土地和建筑由你私人购买后捐赠。"

艾米儿明白了洛兰的意思，她希望研究院和医院不牵扯到政治中，保持独立。虽然她要倾家荡产了，但这个条件她完全接受。

"好！另一个条件呢？"

"是我个人的私事，需要你帮忙。你答应了我再告诉你，不答应就当没这个条件！"

艾米儿心念电转。自己虽然是一国总理，可曲云星又穷又落后，人家是阿尔帝国的皇帝，还能调动星际第一雇佣兵团，财大气粗、要人有人、要钱有钱，她就算想让人家算计，人家估计也看不上她这蚊子肉。

艾米儿光棍地说："我答应了。"

洛兰说："十分钟后，第一笔捐赠款到达你的账户；十五天后，龙血兵团的五个基因研究员会带助理到达曲云星。"

结束视频通话后，艾米儿感觉自己在做梦，一切都是她的幻觉。

她恍恍惚惚地往会议室走，个人终端嘀一声响，提醒她有钱到账。

艾米儿立即哆嗦着手查看。

捐款人是英仙叶玠，女皇陛下居然以英仙叶玠的名义私人捐赠基因研究院和基因医院！

英仙洛兰会拿自己的名字开玩笑，却绝不会拿英仙叶玠的名字开玩笑！只"英仙叶玠"四个字就说明了女皇陛下对这个计划非常看重、非常认真。

艾米儿终于相信，不是梦，一切都是真的！

她忍不住眼含热泪，双手握拳，对着天空狂呼乱叫。

警卫们都诧异地看过来。

艾米儿却完全顾不上形象，她冲到麦克身边，紧紧握住他的手，激动地说："你不用再担心莉莉会守寡了，再过十年，就有基因修复师给你做基因修复手术，一定会治好你的病。"

两个月后。

林榭号战舰上的酒水饮料单里突然多了几种酒水和饮料。

一种叫朝颜夕颜，是给3A级体能的功能性饮料，可以放松疲惫的肌肉，舒缓精神压力，有助睡眠。

一种叫夕颜朝颜，是给4A级体能的功能性饮料，可以放松疲惫的肌肉，舒缓精神压力，有助睡眠。

还有两种酒，一种叫一枕黄粱，专门为3A级体能酿造；一种叫南柯一梦，专门为4A级体能酿造。

据说3A级和4A级体能的人永远清醒，没有任何药剂能麻痹他们的神经，但是，这种酒却能让他们醉倒，暂时忘记忧愁。

几种新添加的酒水饮料都在酒水目录的特别推荐栏里，介绍资料写得一清二楚，第一个留意到的军人差点觉得自己眼睛花了，大呼小叫，引来一堆人围观。

大家议论纷纷。

"餐饮部在逗我们玩吗？"

"3A级体能的人那么珍稀，应该所有饮品都是特供吧？"

"肯定只是个噱头！"

功能性的饮料不敢乱尝试，酒却可以试用一下。

一群傻大兵彼此怂恿着，点了一瓶一枕黄粱。

一个A级体能、号称千杯不倒的家伙，喝了一杯就脸色发红，不停地傻笑，完全喝醉了。

大家觉得又好笑又困惑，议论着哪个变态才会研究酿造这种酒。

就算它是真的，可全星际能有几个3A级体能者？更不要说压根儿没听说过的4A级体能者了。

消费者有限，一年能卖掉几瓶？

小角一个人坐在角落里，低着头，安静地吃着营养餐。

月色皎洁，温柔地照拂着大地。

连绵起伏的长安宫沉默地矗立在宁静的夜色中。

地下秘密实验室。

洛兰坐在椅子上，穿着浅蓝色的衣服，戴着浅蓝色的头套，双手放在腹部，不知道在思索什么，表情温柔哀伤。

个人终端突然响起蜂鸣音。

洛兰看了眼来讯显示，表情略显诧异，迟疑了一瞬，才接通信号。

一身军装的小角出现在她面前，看到她的穿着，十分意外："这么晚你还要做手术？"

洛兰似乎不愿多谈，冷淡地说："有个小手术。"

"饮料和酒，谢谢。"

洛兰一脸无所谓地说："都是研究吸血藤的副产物，我以前就做过不

144
144

少饮料和酒，不过只做到2A级体能，现在正好补全了。"

洛兰的助手刺玫穿着蓝色的手术服、戴着手术面罩，走进医疗室，看到洛兰在通话，立即往后退了几步，恭敬地等着。

洛兰站起来，对小角说："我要做手术了。"

小角说："手术顺利。"

洛兰凝视着小角，眼内暗影流转，似乎想要说什么，最终却只是笑了笑，"谢谢。"

洛兰主动切断信号，小角看着她的身影消散不见，隐隐觉得哪里不对，可仔细回想，又捕捉不到究竟哪里不对。

全身消毒后，洛兰平躺到手术床上。

刺玫最后检查了一遍手术器材，对洛兰汇报："所有准备工作完成。"

洛兰平静地说："开始手术。"

刺玫下令让智脑注射麻醉剂。

洛兰配合地数着数："1、2、3、4、5、6、7……"

声音越来越模糊，最终彻底昏迷。

刺玫在医疗机器人的配合下，开始为洛兰做手术。

四个小时后。

洛兰从麻醉中醒来。

一直守候在床畔的刺玫急忙说："手术非常成功，胎儿已经成功移植到人造子宫中。"

她知道洛兰挂虑胎儿，打开监控屏幕，让洛兰查看胎儿的现状。

"就在隔壁，陛下随时可以通过个人终端查看。"

洛兰盯着屏幕专注地看了一会儿，确认所有数据都良好。

她对刺玫苍白着脸笑了笑："谢谢！"

刺玫摇摇头，担心地说："您必须好好休息。"

"我是皇帝。"

"无论如何，都必须休息七天。"

"我是A级体能，不需要……"

清初走进来，打断了洛兰的话："我已经让对外办公室发布了新闻稿，女皇陛下从楼梯上失足滚落，摔断了腿，必须卧床休息几天。"

"我失足滚落？"

"嗯，因为您睡眠不足。"

"我睡眠不足？"

"嗯，因为您熬夜加班、过度疲劳。"

洛兰知道清初一片好心，暗叹口气，没有再说什么。

清初为了帮洛兰争取几天休息的时间，是撒了谎，但她心安理得地想，陛下又不是没有通宵工作过，为了盯实验，连着两三个通宵都有过。

阿尔帝国的女皇因为熬夜加班、过度疲劳，半夜摔下楼梯的新闻霎时间传遍星际，成为星网上的头条热点。

直接和洛兰打过交道的政府官员，不管喜欢不喜欢洛兰，都非常认可她的工作态度和工作能力，纷纷给女皇办公室发来慰问信。

连一直在战争问题上和洛兰矛盾重重的内阁都特意联系清初，询问女皇的病情，建议女皇多休息几天。

民众却依旧对洛兰印象不佳，各种冷嘲热讽，劝洛兰不能胜任皇帝的工作，不妨让位给邵茄公主。

连女皇为了赶时间，跑着进会议室的照片，都会被指责没有时间观念、没有仪态。听到女皇还在基因研究所兼职后，纷纷嘲讽她这么喜欢基因研究，不如退位，专心去做基因修复师，不要浪费她在奥丁联邦好不容易才考取的基因修复师执照。

清初十分气愤，皇室基因研究所的老所长也非常气愤，想要召开新闻发布会，向公众说明洛兰在基因研究界的地位。清初整理了一份洛兰的研究成果的清单，打算砸到那些不停地指责洛兰的人的脸上。

洛兰阻止了他们。

清初不明白洛兰在想什么，舆论虽然不可操纵，但是可以被引导，为什么不趁机解释清楚呢？

洛兰明白她的想法，但很多事还没有到公开的时候，她不想引起奥丁联邦的注意，更不想让公众留意到阿晟和封小莞的存在。

洛兰明白她的想法，但很多事还没有到公开的时候，她不想引起奥丁联邦的注意，更不想让公众留意到阿晟和封小莞的存在。

林坚第一时间联系她，看她靠躺在床上处理工作，脸色的确不好，不禁埋怨地说："我不是早告诉你不要熬夜通宵工作吗？你怎么就不听呢？"

洛兰笑了笑，什么都没说。两人自从说开后，没有了婚姻关系束缚，反倒相处得越来越自然，像是老朋友。

林坚埋怨完了，又宽慰她："内阁那边你不用着急，慢慢来，就当多给我一些时间备战。"

洛兰不想多谈自己的病，只能转移话题："小角最近怎么样？"

"很好。"

林坚知道她在担心什么，把这四个多月的事大致讲述了一遍。

刚开始，军舰上的官兵当然对小角这个突然空降来的副舰长不服气。

可小角的个人能力非常出众，不管近身搏击，还是驾驶战机，都是整艘军舰上的第一名，让大家没有办法挑剔。

小角虽然沉默寡言，但不会孤傲自负，不管任何人碰到问题请教他，他都开诚布公、倾囊相授。

有时候休息日，大家一起吃饭喝酒，小角出手豪爽，做事也豪爽。

不管多烈的酒，都是一口闷，不管多刁难的游戏，都奉陪到底，让起哄想捉弄他的兵油子心服口服。

打也打不过、喝也喝不过、玩也玩不过，大家慢慢接受了小角，只有一个本来有望升职为副舰长的军官仍然对他不满，一直在较劲。

执行任务时，大家都以为小角会趁机把最危险、最困难的任务分配给那位军官，给他点教训；或者艺高人胆大，把最危险、最困难的任务留给自己，让自己当英雄，把对方闲置。没想到小角很公平，制定好规则，一队一次，轮流执行。

林坚试探性地派了几次不大不小的任务给小角，发现他话不多，可领悟力、反应力、执行力都一流，简直就是天生的军人。

几次任务执行下来，小角和军舰上的士兵们相处得很好，估计再过两三个月，那位和小角暗暗较劲的军官也会认可小角这个副舰长。

　　林坚为了逗洛兰开心，笑嘻嘻地说："你都不知道我叔叔多喜欢小角，如果我不是他亲侄子，他简直恨不得把我踢一边去，让小角来做元帅。"

　　洛兰说："你还是盯着点小角。"

　　林坚诧异："我以为你是因为信任他，才让他进军队。"

　　洛兰没有办法跟林坚解释小角的复杂身份，她是非常信任小角，但她不信任辰砂，只能说："他毕竟是异种，小心一点总不会错。"

　　林坚答应了："我明白，我会留意。"心里却隐隐有一丝悲凉。

　　因为他和洛兰是一样的人，完全理解洛兰的做法，也就愈发为自己和洛兰感到悲哀。他们的理智和情感可以完全割裂，他们永远有凌驾于个人情感之上的责任，每一个决定都要思虑周详，不像邵茄，可以任性地随心所欲。

　　因为清初的监督，洛兰只能老老实实待在官邸内静养休息，所有工作都在床上处理。

　　不工作时，洛兰会推着轮椅去书房。

　　乘坐升降梯去地下的秘密实验室，看已经移植到人造子宫内的胎儿。

　　人造子宫是洛兰私人定做的，完全参照她的身体数据。

　　从某个角度而言，因为没有情绪波动、没有身体不适、没有疲惫难受，可以一直维持在最佳状态，比她更适合孕育胎儿。

　　但机器毕竟是机器，情感和互动就无法提供，洛兰只能抽时间多陪陪他们。

　　洛兰正在对着孩子读书。

　　突然，个人终端响起。

　　她看了眼来讯显示，眼内闪过意外，关掉人造子宫的屏幕后，下令接通。

　　小角出现在她面前，应该是刚刚出去执行过任务，还穿着作战服，作战头盔放在一边，上面有几道划痕。

小角看到她坐在轮椅上，周围有些奇形怪状的医疗仪器，布置倒是很温馨，灯光柔和，墙壁是粉蓝色，还放着几本书。

洛兰问："不是七天通话一次吗？还没有到通话时间吧？"

"我和战友交换了时间。"

洛兰的心突然漏跳一拍，定了定神问："有什么事吗？"

"听说你受伤了。"

洛兰确认了猜测，不禁眉眼舒展，微笑着问："你听谁说的？居然和别人背后议论我？"

小角似乎有点尴尬，避开了洛兰的视线，"我……没有。"

洛兰故意逗他："你没有议论我？你刚才还说听说我受伤了。"

"我只是听到他们说陛下摔伤了。"

"他们还说了什么？"

小角忽地抬眸盯着洛兰，"他们还说……林坚元帅肯定很着急心疼。"

洛兰脸色不变，笑眯眯地说："嗯，林坚是有点着急，三天前联系过我，让我好好休息。"

"那你好好休息，再见！"小角想要切断信号。

"小角，我收到你的姜饼了。"

小角沉默地看着洛兰。

洛兰说："对不起！你给我之后，我忘记吃了，四个多月前才发现，幸好还不算晚。"

小角声音低沉，似有一丝嘲讽："不算晚？"

"不算晚！"洛兰笑了笑，说，"因为姜饼，我做了个决定。也许会给我、会给你带来很大麻烦，但我相信，我能克服，你也不会畏惧。"

小角以为和林坚有关，没有多问，一言不发地看着洛兰。

洛兰瞥了眼她身旁的奇怪仪器，突然说："能给我唱首歌吗？"

小角以为自己幻听了，目光呆滞。

洛兰讨好地笑："你会弹琴，说话声音也好听，肯定会唱歌啊！就唱一首！"

小角怔怔地盯着洛兰。

她性格强势、手腕强硬，待人接物一直冷若冰霜、不假辞色，居然为了一首歌好言好语地求人，还笑意盈盈，一脸谄媚，估计她自己都没意识到自己现在是什么表情。

小角大脑一片空白，等意识到时，他已经在唱歌：

是否当最后一朵玫瑰凋零
你才会停止追逐远方
发现已经错过最美的花期
是否当最后一片雪花消逝
你才会停止抱怨寒冷
发现已经错过冬日的美丽
是否只有流着泪离开后
才会想起岁月褪色的记忆
是否只有在永远失去后
才会想起还没有好好珍惜
…………

洛兰含着丝笑静静聆听，目光温暖柔软。

小角唱完后，似乎有点尴尬，眼睛都不敢直视洛兰，"我没有唱过歌，只知道这首歌。"

洛兰说："很好听。"

小角指指洛兰的腿，"你好好休息。"

洛兰说："你刚执行完任务回来，应该很累，也好好休息一下。"

小角切断信号，人影消散。

洛兰回身，抚摩着椭圆形的仪器，柔声说："听到了吗？这是爸爸的声音，我已经录下来了，以后每天都可以放给你们听。他还会弹钢琴，可惜今天他身边没有钢琴，下次我找机会让他弹给你们听……"

Chapter 9

送别

命运好像和她开了一个荒谬却残酷的玩笑，不管她怎么选择，都只能
眼睁睁地看着至亲至爱的人一个个远离。

七个月后，内阁终于同意洛兰的作战计划。

　　洛兰都等不及第二天，当天就召开新闻发布会，对奥丁联邦宣战。

　　碧空万里，阳光明媚。

　　洛兰身着盛装，头戴皇冠，站在光明堂内，对全星际宣布阿尔帝国对奥丁联邦宣战。

　　宣战理由极其简单蛮横，因为阿丽卡塔星本来就属于阿尔帝国，当年被异种夺了去，现在阿尔帝国要收回。

　　林坚元帅将指挥英仙二号星际太空母舰进攻奥丁联邦，直至收复阿丽卡塔星。

　　全星际都震惊了。

　　上一次星际大战，英仙叶玢发动战争有充足的理由，是民心所向、众望所归。

　　这一次星际大战，奥丁联邦没有做任何挑衅阿尔帝国的事，两国之间也没有爆发任何冲突，可以说，英仙洛兰没有任何因由就悍然发动了战争。

　　从英仙洛兰登基那天起，所有人听完她强硬的讲话，就知道人类和异种之间必有一次大战，但所有人都觉得不会在近期发生，毕竟战争牵涉太多，无论如何都要十来年去筹备。没想到英仙洛兰竟然刚登上皇位两年多，连皇位都没有坐热就敢发动星际大战，简直像个偏执自大的疯子。

　　面对阿尔帝国的宣战，奥丁联邦没有丝毫示弱。

　　英仙洛兰宣战后不到半个小时，奥丁联邦的执政官楚墨就在斯拜达宫发表了公开讲话。

152

他不卑不亢地表明——

奥丁联邦是在炮火纷飞中建立的星国，击败过其他星国无数次的进攻，其中就包括阿尔帝国。

非常遗憾阿尔帝国的皇帝英仙洛兰的疯狂，无视祖先签订的条约，毫无因由地悍然发动战争。奥丁联邦绝不会惧怕，所有奥丁联邦的军人已经做好准备，再一次击败阿尔帝国。

这个星际不仅仅属于人类，也属于异种，如果人类企图绞杀异种，夺取异种的合法生存空间，全星际的异种也不会惧怕，我们已经做好准备，联合起来反抗人类。

奥丁联邦的指挥官左丘白将指挥北晨号星际太空母舰迎战，直至阿尔帝国战败。

楚墨的演讲非常有煽动性。

这几十年来，异种处处受到人类的排挤和压迫，对人类积怨很深。楚墨简简单单几句话，就把阿尔帝国和奥丁联邦的战争变成了人类和异种的战争。

不是每个异种都喜欢奥丁联邦，很多异种都是星际流浪者，对星国间的战争没有兴趣，但奥丁联邦的存在是异种的底线。

对异种而言，不管他们在何方流浪，不管做着多么低贱的工作，不管遭受了多少歧视，只要奥丁联邦存在，就会有一个美好的希望。知道远方有一个美丽的星球，没有歧视、没有迫害，异种可以平等自由地生活。

楚墨让异种意识到，如果奥丁联邦灭国，所有异种都会失去生存空间，命运凄惨。许多置身事外的异种不得不做出选择，为了自己种族的希望而战斗。

生死存亡前，全星际的异种同仇敌忾，将发动战争的英仙洛兰视作头号敌人。异种们纷纷奔赴奥丁联邦参军，想要保卫奥丁联邦，给英仙洛兰痛击。

没有能力把仇视化作行动的异种，则在星网上掀起了轰轰烈烈的舆论战，到处都是针对英仙洛兰的极端言论，希望她不得好死。

按照惯例，清初把星网上的言论动向汇报给洛兰。

洛兰看到各种各样智脑合成的她惨死的图片，完全不在意，笑着说："发给邵逸心，他现在心情很差，看到这些我惨死的图片，应该能开心一点。"

清初实在做不到洛兰的云淡风轻，既是宽慰洛兰，更是宽慰自己："自从陛下宣战后，民意支持率有所上升，证明民众愿意支持陛下。"

洛兰眼睛内没有一丝温度，依旧完全不在意，笑着说："一念天堂，一念地狱。"

清初想到藏在地下实验室的孩子，心底直冒寒气，全身发冷。

洛兰对清初说："邵逸心交给你了，给我一个小时。"

"是。"

清初离开书房，去找邵逸心。

按照事先商量好的计划，以看封小莞的名义，带紫宴去基因研究所。

按照洛兰的判断，紫宴的心脏已经不可能修复，但封小莞不肯放弃，洛兰就随她去了。正好让封小莞说服紫宴，为他做一次全面的身体检查。

刺玫提着一个双层培养箱走进书房，对洛兰屈膝行礼，"陛下，一切准备妥当。"

洛兰一言未发地起身，带刺玫走进升降梯，进入地下秘密实验室。

升降梯门打开时，刺玫听到男人的歌声，循环不停地播放着。

不是任何歌星的歌声，连伴奏音乐都没有，就是一个男人随意地唱了首歌，洛兰却经常放给孩子听。

刺玫和清初都心知肚明男人和孩子的关系，刺玫不知道是谁，清初却显然知道。因为她第一次听到歌声时，脸色惨白，简直像是要昏厥过去。

刺玫从没有问过清初男人是谁。

她和清初不一样。她是龙血兵团收养的重病孤儿，没有国、没有家、没有立场。因为洛兰的母亲，她得到了生命，可以活下去；因为洛兰，她得到了热爱的事业，可以精彩地活下去。

她不在乎洛兰做什么，也压根儿不在乎孩子的父亲是谁，她只需要知道孩子身上有两代神之右手的基因。

洛兰站在婴儿床旁，看着熟睡的孩子。

孩子离开人造子宫一个多月了。

一天中的绝大部分时间都在睡觉，偶尔哭闹，不是饿了就是尿了，只要照顾妥当，他们就会立即又睡过去。

但渐渐地，他们清醒的时间会越来越多，会哭、会闹、会笑、会叫，会想要去外面看看世界，不可能再把他们禁锢在地下。

洛兰给两个孩子换好尿布，拥在怀里抱了一会儿，然后把他们放到事先准备好的箱子里。外面看着像是一个长方形的培养箱，里面却另有乾坤，是个婴儿篮。

男孩儿一直睡得昏昏沉沉，任由洛兰折腾，一无所觉。

女孩儿却在洛兰放手时，突然睁开眼睛，定定地看着洛兰。

洛兰明知道这个时期的婴儿视力还未发育好，不能真的看清楚人，却依旧觉得她似乎察觉到什么，正在质问自己。

洛兰捏住她的小手，像是对待大人般郑重地说："对不起！妈妈失职了，拜托你好好照顾弟弟。"

女孩儿瘪瘪嘴，像是要哭，洛兰把一个安慰奶嘴塞给她，她咂吧着吸吮了几下，闭上眼睛，又昏昏睡去。

洛兰定定地看了两个孩子一瞬，把箱子盖好。

回到书房后，洛兰把箱子交给刺玫："运输机在楼顶，会带你上飞船。到曲云星后，把孩子交给艾米儿。因为你是代表我去视察捐赠项目的进展状况的，看看新建的基因研究院，指导一下他们再回来。"

"明白。"

刺玫提着箱子，离开书房。

为了不引起警卫的注意，洛兰不能相送，只能背脊笔直地端坐在书房里，通过监控视频，屏息静气地看着刺玫带着孩子一步步远离。

直到运输机起飞，消失在天空，洛兰才突然无力地瘫坐在椅子里。

她头向后倒去，失神地看着头顶的天花板，手无意识地按在心脏部位。

心如刀绞。

整个人像是一点点沉入水底，清醒地看着光明越来越远，黑暗越来越近，渐渐窒息而亡，却没有任何办法，只能承受。

从七岁起，她的生命似乎就被切割成了一次又一次送别。

送别父亲。

送别母亲。

送别哥哥。

…………

没有权力时，要不得不送别；拥有权力时，也要不得不送别。

命运好像和她开了一个荒谬却残酷的玩笑，不管她怎么选择，都只能眼睁睁地看着至亲至爱的人一个个远离。

英仙二号星际太空母舰和北晨号星际太空母舰在G2299星域正面开战。

林坚没有直接进攻阿丽卡塔星所在的奥丁星域。他似乎想向叶玠陛下和父亲致敬，证明当年的作战策略没有错，刻意采用了一模一样的战略——在进攻的同时，更注重防守，切断奥丁联邦的能源补给线。

每一天，林坚都会把最新战况呈报给洛兰。

洛兰对他的决定从不干涉，真正做到了疑人不用，用人不疑，让林坚对这场战争的胜利越发有信心。

这一次，阿尔帝国的军队看上去没有上一次兵力充足，没有联合其他星国的军队，只是阿尔帝国自己的军队。

但这是叶玠痛定思痛，耗费全部心血锤炼了四十多年的帝国军队。

林坚不用担心战争时间拖长了就会军心涣散，不用担心将领们各怀心思让执行力大打折扣。

因为林家在军队中一家独大，他的命令可以有效贯彻，几乎没有任何内耗，整支军队上下齐心、众志成城，以他的意志为最高意志。

林坚忽然意识到，虽然叶玠陛下的肉体已经消亡，但他的精神无处不在。这场战争依旧是他的战争。

　　叶玠陛下用了四十多年的时间，把上一次战争中发现的问题一一修补，留给他一支完美的帝国军队，还给了他洛兰陛下这样强大可靠的后盾。

　　这场战争只要不犯致命的错误，靠着人类压倒性的优势，就是耗也能把奥丁联邦耗死。

　　正式开战后，林楼将军一直在密切留意肖郊。

　　肖郊的表现让他十分满意，他向林坚提议让肖郊担任林榭号战舰的舰长。

　　林坚迟疑不决。

　　如果小角不是异种，他会毫不犹豫地重用小角，但小角的身份让他有点拿不定主意。

　　林坚已经习惯，遇到拿不定主意的事就询问一下洛兰。

　　他命令智脑联系洛兰。

　　奥米尼斯星上是清晨，按照洛兰的作息，她早已经起来，可是通信器响了好一会儿，信号才接通。

　　全息虚拟成像中，洛兰看上去有点疲倦，像是没有睡好。她鼻音浓重地问："什么事？"

　　林坚把小角的事娓娓道来，征询洛兰的意见。

　　洛兰撑着头想了会儿说："我们的目的是打赢这场战争，怎么能发挥小角的最大作用就怎么用他。让他做舰长固然能发挥他的作用，但他最大的作用应该不止于此。"

　　林坚立即明白了洛兰的意思，"我懂了。"

　　小角最大的优势就是他对异种的了解，最佳的用法当然不应该只把他当作一把刀用，而是应该让他成为握刀的手，控制刀往哪里砍，但是，林坚要有足够的气魄和心胸，才敢这么用小角。

　　林坚知道自己能做到。

　　他一直记得叶玠陛下对他说的话："一个皇帝不需要什么都懂，只需要懂得用人，让懂的人做懂的事。"

一个元帅也是如此。

洛兰知道他听进去了，十分欣慰："不过，他毕竟是异种，你盯着点。"

"我明白。"

两人说完正事，林坚关切地问："你脸色看上去有点憔悴，没有休息好？"

洛兰没有掩饰地说："心情不好，失眠。"

林坚突然从口袋里掏出几颗花花绿绿的糖果，"我压力大、心情不好的时候就会吃一颗糖果，你试试，很管用。"

洛兰拉开办公桌的抽屉，拿出一个透明的大玻璃罐，里面满满一罐姜饼，"我昨天烤了半夜的姜饼，缓解情绪。"

林坚禁不住哈哈大笑起来。

他剥开一颗糖果，塞到嘴里，腮帮子滑稽地鼓起一块，和他往常老成持重、温文尔雅的样子截然不同。

洛兰说："元帅阁下，注意点形象！"

"放心，我在别人面前会维持住英明神武的形象。"林坚笑叹了口气，"虽然很小心，但还是免不了会被人撞到。一个大男人吃糖果的确有点奇怪，我不敢说我紧张，只能说我天生血糖低，医生建议我吃点糖。"

洛兰一本正经地说："如果有人寻根究底，问是哪位医生说的，就说是英仙洛兰。"

林坚哈哈大笑。

洛兰真的是最好的战友。可惜他们相遇的时间不对，只能做战友。但一辈子能遇到一位互相信任、并肩作战的战友不会比遇见一个倾心相爱的爱人更容易。

相较实力雄厚的阿尔帝国，奥丁联邦不管是人力还是资源都显得有些紧张。

在四十多年前的星际大战爆发前，整个星际经过了四百多年的和平期。人类对异种虽然很歧视，但还没有敌对，那四百多年是奥丁联邦的黄金发展期，让奥丁联邦成为星际中最强盛的星国之一。

可自从异种的异变暴露在世人眼前，人类对异种不再仅仅是歧视，还是恐惧、憎恨。奥丁联邦被整个星际孤立，发展处处受制，政治、经济、军事等各方面都处于收缩状态。

阿尔帝国却在英仙叶玠的治理下，各方面都蓬勃发展，实力远胜从前。

一场局部战争是在比拼哪支军队更强，星际大战却不仅仅是在比拼军队，还是在比拼两国的国力，甚至两国在星际中的威望和影响力。

楚墨和左丘白不是傻子，都清楚地看到了林坚的意图——

林坚想要像蚕吃桑叶一样蚕食奥丁联邦，看似缓慢，最后却会一点不剩地把整个奥丁联邦吃掉。

楚墨没有想到年纪轻轻的林坚没有贪功冒进、好大喜功的毛病，竟然像是一个饱经沙场的老人一般，打起仗来不慌不忙、谨慎平稳。

他们宁可阿尔帝国像以前一样纠集上盟国，多国部队来势汹汹，直扑阿丽卡塔，双方正面决一死战。

以奥丁联邦军队的悍勇和凶猛，在家门口的战争，万众一心，几乎必赢。

像现在这样，只在边缘星域开战，看上去动静不大，对阿丽卡塔没有丝毫影响，可实际上对奥丁联邦很不利。

左丘白好几次布局，试图挑起林坚的怒火，都没有成功。

林坚心志坚定，一心朝着最终的目标走去，丝毫不理会中间的细枝末节，没有被迷惑和干扰。

紫姗分析完林坚的指挥，赞叹地说："自从林榭战死后，英仙叶玠就把林坚调到皇室护卫军中，走到哪里带到哪里。名义上是自己的警卫，实际上是手把手地在教导他，只能说英仙叶玠把林坚教得太好了！"

楚墨和左丘白却隐隐地觉得不对。

林坚当然不错，可他们也都是绝顶聪明的人，也都年轻过，很清楚不管再聪明都无法代替经验，有些事必须亲身经历过，才会把见识和聪明融汇，变成自己的智慧。

林坚的每一场指挥都太完美老练了，就像是他背后还有另一个已经历经沧桑、心如死水的人，用一双冷漠的眼睛盯着他们。

楚墨问："会是谁？"

林楼？不像！

林楼的指挥风格，他仔细研究过，林楼是将才，不是帅才。

闵公明那些人更是庸才，否则英仙叶玠用不着耗费心血去栽培从没有上过战场的林坚。

左丘白亲自指挥战役，感受更加深刻，"不知道为什么，我最近总会想起以前我们七个一起上军事战争课的事。"

楚墨愣了愣，被他刻意尘封的往事突然一下子全部涌入脑海。

…………

那时候，他们才十几岁大，年龄最大的棕离也才刚满二十岁。

因为已经完成竞争激烈的淘汰，确定了他们就是爵位继承人，所有教育都是最好的。军事战争课的老师是战功赫赫的将军，每次的考试都是直接把他们带到一个原始星上，给他们每人一支军队，让他们进行实战演习。

楚墨记得，百里苍是这门课的狂热爱好者，几乎一门心思扎了进去，把大大小小的战役背得滚瓜烂熟，尤其殷南昭指挥过的战役更是一次又一次复盘，翻来覆去地研究。

不过，他在这门课上的表现并不是一枝独秀。

左丘白看上去清清淡淡，可每次实战演习都能隐隐压住百里苍。

封林和棕离已经认清他们不擅长打仗，只是尽力而已。紫宴和楚墨也明白自己的天分不在战场上，这门课一直是百里苍和左丘白两个人的战场。

尤其分组对战时，如果百里苍和紫宴一组，左丘白和楚墨一组，两组对战，演习会变得格外激烈。

有一次打得难分难解，连殷南昭都惊动了，特意过来看了他们的对战。左丘白和楚墨获胜后，殷南昭还特意对他们说了句"干得不错"，把百里苍嫉妒得一个月没和左丘白说话。

如果一直这样下去，每个人的人生轨迹应该都是另一种模样。

但是，第二年，辰砂进入了战局。

他像是为战场而生，年龄最小，却一出手就石破天惊、光彩照人。

左丘白不是没有一争之力，可他不仅没有争，反而立即掩去自己在这方面的光华。以至后来很多人都以为联邦的大法官根本不擅长打仗，对战争完全没兴趣。

百里苍那个痴人却和辰砂硬抗到底，一直又争又抢，直到他们毕业，加入军队，辰砂一帆风顺当上指挥官，他才不得不放弃。

…………

楚墨不知道当年有多少人留意到左丘白的选择，估计大部分人都以为他是少年心性，还未定性，今日对这个感兴趣，明日对那个感兴趣。

楚墨留意到了。

辰砂的优异表现没有让他惊讶，左丘白的选择却让他惊讶了。

因为他和辰砂朝夕相处，知道殷南昭一直在悉心引导辰砂，让辰砂看战争方面的资料，一有空就带着辰砂在星网里打仗，辰砂又遗传了父亲的天赋和母亲的敏锐，可以说，辰砂的一鸣惊人并不是从天而降，而是勤奋加天赋的结果。

但左丘白让他刮目相看。一个十七八岁的少年就已经懂得审时度势、壮士断腕。

辰砂的父亲是指挥官，母亲是执政官。辰砂背后不仅有第一区的势力，还有安家人的支持。殷南昭虽然不姓安，可谁都知道他和安教授的关系，也都知道辰砂的父母在世时，和殷南昭关系交好。

如果辰砂资质平庸，别人还可以争一争，但辰砂那么优秀，让人无可挑剔，指挥官的位置非他莫属。

这不是单凭他们的个人努力就可以决定的事，而是他们每个人背后的势力博弈决定的。

左丘白看明白了，所以他立即退出竞争，选择了其他方向，根本不浪费精力，做辰砂的陪衬。

百里苍看不明白，所以一直和辰砂较劲，贻笑大方，让人觉得他处处不如辰砂。

不过，他傻乎乎的执着和倔强打动了殷南昭，殷南昭竟然把至关重要的能源交通部交给他，等于让他也直接参与到战争中。

可惜，百里苍只看到了殷南昭对辰砂的维护，却没有体会到殷南昭对自己的照顾，对殷南昭心生芥蒂，最后让他捡了便宜。

当时，还没有后来的事，他还不知道父亲的秘密研究计划，更不知道左丘白是他的亲哥哥，一心向着辰砂，居然特意叮嘱辰砂"百里苍不足为虑、左丘白多加留意"。

…………

楚墨回过神来，问："为什么会突然想起以前的事？"

左丘白思考了一瞬，说："大概因为对手让我有一种莫名的熟悉感。"

楚墨从来不敢轻视左丘白的话，认真地分析："能让你忌惮的对手只有辰砂，但他已经死了。辰砂是殷南昭带出来的人，或多或少受到过殷南昭的影响，会不会你的熟悉感只是因为作战风格？如果是这样的话，难道是英仙洛兰？"

虽然听上去有点荒谬，但英仙洛兰曾经是殷南昭的女人，没有人知道她到底从殷南昭身上得到了什么。

当年，楚墨试图调查过还是骆寻的英仙洛兰，不过殷南昭的保护工作做得太好，他什么都没调查出来。

左丘白摇摇头，"不知道。"

直觉上不像是英仙洛兰，也不像是辰砂，可那种微妙的熟悉感挥之不去，说不清道不明，只有置身其间的人才能感受到。

时光流逝。

战争已经持续了一年多。

数次交锋中，阿尔帝国和奥丁联邦互有胜败，看上去不分胜负。

可是，阿尔帝国已经逐渐控制了G2299星域，上一次星际大战中放弃的公主星再次被纳入阿尔帝国的航线图中。

消息传回两个星国，两国的普通民众并没有多大感觉。

因为那颗星球在遥远的另一个星域，一直没有对普通民众开放，对他们来说只是新闻中的名词，和他们的生活完全不相关。

可是，在两国政府中影响很大。

这颗本来籍籍无名的星球承载了太多悲欢。

五十多年前，奥丁联邦用这颗星球做聘礼求娶阿尔帝国的公主，洛兰公主在皇帝的逼迫下嫁给奥丁联邦的指挥官辰砂。

十多年后，指挥官辰砂异变，在公主星杀死了阿尔帝国的皇帝。英仙叶玠穿着囚服赶赴战场，两大星国的战争正式爆发。

之后，南昭号太空母舰和英仙号太空母舰在公主星的外太空相撞，导致整个星球生灵涂炭，英仙叶玠被俘，星际大战在两败俱伤中被迫终止。

…………

阿尔帝国控制了G2299星域后，以公主星为军事据点，继续向阿丽卡塔星的方向进军。

这个结果既在阿尔帝国的预计中，也在奥丁联邦的预料中。

奥丁联邦没有办法长时间维持那么长的能源补给线，只能收缩战线，一步步退让。

Chapter 10

善恶同体

对或错都在人类的选择。

一念天堂，一念地狱。

两年多后。

奥米尼斯星。

英仙皇室基因研究所。

封小莞扎着马尾，穿着白色的研究服，戴着实验眼镜，站在操作台前，满脸严肃地监控着大型模拟实验的进行。

洛兰站在实验室中央，看着身周的全息立体影像——

天空湛蓝、云朵洁白。

绿草如茵、鲜花似锦。

年轻的恋人躺在草地上窃窃私语，父母带着孩子们奔跑戏耍，还有很多单身男女带着各种小宠物散步休憩。

这一切就是一个繁华的大都市，在休息日时，某个大型居住区日常普通的一幕。

一个牙齿尖尖的小宠物突然咬了自己的主人一口。

主人的手上出血，旁边的一个热心老人拿出随身携带的消毒止血喷剂，递给小宠物的主人。

主人喷完消毒止血喷剂后，向老人道谢，带着小宠物继续散步。

接下来一切如常。

但是，当他回家后，没有多久，他的耳朵变得很痒，他开始不停地抓挠。

半夜里，他从梦中惊醒，发现耳朵长出了色彩斑斓的毛，变得尖尖的，像是某种大型猫科类动物的耳朵。

第二天，他戴着帽子，遮遮掩掩地去看医生。

医生做完检查后告诉他，只是因为他的祖先曾经做过基因编辑手术，修改过听力方面的基因，他现在受基因影响，突然出现返祖现象，可以通过手术修正，不必过度担心。

手术之后，他的耳朵恢复正常。

可是，他开始高烧咳嗽，身体越来越虚弱，连正常的走路都困难，肌肤甚至会无缘无故地爆裂出血。

一个夜深人静的晚上，他从痛苦中醒来，咳嗽着起身，脚步蹒跚地去喝水，身体突然像是炸弹爆炸般炸裂，变成碎末，死掉了。

和他有过接触的医生、护士、邻居都开始出现体貌异变的症状。

有人长出尾巴，有人长出鳞甲，有人双脚退化变成尾鳍……

异变的病毒一个感染另一个，疾病以不可遏制的速度迅速感染了所有人。

有些人没有出现体貌变异，身体的免疫力却会变得很弱，很容易生病死亡。

那些体貌变化了的人类，则有些死亡了，有些活了下来。

经过病毒的催化、淘汰，最后，这个曾经属于人类的大型居住区里，还能继续享受蓝天白云、绿草繁花的人都体貌奇特、似人非人。

有的四肢着地行走，有的满身覆盖着坚硬的鳞甲，有的头颅凸出、舌头像蜥蜴一般可以伸很长……

四周再也看不到一个完全是人类的人，如同彻底换了一个星球。

…………

模拟实验结束，灯光亮起。

洛兰依旧定定地站着。

刚才置身其间，那些智脑模拟出的奇形怪状的生物从她身畔经过，一个个神态逼真、栩栩如生，她几乎觉得一切已经真实发生。

楚天清和楚墨的研究方向果然和安教授截然相反，不过，她只猜对了一半，现实远比她猜测的更疯狂。

他们竟然想利用病毒激发异种基因和人类基因的不相融，让它们以人体为战场自然搏杀，熬不过的就淘汰，熬过去的才有资格继续活下去。

像她这种纯种基因的人类，会因为体质不够强悍，连参赛资格都没有，直接死亡。

166

难怪他们会有激发异种突发性异变的药物，她一直以为是楚天清特意研究出来的，完全没想到害死了这么多人的药剂竟然只是楚天清研究失败的副产物。

封小莞脸色发白地说："根据你给我的资料，我研究出的这种基因病毒的确具有模拟实验中的效果，但现阶段还没有强传染性，必须要通过体液接触才能传播。但我推测，对方会在此基础上，加强传染性，达到我在模拟实验中的传染效果。如果一旦投放，后果无法想象，可以说是……灭世！"

洛兰冷静地说："不能叫灭世，只能说灭绝人类。即使人类灭绝了，这个世界依旧存在。"

封小莞无力反驳，忍不住好奇地问："这些资料是从哪里来的？"

她花费了几年心血，根据洛兰给的资料研究出这种病毒。整个研究过程，就好像是在和另一个研究者对话、讨论。

越研究，越敬畏。

越了解，越害怕。

那个研究者既绝顶聪明，又偏执疯狂。

就算他是异种，可异种也依旧是人类基因在主导，作为人类，他怎么会进行这么可怕的研究？

简直是要强行把整个人类逼迫到另一个进化方向。

但是，那个方向正确吗？

那不是自然选择的方向，而是人为引导的方向。

究竟是谁？竟然敢把自己视作造物主，想替人类划定进化的方向？

洛兰问："你觉得他的选择对吗？"

封小莞怒气冲冲地说："当然不对了！我承认大道无情，自然进化一直是在优胜劣汰，从宇宙诞生到现在，不知道有多少物种灭绝了，可自然进化从来不会主动灭绝哪个物种，也永远会留有一线生机。这个人却想灭绝原本的人类，太狂妄自大了！他以为这种进化正确，但万一错误呢？"

洛兰说："你不赞成就好。"

封小莞愣愣地看着洛兰，总觉得洛兰的眼神里还有其他东西。

洛兰问："你想怎么命名这种基因病毒？"

封小莞想了想说："絜钩。一种怪兽的名字，在古地球流传下来的传说里，这种怪兽一旦出现就预示着瘟疫和死亡。"

洛兰说："我正在研制一种基因药物，恰好和絜钩相反，能促使人类基因和异种基因稳定融合，减少病变。"

封小莞的眼睛一下子亮了，崇拜敬仰地看着洛兰。

伤害比治愈简单、毁灭比创造容易，那个研究出絜钩的人，虽然天资卓绝，却没有洛兰的心胸和气魄。

那个人选择了伤害、毁灭，洛兰选择了治愈、创造。

这才应该是科学研究的最终目的。

为愚昧带去智慧，为黑暗带去光明，为死亡带去生机，为束缚带去自由，让人类在探索和求知中前进。就像是人类第一次发现地球围绕太阳旋转，第一盏照亮世界的电灯，第一种挽救生命的抗生素，第一架冲上天空的飞机……

封小莞兴奋地问："这种基因药物叫什么名字？"

洛兰说："还没有命名，既然你的叫絜钩，我的就叫辟邪吧！神话传说中能驱除灾厄的神兽。"

封小莞满眼期待，"能给我看看这种基因药物吗？"

"研究工作还没有全部完成。"

"有什么我能做的吗？"

"你继续絜钩的研究。"

"为什么？"封小莞觉得，这么邪恶的东西，即使她耗费了好几年的心血才研究出来，也应该立即销毁。洛洛阿姨怎么会让她继续研究？

"不怕一万，就怕万一。万一对方会投放使用，我们不能束手待毙。尽可能全面细致地了解它，推测出可能的传播途径，才有可能把伤害控制到最小。"

"是！"封小莞像个战士一样，斗志昂扬地接下任务，"我一定全力以赴。"

洛兰看着她坚定的目光，笑了笑说："等做完这个研究，你可以出师了。"

"咦？"封小莞没听懂。

"你可以带学生，做别人的老师了。"

封小莞盯着洛兰，嘴唇嗫嚅几下，想说什么却没有说出来，突然扭过头，瞪大眼睛看着别处。

洛兰假装没看到她眼角的泪光，离开了实验室。

飞车飞过皇宫，降落在女皇官邸。

洛兰跳下车，大步流星地走进屋子，直接一脚踢开紫宴的屋门。

紫宴正在伏案工作，看到她的样子，身子后仰，倚靠在工作椅里，好笑地睨着她："你从哪里吃了一肚子炸药？"

洛兰走到紫宴面前，挥拳打过去。

紫宴转动着工作椅，左摇右晃，身姿灵活地躲开洛兰接二连三的攻击。

洛兰没有丝毫罢手的意思。

紫宴双手各抓住她的一只手，警告地说："你的护身符小角不在这里，我劝你别激怒我。"

"你以为自己还是当年的你吗，少一心先生？"洛兰挣扎着要挣脱紫宴的钳制，却发现紫宴的心脏不发病时，她毫无胜算。

"放开我！"

"到底发生了什么事？"紫宴并不想真和洛兰起冲突，顺势放开她，"难道阿尔帝国吃了败仗？"

"你自己看！"

洛兰调出模拟实验的视频，投影到房间正中央。

紫宴看完模拟实验，盯着最后一幕中奇形怪状的人类，满面震惊，迟迟说不出一句话。

洛兰冷冷质问："这就是你们想要的结果吗？"

"我们？"紫宴反应过来，"我给你的资料里就是这种病毒？"

洛兰看他的样子像是真的一无所知，怒火稍微平息了一点，"别告诉我，你对楚墨在做什么一无所知。"

"我就是一无所知！"紫宴无奈地摊摊手，"没错！资料是我亲手交给你的，可我又不是基因学家，根本看不懂那些资料。不要说我，就算是基因学家，如果达不到楚墨和你的水准，恐怕即使看到资料也是云山雾罩、不知所云。"

洛兰知道紫宴说的是事实，怒火渐渐平息，但面色依旧十分难看，"那么，现在你知道了！"

紫宴神情凝重地说："是，我知道了！"

洛兰双手撑在工作椅的扶手上，弯身盯着紫宴："我想知道你的选择，你愿意让楚墨成功吗？"

紫宴的视线越过洛兰，看着屋子中央凝固的画面——各种各样奇形怪状的人。

看上去都非常强悍，估计每个人稍加训练，体能就能到2A级，应该还有不少人能到达3A级体能，估计4A级也不会罕见。

一个体能强悍到可怕的新种族！

难怪楚墨会为异种选择这样的进化方向，但是，他们真的还能称为人吗？

也许，最准确的称呼应该是：携带人类基因的异种生物。

紫宴非常讨厌人类歧视异种，有时候真恨不得把他们全灭掉，可真的要彻底抛弃人类时，他发现自己做不到，也许因为从骨子里，他依旧认定自己是人！

紫宴说："英仙洛兰，与其问我选择哪个方向，不如问问你自己，你希望我们选择哪个方向？"如果人类一直步步紧逼，不给异种生机，楚墨是第一个选择和人类彻底决裂的异种，却绝不会是最后一个。

洛兰一字一顿地说："回答我的问题！我和楚墨之间，你现在选择谁？"

紫宴沉默了一瞬，说："我们之前有过协议，先合作，一起干掉楚墨后再各走各路，各凭本事。"

洛兰盯着紫宴，似乎在判断他的话是真是假。

紫宴坦然平静地看着洛兰。

洛兰点点头，"楚天清的实验室炸毁时，研究还没有成功，这个病毒是封小莞在楚天清研究的基础上研究出来的成果。如果我没有猜错的话，楚墨应该没有这份实验资料，否则他应该已经研究成功，发动攻击了。楚天清死后，楚墨不得不从头开始做研究，但他肯定知道楚天清的研究方向，用不着像楚天清一样耗费上百年时间，我要知道楚墨的研究现在到底进展到哪一步了。"

"你要我帮你追查？"

"帮我们追查！你现在和我是一方。"

紫宴眼中满是沉重的哀痛，"好！我会不惜代价查出来，五十个小时内给你消息。"

他戴着面具，洛兰看不到他的表情，但完全可以想象出他现在的心情。

想要获得这么机密的信息，必须启动隐藏得最深的间谍。那个间谍一旦泄露出这样的机密消息，就会立即暴露身份，导致死亡。

从这条消息的窃取，到这条消息的传出，都必须以人命为代价！

那些人都是最坚强、最优秀、最忠诚的战士。

即使心硬如她和紫宴，也会觉得如切肤之痛，难以承受！

可是，无论多不想承受，都必须承受！

他们走的这条路，每一步都是踏着鲜血前进，不是敌人的就是自己的。

"我等你的消息！"洛兰放开紫宴的椅子，想要离开。

紫宴突然探手，摁住洛兰的后脖颈，强迫她的头靠近自己。

两人脸脸相对，就隔着一张华丽妖冶的面具。

紫宴问："如果我选择支持楚墨呢？"

洛兰唇角上翘，明媚地笑起来，眼睛中却没有一丝笑意，冷如千年玄冰，"你们想灭绝我们，难道我们要坐以待毙吗？"

"你准备的基因武器是什么？"

洛兰握住紫宴的手腕，把他的手从自己的脖子上拽开，"你应该祈求，永远都不要知道！如果楚墨是魔鬼，我就是要杀了魔鬼的魔王！"

紫宴盯着洛兰。

洛兰面无表情地转身，朝着门外走去，"如果你的人能成功拿到消息，我会尽力补偿他们。"

紫宴冷冰冰地讥讽："进攻他们的星国，毁灭他们的家园，让他们再没有自由公平之地可以栖居，这就是你的补偿吗？"

171

洛兰一言不发，像是什么都没有听到一样离开了。

洛兰走过寂静的走廊。

穿过幽静的大厅。

走到自己的办公室前时，突然停住了脚步。

还有很多工作等着她处理，可是她竟然完全不想推开办公室的门。

也许模拟实验的刺激太大，她一直心绪不宁，满脑子不受控制的奇怪念头。

如果这个世界真的要灭绝，人类真的在生命倒计时，她临死前最想做的事是什么？

她知道身为皇帝，工作必须要做，却不是她发自内心最想做的事。

她最想做的事是什么？

她最想见的人是谁？

洛兰突然命令："清初，帮我准备飞船。我要去能源星视察。"

二十二个小时后。

曲云星。

总理府。

一栋爬满红藤的小楼前，草坪空旷，寂静无声。

艾米儿双手抱胸，来回踱着步子，表情焦躁不安。

突然，她听到声音，惊喜地望向天空。

一艘小型飞船出现在天空，徐徐降落在草坪上。

舱门打开，洛兰走下飞船。

艾米儿迎上去，熟稔地说："我没告诉两个孩子你要来，怕他们不肯睡觉，熬夜等你。"

这些年来，两人因为孩子经常视频通话，渐渐熟不拘礼，相处随意。

洛兰疲惫地笑了笑，"谢谢。"

艾米儿摇摇头，"怎么顶着两个黑眼圈，没有睡觉吗？"

"在飞船上处理了点工作，待会儿可以专心陪他们一会儿。"

"能待多久？"

"两个小时。"

艾米儿暗叹口气，立即加快步伐，让她能多看一会儿孩子。

洛兰蹑手蹑脚地走进屋子。

两个孩子，睡在两张相邻的儿童床上，中间隔着一条不宽的过道。

洛兰坐在两张床铺中间的地板上，一会儿看看这个，一会儿看看那个，觉得一切美好得不像是真的。

她忍不住戳戳他们肉乎乎的小脸颊，是真的哎！

女孩儿依旧呼呼大睡，男孩儿却突然睁开眼睛，一骨碌翻身坐起来。

洛兰吓了一跳，手足无措，都不知道该说什么。

虽然视频中常常见面，但真实地面对面，却是第一次。

男孩儿严肃地打量着她，"妈妈？"

洛兰紧张地点点头。

男孩儿伸手戳戳她，发现不是虚影，"是真的妈妈！"

居然和自己一样！洛兰又好笑又心酸，"是真的妈妈。我吵醒你了吗？"

"没有。我和姐姐约好了轮流睡觉，现在是她睡觉，我值班。"

"为什么要轮流睡觉？"

"等妈妈。"

"你们知道我要来？"

"嗯！阿姨以为我们睡着了，其实我们醒着，都听到了。"

"你不叫醒姐姐吗？"

男孩儿看看姐姐，小声说："我有个问题，姐姐醒来了就不让我问了。"

"什么问题？"

"我们有爸爸吗？"

"有。"

"在哪里？"

"在军舰上。"

男孩儿的眼睛兴奋地瞪大了，忽闪忽闪的，像是璀璨的小星星，"真的战舰？"

"真的战舰。"

"很大很大的战舰？"

"很大很大的战舰。"

他突然连滚带爬地翻下床，洛兰怕他摔着，要扶他，他已经动作麻利地爬到姐姐床上，连摇带拽，"姐姐、姐姐！"

女孩儿醒来，翻身坐起，像男孩儿刚才一样，先是瞪着眼睛把洛兰从头看到脚，"妈妈？"

洛兰笑了笑，说："是真的妈妈。"

女孩儿用手戳戳她，露出满意的笑，"是真的。"

"妈妈！"

女孩儿大叫一声，未等洛兰反应，整个人就直接从床上跃下，热情地扑向洛兰。

洛兰急忙抱住她。

女孩儿在洛兰左右脸颊连着亲了好几次，一边亲一边叫："妈妈！妈妈！妈妈……"

洛兰被叫得心都要化了。

男孩儿坐在床上，只是看着。

洛兰知道女儿性格活泼大方、儿子性格严肃别扭。她抱起女儿，坐到床上，把男孩儿抓进怀里，一边一个抱住。

男孩儿扯扯姐姐，"妈妈说我们有爸爸，爸爸在军舰上。"

女孩儿小大人模样瞅着洛兰，一本正经地说："你不用骗我们，我们能接受没有爸爸的事实。"

男孩儿告诉洛兰："姐姐说爸爸要么是死了，要么是不要我们了，不许我问你。"

洛兰说："我没有骗你们，爸爸真的在战舰上，他不是不要你们。"

"那为什么我们从来没见过他？"

"你们想见他？"

"想！"

"好。"

"不过……"女孩儿试探地看洛兰，大人们说话总是有不过、只是、但是。

洛兰无奈地揉揉女孩儿的头，"不过，我还没告诉他你们的存在。"

男孩儿问："为什么？"

女孩儿回答："因为不高兴。就像我和你吵架时，就会躲起来，不想和你玩，什么都不想和你说。"

洛兰看着女孩儿，"我们没有吵架，只是……比较复杂，我现在解释不清楚，等你们长大些再告诉你们。"

男孩儿乖乖地点点头，女孩儿却翻了个白眼。

洛兰好笑地捏捏她的脸颊，"我会让你们见到爸爸，但你们不能暴露身份，就当玩一个捉迷藏游戏，可以吗？"

两个孩子对视一眼，女孩儿点点头，男孩儿看姐姐点头了，也跟着点点头。

洛兰设定好个人终端，动用特权联系小角。

十来分钟后，信号接通。

小角穿着训练服，站在通信室内，显然是接到消息后，立即从训练场里赶过来的。

小角问："有什么事吗？"

洛兰说："没事不能联系你吗？"

小角竟然唇角微挑，似乎在笑，"你没事会联系我吗？"

洛兰看了眼站在成像区外的儿子、女儿，他们聚精会神地盯着小角，眼神又好奇又困惑，不明白他为什么戴着面具。

洛兰很想满足他们，让小角把脸上的面具摘下来，但通信室并不安全，洛兰还是打消了这个不明智的念头。

洛兰微笑着说："我和清初打赌输了，必须和你做个小游戏。唱歌、跳舞、读书，你随便选一个。"

十万火急把人找来竟然只是打赌输了？小角却一如往常，没有质疑洛兰究竟在发什么神经，温驯地说："读书。你想要听什么？"

洛兰装作思索，看向儿子和女儿。

女儿急忙跑到一旁的书架边，拿起一本纸质的书，举起来给洛兰看。

《小王子》。

猝不及防间，洛兰心口微微一窒，她深吸口气，不动声色地说："《小王子》。"

小角在屏幕上输入书名，随意点开一页读起来。

…………

"的确，我爱你。"花儿对他说道："但由于我的过错，你一点也没有理会。这丝毫不重要。不过，你也和我一样蠢。希望你今后能幸福。把罩子放在一边吧，我用不着它了。"

"要是风来了怎么办？"

"我的感冒并不那么重……夜晚的凉风对我倒有好处。我是一朵花。"

"要是有虫子野兽呢？"

"我要是想认识蝴蝶，经不起两三只尺蠖是不行的。据说这是很美的。不然还有谁来看我呢？你就要到远处去了。至于说大动物，我并不怕，我有爪子。"

于是，她天真地显露出她那四根刺，随后又说道："别这么磨蹭了。真烦人！你既然决定离开这儿，那么，快走吧！"

她是怕小王子看见她哭。她是一朵非常骄傲的花。

…………

小角读了十来分钟后，洛兰对他说："好了。"

小角点了下屏幕，书籍的页面消失。他非常耐心地问："还有其他事要我做吗？"

洛兰摇摇头。

"我回去训练了。"

"再见。"

小角切断信号，全息虚拟人像消失不见。

洛兰看着儿子和女儿。

女儿一本正经地说："爸爸的声音很好听。"

儿子困惑地问："爸爸为什么要戴面具？"

洛兰赶在女儿做出奇怪的解释前，对儿子说："他没有受伤，也不是丑八怪，只是因为某些特殊原因必须要戴面具，等你们长大一点，我会告诉你们原因。"

女儿噘着嘴说："可是，我们还是不知道爸爸长什么样子。"

洛兰想了想，打开个人终端，在星网上搜索辰砂，挑选了一张看上去最好的照片，投影到两个孩子面前。

女儿和儿子目不转睛地盯着。

女儿笑嘻嘻地说："爸爸很好看。"

儿子沉默。

洛兰走到他身边，蹲下问："你在想什么？"

儿子突然硬邦邦地说："如果爸爸不要妈妈，我就也不要爸爸！"

洛兰把两个孩子拥到怀里，郑重地说："不管妈妈和爸爸关系怎么样，你们和他的关系都不会变。"

洛兰和两个孩子待了两个小时后，离开曲云星。

在赶回奥米尼斯星的路上，收到清初发给她的加密信息。

邵逸心已经查出楚墨那边的研究进展。

洛兰看完情报，站在舷窗前，凝视着茫茫太空。

浩瀚的星空，广阔无垠、璀璨寂静。

因为科技的不断进步，人类从刀耕火种到翱翔星际。

科技在造福人类的同时，也在给人类带来灾难。

从杀伤力巨大的核武器到现在无形的基因武器，人类的每一个科技进展都既有光明面，也有黑暗面，永远善恶同体。

对或错都在人类的选择。

一念天堂，一念地狱。

楚墨的学识见解不比她差，当她在眺望星空，思索对错时，他肯定也反复思索过。

但是，他依旧选择了这条路。

为什么？

因为奥丁联邦的存在，在给了异种幸福安逸的同时，也在剿灭他们的繁衍生机。

因为如果奥丁联邦灭亡，异种就要重新沦为任人欺压、任人歧视的卑贱种族。

楚墨的选择，站在异种的角度，并不是没有道理。

如果问题的根源不解决，楚墨会是第一个走向极端的异种，但不会是最后一个。

茫茫太空。

英仙二号太空母舰。

舱房内，林坚正在沉睡。

个人终端突然尖锐地响起，不用看来讯显示，特殊的提示音已经告诉他联系人的身份。

林坚立即翻身坐起，连外衣都来不及披，"接通。"

洛兰的虚拟影像出现在他面前，开门见山地说："我希望你能改变作战策略，尽快对奥丁联邦发起全面围剿，直接进攻阿丽卡塔星。"

林坚残存的睡意彻底消失，一边穿上衣，一边问："为什么？"

洛兰把封小莞模拟实验的视频发送给林坚。

林坚看完后，脸色大变，不愿相信地问："模拟实验中的絷钩病毒真有可能存在？"

"根据我得到的最新情报，对方已经研究出来药物，只不过如何高效传播的问题还没有解决，但这只是时间问题，他们迟早会解决。时间拖得越长对人类越不利，我们必须赶在对方研究出强传染性的絷钩前，制止他们。"

"情报可靠吗？会不会是奥丁联邦设的局让我们自乱阵脚？"

因为异种和人类的差别在基因，再高明的间谍都伪装不了自己的基因，所以一直没有人类能成功打入奥丁联邦的核心部门。

"你忘记我在奥丁联邦待了十多年吗？"

林坚这才想起，迄今为止，有一个间谍进入了奥丁联邦的核心部门，就是洛兰陛下自己。他不再质疑情报的可靠性了。

林坚呼吸沉重，在屋子里来回踱步。

如果继续执行蚕食战略，稳扎稳打，阿尔帝国一定能打败奥丁联邦。这就像是把一个壮汉关到一个密闭的金属屋子里，切断所有生机，就算他再强壮，也会慢慢死亡。

　　但是，突然改变作战计划，大举进攻阿丽卡塔星，就像是和壮汉正面拼拳头，对阿尔帝国很不利，势必会激起奥丁联邦最激烈的反抗。

　　论单兵作战能力，他不得不承认阿尔帝国不如奥丁联邦，异种在体能上的确强过人类。如果正面对决，胜负难料，很有可能输。

　　"林坚，这不仅仅是阿尔帝国的胜败，更是人类的存亡！"洛兰提醒。

　　林坚停住脚步，用力地揉揉脸，郁闷地叹气："我只是想打败奥丁联邦，为父亲报仇，发泄一下自己的个人仇恨，事情怎么就变成了必须要担负起全人类存亡的重担了？"

　　"我不知道。"

　　洛兰也有点想不起来几十年前她去奥丁联邦时的目的了，似乎也只是为了查清母亲的死亡真相，为母亲复仇，不知道事情怎么就一步步变成了这样。她一直觉得自己是个心狠手辣、自私自利的浑蛋，从没有想过承担这种重任，现在事到临头，却不得不承担。

　　林坚看着洛兰，"我们有其他选择吗？"

　　洛兰摇摇头。

　　林坚苦笑，"既然只有一条路，不管多不喜欢，也只能这样了。"

　　洛兰说："训练士兵时，加一条，避免和异种肢体对抗。如果不得不对抗，有过伤口的士兵必须隔离检查。"

　　"真有必要这样吗？有可能造成恐慌。"

　　"未雨绸缪，如果等发生时，再训练就来不及了。"

　　林坚盯着洛兰，严肃地说："我们必须胜利！"

　　"必须！"洛兰表情坚毅，没有丝毫犹疑。

　　林坚的心骤然安定下来。一个强大可靠的战友不仅会让人没有后顾之忧，还总能给人前进的勇气和信心。

　　林坚结束通话后，顾不上再休息。

　　他把这四年来的战事资料调出来，仔细过了一遍，确认洛兰的情报真实可靠。

他们都被胜利的表象蒙蔽住，没有留意到胜利下的异常。

林坚惊出一身冷汗，庆幸和自己并肩作战的人是洛兰。

如果不是洛兰察觉到奥丁联邦的异动，他就要成为人类的千古罪人了。

林坚通知所有将军，召开紧急会议。

他言简意赅地表明，他要更改作战策略，尽快发动对奥丁联邦的全面攻击。

不少将军提出反对，认为现在形势大好，局面对阿尔帝国有利，应该继续实行坚壁清野的蚕食战略。

林坚质问他们："你们不觉得奇怪吗？奥丁联邦肯定明白时间拖得越长对他们越不利，应该尽全力逼迫我们正面决战，他们却陪着我们一直在外太空战场上耗，似乎他们也希望战争打得时间越长越好。"

那些将军回答不出林坚的问题，只能归结于奥丁联邦的指挥官左丘白以前是法官，指挥能力和作战经验不足，当然比不上奥丁联邦以前的那些战争机器了。

林楼将军和闵公明将军在会议前已经和林坚私下里开过会，知道奥丁联邦有可能正在进行秘密基因武器的实验。

作为曾经和奥丁联邦军队有过正面作战经验的老军人，他们看完这四年的战事分析，认同林坚的推断，奥丁联邦的确有异样。

奥丁联邦的军队武器先进，单兵作战力强，最擅长正面对决。这四年来，虽然时不时有一些企图激怒阿尔帝国的进攻，大体上却打得很隐忍克制。

在失去了G2299星域后，又失去了H3875星域，奥丁联邦在太空中的生存空间被进一步压缩，他们也没有强烈反应，似乎打算继续和阿尔帝国在下一个星域耗下去。

林楼将军和闵公明将军选择了支持林坚。

靠着林家在军队里强大的影响力，以及林坚目前在战场上的优异表现，林坚最终获得了绝大部分将军的支持，同意对奥丁联邦发起正面进攻。

开完十个小时的军事会议，林坚立即联系洛兰。

洛兰似乎一直在等他的消息，几乎通信器刚响，她就接通信号，人出现在他面前。

"怎么样？"

"一切顺利，等部署周全，会尽快发动对奥丁联邦的全面进攻。"

洛兰松了口气，"很好。"

"我要和你道歉，之前质疑你的情报的可靠性。我研究完这四年的战事，发现所有迹象都佐证了你的情报很可靠，我沉浸在战事顺利的喜悦中，竟然完全忽略了。"

"你的质疑很正常，是我应该感谢你即使有质疑，也愿意相信我。"

洛兰再次感慨叶玠有识人之明，为阿尔帝国选拔了一位好元帅。

林坚之前刚睡下就被洛兰叫醒，连着几十个小时没睡，一直在高强度工作，即使体能优异，也有点疲惫。

他禁不住打了个大大的哈欠，丝毫不顾及形象，完全把洛兰当成没性别的战友。

林坚疲惫地说："有一件事，必须由你做决定。"

"什么？"

"经过商讨，现在制订的作战计划是——我留在英仙号继续指挥这里的战争，把北晨号和左丘白拖住，让奥丁联邦察觉不到我们更改了作战计划，那么必须有一个人率领舰队去偷袭奥丁联邦。"

洛兰明白了，"你想让小角指挥奥丁星域的战役？"

"不仅仅是我，我叔叔林楼将军、闵公明将军，还有其他几个将军都认为小角是最合适的人选。"

洛兰沉默。

"那帮老家伙早就盯上小角了，一直把他当成重点培养对象，这几年怎么狠怎么来，给小角派的任务都是最难的，小角全部顺利完成，老家伙们都对他满意得不行。说句不得不服气的话，小角简直天生为战场而生。如果不是因为他的身份，我肯定立即就拍板决定了。"

"你相信他？"

"自从小角去奥米尼斯军事基地担任教官起，这七年来，我不仅仅是密切观察他，还和他一起上过战场。如果不知道他的基因，他就是最优秀、最忠诚的帝国军人。陛下没有亲身上过战场，没有那种生死关头为夺取一线生机协同作战的经历，体会不到我们的感情。"林坚想了想，肯定地说："我相信小角！很多时候他会让我想起你，把后背留给你们，我永远不用回头。不过，人性复杂，最了解他的人是你，所以我把决定权交给你。"

"非他不可吗？"

"天下没有非什么不可的事，没有小角，就由我叔叔指挥。不过，你应该明白一个优秀的指挥官对一场战役的影响。"

洛兰说："我需要考虑一下。"

林坚答应了，"十天内给我消息就行。"

Chapter 11

玫瑰的刺

这一生风风雨雨，她已经被命运这个剪刀手裁剪成一个怪物，从没奢望过会有人能完全接纳她、喜爱她。

如果他愿意做她一个人的傻子，她就做他一辈子的怪物。

一夕之间，阿尔帝国的士兵感觉到气氛变了。

从星际太空母舰到大大小小的战舰，所有部门的工作量骤然加大。

连不用出战，正在轮休的士兵都加大训练强度，尤其对医疗兵的要求十分严格，全部再次进行强化培训，简直像是马上就要和奥丁联邦决一死战。

小角刚刚执行完任务，从战场上下来，就接到林坚的命令，要求他带队回太空母舰休整。

队友霍尔德的战机在交战中被炮弹击中，人被弹射出战机时伤到左腿，小角让其他队友先回去休息，他自己送霍尔德去医院。

经过一道金属自动门，进入了母舰上的医疗区。

小角和霍尔德发现四周站着不少军人，可看上去又不像是生病受伤的样子。听到他们的窃窃私语，小角才知道母舰上新来了十几个医疗兵的教官。据说是清一色女军医，个个脸蛋漂亮、身材好，士兵们闲暇时新增了个放松活动——来医疗区围观医疗兵的培训。

大概因为围观中也可以学习到很多急救知识，医疗区的负责人不但没禁止士兵们的无聊行为，反而鼓励他们观看和提问。

站在四周的军人看到坐在轮椅上的霍尔德，知道他们刚从战场上下来，立即主动让路。

小角推着霍尔德从人群中走过，正打算找个机器人询问腿部受伤应该去哪间医疗室，冷不丁看到一群接受培训的医疗兵中有一个身材高挑的女医生。

她里面穿着蓝色的手术服，外面穿着白大褂，微卷的长发随意地束在脑后，正背对着他们指点几个医疗兵处理伤口。

她反复强调着战场复杂多变，必须把每个伤口视作传染性伤口处理，避免潜在的交叉感染危险。

小角一下子停住了脚步。

霍尔德感觉到他的变化，顺着他的目光看过去，吹了声口哨，调笑："冰山也突然懂得欣赏女人了？"

那个女医生似乎感觉到什么，回过了身。她脸上戴着医用口罩，额前垂着碎发，只一双黑漆漆的眼睛露在外面，如两口寒潭，冷冽清澈。

女医生似乎没想到会在这里看到小角，愣了下后，对身旁的医生小声交代了几句，朝着小角走过来，开门见山地说："我昨天到的，因为你正在出任务，不方便联系就没有告诉你，本来打算等你完成任务回来后去找你。"

小角说："我刚回母舰。"

霍尔德兴致盎然地竖着耳朵，觉得这两人看上去像是什么关系都没有，一个比一个冷淡，连说话时都站得很远，中间隔着一个他。但是，又隐隐流动着千丝万缕的联系，当他们看着彼此时，像是周围的人都压根儿不存在。

他只能自己主动寻找存在感，热情地伸出手，"我叫霍尔德，肖郊的战友。"

洛兰礼貌地和他握了下手，"我叫辛洛，很高兴认识你。"

"啊啊啊——"要不是一条腿动不了，霍尔德简直要激动得跳起来，"原来你就是辛洛！"

洛兰一头雾水。她当然知道自己很有名，可好像不应该包括"辛洛"这个名字。

霍尔德对小角挤眉弄眼，"原来你每次的通话对象是个美女医生，难怪我们每次盘问你说了什么，你总是神神秘秘一句都不肯说。"

洛兰明白了。

太空母舰再大也就那么大，虽然有很多士兵，可有各种限制，不能随便跨区活动，周围来来去去就那么几个人。大家长年累月在一起，朝夕相处、出生入死，常常会无视隐私权，把什么都扒出来聊，基本厮混到最后，连对方家里宠物的名字和性别都一清二楚。

洛兰对一个护士招了下手，把霍尔德交给他，"这位是霍尔德，你带他去找医生看一下腿。"

护士推着霍尔德去治疗室，霍尔德一直姿势怪异地扭着头，给小角不停地打眼色。

洛兰看小角依旧呆站着，拉拉小角的胳膊，"走吧！"

几个围观医疗兵培训的军人对着医生们嗷嗷地叫起来，"教官妹妹要被拐骗走了，你们也不管管！"

躺在医疗床上，充当教学示范的伤员曾经是小角的学员，竟然挣扎着撑起上半身，中气十足地嚷："你也不看看是谁？有本事你就上啊！敢和我们教官叫板！"

看热闹的军人里不止他一个是小角的学员，不论军衔大小，都一副"谁不服就上，咱们教官专治不服"的欠揍表情。

大家只是怪叫着哄笑，没有人真敢表示不服，因为不服的早已经都上过了。

这里的军人，小角只认识一小部分，可所有人都认识他。

鼎鼎大名的假面教官！

在小角训练过的学员们不遗余力、天花乱坠的吹捧下，以及他自己这几年来率队频繁出战，却零死亡的战绩，他已经成了太空母舰上的一个传奇。

在一群军人善意的起哄声中，洛兰和小角离开了医疗区。

"我以为你不喜欢应酬，应该没什么朋友。"

洛兰完全没想到小角这么受欢迎。她怀疑就算她摘下口罩，表明她是皇帝，估计那帮混不吝的傻大兵眼里还是"咱们教官宇宙第一"的欠揍表情。

洛兰不知道，她也是促成小角这么受欢迎的一个重要原因。

太空母舰上不止小角一个军人表现突出，但没有人像小角这么突出，可这么多年，其他人都升职了，连小角训练的学员军衔都比小角高了，小角却依旧是中尉军衔，和他优秀的能力、卓越的战绩恰恰相反。

大家私下里流传因为小角得罪了上面的人，上面有人压着军部不给小角升职。不管任何人碰到这样的事，都肯定会沮丧不满，小角却没有一丝情绪，做任何事情依旧毫不懈怠、尽忠职守，让军人们一面心里为他不平，一面越发尊敬他。

小角瞟了她一眼，淡淡地说："你也不爱和人交往，可你在研究所也很受欢迎。"

"不错，会用我的话来掊我了。"

"我没有。"

"你没有意识到，但你做了。"

小角不说话，一副随便洛兰怎么说的样子。

两人并肩而行，一路沉默。

洛兰突然想起什么，"你回来后，还没有吃饭吧？"

"没有。"

"我也饿了。"

小角询问地看洛兰："去餐厅？"

洛兰指指脸上的医用口罩，"不方便在公众场合进餐。"

"回房间点餐？"

"好。"

洛兰跟着小角向着他的舱房走去。

一路之上认识的人越来越多，打招呼声此起彼伏、不绝于耳，有的士兵还会笑嘻嘻地凑上来询问驾驶战机或者训练体能中碰到的问题。

洛兰完全被忽视。

她不想打扰他们，刻意落后了一段距离，沉默地跟随在小角身后。

小角一直没有回头，似乎完全不管洛兰。

但洛兰知道以他的听力肯定知道她有没有跟在后面。

凝视着小角的背影，洛兰突然发现，从她和小角相识，十多年来都是小角尾随她的步伐，这是第一次她尾随着他的步伐前行。

感觉似乎还挺好。

他一直耐心地回答着所有士兵的问题，脸上虽然戴着半面面具，遮住了大半张脸，可语气平和、态度真诚，让他多了几丝烟火气息，整个人不再像雪山一般冷漠不可攀。

洛兰的目光很柔和，这是她的小角呢！

霍尔德处理完伤口，乘交通车回来，看到前面小角被几个士兵围着，辛洛站在一旁等候，不禁恼火地扯着嗓子喊："喂，你们长点眼色行不行？霸着肖舰长，把人家女朋友晾在一边，还真干得出来！"

士兵们看看洛兰，看看小角，似乎才意识到肖舰长身后还跟着个女人，急忙笑嘻嘻地给洛兰赔礼道歉："不好意思、不好意思，我们立即滚蛋！"

虽然个个都很好奇肖舰长怎么突然冒出来个女朋友，却不敢再占用舰长的时间，一溜烟地全跑掉了。

霍尔德操控着轮椅转到洛兰面前，诚惶诚恐地说："我们舰长看着冷，实际心肠十分好，碰到士兵来询问战机和体能上的问题都会悉心教导，你多多包涵，绝对不是不重视你。"

洛兰觉得军队真是个神奇的地方。

这个霍尔德认识小角也就四五年吧，却把小角当至交好友，处处为他考虑，生怕有什么不必要的误会发生。

洛兰淡淡地说："我明白，看似是几句话的小事，可在战场上都是事关生死的大事。"

霍尔德愣了一愣，畅快地大笑起来，悄悄对小角竖了下大拇指，打了个眼色，示意他这个女朋友可以的，必须拿下！

小角硬邦邦地说："她不是我的女朋友，人家有未婚夫。"

洛兰安静地瞅着小角，一言未发。

霍尔德觉得小角的话里满是醋意，辛洛的反应也很有意思，没有尴尬，反而一派淡定。他非常识趣地说了声"回头见"，把轮椅转得飞快，迅速跑掉了。

小角领着洛兰回到自己的舱房。

洛兰好奇地打量四周。

一个小套间，里面是带浴室的寝室，和分配给她的单人间差不多，空间不大，刚够转身。不过作为副舰长，外面还有一个会客室，有四五平方米，还有个椭圆形的观景窗，能欣赏到璀璨星空。

小角等舱门关好后，才问："为什么匿名跑到前线来？"

"我说想来看看你，你信吗？"

小角看着洛兰，显然不信。

洛兰摘掉口罩，淡然地说："当然是有事了。"

小角没有再多问，转身打开墙壁上的智脑屏幕，"想吃什么？"

洛兰凑到他身边看屏幕，一页页浏览过去，都是营养餐，种类繁多、口味齐全。

洛兰不感兴趣，"随便！"

小角给自己点了一份营养餐，又帮洛兰订了餐。

"餐饭大概要十分钟送到，我去冲个澡。"

"你去吧！"

小角五分钟就洗好了澡。

出来时，看到洛兰踢掉了鞋子，赤脚蜷坐在安全椅里。

她把束着头发的发绳拿了下来，微卷的长发像是海藻一般披散在肩头，额前蓬松的碎发化解了眉眼间的冰霜。

她姿势慵懒随意，一手拿着一个小巧的信息盘把玩，一手斜撑着下巴，盯着眼前的虚拟屏幕。蓝色的手术服很宽松，裤腿缩上去一大截，露出纤细的小腿和脚踝，整个人少了几分皇帝的威严，多了几分女人的柔和。

小角怔怔地盯着她，像是受了蛊惑，竟然不受控制地伸出手，去摸洛兰的头。

洛兰侧头看向他。

小角的表情不变，垂眸凝视着她，手顺着柔滑的发丝，从头顶一直摸到了发尾，"怎么把头发留长了？"

"长发不好看吗？"洛兰下巴微扬，感兴趣地看着小角。

小角似乎不知道该怎么表达，想了想才说："不是不好看，不过也许看习惯了短发，我觉得短发更好看。"

"是吗？"洛兰仰着脸笑，意味深长地说："我还以为你喜欢这样的我。"

小角似乎对喜欢这个话题很尴尬，沉默地移开了目光。

洛兰拽拽自己的头发，"上次我和你通话还是短发，怎么可能没几天就变成了长发？这是化妆师帮我做的假发，方便遮掩身份，不过好像不成功，你今天一眼就认出我了。"

小角像往常一样挨着安全座椅，坐在了她旁边的地板上，"你化成灰我也认得。"

"化成灰也认得？"洛兰一边不置可否地笑，一边探手在虚拟屏幕上做阅读标注。

满屏幕密密麻麻的文字和方程式，不知道在讲什么，只有粗体字的标题分外显眼，一眼扫过去就能看到：

《絮钩计划——论异种基因和人类基因的对抗、毁灭》。

洛兰点击屏幕，关掉文件，顺手把信息盘放到贴身的口袋里。

她转头看着小角，认真地说："我若真化成了灰，尘归尘、土归土，你能认出来才怪。"

"我忘记你是科学家了。"小角拍了拍洛兰的头，眼神清澈柔软。

"胆子真是越来越大了！"洛兰觉得整个星际敢这么拍她头的人也就只小角一个了。

小角自嘲地笑笑，"这又不是我做过的最大胆的事。"

洛兰诧异，刚想问他还做过什么大胆的事，看到小角毫不掩饰的眼神，反应过来小角指的是什么。

两人凝视着彼此，一言未发，却心知肚明彼此都在想那个晚上喝醉后的事。

看似沉默的平静中，两人之间的气氛却风起云涌，好像有丝丝缕缕的线慢慢从他们的眼睛里、身体里探出来，纠结成网，将他们缠绕在一起。

叮咚一声，门铃响起。

缠绕的线乍然断裂消失，两人都立即扭头看向舱门。

舱门的屏幕上显示送餐机器人站在门外。

小角起身走过去，打开门，送餐机器人确认他的身份后，胸口的金属盖打开，传出一份保鲜餐盒。

小角拿起餐盒，回到屋子，将两人的晚餐一份份摆到桌上。

洛兰惊讶地看着面前的餐盘，竟然不是营养餐，而是一份烤牛排，还有新鲜的水果。

她看小角，"你的病号餐？"

"我从没有受过伤，哪里来的病号餐？"小角知道她有洁癖，把餐具又擦拭了一遍才递给她，"霍尔德的病号餐，我找他换的。"

洛兰切了块牛排。

火候有点老，但吃在口中却别有一番滋味，毕竟是太空母舰上有钱也买不到的病号餐，靠着小角的面子才有的吃。

两人默默吃完饭，小角把餐具收拾好，让清洁机器人带走。

洛兰一边吃水果，一边看着小角。

小角隔着圆形的合金桌，坐在她对面，背脊挺直，一言不发地任由她看。

洛兰指指身旁，小角起身，坐到了她旁边的地板上。

洛兰把水果盒递给他。

可以直接吃的水果已经都被洛兰挑着吃了，剩下的都是需要剥皮的紫提果，小角帮洛兰把紫提果一颗颗剥好，喂给洛兰吃。

洛兰突然伸手想要揭下他的面具。

小角的身体比意识快，立即闪开，但很快就反应过来，身子前倾，凑到洛兰面前，示意洛兰随意。

洛兰取下小角的面具，露出了那张她熟悉又陌生的脸。

她一边吃着小角剥好的紫提果，一边盯着他细细打量。

五官英俊、轮廓分明，犹如用雪山顶上的晶莹冰雪一刀刀雕成。

不过，也许因为他穿着阿尔帝国的军服，姿势温驯、态度柔顺，完全没有那个男人的冷傲强大，让人觉得他和记忆中的那个人似乎相同，又似乎完全不同。

小角低垂着眼睛，好像不适应洛兰这样赤裸裸地盯着他看。

"你不是一直觉得我很丑，不喜欢我的脸吗？"

"我一直在骗你。你长得一点都不丑，甚至应该说，你比绝大多数人都英俊好看。"

小角抬眸，飞快地瞟了她一眼，将信将疑的样子。

洛兰的手轻轻抚过他的脸颊，"不问问我为什么要骗你吗？"

"不管你做什么，都可以。"小角把一颗剥好的紫提果递到洛兰嘴边，完全无所谓的样子。

如果这句话由其他男人说出来，洛兰会嗤之以鼻，但小角不一样。

他已经用行动验证了这句话，连她三番五次想杀他，他都只是把脖颈递到她面前引颈受戮，欺骗又算什么呢？

只要她想骗，他就愿意被骗。

洛兰骂："白痴！"

明知道她心狠手辣，性格喜怒不定，说翻脸就翻脸，完全就是一个怪物，却一直无条件包容她。

"我不是白痴！"小角的表情很严肃，似乎很不满洛兰还把他当成那个刚从野兽变回人，什么都不懂的傻家伙。

洛兰禁不住笑起来，一口含住他手里的紫提果，"嗯，你不是白痴，你是傻子！"

小角的眉头不满地皱起。

洛兰不轻不重地咬了下他的指尖，慢悠悠地补了句："只属于我的傻子。"

小角呆呆地盯着自己的指尖看，一瞬后，抬眸看向洛兰，希望洛兰说明白她究竟是什么意思。

洛兰却拿起一颗紫提果，慢条斯理地剥起来，"因为一些特殊原因，我决定提前发动对奥丁星域的攻击，你愿意领兵攻克阿丽卡塔星吗？"

"愿意。"

洛兰抬眸看了他一眼，严肃地说："你是异种，奥丁联邦是异种的星国，如果你不愿意，我不会勉强。"

"我是小角，愿意为洛洛作战。"

洛兰眼睛一眨不眨地盯着小角，似乎在甄别他每一个表情的真假。

小角突然用手捂住了洛兰的眼睛，"不要用这种眼神看我！"

"哪种眼神？"

"你在通过我寻找另一个人。"

洛兰没有否认。

小角问："你还是不相信我？"

也许因为眼睛被蒙着，什么都看不到，只能感受到他掌心的温暖。洛兰打开心扉，说出了真话："我很想相信你，但我……我害怕信错了人。"

"你为什么会觉得我是另一个人？我和……辰砂究竟是什么关系？"

"你说过你最早的记忆是做野兽时的记忆。"

"嗯。"

"没有野兽能变成人，你能变成人是因为你在变成野兽之前就是人。"

"那个人是辰砂？"

"是。"

"你怀疑我想起辰砂时的记忆了？"

"是。"

"我没有！"

"你不好奇你以前是谁吗？不想找回失去的记忆吗？"

"有一点好奇，但你不喜欢他，那些记忆不要也没关系。小角只想要洛洛！"

小角松开手，双臂环抱住洛兰的腰，头侧枕在她的腿上。

洛兰对这个姿势非常熟悉。

小角还是野兽时，总是变着法子耍赖和她亲昵，喜欢把头枕在她的腿上，喜欢在她身上蹭来蹭去。后来他恢复人身时，生怕她心生嫌弃不要他了，也总是喜欢双手紧紧抱住她的腰，头枕在她的腿上耍赖。

洛兰下意识地像以前一样抚摸着他的头。

时光在这一瞬似乎在倒流，回到了他们朝夕相伴的日子。

虽然困守一室，每天都是枯燥的实验，可是没有星际战争、没有责任义务、没有算计欺骗，只有陪伴和守护。

洛兰问："我们上一次见面是什么时候？已经有多久没有见面了？"

"五年六个月。"

"我虽然希望你上战场，但没有想到你会比我还积极。你到底是为我而战，还是在为你自己而战？"

如果是小角，从有记忆时就和她朝夕相对，怎么能忍受这么长久的分别？只有辰砂，才会恨不得尽快脱离她的掌控。

小角闷闷地说："我不知道我是在为你作战，还是在为我自己作战。"

"什么意思？"

"以前你一直待在实验室，我做你的实验体，就可以和你在一起，可你变成了皇帝，需要的不再是实验体。你需要的是能帮你打败奥丁联邦的

193

军队，我必须要变得很强大，才能和你在一起。"

"你为什么会这么想？"

小角脸埋在洛兰膝头不说话，洛兰推了他一下，"小角？"

"……林坚。"

洛兰终于明白了，为什么总是像野兽一样直白炽热的小角会那么羞涩隐晦地把心思藏在一块姜饼里，再把姜饼藏到盒子里，甚至藏到了盒子里都嫌不够，还要藏在饼干底下的那面。

她自负聪明，能看透他人的欲望算计，却完全没有注意到小角面对林坚时的自卑忐忑。

不是他真觉得自己不如林坚，只不过因为爱了，爱愈重，心愈低。

一个瞬间，洛兰做了决定。

她拽拽小角的耳朵，垂着头轻声问："你希望我们永远在一起？"

"嗯，小角和洛洛永远在一起。"

"那我的未婚夫怎么办？"

小角的身子骤然僵硬，从里到外直冒寒气。

洛兰却一派淡定，还在继续刺激他："哦，明白了，你其实不是想做我的男人，只是想做我的宠物。"

小角霍然抬头，直勾勾地盯着洛兰，眼神晦涩，压抑着千言万语难以言说的情感。

洛兰用食指点点小角的额头，"那就这样说定了，我会是很好的饲主。"

"我不是……"

洛兰笑眯眯地把剥好的紫提果塞进小角嘴里，"投喂宠物。"

小角眼里都是委屈不甘，却沉默温驯地垂下了头，接受了洛兰的安排。

洛兰挑起他的下巴，强迫他抬头。

她身子微微前倾，看着小角，说："五年六个月前，我和林坚已经约定了解除婚约，只不过因为要打仗，我们不想影响战局，一直没有对外公布。"

小角呆呆地看着洛兰，眼睛里情绪变换，似乎又惊又喜，想相信又不敢相信。

洛兰看他一直不说话，屈指弹了下他的腮帮子，笑着调侃："脑子不好用，舌头也不好用了吗？"

"你……你……是什么意思？"

洛兰笑了笑，问："你愿意只做我一个人的傻子吗？"

十多年朝夕相伴，小角对她如何，洛兰一清二楚，本来对答案应该很笃定，可在等待回答的一瞬，她依旧紧张了。

小角惊疑不定地看着洛兰，似乎想从她的眼睛里寻找到答案：真的是他想的那个意思吗？

洛兰点点头：是啊，傻子！

小角一把就把洛兰从安全椅上拽下，直接扯进怀里，紧紧抱住了她。

洛兰问："你还没回答我，你愿意吗？"

"小角愿意做洛洛的傻子。"

洛兰轻笑，咬着他的耳朵说："你不是宠物，是我的男人。"

小角的身体在轻颤，力气也有点失控，似乎就要勒断洛兰的肋骨，但是异样的疼痛却给了洛兰几分真实感。

这一生风风雨雨，她已经被命运这个剪刀手裁剪成一个怪物，从没奢望过会有人能完全接纳她、喜爱她。

如果他愿意做她一个人的傻子，她就做他一辈子的怪物。

洛兰半梦半醒间，翻了个身，觉得身旁少了什么，一下子彻底清醒了。

"小角？"

黑暗中，小角正在穿衣服，立即俯身过来，"我有排班，要去训练士兵，你再睡一会儿。"他刻意放缓了声音，不想惊扰洛兰的睡意。

"多久结束？"

"六个小时。"

"我待会儿去见林坚，见完他我就直接离开了，等不到你训练结束。"

小角隔着被子抱住洛兰，温热的鼻息轻拂在她的脖颈，"昨晚我……你多睡一会儿。"

洛兰耳热脸烫，含含糊糊"嗯"了一声，自己都想嘲笑自己矫情。

单人寝室，床铺不大。两人袒裼裸裎，什么都做过了，还紧挨着睡了一夜，这会儿隔着被子，居然羞涩紧张得像个小姑娘。

洛兰掩饰地摸摸小角的头，"战场上注意安全。"

小角放开洛兰，叮嘱："我已经点好早餐，记得吃饭，还有平时少喝点酒。"

"开始管头管脚了！"洛兰看似抱怨，语气却是带着柔软的笑意，显然不排斥小角的管束。

小角解释："你老是空腹喝酒，对身体不好。"

"我早已经戒酒了，培养了新的嗜好消解压力和疲惫。"

心情不好时就进厨房烤一炉姜饼，自己吃完，还可以快递给儿子和女儿，两个小家伙都很喜欢。

小角想问是什么嗜好，可通信器已经在嘀嘀响，提醒他时间紧张、必须尽快。

"我走了。"小角只能拿起外套，匆匆离开。

洛兰脸埋在被子里，带着鼻音"嗯"了一声。

寂静的黑暗中，洛兰闭着眼睛又躺了一会儿，才慢腾腾地起来。

她穿好衣服，离开卧室，走到会客厅的观景窗前，缩坐在安全椅里，看着外面的星空。

太空中没有白昼黑夜，感觉不到昼夜交替，经常让人无法捕捉时间流逝，分不清今朝和昨夕。

洛兰掏出口袋中的信息盘，打开开关，和个人终端相连。

点击由智脑专家设计的隐藏的自检程序，屏幕上出现了密密麻麻的荧绿色代码。

一瞬后，几行黑字出现在屏幕上，列明信息盘最近三次的开启和关闭时间——证明昨晚自从她关闭信息盘后，再没有人动过。

洛兰捏着信息盘，看向窗外。

知道"絮钩"的人非常有限，唯一有可能把消息泄露给小角的人就是紫宴。可是小角在前线，受到严格的通信管制，到处都有信号屏蔽。军用通信器只能内部交流，而且所有通信都被监控，紫宴再神通广大，也不可能以一己之力突破阿尔帝国的军事防卫，把消息传递给小角。

小角对"絮钩"一无所知。

她昨晚告诉小角，因为某个特殊原因她突然要改变作战战略，对奥丁联邦发起总攻，但没有说具体原因。

她像往常一样，在小角面前看研究资料。

如果是小角，那些资料只是洛洛的工作而已，但如果是辰砂，他会发现灭绝性的基因武器已经研究成功——《絮钩计划——论异种基因和人类基因的对抗、毁灭》。但是，他不知道絮钩是针对人类的基因武器，"毁灭"指的是人类基因的毁灭。

再加上现在军事训练中的新要求，避免和异种的肢体接触，所有外伤都必须视作传染性伤口处理。

任何一个智商正常的人，根据这些信息，都会得出结论——

阿尔帝国在为启动灭绝异种的基因武器做准备。

在这种震撼性的冲击面前，如果可以盗取到基因武器的资料，为了种族存亡，没有异种能抗拒这样的诱惑。除非在他的眼里，异种无关轻重，这份资料毫无价值，根本没有诱惑力。

从昨晚见面到今晨分开，他们在一起待了十个小时。

洛兰体能不如小角，被折腾得精疲力竭，睡得很沉，他有足够的时间和机会可以盗取信息盘里的资料，但他碰都没碰。

洛兰一直知道，自己是一个怪物！

昨晚看似掏心掏肺的交流，看似浓情蜜意的亲昵，不是假的，但也不是真的。

她不是普通的女人，她是阿尔帝国的皇帝英仙洛兰。

她不可能因为一点男女情爱就失去理智，放弃自己的职责。

长发、信息盘、亲密的相拥……都是陷阱。

想要抓住辰砂。

现在终于证明，一切都是她多疑了。

半晌后，洛兰突然一跃而起，冲进卧室，扑到床上。

她躺在小角躺过的地方，头埋在小角枕过的地方，用小角睡过的被子紧紧裹住自己，深深地嗅着他留下的气息。

"对不起！"

就让她这个怪物最后变态一次吧！

等战争结束了，她一定改。

她会学习着做一个正常的女人，去笑、去哭！

她会学习着脱下盔甲，去信任、去依赖！

她会学习着摘下面具，把深藏起来的伤痛和脆弱都露出来！

她会学习着卸去满身的尖刺，做一朵舒展盛开的花，就算仍然要有刺，也是一朵有刺的玫瑰花！

这些年，他一直傻乎乎地纵容她，不管她做什么，他总在她身旁；不管任何时候，只要她回头，他都在。

已经傻了十几年，就继续再傻乎乎地纵容她几十年吧！

一个几十年，两个几十年，很快就一辈子了。

她这个怪物，会努力做一个能让他快乐的怪物，好好爱他的怪物！

洛兰冲完澡，穿戴整齐，正准备离开，看到圆桌上的餐盒，想起小角的叮嘱。

本来没什么胃口，不过这是目前不多几件她能做到的事。

一直是他温驯地听她的话，现在也应该她温顺地听听他的话了。

洛兰坐下来，一口口吃着小角不知道用什么换来的病号餐——果酱面包、煎蛋、烤蔬菜。

把一份早餐认认真真全部吃完后，她才关门离去。

太空母舰上没有昼夜交替，士兵们的排班都是定时轮班制，所以，公共空间任何时候都亮如白昼，也不管什么时间都有人来来往往。

洛兰头发披着，脸上戴着医用口罩，身上穿着看不出身形的白大褂，可一路走去，竟然有不少她完全不认识的士兵冲着她笑，有的还会善意地打声招呼，问声好。

显然，这些人可不是认识她，而是把她当成了小角的家属，爱屋及乌。

洛兰不得不再次感慨，战场真是个神奇的地方。

生死缩短了人与人之间的距离，让一群人在短短几年的朝夕战斗中就培养出了一辈子的深厚感情。

难怪一起当过兵的人，即使将来天各一方，也会一生都念念不忘。

洛兰走到交通站，乘交通车离开了生活区。

半个小时后，在林坚副官的带领下，她走进了元帅办公室。

屋子里只剩下她和林坚时，洛兰取下了口罩。

林坚看着长发披肩、额前留着碎发的女皇，目瞪口呆。

洛兰坐到林坚正对面的单人沙发椅上，"有必要这么夸张吗？"

林坚回过神来，郁闷地说："我尊敬的女皇陛下，请问有什么事需要您乔装改扮、亲自跑来前线？"

洛兰没有直接回答他的问题，"你可以任命小角指挥奥丁星域的战役。"

林坚笑着调侃："哦，这事的确值得陛下亲自跑一趟。"

洛兰没接他的话茬儿，肃容说："还有一件事，英仙邵靖快死了，应该就这两三天。"

这个节骨眼上？

林坚沉默不言，眼睛里却流露出一丝隐隐的焦虑和担忧。

洛兰瞅着林坚，笑眯眯地说："我已经准备好了各种药剂，如果邵茄公主突然跳出来和我争皇位，干扰到我的作战计划，我会立即让她自然死亡。"

林坚摇着头苦笑，"我已经好几年没见过邵茄了。"

"是啊！好几年没见，却称呼邵茄，什么时候英仙皇室这么平易近人了？"

林坚决定闭嘴。

人是没见过，但时不时会有视频通话，洛兰肯定知道。

洛兰背靠着椅子，长腿交叠，一边悠闲地打量着林坚，一边饶有兴趣地问："请问元帅阁下有什么建议？支持我杀了邵茄公主吗？"

林坚可怜兮兮地看着洛兰，"陛下心里应该已经有解决方案了。"

"我打算用美男计，让邵茄公主为了美男舍弃江山，主动宣布放弃皇位继承权。"

林坚看着洛兰似笑非笑的表情，预感不妙，"那个美男不会是我吧？"

"我亲爱的元帅阁下，除了魅力无边的你，还有谁能让第一顺位继承人放弃皇位呢？"

"陛下太高看我了，我自己都没有这个信心。"林坚不是自谦，而是真的不相信。

人与人之间一旦沾染上权力和利益，一切都会变得分外复杂。林坚到现在也不知道邵茄公主到底是真喜欢他，还是只是想通过他染指皇位。估计二者都有，因为人性复杂，本就善恶交织。

洛兰真诚地建议："试试吧！要么你收获一颗无价真心，要么你死心归来。这样即使日后我杀了邵茄公主，你也不会对我心生芥蒂。"

林坚发现的确没有第二条路。

洛兰虽然心黑手狠，但黑得坦荡、狠得磊落，她给了他，也给了邵茄选择的机会。

洛兰说："趁着大战开始前还有点时间，我给你六天假。你去一趟蓝茵星，告诉英仙邵靖，我永远不会原谅他父亲害得我和叶玠家破人亡，但该报的仇我们已经报了，一切仇怨到他为止。只要邵茄公主放弃皇位，我可以给邵茄公主一辈子的公主待遇，保证她生命安全。"

"好！"林坚接下了这个任务。

他很欣慰洛兰陛下和叶玠陛下是一个态度，他们都拿得起放得下，绝不会放过仇人，但也从不纠缠于仇恨、虚掷生命。

两个半小时后，洛兰和林坚商量完所有事情。

她离开元帅办公室，打算乘战舰离开。

林坚怕引人注目，没有去送她，吩咐一个心腹警卫护送洛兰离开。

洛兰依旧穿着白大褂、戴着医用口罩，像是一个突然接到任务的普通军队医生，坐在运输车的后面，赶往指定地点。

经过恢宏宽敞的训练场时，洛兰看到一队队军人在训练。

有的在自由搏击；有的在负重锻炼；还有的在反复练习着跳上战机、跃下战机的动作，保证不管任何情况下都可以用最快的速度启动战机。

洛兰很清楚，这不是林榭号战舰的训练场，小角不在那些军人中。可是，她依旧目不转睛地盯着训练场上的军人，似乎在透过他们遥想着小角的身影。

"洛洛！"

隐隐约约的声音传来，洛兰刚开始以为是自己的幻觉，一瞬后又听到一声，才意识到真的是小角在叫她。

她急忙回头，看到车后面，小角正大步跑着追赶她的运输车。

洛兰对开车的警卫命令："停车。"

运输车停下。

洛兰从车里下来时，小角也跑到了她面前。

四目相对，视线交接。

明明涌动着千言万语，却好像口舌发干，一句话都说不出来，只是沉默。

几声洪亮的搏击呐喊声从训练场上传来，洛兰终于找到了自己的声音。

"你不是正在训练吗？"

"前面的训练任务比较重，这会儿已经都累得爬不起来，我让他们休息半个小时。"

"哦……"

竟然还可以这样？训练任务不都是他安排的吗？想到小角从一开始就计划着来送她，洛兰竟然有点脸热，不敢直视小角，视线越过小角的肩膀，看向他后面的训练场。

很多在训练场边负重训练的士兵正在好奇地看他们，洛兰一边盯着他们打量，一边漫不经心地说："来回距离不近，半个小时也没多久，你得尽快赶回去吧？"

小角突然揽住洛兰的腰，把她强拽进怀里。

"你干什么？"洛兰双手撑在小角胸前，惊讶地瞪着他。

"让你专心一点！"

洛兰用力想推开他，却犹如蚍蜉撼树，根本推不动。

突然，小角揭开洛兰的口罩，洛兰还没有来得及惊斥，就被小角强吻住了。

众目睽睽之下，太疯狂了！

洛兰不停地挣扎，又推又打，但她的体能在小角面前就是花拳绣腿，完全没有任何杀伤力。

小角一动不动，由着她打，两只手捧着她的头，既帮她遮住了脸，也把她牢牢固定住，方便他含着她的嘴唇，任意索取。

洛兰渐渐放弃挣扎，双手不知不觉中环抱住小角的腰，由着他纠缠索取。

大概因为感觉到了她的顺服，这个吻来得激烈凶猛，去得温柔缠绵，从霸道蛮横的索取占有变成了恋恋不舍的告别眷念。

洛兰不知道他们吻了多久，应该是很久。训练场上，不少士兵在围观，不停地响起此起彼伏的口哨声和起哄声。

等到小角放开她时，洛兰觉得自己嘴唇有点火辣辣的灼热感，肯定是肿了。

洛兰低着头，脸埋在小角肩头，"浑蛋！我的口罩！"

小角一手护着她的头，一手打开车门，用自己的身体做遮挡，隔绝开所有人的视线，把她送进车里。

他弯着身子，帮她把口罩戴好，"我走了。"

洛兰一把抓住他的手。

小角低头看着她，以为她有话要说。

其实，洛兰根本没有话说，她只是……舍不得。

洛兰若无其事地放开他的手，"注意安全，我……我等你回来，有个好消息告诉你。"

突然知道自己有儿有女了，应该算是好消息吧？

小角揉揉洛兰的头，帮她关好车门，沉默地让到路旁。

202

运输车再次启动。

洛兰从后视屏里看着小角的身影渐渐远去，越变越小，直到运输车转了个弯，消失不见。

洛兰隔着口罩，摸着自己的嘴唇，突然禁不住笑起来。

Chapter 12

正面相见

"多年未见，你风采更胜往昔。"仿佛他们只是故友重逢，根本不是
生死仇敌。

三天后。

英仙邵靖在蓝茵星病逝，遗体运回奥米尼斯星安葬。

洛兰在长安宫发表了沉痛的悼词，宣布葬礼规格依照皇帝标准在光明堂举行，肖像入光明堂和其他皇帝同列。

在英仙邵靖的葬礼上，英仙邵茄宣布放弃皇位继承权。

小阿尔回归阿尔帝国，蓝茵星将不再是行政星，重新成为阿尔帝国的一颗普通居住星。

阿尔帝国长达五十年的政权分裂终结，英仙洛兰成为阿尔帝国唯一的皇帝。

没有人知道英仙洛兰到底做了什么，但她兵不血刃就统一阿尔帝国是事实，让所有人提心吊胆的内战连爆发的征兆都没出现，就完全消弭。

葬礼上，一张洛兰陛下和邵茄公主的拥抱照片流传到星网上，被疯狂转发。

两人都穿着纯黑色的及膝裙，头上披着黑纱，胸前簪着白花。当洛兰陛下拥抱悲伤哭泣的邵茄公主时，表情一如往常，平静淡漠，克制得像个机器人，眼神却和以往不一样，满是思念和哀伤，让人莫名地触动，觉得他们冷冰冰的女皇终于有了几分人气。

民众对她不再是一边倒的批评质疑声，开始更客观地看女皇。很多经济学家、政治学家也开始正视英仙洛兰执政以来的一系列举措。

他们发现，除了对奥丁联邦强硬宣战这点，英仙洛兰其实非常谨慎。行事理智克制，政绩可圈可点，丝毫不弱于让阿尔帝国重新强盛的英仙叶玠。

尤其在基因研究方面，短短几年时间，英仙皇室基因研究所竟然一跃成为星际最好的基因研究中心，取得了很多研究成果，发表了很多学术专著。不少年轻优秀的基因专家，从全星际四面八方汇聚到奥米尼斯星学习工作，给整个科研圈都带来了勃勃生机。

清初欣喜地把这些最新动态反馈给洛兰，告诉她最近的民意支持率很高，比她和林坚订婚后的最高点都高。

洛兰没有像以前一样听之任之、毫不在乎，而是让清初顺势而为，做好维系工作。

"陛下想通了，对外办公室那边才方便工作。"

清初很欣慰洛兰终于明白了，做皇帝不是一声不吭、光埋着头做事就行了，还需要沟通宣传，让外界理解皇帝的所作所为。

洛兰半开玩笑地说："吉祥物林坚已经是邵茄公主的人，以后不能再借他的光，当然只能自己努力了。"

之前她是孤家寡人，根本不在意将来，现在却不一样。她许诺了那个傻子一辈子，还有两个孩子，自然要仔细谋划布局。

清初暗自诧异，觉得洛兰似乎哪里正在慢慢变化。以前的她像是穿着坚硬的铠甲，将自己包裹得密不透风，和这个世界冷眼相对，现在的她却好像在慢慢尝试着打开铠甲，学习着和外界沟通相处。

洛兰看着墙上挂的叶玠的照片。

哥哥为她精心培养了三十多年的男人，她拱手送了出去。

不过，没费一兵一卒就统一了阿尔帝国，他应该不会生气。

只要她能掌控局势，叶玠肯定不会在乎她娶不娶林坚，但她任性妄为，无视皇室规矩，选了一个不但基因不纯粹，连身份都不纯粹的男人，叶玠肯定会生气吧！

不过，他爱她！

从小到大，只要她觉得好，叶玠终归会纵容她、支持她。即使与全世界为敌，他也会站在她这边。

嘀嘀嘀。

个人终端蜂鸣音响起。洛兰看了眼来讯显示，下令接通。

林坚一身军装出现在她面前，看上去略显疲惫，估计一路奔波，既要操心邵茄公主，又要处理军队里的事，只能牺牲休息时间，但整个人精神很好，眉目舒展、眼神清亮。

　　洛兰打趣："恭喜。"

　　林坚毫不示弱地说："陛下在恭喜自己吗？为了陛下的皇位，我可是连身都卖了。"

　　洛兰笑："你卖得心甘情愿，算同喜吧！"

　　两人对英仙邵靖的死都没有丝毫感觉，在邵茄公主面前还要装一下悲伤，面对彼此时却毫不掩饰。

　　林坚咳嗽了一声，开始说正事："肖郊接受了新的任命，但有个要求。"

　　"什么？"

　　"他需要一年的准备时间。"

　　"为什么？"

　　"练兵。"

　　洛兰沉思不语。

　　林坚详细解释了一遍事情的始末。

　　因为肖郊即将带领军队进攻奥丁星域，按照以往的惯例，和奥丁联邦有过对战经验的老将军为肖郊做了一些备战工作。

　　"怎么备战？"洛兰问。

　　"因为在辰砂担任指挥官时，奥丁星域的军事防卫力量最强大，我叔叔给肖郊看了很多辰砂的作战资料。肖郊看完后，说我们想赢，必须重新训练特种战斗兵。"林坚知道辰砂和洛兰曾经的关系，虽然人早已经死了，依旧字斟句酌，长话短说。

　　洛兰问："肖郊的提议合理吗？"

　　"合理。"林坚顿了一顿，补充说："不仅仅是合理，如果肖郊真能做到，将来阿尔帝国的战争史上不见得有我的位置，但一定有他的位置。"

　　看来一年时间已经是最快的速度，洛兰仔细思索了一会儿，说："好。"

　　林坚如释重负，他还生怕洛兰太着急，不肯等。

　　洛兰无奈地说："我再心急，也明白工欲善其事，必先利其器，我们

207

的目的是打败奥丁联邦，不是让士兵去送死。"

洛兰一个人站在办公室的窗前，默默看着窗户外的茶树。

林楼将军他们不知道小角和辰砂的关系，播放辰砂的战役资料给小角看，是为了小角好，让他清楚地认识到他即将面对的军队有多么可怕。

但是，小角已经知道自己和辰砂的关系。

她一直没有告诉小角辰砂是谁，本来觉得这不重要，但现在才发现虽然辰砂早已经死了，可他训练的军队依旧驻守在奥丁星域，只要进攻奥丁星域，就没有人能绕开辰砂。

洛兰打开个人终端，命令清初帮她联系小角。

十来分钟后，小角出现在她面前。

他穿着作战服，手里还拿着作战头盔，洛兰眉头微挑，问："怎么还在执行任务？"虽然调令不能对外公布，但应该已经重新安排工作了。

小角把头盔放到一边，解释说："我在测试战机动作。"

洛兰对这些不懂，连问都不知道该怎么问，只是从林坚的话里约略明白小角打算重新训练特种战斗兵，用来打败辰砂训练出的士兵。

"林坚说你看了辰砂的作战资料。"

"嗯。"

洛兰盯着小角，小角坦然地看着洛兰。

洛兰张了张嘴，欲言又止。

小角说："如果你是担心我的记忆，我没有。"

"我……"

洛兰想说"我不是"。她真的不担心吗？她当然担心，只不过她更担心的是小角的感受，被小角提醒后，她才发现自己应该更担心小角会不会恢复记忆。

洛兰吞回了"不是"，问："知道辰砂是谁后，有没有遗憾自己想不起来了？"

"遗憾什么？"

"辰砂是万众瞩目的大人物，你却只是一个连脸都不能露的普通军人，难道不会对现状不满吗？"

小角盯着洛兰。

"你看着我干吗？"洛兰莫名地烦躁不安，语气非常不客气。

小角温和地说："我没有遗憾，因为我有你。"

洛兰一下子语塞，满肚子的烦躁不安都烟消云散，她努力绷着脸，做出严肃的表情。

小角往前走了一步，虚抱住她，"别担心，我会为你打败奥丁联邦。"

洛兰沉默了一瞬，低声说："除了战争资料，不要再去查找辰砂的信息。等战争结束后，我会告诉你一切。"

"好。"小角毫不迟疑地答应了。

一年后。

英仙二号星际太空母舰按兵不动，依旧在H3728星域，和北晨号星际太空母舰对战，似乎阿尔帝国仍然坚持着蚕食战略，想要慢慢熬死奥丁联邦。

但在另一个星域，林榭号战舰率领其他上百艘战舰经过空间跃迁，正在隐秘地靠近奥丁联邦所在的奥丁星域。

林榭号战舰。

指挥室。

小角向林楼将军汇报："将军，再往前进就是奥丁星域外围，很难隐藏行踪，奥丁联邦迟早会察觉。"

林楼将军表情凝重地拍拍小角的肩膀："我还有别的事要处理，接下来的一切交给你了。"

"将军？"

林楼将军笑了笑，说："战场上最忌讳两个指挥官，为了避免我站在一旁忍不住发表意见干扰到你，我索性就不看了。"

小角一直知道林楼将军赏识他、支持他。

可以说，小角能被越级提拔，站在这里指挥这场战役，完全就是林楼

209

将军在保驾护航，但没有想到他会信任到完全放权。

林楼将军鼓励地说："我当了一辈子军人，经历过大大小小无数战役，见识过这个星际最优秀的军事指挥家们，我很清楚自己的水平，这场战役交给你指挥，比交给我自己指挥，我更放心。放手去干，需要我的时候随时叫我。"

很多时候，鼓励信任是比谩骂攻击更强大的力量。小角说不清楚心里是什么感觉，各种复杂的情绪交杂在一起，只觉得心里沉甸甸的。他双腿并拢站直，抬起手敬了一个标准的军礼，"是！"

林楼将军回礼，带着副官离开了指挥室。

小角看着眼前的全息星图——

浩瀚的太空中，繁星闪烁。

阿丽卡塔星是其中最美丽的星球，大小双子星环绕着它，像是忠实的侍卫一般守护着它。

自从奥丁联邦建国，几百年来，再无人能突破大小双子星的防线，袭击到阿丽卡塔。

对所有异种而言，阿丽卡塔不仅是他们自由平等的家园，更是他们精神依托的伊甸园。现在，他却要亲手撕破阿丽卡塔的宁静美丽。

小角的手按在控制面板上，向所有战舰发出召集警报。

他眼神冷漠，语气坚定："我是林榭号战舰的舰长肖郊，本次战役的指挥官。预计二十四个小时后到达奥丁星域，全体都有，全速前进。"

所有战舰呈倒V字排列，以林榭号战舰为首，开足能源，全速前进。

北晨号星际太空母舰。

办公室内，左丘白正在研究最近几个月的战役，越看越觉得不对劲。

最近几个月的战役，林坚依旧维持着谨慎小心的指挥风格，稳扎稳打、步步为营。左丘白却突然失去了那种若有若无的熟悉感。

他的直觉告诉他，现在才是真正的林坚，之前一直有一个对手隐藏在林坚身后和他交战。

如果他的直觉是对的，那个对手现在去了哪里？

左丘白心里隐隐不安。

如果不是楚墨对人类另有作战计划，需要他配合阿尔帝国的蚕食战略，慢慢拖延时间，他倒真想发动一场猛烈的攻击，逼迫出林坚背后的秘密。

左丘白左思右想了一会儿，决定联系楚墨，提醒他注意。

奥丁联邦，阿丽卡塔星军事基地。

审讯室。

楚墨正在亲自审问抓捕的间谍。

经过将近一年的折磨，紫姗遍体鳞伤，形容枯槁。

自从知道紫宴还活着后，楚墨就知道紫宴留有后手，并不惊诧奥丁联邦境内有紫宴埋伏的钉子。

但是，他没有想到这颗钉子是紫姗——奥丁联邦信息安全部的部长，执政官楚墨的未婚妻。

五十年的相处，他对紫姗虽没有浓情蜜意，却也是诚心相待、悉心教导，看着她从一个天真热情的单纯小姑娘慢慢变得沉稳干练。

这个女人不是他所爱，却是他耗费了心血培养的妻子。

他以为五十年的时间已经培养出足够的感情，甚至想过，在实验成功时两人结婚，以一个盛大的婚礼作为人类旧纪元的结束、新纪元的开始。

楚墨自嘲地苦笑。

他居然一手培养了人类历史上最高级别的间谍。

不过，如果不是这么高级别的间谍，也不可能窃取到他的实验机密，并且成功地传递出奥丁联邦。

他一直很谨慎小心，为了保证实验的机密性，每个参与实验的研究人员不但接受过严格的背景调查，还受到密切监控。

所有研究员都不能随意离开研究基地，个人终端也都经过特殊设置，只能在奥丁联邦星域内接收和发送信号。

紫姗本来不可能接触到研究信息，但她是执政官的未婚妻，和他在一起已经将近五十年，他们是所有人心目中的恩爱情侣。

她利用所有人的麻痹大意，窃取了信息。

当楚墨发现异常时，加密信息已经层层传递，送出奥丁联邦。

楚墨立即派人追踪。

几个转交信息的人应该是职业间谍，一旦完成任务就服毒自尽了。手脚干净，没有留下任何线索。

紫姗却因为行事还不够狠绝，没有当机立断，竟然回到小时候生活过的孤儿院，和曾经照顾过她的老师告别，结果耽误了时间，在自尽前，被他救下。

楚墨被激怒，把她交给特工，让他们审问。

经过长时间的审讯，不管是严刑拷打，还是药物诱问，紫姗都不肯招供。

紫宴在哪里？紫宴的目的是什么？奥丁联邦内部还有其他间谍吗？

所有问题，紫姗都一口咬定"不知道"。

楚墨只能亲自审问。

其实，他已经拼凑出事件的大致经过，肯定是紫宴为了获取这条信息，已经动用所有力量，奥丁联邦政府内不可能再有他的钉子。

现在，他更想知道为什么。

为什么紫姗这么多年能伪装得天衣无缝骗过他？

为什么紫姗会宁愿做叛国者，也不愿做执政官的妻子？

紫姗双手双脚被缚，无力地靠坐在刑讯椅里。

楚墨坐在紫姗对面，用手指帮她把贴在脸上的凌乱头发梳拢到脑后，又帮她整理了一下囚服。

他小心翼翼地避开她脸上和身上的伤口，一点都没有弄痛她。

紫姗沉默地看着楚墨。

她记得，真正和楚墨熟悉起来，是她成年生日前，去找他做手术。那时候，她就觉得这个男人有一双灵巧温柔的手，一定会对自己的女朋友很体贴。

后来，她的猜测得到了验证。

楚墨是个很周到体贴的男人，即使在床上时，都会处处以她的感受为先，尽力让她愉悦。

212

楚墨平静地问："这几十年，我对你不好吗？"

紫姗虚弱地摇摇头，"你对我很好。"

"你伪装得真好，我一开始并不信任你，但五十年了，我以为时间自然会验证一切，我已经足够了解你。"

紫姗苦笑，"不管你信不信，我没有伪装。"

她日日生活在他们的眼皮底下。因为和紫宴的关系，棕离一直盯着她，就算她懂得伪装，也不可能骗过楚墨、左丘白这两个人精。连最优秀的职业间谍在他们面前都无所遁形，她哪里有那本事？

楚墨愣了一愣，突然明白过来，"你不是间谍？"

紫姗说："我一直告诉那些特工，我不是间谍，他们却不肯相信。如果我和紫宴有勾结，怎么可能瞒过你？"

楚墨终于明白自己输在哪里了。

他不是被紫姗骗了，而是被紫宴骗了。紫宴压根儿没有把紫姗作为间谍培养，也不是紫宴有意把紫姗安插到他身边的。当然不管他怎么观察紫姗，都不会辨认出她是间谍。

楚墨不解地问："你不是紫宴的间谍，为什么要帮他做这件事？"

紫姗自嘲地笑，眼中泪光闪烁，"因为他是紫宴！如果有一天，封林突然死而复生，向你提出一个最后的要求，你能拒绝吗？"

楚墨缄默。

紫姗温和地看着楚墨。

这么多年，她知道她得到的温柔，或多或少是因为楚墨对封林的愧疚，他把当年没有机会付出的温柔补偿到她身上。

但是，她和他都知道，不管另一个人多优秀，那个人都独一无二。

楚墨回过神来，说："封林虽然是个滥好人，可在大事上非常有原则，她不会向我提出这样的要求，让我背叛奥丁联邦。"

紫姗微笑，温柔却坚定地说："紫宴不会是叛国者！"

言下之意，紫宴并没有要求她背叛奥丁联邦，只是要求她背叛他。在楚墨和紫宴之间，紫姗宁愿付出生命，也选择相信紫宴。

楚墨压抑着怒火，质问："紫宴在哪里？"

"我不知道。"

"紫宴为什么要让你盗取我的实验资料？"

"我不知道。"

果然和特工汇报的一样，一问三不知。楚墨冷嘲："紫宴在让你做这件事情时，已经决定牺牲你，你还要帮他隐瞒？"

紫姗的表情十分平淡，完全不介意楚墨的嘲讽，"我在决定帮他时，已经知道自己会死，我只需要知道他肯定有他的原因，别的事情我没必要知道。"

楚墨明白了她的意思，"你是真的什么都不知道。"

"他的人找到我，告诉我他还活着，希望我能帮他做件事。我知道自己很怕痛，意志也没多坚定，我怕万一被抓，熬不住酷刑和药剂会说出让自己痛恨自己的话，所以我什么都没问。盗取到消息后，我按照事先约定交给他的人，别的我什么都不知道，也不想知道。"

竟然是这样！

紫宴和紫姗五十年没有联系，却敢找她办这么重要的事；紫姗不知道紫宴人在哪里，也不知道他究竟想干什么，却敢无条件相信、以命相付。

楚墨脑海内突然浮现出辰砂和封林的面容，心口窒痛。

他不能完全理解这种信任，但他曾经拥有过这样的感情，所以他相信这种感情的存在。辰砂对他、封林对他，也曾经全心全意信任，不问因由就可以生死相托。

但是，他辜负了他们！

楚墨站起来，垂目看着紫姗。

既然她什么都不知道，再审问下去已经没有任何意义。

紫姗知道这是最后的诀别，忍着剧痛挣扎着坐直，礼貌地欠欠身，微笑着说："谢谢你这些年的照顾。"

这种周到礼貌的行事风格可不是紫宴的，而是他的。她和他朝夕相处了五十年，和紫宴不过十多年，已经满身都是他的印记，但那又怎么样呢？

楚墨一言不发，微笑着转身，离开审讯室。

守在门口的特工问："要立即处死她吗？"

"带去实验室，让她的死亡有点意义。"

楚墨说完，头也不回地离开了。

嘀嘀。

楚墨刚回到办公室，个人终端突然响起蜂鸣音。

他看了眼来讯显示，立即接通信号。

左丘白的虚拟身影出现，"楚墨，阿尔帝国有可能已经改变作战战略，你要提防闪电偷袭战，他们有可能突然进攻奥丁星域。"

"好！"楚墨一口答应了。

左丘白诧异，本来还以为要向楚墨解释一下为什么这么判断。

楚墨说："紫宴在阿尔帝国。"

"什么？"左丘白觉得太荒谬了，"你怎么知道的？"

"我猜的。"

"猜的？"

"你想过阿尔帝国为什么会突然改变作战战略吗？"

"不知道，我只是从事实倒推原因。明明蚕食策略才更符合阿尔帝国的利益，几乎是稳赢，可阿尔帝国突然想和我们正面对决，胜算不大。我完全不明白阿尔帝国为什么要这么做。"

楚墨说："英仙洛兰知道我的基因实验了，她为了阻止我发动灭绝人类的计划，只能正面进攻奥丁星域。"

"英仙洛兰怎么知道的？"

"紫宴让紫姗盗取实验信息。"

左丘白惊叹："紫宴竟然和英仙洛兰合作了。"

难怪他们派出乌鸦海盗团满星际搜查紫宴，还重金悬赏，都查不到任何紫宴的踪迹，原来他躲在了阿尔帝国。

楚墨一边穿实验服，一边说："我的实验已经到最后关头，没有余力管战争的事。"

"我明白，我会尽快赶回奥丁星域。"

楚墨深深看了眼左丘白，转身走进实验室。

一道道沉重的金属门锁定，将所有纷扰关在了外面。

只要成功培育出基因病毒，不管英仙洛兰有多少军队，都是在为他制造便利。

还有哪里比战场更适合传播病毒？那些战士的体格越强壮，就越有可能熬过病毒，让人类的新纪元更快到来。

左丘白召集所有将军开会，棕离应邀列席。

左丘白把阿尔帝国有可能偷袭奥丁星域的事告诉所有人，希望他们提高警惕。

散会后，棕离单独留下来，质问左丘白："为什么？"

其他将军可以不问因由就执行左丘白的命令，但棕离不行。虽然他不擅长指挥战争，可也是上过军事课的人，完全无法理解阿尔帝国放弃优势、选择短板的做法。

左丘白一直不喜欢棕离，两人也一直关系恶劣。

虽然因为殷南昭，棕离和他们站在了同一个阵营，但这些年他们的关系并没有改善，依旧各行其是。

不过，现在是危急关头，左丘白必须耐心应付棕离。

"英仙洛兰不是早说了原因吗？阿尔帝国要毁灭奥丁联邦，收复阿丽卡塔星。战争打了这么久，他们大概等不及了。"

棕离问："楚墨在哪里？为什么没有参加会议？"

"实验室。他的实验在最后关头，一时分身乏术，需要我们多操点心。"

棕离沉默。

这些年楚墨过度沉溺于基因研究和实验，很多日常事务都是紫姗代劳，紫姗做得也不错，可一年前突然爆出紫姗和紫宴勾结的事，紫姗被秘密拘禁，楚墨却依旧忙着做实验，将政务推给了他，实在让人无法理解。

左丘白宽慰："阿尔帝国远道而来，我们在家门口作战，士气高涨、以逸待劳，赢面超过80%，你不用太担心。"

"在你回来前，我会留在阿丽卡塔军事基地，做好迎战工作。"棕离心里有很多疑问，但大局为重。

左丘白郑重地说："等我解决了林坚，会尽快回援阿丽卡塔。"

如果英仙洛兰已经知道他们在研发毁灭性的基因武器，这一战必定倾注了阿尔帝国甚至全人类的所有力量，只许赢，不许输。

他不担心林坚，却很担心那个藏在林坚身后的人。如果是那个人指挥奥丁星域的战役，赢面可没有80%，他必须尽快结束北晨号和英仙号的战役，撤军回奥丁星域支援。

茫茫太空。

繁星闪烁、寂静无声。

浩浩荡荡的战舰已经逐渐接近奥丁星域。

林榭号战舰，指挥室。

一个紧盯着监控屏幕的军人向指挥官肖郊请示："要不要减速？如果继续全速前进，奥丁联邦很快就会发现我们。"

小角盯着面前的全息星图，平静地下令："全体都有，一字列队，全速前进，准备进攻！"

舰队变换队形，全速向着奥丁星域疾驰。

小角在心里默默计算着时间，在奥丁联邦的隐形战舰突然露出踪迹，想要拦截的一瞬下令："开炮！"

一声令下，上百艘战舰一起开火。

无数炮弹划过天空，犹如盛大的烟火，把漫天星辰的璀璨光芒都掩盖住了。

楚墨的个人终端中传来尖锐的蜂鸣音。

驻守小双子星的将军惊慌地汇报："在奥丁星域外围发现阿尔帝国的舰队，他们来势汹汹，我们的星域防线遭受到猛烈进攻。"

楚墨抬起头，推了推鼻梁上的实验眼镜，简洁有力地命令："迎战！"

说完，他就又低下头继续做实验，就好像根本没有发生什么大不了的事情。

楚墨的从容镇静感染了小双子星的将军。他想到偷袭已经早在预料中，他们也及时做了准备，整个人平静下来，对着楚墨敬军礼，铿锵有力地说："是！"

一瞬后。

小双子星响起尖锐的敌袭警报声，同一时间，阿丽卡塔军事基地也响起敌袭警报声。

从小双子星到阿丽卡塔星，所有士兵，不管正在干什么，都迅速穿上作战服，奔赴自己的岗位。

这几十年来，虽然奥丁联邦的国力在走下坡路，可毕竟是称霸星际几百年的军事强国，越是危急时刻，越显示出军队训练有素的实力。

不过短短一会儿，所有人员就已经各就各位。

一艘艘战舰按照指令奔赴前线，一架架战机严阵以待，整个奥丁星域进入迎战状态。

阿丽卡塔星和小双子星，一个是奥丁联邦的中央行政星，一个是奥丁联邦的军事要塞，太空作战能力都很强大。

在军事天才游北晨的设计中，再加上北晨号星际太空母舰，就能形成三足鼎立、互为依靠的坚固防线，护卫住整个奥丁星域。

后来经过殷南昭的改造，又形成以小双子星和阿丽卡塔星为主，北晨号星际太空母舰为辅的静动结合、攻防皆备的防护网。既可以只有小双子星和阿丽卡塔星作战，也可以让北晨号加入，形成里应外合的夹击。

现在北晨号星际太空母舰不在，棕离启动的就是殷南昭规划的应急作战战略，集中小双子星和阿丽卡塔星的力量，以防守为主。

一艘艘战舰、一架架战机、一枚枚星际导弹，组成了一层又一层防线，所有防线相互交织，形成巨网，既是坚固强大的盾墙，又是威力巨大的粉碎机，不但能阻挡一切进犯的势力，还能将它们绞成碎末。

所有身在阿尔帝国战舰上的舰长都感受到了铺天盖地的杀机。

他们的战舰像是不知死活闯进蜘蛛网的小飞虫，还不只是一张蜘蛛网，四面八方都是火力交织的蜘蛛网，随时变换方位，剿杀着他们。

他们心惊胆战，终于理解了为什么几百年前阿尔帝国会认输，将阿丽卡塔星拱手让给异种。

但是，他们的指挥官却好像完全没有感受到铺天盖地的杀意，没有丝毫惧怕，声音淡漠平静得像是一个机器人，没有一丝起伏。

他站在360度环绕星图前，面无表情地盯着战场，一个命令接一个命令从嘴里发出。

每个命令不过短短几个字，却操控着战场上数以万计人的生死。

"海蜃号，开火！"

"长青号，后撤！"

…………

被他的气场笼罩，整个指挥室内，紧张忙碌、井然有序。

坐在工作台前的军人屏息静气，全神贯注地捕捉、执行着小角的每一个命令。

随着小角一个个的命令，所有舰长都发现，在铺天盖地的杀意中，指挥官似乎总能找到奥丁联邦战队配合间转瞬即逝的一丝裂缝，指挥着他们进攻。

他们的战舰时而前进，时而撤退，无数的战机像是疾掠的鸟群一般，看似飞来飞去、毫无章法，却总能在密密麻麻的火力网中避开锋锐，见缝插针地攻击薄弱点。

第一次，阿尔帝国的军队在面对奥丁联邦的军队时，展现了一往无前的强悍进攻，奥丁联邦变成了小心翼翼的谨慎防守，像是两支军队突然调换了作战风格。

人类和异种交战了七百来年，虽然也有很多胜利的战役，但从来没有一次打得这么酣畅淋漓。

不但指挥室内的所有军人满怀激动，其他战舰上的将领也情绪激昂，每次下达命令时，声音都越来越高昂。

战场上的战士看不到全局战势，不知道现在战争究竟进展如何，但从长官的声音中却感觉到越来越激昂的战意，所有战士也是越战越勇。

奥米尼斯星。

女皇办公室。

219

洛兰观看了一会儿战役的实时监控，发现隔行如隔山，完全看不懂。

小角戴着面具，看不到表情有任何变化，眼神也一直非常平静，就像是一个没有感情的机器人，想从他身上看出战争变化情况，根本不可能。

直接观看战场，她只能看到战舰来回变换队形，战机飞起飞落，一会儿在前进，一会儿又在后撤，根本看不出所以然。

根据林楼将军的说法，第一轮猛攻决定着战役的走向，会火力全开。至少要持续几天，直到阿尔帝国的舰队能撕破奥丁星域的第一重防卫线，进入奥丁星域。

到时候，双方的攻势都会放缓，慢慢变成对抗战。

真要攻下阿丽卡塔星，至少需要几个月，甚至几年的时间。

林楼将军知道这次战役至关重要，不仅关系着阿尔帝国的生死存亡，也关系着人类的生死存亡，他纡尊降贵，主动申请去监管能源和物资补给，保证小角没有后顾之忧，想怎么打就怎么打。

洛兰关闭了屏幕，觉得自己还是不要浪费时间，直接看战报就好了。

她坐到办公桌前，开始处理日常工作。

突然，紫宴门都没有敲地闯进来。

洛兰饶有兴致地看着他，想不通有什么事会让他这么失态。

紫宴走到她面前，严肃地说："你上次说，如果有人能成功地从楚墨那里拿到实验资料，你会尽力补偿他们。"

"我说过。"

"我现在需要你的补偿。"

洛兰曲着手指，无意识地敲敲桌子，笑眯眯地说："我会补偿，但补偿什么，怎么补偿由我决定，不由你决定。"

紫宴盯着洛兰。

洛兰说："我已经决定了补偿什么，怎么补偿。"

她本来以为紫宴会追问一句"是什么"，没想到紫宴完全不关心，只是问："可以更换吗？"

"不行。"

"英仙洛兰！"紫宴气急败坏地大叫。

洛兰慵懒地后仰，靠到椅背上，双腿交叉放在办公桌上，"邵逸心秘书，有求于人时就应该有求人办事的正确态度，你这态度算什么？"

紫宴默默看了一瞬洛兰，突然屈膝跪在洛兰面前。

洛兰心里一惊，情绪复杂，面上却不动声色、平静如常，讥笑地问："哟！你这是在求我吗？"

紫宴双手放在膝前，竟然结结实实给洛兰磕了个头，"我求你救紫姗。"

洛兰定定地看着紫宴，似乎完全不认识眼前这个双膝跪在地上，谦卑地低垂着头的男人。

她脑海内闪过几十年前他倜傥风流、挥洒随意的样子，站在权力顶端，翻云覆雨、游刃有余，不管是阴沉多疑的棕离，还是暴躁好斗的百里苍，都在他手下吃过亏。

洛兰说："紫姗怎么了？她不是楚墨的未婚妻吗？就算她出事了，你也应该是去求楚墨救她。"

"紫姗被楚墨抓起来了。"

洛兰反应过来，"紫姗居然是你安插在楚墨身边的间谍！"

"楚墨没有像小角一样智力衰退变成白痴，不可能任由紫姗欺骗。紫姗不是间谍，她只是被我利用了而已。"

洛兰迅速想明白一切，沉默地看着紫宴。

当年，楚墨利用封林，祸水东引，等到封林被楚天清毒害异变后，他却又表现得心如槁木、悲痛欲绝。

现在，紫宴也是这样。

利用时毫不手软，事后又悲痛难过。

洛兰质问："我怎么救紫姗？那是奥丁联邦，连你都无能为力，我能做什么？"

紫宴面如死灰，低着头不说话。

"楚墨还没杀死紫姗吗？"发生了这么严重的国家机密泄露事件，不管在任何一个星国，都应该是立即处死的重罪。

"最新收到的消息是紫姗被关到实验室，做活体实验。"

洛兰沉默了一瞬，说："如果是这种凄惨的境遇，你应该祈求她快点死亡，尽早解脱。"

紫宴抬起头，脸色惨白地盯着洛兰，"你是英仙洛兰！"

洛兰无奈地摊手，说："我只是英仙洛兰，我不是神！抱歉，我救不了紫姗，但我一定会杀了楚墨。"

紫宴想要站起来，机械腿却突然失控，身子一晃又跪了下去。

他索性直接把机械腿拔下，将机械腿倒过来，手握着脚掌，像是拄拐杖一般，缓缓站起，步履艰难地向外挪去。

洛兰盯着他空荡荡的右腿，平静无波地说："你再继续每天酗酒，心脏病会越来越严重，一定会暴毙。"

紫宴像是完全没听到一样，离开了办公室。

洛兰安静地坐着。

脑海里却像是放电影一般冒出很多关于紫姗的画面。

——悲伤的小姑娘穿着划破的裙子冲进卫生间，哭得稀里哗啦，又因为裙子修好了无限惊喜，一迭声地说："谢谢、谢谢……"

——豆蔻年华的少女坐在检查室里，晃悠着两条腿，天真地说："我不是相信王子，我是相信您。"

——哭得梨花带雨的女子自己都伤心难抑，却还惦记着别人，固执地说："我喜欢您只是因为您是您，和您是不是公主、是不是公爵夫人没有丝毫关系。"

——穿着研究服的女子，一脸刚踏入社会的青涩，却毫不犹豫地挡在警察面前，大声呵斥："你们不能这样！"

…………

洛兰撑着额头，闭上眼睛，脑海里的画面却挥之不去。

一会儿后。

她按下通信器，吩咐清初："联系奥丁联邦政府，就说我想要和执政官楚墨对话。"

前线打得你死我活，两国首脑居然要私下对话？清初愣了一愣，才说："是！"

洛兰又给封小莞发信息，让她立即回来。

封小莞笑嘻嘻地问："什么事？"

"需要你配合我做一个小实验，哦，对了！回来时，顺便带一点迷幻

222

药剂和过敏药剂。"

"收到。"

两个小时后。

信号接通，洛兰和楚墨出现在彼此面前。

两人几十年没有正面相见，都仔细地打量着对方。

洛兰穿着长袖白衬衣、卡其色直筒长裤，浑身上下一件饰物都没有，只手腕上戴着一个金色手表形状的个人终端，不言不动，站在那里就气势十足。

楚墨里面是剪裁合体的烟灰色正装，外面套着宽松的白色研究服，一身书卷气，非常儒雅斯文。

洛兰冷眼看着楚墨。

楚墨风度翩翩地问好："多年未见，你风采更胜往昔。"仿佛他们只是故友重逢，根本不是生死仇敌。

洛兰笑了笑，说："你也是虚伪更胜往昔。"

"不敢和陛下比，洛兰公主、龙心阁下、神之右手、骆寻女士。"

洛兰懒得再废话，开门见山、直奔主题："紫姗在你手里？"

"是。"

"我要你立即停止用她做活体实验，留她一命。"

楚墨好笑地看着洛兰，优雅地抬抬手，示意她继续痴人说梦。

洛兰点击面前的虚拟屏幕，一段实时监控视频开始播放。

空旷的房间里，有一个一人多高的金属笼。

笼子里关着一个少女。女孩儿穿着脏兮兮的蓝色病人服，头埋在膝盖上，身体瑟瑟发抖地蜷缩成一团。她赤着脚，露在裤子外面的脚踝上能看到隆起的肿块。

楚墨挑挑眉，"你在做活体实验？她是异种？"

"现在只是普通的实验体，但如果我们俩的谈话不愉快，我就打算用她做活体实验了。"

"你随意！"楚墨完全不在意，想要关闭通信信号。

"她叫封小莞。"

楚墨已经抬起的手猛地一僵，缓缓放下，目光灼灼地盯着洛兰。

洛兰双臂交叉，环抱在胸前，淡定地说："你没有猜错，她的母亲是

223

封林，父亲是……"洛兰刻意顿了顿，脸上露出恶魔般的微笑，"父亲是楚墨。"

楚墨嗤笑："英仙洛兰，你以为每个人都像你吗？人尽可夫？我和封林根本没有发生过男女关系。"

洛兰也嗤笑："生孩子一定要性交吗？我没有低估你，但你好像低估了封林对你的感情，别忘记封林是基因学家，虽然是很差的基因学家，但操作人工受孕还是易如反掌的。"

楚墨回想当年，脸色微变，"我不信！"心底却开始犹疑。

他当时已经知道父亲的事。因为知道自己的路一定会和封林截然对立，想到母亲知道父亲的秘密实验后百般痛苦，最后得了抑郁症，自尽而亡，他不想封林重复母亲的悲剧，拒绝了封林的示爱。

封林很痛苦，他也很痛苦。

当知道封林和左丘白在一起后，他有过一次酩酊大醉，明知道他们在约会，却醉醺醺地跑去敲封林的门，醉倒在封林门前。

醒来后，人在封林家，躺在封林的沙发上。

封林却不在，刻意回避见他，只给他留了一条信息："你爱我吗？"

他怔怔坐了良久，忍受着剜心之痛一字字回复："不爱。你不要多想，我只是喝醉了，走错了地方。"

…………

洛兰微笑着说："封林怀孕的事并不是毫无迹象，你不妨好好回想一下当年的事。她先是和左丘白分手，后来又请长假离开阿丽卡塔。表面上是因情受伤，想要躲起来疗伤，实际上是因为胎儿畸形，她要四处寻找神之右手救孩子。"

楚墨刚知道封林有孩子时，已经调查过这事，知道洛兰说的都是真话，也相信封林的确有过一个孩子。

但是这么多年都没有孩子的消息，他以为孩子早已经死了。

叶玠和洛兰不过是因为封林的身份，为了利用封林，才制造出孩子仍然活着的假象去骗封林。

洛兰从容淡定地说："在这个星际，你可是仅次于我的基因学家，不妨分析一下，你的基因和封林的基因结合，胎儿的病变概率有多高？再设想一下她会怎么病变？"

楚墨眼神复杂地盯着笼子里的女孩儿。

女孩儿恰好抬起了头，眼神呆滞迷离，五官却很秀丽，看上去似曾相识，的确有点像封林。

洛兰把一段老视频发给楚墨。

一个赤身裸体的小女孩儿坐在婴儿床里，捧着个蛋壳咔嚓咔嚓地啃着。

眉目宛然，活脱脱一个小封林，反倒是长大后没有那么像母亲了。

洛兰说："十九年前，孩子从蛋里孵化。我本来不知道你的基因，倒是从孩子的基因推测出你携带着头足纲八腕目生物基因和刺丝胞动物门生物基因，孩子的病变受你的基因影响很大。你的基因太霸道，胎儿在孕育中对母体是毁灭式的掠夺。母系基因为了保住胎儿和母亲的命，和父系基因对抗，才会变成体内蛋生。"

楚墨知道洛兰说的是事实，冷冷地问："你想怎么样？用孩子来要挟我？"

"如果孩子就能要挟你，我何必还要和你打仗呢？"

"你知道就好！"

"只是一个小小的交易，无关大局。我留封小莞一命，你留紫姗一命。"

楚墨盯着洛兰。

洛兰笑了笑，说："紫姗对你已经没有用，她生或死，都无关轻重，封小莞却不管怎么说都是你的孩子。这笔交易我们俩各取所需，都不吃亏。"

"如果让我知道封小莞死了，我会把紫姗的人头快递给紫宴。"楚墨面无表情地说完，立即切断了信号。

洛兰扶着办公桌，缓缓坐到椅子里，感觉自己的太阳穴突突直跳。

左丘白和楚墨是亲兄弟，基因导致的胎儿病变肯定能说服楚墨，成为有力的证明。但是，她根本不知道封林有没有机会盗取楚墨的精子，给自己人工受孕。

她只是赌，赌楚墨真心爱过封林，不管他多么心机深沉、滴水不漏，也在封林面前松懈过、行差踏错过。

如果封林压根儿没有机会接近楚墨，她赌输了，不但保不住紫姗的

225

命，反而会激怒楚墨，让他立即虐杀紫姗。

幸好，她赌赢了！

洛兰敢和楚墨赌，是因为她想起，当年封林刚死时，楚墨和左丘白知道封林有孩子的反应。两人表情都很复杂，左丘白质问楚墨孩子是不是他的，楚墨回答"我倒是想"。

也许，她今天能骗过楚墨，不过是因为楚墨曾经真的希望自己和封林有一个孩子，让他的思念和愧疚有所寄托。

可是，他竟然没有向她索要封小莞，是因为知道她不可能为了一个紫姗放弃封小莞，还是他另有打算？

Chapter 13

夕颜朝颜

梦里有春风拂面，玫瑰盛开；有温存依偎，交颈细语；有绵绵快乐，也有无尽悲伤。他很想看清楚身边的人究竟是谁，那张脸却似近还远，总是看不分明。

十一天后。

指挥官肖郊率领阿尔帝国的舰队攻破奥丁联邦的第一重太空防卫网，进入奥丁星域。

十个月后。

指挥官肖郊率领阿尔帝国的舰队，步步为营、节节突破，接近小双子星。

虽然目前的战争局势对阿尔帝国有利，但所有人都知道小双子星是奥丁联邦的军事要塞。

如果能攻破小双子星，阿尔帝国就能以小双子星为据点，建立军事基地，实际占领奥丁星域。

到那时，阿尔帝国攻占阿丽卡塔星只是时间早晚的问题。

事关奥丁联邦的生死，奥丁联邦的军队一定会不惜生命、奋起反抗。

大战前夕。

小角躺在床上，想要休息，却迟迟未能入睡。

他现在不仅是林榭号的舰长，还是本次战役的指挥官，住在林榭号最好的舱房内。

卧室虽然依旧不宽敞，床却大了一点，可以容纳两个人。床对面是一个观景窗，躺在床上就能看到外面的璀璨星空。

他翻了个身。

脑海里不受控制地浮现出他和洛兰在逼仄的床上拥抱亲吻的画面。

他又翻了个身。

画面挥之不去，点点滴滴的亲昵细节都一一浮现出来。

小角猛地坐起来。

他去浴室冲了个冷水澡，一边擦头发，一边走到保鲜柜前，打开柜门，随手拿起一瓶饮料，拧开瓶盖。

刚入口就觉得不对，他急忙吐掉，举起瓶子细看。

香槟黄的瓶子上面没有标注，只画着一个博物馆里才能见到的玉石枕头，瓶底盖着一枚古色古香的印章，里面写着"一枕黄粱"。

小角想起什么，打开智脑屏幕，查看饮料酒水单。

3A级体能的特供饮料是朝颜夕颜，酒是一枕黄粱

4A级体能的特供饮料是夕颜朝颜，酒是南柯一梦。

小角打开保鲜柜，拿起另一瓶酒。

青色的瓶身上画着一棵郁郁葱葱的槐树，瓶底有一枚古色古香的印章，里面写着"南柯一梦"。

一枕黄粱、南柯一梦。

小角不知道是什么意思，但不是枕头就是梦，大概寓意着能让人心情放松，精神麻痹，做个好梦。

保鲜柜里还有两打蓝色的罐装饮料，一个上面印着一轮红日，写着朝颜夕颜，一个上面印着一弯月牙，写着夕颜朝颜。

虽然这些功能性饮料和酒在战舰上一直有提供，但3A级体能和4A级体能都太扎眼，小角不想引人注意，并没有领取购买过，喝的一直是A级体能的饮料和酒。

他询问智脑："保鲜柜里的饮料和酒是哪里来的？"

智脑回复："根据记录，女皇陛下的办公室送来的，是女皇陛下的私人礼物，礼物各不相同，但每位舰长都有。"

小角盯着保鲜柜里放得整整齐齐的饮料和酒。

如果是女皇的私人礼物，军舰上就不会有记录。看来洛兰已经注意到他没有喝过新的饮料和酒，借着给所有舰长送慰问礼盒，给他送了一箱可以随意取用的饮料和酒。

他一口气喝完一瓶一枕黄粱，又拿起一瓶南柯一梦，坐在床边，一边慢慢地啜着酒，一边眺望着窗外的星空。

因为战舰停泊在交战区，时不时就会有炮弹的碎片带着火焰从窗前坠

落，像是一个光怪陆离的梦境。

一瓶南柯一梦喝完，小角平躺在床上，沉入了梦乡。

梦里有春风拂面，玫瑰盛开；有温存依偎，交颈细语；有绵绵快乐，也有无尽悲伤。他很想看清楚身边的人究竟是谁，那张脸却似近还远，总是看不分明。

奥米尼斯星。

长安宫。

洛兰站在众眇门上，眺望着远处，眉头紧蹙，似乎正在思考着什么。

玄之又玄，众眇之门。

叶玠曾经站在这里眺望过无数次风景，是不是也像她今日一样思考着异种和人类的未来？

叶玠曾经是基因最纯粹的人类，后来却携带异种基因，站在帝国顶端。他的观点是持之以恒，还是悄然改变？

"我是……异种。"

叶玠的声音回响在耳畔。

洛兰禁不住闭上眼睛，细细追寻着他的声音。

这本应该是一句充满痛苦和怨恨的话，但是，洛兰感受到的只有释然。

"我就是我！"

洛兰的眉头渐渐舒展开。

在刚开始时，叶玠肯定为基因的改变痛苦过，甚至自我厌弃地质问过自己"我究竟是谁"，但在几十年的岁月中，叶玠坦然地接受了自己身体内的异种基因。

他就是他，英仙叶玠！

突然，个人终端响起消息提示音。

洛兰睁开眼睛查看，是智脑自动发送的货品统计信息——

黄粱：-1，南柯：-1。

洛兰禁不住笑摇摇头：真笨！居然现在才发现！

不过，小角为什么突然需要喝酒求醉了？

如果不是身体太疲惫，就是大脑太紧张，看来他并不像表面上看起来那么镇静。

洛兰盯着智脑自动发送的信息看了一会儿，做了决定。

她给艾米儿发信息："关于医院和研究院的名字，就用'英仙叶玠'的名字命名。另外，我已经有合适的人选担任基因医院的院长和基因研究院的院长。"

艾米儿发来一连串惊喜的表情，最后还发了一条甜腻腻的语音信息："英明神武的女皇陛下，我最爱你了！"

洛兰没理会她。

她走到望远镜旁，点点控制面板，漫无目的地四处乱看。

绿树掩映中，她和叶玠曾经的家安静地矗立着，露台上的朝颜花开得如火如荼，像是一幅色彩浓烈的水彩画。

把镜头顺时针转动，再往远处看，是林坚的家。

邵茄公主和林坚的母亲正在花园里喝下午茶，不知道邵茄公主说了什么，林坚的母亲笑得整个人往后仰，双手夸张地挥舞着。

洛兰立即按了下控制面板，把这一幕拍下来，发给林坚。希望他在焦头烂额地应付完左丘白后能会心一笑。

一会儿后。

林坚回复："谢谢。"

"不要只口头感谢，我需要实际的报答行动。"

"我已经在为陛下鞠躬尽瘁了。"

"看来左丘白不好应付。"

"肖郊在奥丁星域的战役非常顺利，八个多月就把战线推进到小双子星的外太空，左丘白现在像是疯了一样，想尽快把我干掉后撤回奥丁星域。"

"我能为你做什么？"

"您已经为我做了很多。别担心，我不会让左丘白离开。"

洛兰想了想，说："我让小角加快进攻速度。"时间越久，左丘白会越疯狂，她担心林坚扛不住。

231

"尊敬的陛下，肖郊已经很快了！那是星际第一军事强国奥丁联邦，不是块任人切割的豆腐！小双子星的战役很不好打，您别给他增加压力！"

洛兰想到小角喝的黄粱和南柯，没有再吭声。

林坚知道她不懂军事，详细地解释："这两百多年来，小双子星先是由辰垣管辖，后来由殷南昭管辖，再后来由辰砂管辖，这三个男人哪一个单拎出来都是最优秀的军事家。小双子星上的防卫是他们亲手设计督造的，士兵是他们亲手训练的，就算他们已经不在了，但防卫依旧在，军队依旧在，这场仗是大硬仗！"

林坚一时糊涂，叽里呱啦说完，才意识到洛兰也许对辰垣不熟，可应该对殷南昭有所了解，和辰砂更是做了十年假夫妻，不可能对小双子星一无所知。

他讪讪地说："那个……我还有工作要处理，陛下有时间的话就看看小双子星的战役吧！"

洛兰的目光投向远处，眺望着天际尽头。

无垠太空、繁星闪耀。

浩浩荡荡的阿尔帝国舰队斗志昂扬、严阵以待，已经做好进攻准备。只等着指挥官一声令下，就千军齐发。

林榭号战舰。

指挥官肖郊站在360度全息作战星图中央，目光审视了一圈，最后锁定小双子星。

当那颗黄色的星辰落入心湖，他的眼睛中似有涟漪荡起，却转瞬就恢复平静，毫不迟疑地下令："进攻！"

所有战舰火力全开，对小双子星发起猛攻。

阿尔帝国和奥丁联邦硬对硬地展开正面激战。

小双子星的防卫固若金汤，让阿尔帝国的军人们觉得前面横亘着一堵看不见的铜墙铁壁，一不小心就会撞得粉身碎骨。

但是，指挥官却总能料敌先机，似乎永远能看透奥丁联邦的防御变化，提前一步发出命令，永远压制着奥丁联邦。

阿尔帝国的军人越打越兴奋，越打越士气高涨。

在持续不断的猛烈进攻下，小双子星的防御墙渐渐被撕开了一条裂缝。

指挥官没有给奥丁联邦修补裂缝的机会，指挥战舰跟进。

在几艘战舰的火力掩护下，几千架战机穿过裂缝，进入小双子星，以迅雷不及掩耳之势将小双子星的地面防御导弹系统击毁。

小双子星的防御墙从一条裂缝变成了一个大洞。

三艘阿尔帝国的战舰接到指挥官的命令，立即发起突击，全速冲向大洞。

奥丁联邦意识到绝对不能让阿尔帝国的战舰通过，无数架战机在战舰的掩护下向阿尔帝国的战舰发动进攻，想要把大洞封堵住。

胜败在此一举。

所有人的心都提到了嗓子眼。

小角却依旧是一张没有丝毫表情变化的面具脸，眼神平静到冷漠。

一个个命令用没有起伏的声音说出，阿尔帝国的所有军人却奇异地感受到了心安。

似乎那个站在星图中间的男人已经变成了传说中攻无不克、战无不胜的战神。他的意志就是战争的结果！他就是战争！

三艘阿尔帝国的战舰和奥丁联邦的数艘战舰正面对决。

无数的战机盘旋疾驰，彼此攻击。

众所周知，阿尔帝国的单兵作战能力远远不如奥丁联邦，奥丁联邦的战机在战场上经常会起到反败为胜的决定性作用。

这一次，依旧有无数人以为奥丁联邦的战机会力挽狂澜，遏制住阿尔帝国的进攻。

没有想到，这一次阿尔帝国的战机表现异常，居然将奥丁联邦在战机上的单兵作战优势完全压制住了。

战机是新式战机，机身更加纤细，速度更加快，作战方法也完全改变了。不是单兵作战，而是每两架战机为一组迎战，靠着训练有素、紧密配合的高超飞行技巧，以二敌一，成功击退了奥丁联邦的战机。

不仅奥丁联邦的将领震惊到难以置信，很多阿尔帝国的将领也震惊到难以置信，完全没有想到个人体能处于劣势的阿尔帝国竟然有一天会在战机作战中压着奥丁联邦打。

在战机的护卫下，三艘阿尔帝国的战舰势如破竹，突破大洞，形成了一个三角形的安全区，掩护着其他战舰跟随前进，将突围区一点点扩大。

一天一夜后，小双子星的防御墙被彻底打破，再不能形成紧密的火力网，阻挡住阿尔帝国的进犯。

指挥室内禁不住爆发出雷鸣般的激动欢呼声。

大家都崇拜地看着肖郊——从教官到指挥官，从训练特种战斗兵到指挥战役，他创造了一个又一个奇迹。

肖郊依旧平静到冷漠，目不转睛地盯着小双子星，眼睛中隐隐流露出悲怆——

阿尔帝国的上百艘战舰和奥丁联邦的战舰在高空交战。

无数架阿尔帝国的战机进入对流层，一颗颗能量弹射出，小双子星上的一栋又一栋建筑物轰然倒塌。

漫天火光，硝烟弥漫。

几百年来，无数异种舍弃生命，历经几代人，奋斗了数百年的心血正在炮火的袭击下一点点化为灰烬。

奥丁联邦太空中的第一军事要塞已经被彻底击溃粉碎。

奥米尼斯星。

议政厅。

全息屏幕上，正在实时播放小双子星的战役。

——阿尔帝国和奥丁联邦的战舰在高空交战。

——阿尔帝国的战机进入小双子星的平流层，投下炮弹，实施无差别地面打击，把一栋栋建筑物炸毁。

——硝烟弥漫中，无数阿尔帝国的战机在空中盘旋飞过，像是猎鹰巡视自己的领地般翱翔在奥丁联邦的上空。

议政厅里爆发出雷鸣般的喝彩声。

人们互相拥抱庆贺，甚至有不少老者喜极而泣，不敢相信自己有生之年竟然能看到阿尔帝国的战机飞翔在奥丁联邦的领空。

洛兰坐在最前排，面无表情地盯着屏幕。

整个大厅里都是激动喜悦、大笑大叫的人，不停地爆发出一阵又一阵震耳欲聋的鼓掌声和欢呼声。

这场战争由她发动，她本应该是最高兴的一个人，可是她现在没有一丝喜悦，甚至觉得寒彻心扉地悲哀，就好像她不是面前这一切的始作俑者。

对阿尔帝国的人来说，那些建筑物代表着奥丁联邦的成就，它们的屹立象征着阿尔帝国几百年来的耻辱。

每倒塌一座，就如同一块耻辱被洗刷掉，他们忍不住欢呼庆贺，可是洛兰没有办法把它们简单地看成耻辱的象征。

那些建筑物，她曾经亲眼见过，亲身从它们旁边经过。

突然，屏幕上出现一栋两层高的楼房。

一架阿尔帝国的战机从楼房顶上掠过，安静矗立的楼房轰然爆炸，硝烟滚滚，腾空而起。

洛兰的脑海中清晰地浮现出一幅画面——

早上的阳光从落地玻璃窗射入会客厅，一室明亮。

封林和百里苍在吵架，两人唇枪舌剑，剑拔弩张，似乎马上就要打起来。

楚墨优雅地坐在沙发上，无奈地抚额。

紫宴懒洋洋地歪靠在单人沙发里，笑眯眯地看热闹。

棕离一脸阴沉，不耐烦地皱眉头。

辰砂坐在角落里，似乎置身事外，可电光石火间，兔起鹘落，等众人看清楚时，他已经站在百里苍面前，光剑插在百里苍下体。

…………

洛兰闭了闭眼睛，又睁开，本来以为已经把过去摆脱了，却没想到屏幕上又出现了一栋造型别致的建筑物。

猝不及防间，她像是突然被人迎面重重打了一拳，整个人都蒙了。

屋子应该很久没有人住了，花园里的花无人打理，长得茂密繁盛，连

235

路都被完全遮蔽住，只有一片花海，开得轰轰烈烈、如火如荼。

蓝色的小花，清幽雅致；红色的大花，浓艳热烈。

整个花海像是一半海水，一半火焰，交汇在一起，肆意张扬地翻涌燃烧着。

一架阿尔帝国的战机从上空掠过，投下炸弹，轰然一声，房子倒塌，烟尘弥漫中，所有的花被火光吞噬。

洛兰突然胃部痉挛，连带着五脏六腑都在抽痛。

她像是一条濒死的鱼般张着嘴，胸膛一起一伏，急剧地喘息着，却依旧感觉到窒息般的疼痛弥漫全身。

整个大厅里的人都在失态地大叫大笑，不知道谁激动地尖叫了一声"洛兰陛下"，所有人都忍不住跟着激动地欢呼起来。对女皇所有的反对，所有的质疑，所有的诘难，都在耀眼的胜利面前变成了心悦诚服的拥戴和敬仰，他们用掌声和欢呼声表达着对女皇的敬爱，感谢她为阿尔帝国带来的辉煌胜利。

"洛兰陛下！洛兰陛下……"

洛兰艰难地站起，脸上挂着一个僵硬的笑，像是逃跑一样跌跌撞撞地走出议政厅。

洛兰晕沉沉地回到官邸。

看到紫宴一个人坐在露台上，脚边倒着两个空酒瓶，手里还拿着一瓶酒。

阿尔帝国攻陷小双子星的新闻已经传开，洛兰知道他现在心情肯定很差，没有打招呼，径直朝楼上走去。

紫宴挑衅的声音突然响起："尊贵的女皇陛下，你的奴隶已经为你打下了小双子星，你满意了吗？"

洛兰身体难受，没有理会紫宴。

紫宴突然情绪失控，站起来愤怒地大喝："英仙洛兰，我问你满意了吗，回答我！"

洛兰不得不停住脚步，看向紫宴。

紫宴一把拽下脸上的面具，发泄般地扔到地上。

他脚步踉跄地走到大厅里，仰头看着楼梯上的洛兰，"你真是一个变态！居然让辰砂去攻打小双子星！让他亲手毁掉他曾经守护的一切，是不是让你很满意？"

洛兰的手下意识地用力按在胃部，防止自己因为疼痛失态。她冷冷地说："不满意！"

"你还有什么不满意？"

"因为阿尔帝国还没有打下阿丽卡塔星，把奥丁联邦从星际中抹除。"

紫宴猛地抬手，把手里的酒瓶狠狠砸向洛兰的脸。

洛兰眼睛眨都没眨，身子微侧就躲开了酒瓶。

砰一声，酒瓶砸到墙上，酒液和玻璃碴飞溅得到处都是。

洛兰淡定地看了眼自己衣服上溅到的红色酒液，平静地说："所有费用从你的工资里扣除。"

她朝着楼上走去。

紫宴的声音在她身后响起："你为什么是这样一个人？难道人真的可以像智脑一样，把亲身经历过的记忆删除得一干二净？"

洛兰没理会他。

紫宴悲怒交加，声音嘶哑地吼着问："英仙洛兰，你真的不记得千旭，不记得封林，不记得辰砂，不记得你在阿丽卡塔星生活了十多年吗？你真的把你和殷南昭的感情都忘得一干二净了吗？"

洛兰头都没有回，冷淡地说："你喝醉了！最好回房睡觉，免得明天懊恼今天的失态。"

紫宴惨笑，"英仙洛兰，我只是少了一颗心，你却是压根儿没有心！一个令人恶心憎恶的怪物！"

洛兰一言不发，回到房间。

因为剧烈的胃痛，她觉得五脏六腑、四肢百骸都好像浸在冰水里，整个人都在打冷战，似乎马上就要被冻得昏倒在地。

洛兰踉踉跄跄，挣扎着走进浴室，连衣服都没脱就站在莲蓬头下。

哗哗的热水倾泻而下，冲打在身上，却没有让她觉得暖和起来。

她打着寒战，一遍遍喃喃告诉自己："我是英仙洛兰！我是英仙洛兰……"

她是英仙洛兰，不是骆寻！

所有关于小双子星的记忆都和她无关！

但是，她的身体完全不受控制，依旧抖个不停，眼前都是火光中的红色和蓝色迷思花。

落英缤纷，有人含笑而立。

…………

洛兰用手紧紧地捂住眼睛，身体靠着浴室墙壁，无力地软倒在地上。

流水哗哗，千滴万滴水珠，犹如点点斑斓光阴，无情地掠过肉身，带着纠缠不清的过去和现在，汇出冥冥未来。

阿丽卡塔军事基地。

秘密实验室。

空旷安静。

大型实验仪器在忙碌地运转，发出嗡嗡的枯燥声音，越发凸显出实验室的寂静。

楚墨戴着实验眼镜，穿着白色的研究服，站在实验台前，盯着身周的虚拟屏幕。

上面正在播放小双子星上的战事——

猛烈的炮火中，小双子星失去了昼夜，整个星球都被刺眼的火光笼罩。

所有士兵明明知道小双子星已经沦陷，却没有一个人撤退逃跑。

他们视死如归，驾驶着战机冲向敌人，却在阿尔帝国双人战机的无情绞杀下，一架又一架坠毁。

奥丁联邦最优秀、最英勇的战士，曾经无数次捍卫了异种的家园，这一次却没有成功。

楚墨如同置身冰窖，全身冷飕飕。

这种双人战机的作战方式完全就是针对奥丁联邦的战机设计的。

阿尔帝国那个隐身于暗处的指挥官非常了解奥丁联邦的作战方式，非常熟悉奥丁联邦的战机，非常清楚小双子星的每一处军事据点。

他指挥着阿尔帝国的军队，像一个巨型绞肉机，所过之处血肉飞溅，毫不留情地把小双子星绞成碎末。

楚墨终于体会到了左丘白说的熟悉感，现在他也觉得熟悉了。

十几岁时，他和那个年龄比他小的哑巴少年在星网中对战时就是这种感觉。少年的进攻犹如光剑般犀利直接，几乎没有任何花招，对手可以清楚地看到少年的一招一式，可就是应对不了，只能被少年无情地碾压。

这样轻而易举地摧毁小双子星，林楼做不到，紫宴做不到，甚至左丘白也做不到，只有一个人能做到。

辰砂，他还活着！

但是，这真的是他吗？

五十多年过去了，楚墨对他的记忆却依旧停留在过去——

那个男人刚毅耿直、黑白分明，只要他认定的事，就绝不会妥协，也绝不会让步。

正因为他是这样的性格，楚墨才知道自己永远不可能争取到他的支持，只能狠心除掉他。

在新闻里，看到他异变时，他的痛苦不亚于自断双臂。

左丘白虽然和他是血缘上的亲兄弟，但他知道左丘白和他的血缘关系时，早已经成年，只是理智上的接受，感情上并不亲近。

反倒是辰砂，他们从小一起长大，同桌吃饭、同床休息、一起学习、一起玩耍。两个没有母亲的孩子彼此陪伴，亲如兄弟。

他是真心实意地把辰砂当弟弟，也很清楚辰砂视他为兄，把他当自己的亲人。如果辰砂不是拿他当兄长，全心全意地信任他，他根本不可能得手。

…………

楚墨不知道这五十多年辰砂是如何熬过来的，又如何从野兽变回了人，但是他知道自己就是促成这一切的始作俑者。

辰砂本应该是一个誓死捍卫联邦的战士，现在却变成了摧毁联邦的凶手。

他是辰砂，又不再是辰砂！

这个指挥着阿尔帝国军队作战的男人学会了隐忍不发、学会了欺骗误导、学会了借刀杀人。

那个刚毅耿直、黑白分明的男人已经被他亲手杀死了！

当年，楚天清利用辰垣的信任，杀死了辰垣和安蓉；后来，楚墨利用辰砂的信任，使他异变成兽，除掉了他。

现在，辰砂死而复生，从坟墓里爬出来找他复仇了！

楚墨悲笑。

辰砂击毁了阿丽卡塔星的屏障小双子星，下一步就是进攻阿丽卡塔星，和他正面对决。

冥冥之中，一饮一啄，皆有前缘，可是他的因缘结果呢？

他舍弃了最爱的女人，舍弃了最亲的兄弟，并不是因为一己私欲，只是想为异种争取一条出路，命运却好像总是不肯帮他。

难道他错了吗？

不！不可能！

他已经反复研究论证过，奥丁联邦看似如日中天，实际却是一座牢笼。这座牢笼越强大，异种走向灭亡的速度就越快。各种各样层出不穷的基因病，爆发频率越来越高的突发性异变，都在暗示异种的命运，奥丁联邦即使能打败所有人类星国，最终也会灭亡于自己的基因。

如果异种不想灭绝，就必须继续进化！

楚墨收敛心神、清除杂念，继续专注地做实验。

超A级的强大体能没有用于厮杀搏斗，而是用于了实验。

眼更明、手更快。

他在和时间赛跑，必须快！快！快！

只差一点点，就可以成功！

从屏幕里依旧不停地传来小双子星的炮火声。

在他的身周，一架架战机坠毁，一艘艘战舰炸毁，他却像是什么都没有听到一样。

一场战争的输赢并不能决定异种的未来，决定异种未来的是异种自身的基因。

楚墨像是进入了另一个世界。

他的耳畔只有药剂发生反应时的神奇声音，他的眼里只有元素相遇时的分子变化，他的脑里全都是方程式。

各种元素排列、组合、变化。

各种方程式拆解、重组。

…………

一秒秒、一分分、一刻刻。

外面已经翻天覆地、惊涛骇浪，实验室里却一片寂静。

楚墨一直全神贯注地做着实验。

七天的空中激战。

阿尔帝国攻陷小双子星。

一个月的地面作战。

阿尔帝国占领小双子星。

在所有将军列席的会议上，奥丁星域战场的指挥官肖郊向元帅和女皇汇报战况。

虽然大家早已经知道战况，但当肖郊亲口说出时，所有人依旧十分激动。会议室里响起噼里啪啦的鼓掌声。

林坚向小角祝贺："这场战役打得非常漂亮，不管是空中作战，还是地面作战，都是教科书级别的指挥。"

小角不卑不亢地说："谢谢元帅的赞许。"

林楼将军询问："不知道诸位对下一步的作战计划有什么想法？"

洛兰毫不迟疑地说："一鼓作气，立即进攻阿丽卡塔星。"

"左丘白肯定想尽快撤回奥丁联邦，支援阿丽卡塔，现在对我发起了总攻，我会尽力拖住他。"林坚的眼睛里满是红血丝，显然已经几天没有好好休息过。

大家都期待地看着肖郊。

明明他的军衔最低，在一堆将军里不值一提，根本没有他发言的机会，但奥丁星域的战役让所有人看到了他的实力。尤其这一次的小双子星战役，立下大功的双人战机不但证明了他敏锐的洞察力，还证明了他在训练士兵上的卓越能力。

所有将军都下意识地唯他马首是瞻，等待着他做决定。

肖郊言简意赅地说："一场大战刚结束，军队很疲惫。我想休整一下后，再率军进攻阿丽卡塔星。"

所有人都点头，显然没有丝毫异议。

洛兰看向林坚。

林坚肃容，坚定地说："无论如何，就算豁出性命，我也会拖住左丘白，绝不让他干扰奥丁星域的战争。"

在座的将军想到林榭将军，眼里闪过哀戚。

如果林坚再有个意外，他们都没有脸去见林榭将军的夫人，但是，对军人而言，一旦上了战场，就只有国没有家。

他们只是默默站起，对林坚敬军礼。

林坚的身子晃了晃，估计是母舰又被炮弹击中了。他对各位将军回礼，目光梭巡一圈，最后落在肖郊身上。

"必须攻下阿丽卡塔！"

不仅仅是因为阿尔帝国要打败奥丁联邦，还因为楚墨的基因实验室就在阿丽卡塔星上，为了人类还能有明天，他会不惜生命拖住左丘白，也请肖郊务必尽力。

肖郊敬礼，"是！"

"诸位，再会！"林坚的身影在消失前，又晃了晃。

连会议室里的人都听到了炮火声，可以想象那边的战争现在有多么激烈。

洛兰说："散会！"

所有人的全息虚拟身影陆陆续续散去，最后只剩下小角和洛兰。

小角看着洛兰，洛兰也看着小角，似乎都有话说，却又都没有开口。

洛兰看到小角的样子，忍不住故意沉默不语，想看看小角怎么办。

要么开口说话，要么关闭视频，只能二选一吧！

没想到小角竟然既不开口说话，也不关闭视频，就是沉默地看着洛兰，像是能看到地老天荒。

洛兰促狭心起，想看看他能坚持多久。

五分钟。

十分钟。

十五分钟。

…………

洛兰暗骂自己白痴，又不是没有和小角较劲过，上一次吃野莓子吃得胃里直冒酸水，竟然还不吸取教训？

洛兰主动认输，说："我有事找你，待会儿见。"

洛兰切断信号，用自己的私人号码连线小角。

军舰上通信受管制，即使是舰长，也没有权力私自和外界联系，但小角是奥丁星域战场的指挥官，有特别权限，可以使用自己的个人终端直接联系女皇陛下，方便危急情况下汇报和请示。

嘟嘟的蜂鸣音刚响了几下，小角就接通了视频。

洛兰看他已经离开办公室，在自己的私人舱房。

"累吗？"

"不累。"

"我看智脑记录，你喝了好几次酒和功能性饮料，压力很大？"

小角沉默地点了下头。

洛兰突然往前走了几步，展臂虚抱住小角的身影。

小角身体发僵。

洛兰问："我第一次主动抱你，吓着你了？"

小角摇摇头，侧头在洛兰脸颊上亲了下。

洛兰低声说："有两件事拜托你。"

"什么？"

"如果你攻陷了阿丽卡塔，不要让战机轰炸阿丽卡塔。如果有将领想乱来，必须制止。阿丽卡塔星和小双子星不一样，上面有手无寸铁的平民。我不想被人起绰号叫血腥女皇。"

"好。"

"楚墨手里有一个叫紫姗的人质，邵逸心希望她活着。如果条件允许，把她救出来。"

"好。"

"除了说好你还会说什么？"

"难道你希望我说不好？"

243

"哎哟，会掉我了！"洛兰仰头看着他，"有没有想过我？"

雪白的脸上，一双眼睛犹如荡漾的秋水，映着他的身影，小角猛地转过头。

洛兰眼睛微眯，研判地盯着他。

小角的目光落在房间某处，硬邦邦地说："想过。"

洛兰顺着他的目光看过去，发现是一张床，霎时间明白了小角的异样，竟然有点羞窘，急忙移开目光，顾左右而言他，"我会再给你送一箱饮料过去，你注意身体。"

"好。"

又是一个好！洛兰笑说："曲云星上快要进入盛夏了。"

"嗯。"小角没明白她的意思，虚应了一声。

"我第一次到曲云星时是盛夏，那时候你还是一只脏兮兮的野兽。"

小角有些恍惚，脑海里清晰地浮现出——

破旧脏乱的房子，野草丛生的院子，没精打采的阿晟。

伴随着枯燥高亢的蝉鸣声，一个又一个漫长炎热的夏季悄然过去。

时光平淡寂静，似乎就要这样终老死亡，一个冷若冰霜的女人突然出现，一切都开始变化。

…………

洛兰说："快到我们认识的纪念月了，我准备了一份特殊的礼物。"

小角垂目看着她，似乎在问是什么礼物。

洛兰卖了个关子，挥挥手说："我去工作了，再见！"

"再见。"

洛兰切断信号，看着小角的身影消失在眼前。

随着阿尔帝国攻陷奥丁联邦小双子星的消息传开，整个星际都炸锅了。

在英仙洛兰宣战之初，大部分人都以为这一次战争就像以前的无数次战争一样，开始得轰轰烈烈，结束得无声无息。

等一切过去后，阿尔帝国依旧是阿尔帝国，奥丁联邦依旧是奥丁联邦，最多不过是资源和利益重新划分一下。

没有人想到这一次的战争竟然会发展至此。

奥丁星域全线失守，阿尔帝国已经攻陷小双子星，也许要不了多久阿丽卡塔也会沦陷，奥丁联邦就彻底灭亡，不复存在了。

为了保住异种唯一的家园，全星际的异种从四面八方赶赴奥丁联邦，自发组成支援军，保卫奥丁联邦。

其中就有红鸠他们的艾斯号。

清越解除了船长职务，以普通移民的身份，被红鸠送到曲云星——星际中唯一一个人类和异种和平共居的星球。

清越泪如雨下，但是，她知道这是唯一的选择。

红鸠他们不能舍弃自己曾经的故国家园，不能舍弃还在阿丽卡塔星上生活的同胞，她也不能背叛自己的基因，去帮助异种攻打人类。

所以，他们只能在这里分开。

他留下她生，她目送着他奔赴死亡。

红鸠笑着说："别哭了，不是说情人分开时，应该让对方记住笑脸，这样才能让对方不担心吗？"

"呸！"清越哭得眼泪鼻涕全糊在脸上，"我就是要你记住我的哭脸，让你死也不能心安！"

红鸠眼眶泛红，却依旧笑得热烈张扬，"好好好，我就记住你哭得很丑的脸。"

清越越哭越凶，几乎泣不成声。

飞船的起飞时间到了。

红鸠用力抱了下清越，硬着心肠转过身，朝着飞船大步走去。

"狄……"清越急切地伸出手想拉住他，却终是什么都没做，反倒一手紧紧地捂住嘴，尽力不让自己哭出声音，目送着他的背影渐渐远去。

艾米儿左手牵着一个男孩儿，右手牵着一个女孩儿，也站在送行的人群中。

五年多前，两个孩子两岁时，她发布消息为自己的孩子找体能老师。因为报酬优渥，福利丰厚，又不限基因，吸引了不少人来应聘。最后艾米儿聘用了体能A级、实战经验丰富的猎鹰。

教学结果让她非常满意，同样满意的还有猎鹰的身材，她就顺便把人家拐骗上床，变成了她的情人。

猎鹰之前驾驶战机作战时受过重伤，已经不再适合太空作战，现在却坚持要和队友们一起返回奥丁星域的战场。

艾米儿撇撇嘴，一句挽留的话都没说，干脆利落地送他离开。

猎鹰满面不舍地抱抱男孩儿，又抱抱女孩儿，"老师走了，你们都是大孩子了，要照顾……"他本来想说"照顾你们妈妈"，但看艾米儿一脸百无聊赖地东张西望，似乎很不耐烦没完没了的告别。

猎鹰讪笑，这个女人哪里需要别人照顾？

"我走了。"他吻了下艾米儿的额头，朝着飞船走去。

"喂！"

猎鹰站住，回身看艾米儿。

艾米儿懒洋洋地说："尽量活着回来，找一个像你'床技'这么好的男人可不容易。"因为有孩子在，"床技"两字，艾米儿只动嘴唇，没有发声。

猎鹰无奈，"说一句你会等我，很难吗？"

艾米儿笑摇摇头，"我不会等任何人。"

猎鹰也没有生气，笑着给了艾米儿一个飞吻，走向飞船。

艾米儿立即拉着两个孩子离开，男孩儿小夕问："我们要走了吗？别人都还没走。"

艾米儿还没回答，女孩儿小朝说："阿姨不喜欢目送别人的背影。"

艾米儿忍不住抱住小朝狠狠亲了一口，太聪明了、太可爱了！那个臭脸女人怎么能生出这么招人喜欢的孩子？

艾米儿特意绕了几步路，从清越身旁经过。

飞船的舱门已经合拢，什么都看不到，清越却依旧痴痴地看着飞船，不停地掉眼泪。

"清越？"

清越这才看到身边站着一个高挑美艳的女人，右手拖着一个粉雕玉琢的女孩儿，左手拖着一个面容相似的男孩儿。

她觉得美艳女人很面熟，又发现她身周有便衣保镖，立即想起来她是谁，惊诧得连悲伤都忘记了，"艾米儿总理？"

"是我。"艾米儿放开小朝，和清越握了下手，"你应该刚刚失业，有没有兴趣为我工作？"

"为你工作？"清越反应不过来。

"我的两个孩子需要找一位人类基因的家庭老师，辅导功课。"

"为什么是我？"清越不明白。

虽然曲云星很落后，但艾米儿总理的孩子找家庭老师，比她优秀的人多的是，应该轮不到她。

"我的两个孩子携带异种基因。"

清越下意识地看向两个孩子。女孩子冲她友好地笑了笑，男孩子却别扭地转过了脸。

艾米儿将一张写着通信号码的卡片递给她，"你有一天时间考虑，如果愿意接受这份工作，联系我。"

艾米儿牵着两个孩子离开了。

清越捏紧卡片，看着飞船冉冉升空，离开风和日丽的曲云星，奔赴硝烟弥漫的奥丁联邦。

艾斯号赶到奥丁星域时，发现像他们这样的志愿支援军不少。

奥丁联邦有一个专门的团队负责接待他们，一个军官对他们表达了诚挚的感谢，但一时半会儿也不知道该怎么用他们。

毕竟战场上作战讲究协同配合，这些志愿参战的飞船或战舰都没有经过正规的军事训练，在战场上很难和正规军配合。

最后，艾斯号领了一个不痛不痒的巡逻任务。

红鸠执行任务时，观察到其中一艘支援军战舰虽然打着雇佣兵团的旗号，行事却很有军队风格，完全不像是一般的雇佣兵团。

红鸠查了一下对方。

独角兽雇佣兵团，一个四流雇佣兵团，来自落后的偏远星域。在他们驻扎的星域口碑挺好，但出了他们驻扎的星域就无人知晓，反正红鸠从没有听说过。

他决定打个招呼，认识一下，说不定将来可以协同作战。

红鸠向对方发出通话请求。

信号接通时，他意外地愣了一愣，对方也意外地愣了一愣，都没有想到竟然是熟人。

宿一笑着打招呼："你也来了啊？"

红鸠笑着回答："是啊！"

上一次他们见面时，宿一还是指挥官辰砂的警卫长，负责辰砂的安全，红鸠是执政官殷南昭的警卫兵，负责保护骆寻的安全。

之后，辰砂异变、殷南昭亡故。

纷乱中，他们为了保住性命，各奔东西，销声匿迹于茫茫星海。

几十年后再重逢，他们一个是雇佣兵，一个是走私客，感觉沧海桑田、人事全非。

宿一问："你那边都有谁？"

"以前敢死队的老队员，警卫队的好哥们，还有些安家的人。你那边呢？"

"第一区的人，安家的人。"

两人说完后，突然陷入沉默。

他们一个是殷南昭的人，一个是辰砂的人。当年殷南昭和辰砂死时，他们没有机会为各自的头领并肩作战，现在却以这么奇异的方式相会在奥丁联邦，竟然要为仇人楚墨浴血厮杀。

命运真是冷酷荒谬！

红鸠打起精神说："有空时出来喝几杯，叙叙旧。"

"好！"宿一爽快地答应了。

可彼此都知道他们只怕压根儿没有机会坐下来喝酒聊天。

阿尔帝国这次战役的指挥官异常强悍，只用七天就攻陷了小双子星，本来应该冗长消耗的地面作战也打得干净利落，短短一个月就结束了。

现在阿尔帝国挟胜者之威，对阿丽卡塔星发动进攻，奥丁联邦的胜算不大。

红鸠和宿一都是抱着必死之心来奥丁参战的。

如果不能力挽狂澜，就战死沙场，将一身热血化作烟花祭奠奥丁联邦——异种历史上第一个自己的星国，很可能也是最后一个。

Chapter 14

生命之歌

以我的姓氏为你的名。刚刚才明白多么想一辈子这样称呼你，却已经
是此生的最后一声呼唤。

阿丽卡塔星。

阿丽卡塔军事基地。

棕离面色铁青、气急败坏地从阿丽卡塔生命研究院里走出来。

他当然知道基因研究很重要，但敌人已经打到家门口，生死存亡关头，楚墨却依旧待在实验室里做实验。

他完全不能理解楚墨的所作所为。

难道不是应该先率领军队抵御阿尔帝国的进攻，保卫奥丁联邦吗？

楚墨却好像完全不关心战争，只想争分夺秒地完成他的研究。

棕离疾步走上飞船。

警卫问："去哪里？"

"启明号！"

启明号是统领阿丽卡塔所有军舰的指挥舰，此时正在前线指挥战役，棕离的言下之意就是他要上前线。警卫想要问一声，可看了眼棕离的脸色，一声不敢吭地下令启动飞船。

飞船进入启明号战舰。

棕离换上作战服，走进指挥室。

所有人期待地看着他。

棕离克制着心里的怒火和难受，尽量若无其事地说："执政官有事走不开，让我来协助指挥战役。"

大家明显地流露出失望，但都控制住了。每个人依旧恪尽职守，专心工作，为即将到来的生死决战做准备。

棕离站在指挥台中央，仔细查看四周的全息作战星图。

上面显示着阿丽卡塔星的地面防卫和太空防卫据点，各个据点交织成网，严丝合缝，能把任何来犯的敌人绞杀。

但是，经过小双子星的战役，棕离已经知道，不管这张防卫网多么强大，如果没有一个合适的人指挥，它终归是一张死网，只能任由阿尔帝国的军队把它一块块切碎。

阿尔帝国这次战役的指挥官以前籍籍无名，最近一年来才声名鹊起，可能力非常强悍，在战场上应变迅速，总能见微知著、洞察先机，奥丁联邦必须要有一个能力卓越的指挥官才能与他抗衡。

左丘白被阿尔帝国的元帅拖在了其他星域，现在的危急关头还有谁能担此重任？

棕离觉得满腹辛酸、满嘴苦涩。

奥丁联邦以武立国，是众所公认的星际第一军事强国，可居然有一天会沦落到找不到指挥官来指挥战役。

如果殷南昭和辰砂还在，应该绝不会允许今天的一切发生吧？

"棕部长？"一个军官看他脸色不对，担忧地叫。

棕离挥挥手，示意自己没事。

他收敛心神，仔细地研究星图。

棕离知道自己不擅长打仗，但是他知道哪些人擅长打仗。

他打开军队的将领目录，一个个挑选着人。

哥舒谭将军、古里将军、言靳将军……大部分是在北晨号上服过役的军人，都是辰砂的下属，还有一些是殷南昭的下属。

因为楚墨的忌惮，这些人现在都没有真正的指挥权，基本处于闲置状态。棕离把他们一股脑地全部挑出来，放到各个战舰上，下令他们接管战舰指挥权。

博杨将军看到他的调令名单，眼睛都直了，"这……这……能行吗？"

棕离阴沉着脸质问："现在还是想这些的时候吗？"

看着窗外一直没有停息过的炮火，博杨将军无话可说，只能签字同意。

棕离又开始细细查阅从其他星域赶来志愿支援奥丁联邦的民间武装力

量，看看应该怎么使用他们。

猝不及防间，他看到了两个熟人的照片。

红鸠和宿一。

当年殷南昭和辰砂身亡后，殷南昭和辰砂都有一支心腹势力不知去向。

楚墨企图劝降安达，从他嘴里问出他们的去向，但安达居然饮弹自尽，让一切随着他的死亡画上了句号。

几十年过去，红鸠和宿一他们应该早已经在别处安家立业，有了平稳的新生活，但现在他们居然都回来了。

当年，一个完好的奥丁联邦容不下他们；如今，一个残破的奥丁联邦却让他们归来，用命守护。

一瞬间，一直冷眼冷心、性毒行独的棕离竟然鼻子发酸，眼眶发涩，眼泪都差点掉下来。

红鸠和宿一不是不恨，但大丈夫恩怨分明。他们恨的是楚墨、是左丘白、是他，不是奥丁联邦。

第一次，棕离开始怀疑自己是不是做错了。

连殷南昭带出来的人都铁骨铮铮、赤胆忠心，何况殷南昭自己呢？

当年，楚天清告诉他殷南昭是克隆人，为了隐瞒自己的秘密，勾结外敌卖国，甚至不惜撞毁南昭号。

他虽然对后半句话存疑，但性格向来是眼睛里揉不进沙子，认定殷南昭是克隆人就是最大的错，罪无可赦。

现在，他忍不住问自己殷南昭究竟做错了什么，在他执政期间，奥丁联邦是比后来好，还是比后来差？

在棕离的强硬推动下，不到二十四个小时，阿丽卡塔星的各个重要岗位都换成了实战经验丰富的将领——绝大部分是辰砂的直系下属，曾经在北晨号上服役；小部分是殷南昭的直系下属，南昭号太空母舰炸毁后的幸存者。

棕离还下令以艾斯号和独角兽号两艘战舰为主，成立两支特别机动队，负责前锋。

252

棕离的一连串动作让博杨将军眼花缭乱，悄悄向楚墨汇报，征询意见，可消息发出去后如石沉大海，没有收到任何回复。

博杨将军是指挥阿丽卡塔星战役的总将领，但是见识过小双子星的战役后，他清楚地知道自己能力有限，抵挡不住阿尔帝国指挥官的进攻。在没有楚墨明确的指示时，只能老老实实地听从棕离的安排。

当新上任的军官接管战舰指挥权后，整个战场的局势不再是奥丁联邦被阿尔帝国压着打。

在哥舒谭将军的掩护下，艾斯号和独角兽号两艘战舰甚至组织了两次强有力的反攻。

启明号战舰的指挥室内响起了久违的欢呼声，连一向神色阴沉的棕离都嘴角微微上翘，眼睛中流露出一丝满意。

博杨将军满怀期待地问："棕部长觉得他们能挡住阿尔帝国吗？"

棕离的心情极其沉重，苦涩地说："他们都是最优秀的战士，但还缺一个带领他们作战的将军，就像没有了头狼的狼群，并不能发挥出最强的战斗力。我现在只希望他们能暂时挡住阿尔帝国的进攻，拖延到左丘白赶回来。"

相比阿丽卡塔星的战役，英仙二号星际太空母舰和北晨号星际太空母舰的战役打得极其惨烈。

左丘白一心想赶回奥丁联邦，支援阿丽卡塔星。

林坚却拼了命地要把他留住，双方竟然在一个没有丝毫争夺意义的星域展开血战。

洛兰第一次见识到左丘白的手段。那个眉眼清淡，总喜欢独自一人看书的男人，不但精通法典，也擅长杀戮。

幸亏林坚不是庸才，步步为营、稳扎稳打，阻挡住了左丘白一次又一次的猛攻。

但是，左丘白技高一筹，又不惜一切代价，硬是被他找到突破点，把林坚的防御网撕开，冲出了包围圈。

林坚只能改变战术，重新布局，想要把左丘白再次围困住。

因为缺觉少眠，长时间殚精竭虑，林坚面色发灰，眼睛里满是血丝，声音沙哑，但发布每一道命令时依旧坚强有力。

"大陵号战舰拦截，卷舌号战舰掩护。"

不管是发出命令的林坚，还是即将执行命令的大陵号，都知道这是一个必死的任务。

在庞然大物的北晨号母舰面前，大陵号战舰的拦截根本不可能扭转形势，只不过是用必死的决心拖延时间。

但是，林坚下达命令时没有迟疑，大陵号战舰执行命令时也没有迟疑。

一架又一架战机起飞，义无反顾地冲着北晨号飞去。

它们像是迎战死神的火烈鸟，竭尽全力后身躯化作流火，在浩瀚太空中奏出最后一曲生命之歌。

漫天流火，光芒绚丽。

大陵号战舰和北晨号太空母舰正面交锋，像是一个侏儒在和巨人对抗。

它奋力坚持，直到精疲力竭，被炮火化为盛开的血色烟花，湮灭在茫茫太空中。

林坚的声音难掩悲痛，却依旧坚毅果决："卷舌号战舰拦截，积水号战舰掩护。"

卷舌号战舰毫不犹豫地向前疾驰，阻挡着北晨号母舰前进，为英仙号母舰争取时间，让它能在北晨号赶到空间跃迁点前，重新布置火力网，形成包围圈。

突然，通信器响起蜂鸣音，一直监测通信信号的通信兵说："来自敌方。"

林坚下令接通。

左丘白出现在屏幕上，"元帅阁下。"

"指挥官阁……"林坚突然语塞，直愣愣地盯着出现在左丘白身旁的女子。

竟然是邵茄公主！

她穿着阿尔帝国的作战服，像是刚刚经历过剧烈打斗，样子十分狼狈，头发凌乱，双手被束在身后。

林坚满脸难以置信和错愕。邵茄不是应该陪他母亲去海边度假了吗？怎么会出现在这里？

　　左丘白似乎十分满意林坚的震惊、意外，微笑着说："公主殿下驾驶着飞船企图悄悄接近战场，被我们的隐形战舰发现，活捉了回来。"

　　林坚问："阁下想做什么？"

　　左丘白无奈地摊摊手，说："你和我都知道，我会不惜一切代价地突围，你何必再浪费时间做无谓的牺牲？命令所有战舰后退，否则我就把这个女人杀了。"

　　林坚看上去表情没有任何变化，可只有他知道自己手脚冰凉，整颗心像是被放在烈火上煎烤。

　　他定定地看着邵茄，眼中满是痛苦。

　　邵茄眼眶发红，眼泪一颗颗滚落。

　　她知道这里是战场，自己不应该任性地跑来，但是，她也知道林坚已经打算把命留在这里。

　　她不能阻止他为阿尔帝国牺牲，不能阻止他为了责任舍弃她，可她也没有办法若无其事地看着他死在遥远的星域，自己却坐在海滩边晒太阳。

　　邵茄抱歉地说："对不起！"

　　因为她的任性无能，竟然把他逼到了最痛苦的境地，要做这样不管怎么选都是错的艰难抉择。

　　林坚温和地摇摇头。他明白她的心意，应该说对不起的是他。身为帝国元帅，职责是守护帝国安全，守护每一个帝国公民，此时此刻他却没有办法守护他爱的女人。

　　左丘白心思剔透，看到两人的表情眼神，立即猜到前因后果，不禁笑着鼓掌，"难怪公主殿下不好好地待在阿尔帝国喝下午茶，要跑到前线来送死，原来是想见元帅阁下。"

　　邵茄和林坚都沉默不言。

　　邵茄不说话是因为在生命最后一刻，不想否认自己的心意，恨不得大声说出来，让全世界都知道她爱林坚！

　　林坚懂得她的心意，所以用沉默回应，当众承认了他和邵茄的确有私情。

　　左丘白笑看着林坚，"只要元帅阁下命令战舰后退，我就把你的情人

255

毫发无损地还给你。"

林坚眼神悲痛欲绝，语气却没有丝毫迟疑，一字字下令："积水号战舰拦截，天逸号战舰掩护。"

"既然元帅不怜香惜玉，我只能杀了邵茄公主。"左丘白看着邵茄公主，眼睛里满是讥讽和哀悯，"你为林坚元帅冒死跑来战场，他却丝毫没把你当回事，值得吗？"

邵茄公主压根儿不理他，只是专注地看着林坚，似乎一秒时间都不愿浪费。她甚至硬生生地挤出一个灿烂的笑，用伪装的坚强告诉林坚：没有关系，我不怕死！

林坚眼睛眨也不眨地盯着她，满腔柔情毫无保留地通过眼神表露出来。

"今日，我请在场各位，阿尔帝国和奥丁联邦的所有战士见证，我林坚愿以你英仙邵茄为我的合法妻子，并许诺从今以后，无论顺境逆境、疾病健康，我将永远爱慕你、尊重你，终生不渝。"

左丘白愣了一愣，不知道想起什么，眼里闪过一丝怅惘，明明已经抬起手要下令射杀邵茄，却暂时停住，任由他们把话说完。

邵茄公主又惊又喜，霎时间泪如雨下，脸上却满是开心喜悦的笑，"今日，我请在场各位，阿尔帝国和奥丁联邦的所有战士见证，我英仙邵茄愿以你林坚为我的合法丈夫，无论顺境逆境、疾病健康，我将永远爱慕你、尊重你，终生不渝。"

左丘白挥挥手，示意士兵击毙英仙邵茄。

士兵举枪，对准邵茄公主的太阳穴。

邵茄公主冲林坚俏皮地笑笑，"林先生！"似乎在得意自己终于心愿得逞，把林坚追到手，变成了自己的丈夫。

林坚也笑笑，"……林夫人！"

以我的姓氏为你的名。刚刚才明白多么想一辈子这样称呼你，却已经是此生的最后一声呼唤。

林坚双眼充血，身体都在发颤，却始终没有下令撤兵，依旧让积水号战舰和天逸号战舰配合着阻击北晨号。

士兵按下扳机。

砰一声，子弹飞射而出。

左丘白突然闪电般出手，把英仙邵茹拽到怀里，子弹贴着邵茹公主的额头飞过，脸上擦出一道长长的血痕。

刹那间，生死惊魂，劫后余生。

邵茹公主脸色煞白，全身簌簌直颤，抖得犹如筛糠，直接晕死过去。

林坚虽然没有昏倒，可也头晕目眩，要双手撑在指挥台上才能站稳。

"邵茹……"

林坚完全不知道左丘白为什么会临时变卦，让邵茹公主死里逃生，只看到他表情诡异，眼睛直勾勾地盯着屏幕。

英仙洛兰的声音响起："林坚元帅，请你继续指挥战役，这里交给我处理。"

林坚这才明白是女皇陛下强行插入了他们的通话中。虽然女皇陛下什么都没有说，可是他对陛下有着盲目的信任，立即认定邵茹的命已经保住，毫不迟疑地退出了通话。

刚才身临绝境，要眼睁睁地看着邵茹死在自己面前时，他没有落泪，这会儿知道邵茹能活下来时，他却满眼都是泪意，怎么控制都控制不住。

林坚低头盯着作战星图，迟迟没有开口说话。

指挥室内的军官和士兵各忙各的，装作什么都不知道，可嘴角都禁不住微微上翘，眼神分外柔和。

他们可是刚刚参加完元帅的婚礼，都是元帅的证婚人呢！等这场战役结束时，他们都可以向元帅讨杯喜酒喝。

只要他们都活着，只要大家都活着！

左丘白眼睛直勾勾地盯着面前的全息虚拟人像——

一个穿着白色研究服、戴着黑框实验眼镜、头发绾在脑后盘成发髻的少女。她打扮得和封林一模一样，长得也有点像封林。

英仙洛兰一脸漠然地用枪指着她的太阳穴，似乎完全没把她当成一个活人。

左丘白声音发颤，"她是谁？"

洛兰用枪顶了下女子的头，示意她开口。

少女怯生生地开口："我是封小莞。"

"封小莞？"左丘白喃喃低语，表情似悲似喜，"封林的女儿？"

他记得很多年前，英仙洛兰就说过封林有一个孩子，后来楚墨和他都追查过，却没有丝毫这个孩子的踪迹，就都认定孩子早已经死了。

左丘白突然发现孩子的年龄不对，清醒了几分，对洛兰说："我不相信，她不可能是封林的女儿！"

洛兰把一个文件包发给左丘白。

左丘白看到里面有两个视频文件，立即点击播放——

宽敞的屋子里，空空荡荡，没有窗户，只屋子正中间的桌子上放着一盏节能灯，四周一片昏暗。

一个披着白色裹尸布，全身上下遮盖得严严实实的人藏身在黑暗中，和阴影融为一体，不但看不见面目，连身形的高矮胖瘦都看不清楚。

吱呀一声，屋门推开了。

一个衣着朴素，裹着长头巾的女子走进来。

她坐在屋子正中间的椅子上，看向藏身于黑暗中的神之右手。

"拿下头巾，我不喜欢和看不到脸的人对话。"藏身在裹尸布中的神之右手发出的声音男女莫辨、粗粝暗哑，犹如钝钝的锯子在锯骨头。

女子打开头巾，露出了左丘白这么多年来一日都未曾忘怀的脸。

"你是神之右手？"封林脸色苍白、表情紧张，却强自镇定。

她双手放在腹部，能明显看到她的小腹隆起，应该已经有七八个月的身孕。

…………

洛兰的声音淡漠空洞，没有丝毫起伏，像是在讲别人的故事。

"那一年，我二十二岁，以神之右手的名义在星际间旅行，四处搜集研究基因。有一天，一个年轻的女人来找我，希望我能救她肚子里的孩子一命。短暂的交谈中，我发现她也是基因专家，研究的方向是基因修复，可惜她的孩子携带的异种基因过于强大，已经完全超出她的修复能力。绝望中，她只能向我求助。我本来没兴趣救异种，但孩子的基因实在特别，连我都是第一次见。出于研究目的，我答应了她的请求。当然，还有另外一个原因，因为我已经认出她，知道了她的身份。"

…………

左丘白看着视频里的封林痛苦绝望地哀求神之右手，答应了神之右手

258

的所有条件，为了救孩子不惜和魔鬼做交易。

左丘白觉得心口窒痛，连喘气都艰难，"你和封林是什么时候见面的？"

洛兰冷淡地说："视频左下角不是有时间吗？"

左丘白立即看向左下角的时间显示。

霎时间，他如遭雷击，那个时候……他和封林分手也恰好七八个月。

左丘白再看向视频里大腹便便、焦灼痛苦的封林时，恍然顿悟，明白了让封林悲伤绝望、走投无路的人不是神之右手，而是他！

洛兰说："文件里还有个视频，会说明封小茪为什么看上去刚成年不久。因为她是蛋生，不是胎生。"

左丘白已经不需要任何证据了，因为他的记忆已经清楚地告诉他英仙洛兰说的全是真话。

当年，封林并不是没有流露出异样。

只不过，他因为嫉妒、难过、负气……各种各样莫名的情绪，从没有仔细想过封林异样背后的原因。

他记得，封林曾经来找过他，试探地问他是否想要孩子。

他也记得，深夜中接过好多次封林的音频通话。她总是期期艾艾、欲言又止。他以为是因为楚墨，时不时地讥嘲几句，让她有心事去找楚墨，不要半夜骚扰前男友。

他还记得，封林后来请了一个长假，要去别的星球散心。他本来可以好言好语地询问她，为什么工作狂会舍得抛下工作去玩几个月，可是，因为内心莫名的情绪，他非要讥讽地问她是不是又向楚墨表白被拒绝了，觉得没脸见人了才要躲出去。

…………

所有的追悔莫及、悲痛自责，最后都变成了一句话回荡在脑海里。

封林有一个孩子，他是孩子的父亲！

左丘白悲喜交加，专注地看着封小茪。

这就是他和封林的女儿！

左丘白的语气温柔到近乎小心翼翼："你叫小茪？茪寓意微笑，小小的微笑，你妈妈从来都不是一个贪心的人。"

封小茪的表情却没有丝毫变化，眼神疏远冷淡，完全是打量陌生人，

"你是我的生物学父亲？"

左丘白觉得锥心刺骨地悲痛，一句话都说不出来，只能点点头。

洛兰抬手，一个军人抓住封小莞的胳膊，把她押了下去。

左丘白怒瞪着洛兰，眼睛内像是要喷火。

洛兰漠然地说："你不可能用英仙邵茄要挟我退兵，我也不可能用封小莞要挟你退兵。做个交易，你把邵茄公主交给我，我把封小莞交给你，战争的事就交给战争去决定。"

左丘白看了眼晕倒在地上的邵茄公主，干脆地说："好！"

"两天后，我会把封小莞送到北晨号。无论你生死，只要邵茄公主活着，封小莞就活着。"

左丘白明白，英仙洛兰的重点是没说出的后半句话，只要邵茄公主死了，封小莞就死！

他讥嘲地说："女皇陛下，你是我见过的最会演戏的人，你是怎么装出的骆寻？我竟然一丝破绽都没有看出来，完全就是截然不同的两个人，难怪殷南昭会爱你爱得命都不要！"

洛兰表情漠然。

左丘白露出一丝诡异的笑，"有一件事你应该还不知道。虽然我的枪法非常好，但面对殷南昭，我依旧没有丝毫信心。当年，来自死神的那一枪我是瞄准你开的。我在赌，赌殷南昭能躲过射向自己的枪，却会为了保护你，自愿被我射中。"

洛兰一言不发地看着左丘白。

左丘白笑眯眯地说："来而不往非礼也。今日你送了我这么一份大礼，我岂能让你空手而归？"

洛兰冷淡地问："废话说完了？"

左丘白一愣，英仙洛兰已经切断信号，结束了通话。

左丘白第一次亲身感受到英仙洛兰的冷漠强硬、干脆利落，她似乎一丝多余的情绪波动都没有，只有目的和手段。

洛兰安静地站在窗前，专注地看着窗外的茶树。

暗夜中，一朵朵碗口大的白色茶花压满枝头。

累累繁花，雪色晶莹，霜光潋滟，明明是十分皎洁清丽，月光下，却平添了一分惊心动魄的秾艳。

良久后，洛兰像是终于回过神来，面无表情地走出办公室，看到封小莞呆呆地坐在走廊的长椅上。

她面前的虚拟屏幕上是一张封林的照片，她正盯着照片发呆。

这就是她的母亲？给了她生命的人？

封小莞觉得像是在做一个荒诞离奇的梦。

她本来在床上好梦正酣，洛洛阿姨突然冲进来，抓起她就走。两个化妆师匆匆赶来，给她穿衣化妆，把她打扮成另一个人的样子。

时间仓促，洛洛阿姨只来得及告诉她，邵茄公主偷偷溜去前线找林坚元帅，不小心被奥丁联邦俘虏了。

奥丁联邦的指挥官左丘白威胁林坚元帅退兵，否则就当着林坚元帅的面杀死邵茄公主，洛洛阿姨需要她配合演一场戏，保住邵茄公主的性命。

洛兰走到她旁边，沉默地坐下。

封小莞低声问："你给那个男人看的视频资料都是真的？"

"嗯。"

"那个男人真是我受精卵的精子提供者？"

"嗯。"

"他是奥丁联邦的指挥官？"

"嗯。"

"我妈妈叫封林？"

"嗯。"

"她是个什么样的人？"

"正直、善良、坚定、勤奋，可惜智商堪忧。所以，不但在基因研究上没有大的建树，还识人不明，被两个男人给活活拖累死了。"

封小莞斜着眼睛看洛兰，表情哀怨凄楚。

洛兰面无表情，"我是客观评价。"

封小莞瘪嘴，"洛洛阿姨！我现在很难过，不想听客观评价。"

"她很爱你，为了你她愿意付出所有。"

封小莞眼眶发红，声音沙哑地问："我妈妈是怎么死的？"

洛兰像是政治评论家一般客观陈述，语气没有一丝起伏："当时，奥丁联邦有七位公爵，在对待异种和人类的问题上，执政官殷南昭、第一区公爵指挥官辰砂、第二区公爵科研教育署署长封林、第六区公爵信息安全部部长紫宴是主和派。其他四位公爵和他们政见相反，是主战派。两派的政治斗争中，主和派落败，死的死、伤的伤。主战派掌权，楚墨出任奥丁联邦的执政官、左丘白出任指挥官。"

封小莞不满地瞪着洛兰，"我不是想听这个，我想知道我妈妈到底是怎么死的！"

"我也是当事人，陈述会很主观偏颇。"

"我就是想听你主观偏颇的陈述！"

"封林和楚墨、左丘白很小就认识，算是一起长大的朋友。封林一直喜欢楚墨，楚墨却因为清楚自己和封林选择的道路不同，没有接受封林的感情。左丘白一直喜欢封林，封林被楚墨拒绝后，稀里糊涂和左丘白发生性关系，两个人就在一起了，却因为年少气盛，不会处理感情，两个人又分开了。后来，楚墨和左丘白的父亲楚天清为了剪除殷南昭的势力，给封林下药，促使封林突发性异变。封林变成的异变兽想要杀死骆寻，辰砂为了救骆寻，斩杀了异变兽。"

"骆寻……就是陛下？"封小莞看过女皇陛下的八卦新闻，知道她去奥丁联邦做间谍时化名骆寻。

洛兰沉默。

封小莞问："骆寻和我妈妈是什么关系？"

"骆寻是你妈妈的学生，也是你妈妈的好友。"

封小莞发现洛洛阿姨说起骆寻时，不用自称，而是直呼其名，疏离得像是在谈论另一个人。她突然想到一个可能，试探地问："洛洛阿姨当时真的失忆了？"并不是像新闻中说的一样为了隐藏身份假装失忆。

"嗯。"

原来是这样啊！封小莞仔细回想了一遍洛兰说的话，觉得十分荒谬，

"我生物学上的爷爷杀死了我妈妈？"

"嗯。"

"楚天清现在在哪里？"

"被殷南昭杀了。"

封小莞智商很高，迅速就把一块块散落的拼图拼凑到一起，推断出前因后果，"楚天清是基因学家，又有能促使异变的药剂。他就是絷钩的创造者？"

"嗯。"

"楚墨和左丘白支持絷钩计划？"

"嗯。"

封小莞苦笑着摇头。难怪洛洛阿姨以前听到她说不支持絷钩计划时，目光那么意味深长。

她突然挽住洛兰的胳膊，坚定地说："我的亲人只有阿晟、你和邵逸心叔叔。"

洛兰冷冷地说："我用你交换了邵茄公主。"

封小莞亲昵地搂着她的胳膊，头靠在她肩膀上，不在意地说："我正好想去见见左丘白，还有楚墨。"她生命另一半基因的来源，害死她母亲的凶手。

"阿晟和紫宴会想杀了我。"

"邵逸心叔叔就是紫宴？"

"嗯。"

封小莞突然抬起头，眼里藏着惊慌惧怕，"阿晟是谁？"总觉得洛洛阿姨、邵逸心叔叔，还有自己，不可能平白无故地出现在阿晟身边，冥冥中应该有一条线牵引着他们相会。

"他……就是阿晟。"

封小莞感觉洛洛阿姨没有说真话，但聪明地没有再追问。因为有时候隐瞒也是一种保护。

洛兰说："楚墨已经研究出絷钩。对绝顶聪明又疯狂偏执的人，我总是不放心，这次你过去，可以看看他们究竟想做什么。"

封小莞想到那些博大精深的研究，惊叹："他真是个天才，难怪看不上我妈妈。"

"虽然我对楚墨深恶痛绝，但这件事你误解他了。楚墨很爱你妈妈，如果不爱，当年更有利的做法是接受你妈妈的感情，毕竟你妈妈是第二区的公爵，有利用价值。楚墨知道自己走的是一条绝路，拒绝就是他选择的保护，只不过他低估了自己的父亲，楚天清怕两个儿子被感情牵制，索性杀了你妈妈。"

封小莞眼里满是泪花，在眼眶里滚来滚去，"他父亲的立场不就是他的立场吗？反正我妈妈就是他们父子三个害死的！"

洛兰沉默了一瞬，说："我为了救紫宴的朋友，骗楚墨你是他的女儿，他相信了。"

"是不是那次你让我钻到笼子里，吃下迷幻药剂假装实验体的时候？"

"嗯。"

"骗得好！"封小莞长得有点像封林，性子却一点不像，比她母亲心肠硬，行事也更果决利落。她问："左丘白知道楚天清害死了我妈妈吗？"

"和楚墨一样，刚开始不知道，但那是他父亲，就算知道了又能怎么样？"

是吗？封小莞若有所思地发了会儿呆，用头亲昵地蹭蹭洛兰，"那边可是有我的两个真假父亲，所谓的血缘至亲。你要不要给我注射点药剂？万一我到奥丁后，突然叛变呢？"

洛兰不耐烦地推开封小莞的头，"阿晟还在我手里。"

封小莞无奈地叹气，"洛洛阿姨，你肯定没有男人缘！一点甜言蜜语都不会说，就算你心里这么想，你也可以告诉我你相信我，这样我才会感激涕零地为你办事啊！"

洛兰没理会她的调侃，站起来说："邵逸心还醉着，你去和阿晟告个别，半个小时后飞船出发。"

洛兰转身回办公室。

封小莞目送着洛兰的背影。

真是个口是心非的女人！如果真想用阿晟来控制她，压根儿不该给她时间去见阿晟。不过，想到洛洛阿姨刚才面对左丘白的一幕，封小莞完全理解。

洛洛阿姨肩上的担子太重了，面对的敌人也太强大了，一点软弱都不可以流露。

林坚元帅、邵茄公主，甚至她，都可以依赖洛洛阿姨，似乎不管出了什么纰漏，洛洛阿姨都能面不改色地解决掉。

可洛洛阿姨能依赖谁呢？她只能穿着铠甲去战斗！

洛兰坐在办公桌前，一边处理工作，一边等候。

嘀嘀。

蜂鸣音响起。洛兰看了眼来讯显示，立即接通。

林坚出现在她面前，虽然胡子拉碴、脸色憔悴，但看上去精神还好。他敬了一个军礼，说："虽然代价惨重，但成功拦截住了北晨号。"

洛兰松了口气，说："我和左丘白达成了交换人质的协议。别的事你不用管，谭孜遥将军会处理，你就等着安心接收林夫人吧！"

林坚脸色发红，愧疚地说："本来说好了，等战役胜利后再公布我们解除婚约的事，当时一着急，我……我完全忘记了。"

洛兰不在意地说："当年我要借助你的声望，不得不和你订婚，现在我是所有人都爱戴的女皇，威望如日中天，早就不需要你了。等邵茄公主回来，我会陪她一起发表声明，祝福你们的婚姻。"

"谢谢！"林坚感激地说。

现在，不管是内阁还是民众都十分拥戴尊敬女皇陛下。他和邵茄的感情一个处理不当，就会对邵茄造成毁灭式的打击。本来他还在担心怎么善后，没想到女皇已经爽快地把事情揽了过去。以陛下的手段，肯定会处理得干净漂亮。

洛兰半真半假地开玩笑："我不接受口头感激，等我有一天需要你的时候，你拿出实际行动就行。"

林坚夸张地鞠了一躬，笑说："是，我尊敬的陛下！"

洛兰看了眼时间，已经凌晨四点多。她关闭工作台的屏幕，"我去休息了，你也稍微睡一下。"

洛兰一夜没睡，十分疲惫。

回到卧室后连衣服都没有脱，就躺倒在床上迷糊了过去。

天蒙蒙亮，洛兰正在酣睡，突然一声怒吼传来。

"英仙洛兰！"

紫宴一脚踹开洛兰卧室的门，冲了进来。

洛兰无奈地坐起，看了眼时间。六点多一点，她才睡了两个小时。

"邵逸心……"阿晟气喘吁吁地跑进来，满脸无奈，显然是劝了没劝住。

洛兰淡定地抚抚衣服，没等紫宴开口质问，就坦然地说："是！我是把封小莞送给了左丘白。"

"你个冷血怪物！"紫宴似乎恨不得一把掐死洛兰。

阿晟急忙张开双臂挡在洛兰身前，"小莞是自愿的！"

"自愿去送死吗？"紫宴不耐烦地想推开阿晟，"你什么都不知道就不要瞎掺和！"

阿晟死死地拽住紫宴的手，拼命地挡在洛兰身前。

洛兰神情恍惚，盯着阿晟的背影，耳畔回响着左丘白的话，"当年，来自死神的那一枪我是瞄准你开的。"

阿晟被紫宴狠狠推开，摔倒在地上。

洛兰回过神来，"左丘白是封小莞的父亲。"

紫宴的手刚刚掐到洛兰的脖子上，又立即收住力。

洛兰讥嘲地问："你有什么资格阻止封小莞去见父亲？"

"你从一开始就知道？"

"是。"

"你从一开始就想好了要利用小莞去对付左丘白？"

"是。"

她派人去曲云星接封小莞时，就想过封小莞会有用，只是没想到会这么有用。

紫宴气怒攻心，忍不住想要动手狠狠掐下去。

一把枪抵在他额头上。

洛兰握着枪，冷淡地说："你有三颗心，但只有一个脑袋吧？"

两个人面对面站立。

一个掐着对方的咽喉，一个用枪抵着对方的脑袋。

阿晟急得浑身直冒冷汗，生怕他们一冲动就真把对方弄死了，"有话

266

好好说！好好说！小莞说了她自愿！"

他看看邵逸心，又看看洛兰，发现两个人都把他当空气。他一咬牙，突然横掌劈到紫宴后颈，把紫宴敲晕了。

洛兰诧异地看阿晟，似乎没想到谨小慎微的他会做这种事。转而又想起他的经历，当年他也是混迹街头、胡作非为的小流氓，怎么可能没有几分戾气？只不过在生活的重重磨难下，所有棱角都磨掉了。

阿晟擦擦额头的冷汗，对洛兰讨好地笑："小莞让我放心，说她一定平平安安回来，你肯定不会让她有事，那个……那个……我相信你！"

洛兰的目光停留在他脸上。

阿晟心头又浮现出那种古怪的感觉，似乎他的脸上有无尽的沉重岁月、无数的悲欢离合，他下意识揉了揉脸。

洛兰收回目光，淡然地说："既然身体变好了，就努力锻炼一下体能，至少练到A级吧！"

至少练到A级？她以为是个人都能是A级体能吗？阿晟不敢当面反驳，只能一边尴尬地傻笑，一边扛起紫宴朝门外走去。

"一个小时后，体能老师在重力室等你，退役的老兵，要求很严。"

什么？她认真的？阿晟惊诧地回头，不敢相信地瞪着洛兰。

洛兰讥嘲："不是说不想做封小莞的拖累吗？看来你是想一旦有事就躲到封小莞的背后，哭哭啼啼求她保护！"

"你……"阿晟深吸口气，告诉自己千万别和这神经病较真，他皮笑肉不笑地说："谢谢陛下关心，我会努力！"

Chapter 15

洛洛爱小角

基因能决定我们身体的好坏，却不能决定我们灵魂的好坏。

奥丁星域。

阿丽卡塔星。

对所有阿丽卡塔星的居民来说，这段日子十分难熬。

每个晚上，仰望星空，都能看到色彩绚丽的流光纷纷扬扬、划过天空，就像是一场永不停歇的流星雨。

生死存亡关头，几乎每个家庭都有人参军，每个人抬头看到"流星雨"时，心头都弥漫着悲伤、恐惧和迷惘。

他们既盼望流星雨早日停止，战争结束，亲人平安，又害怕流星雨真的停止。

现在的形势下，当"流星雨"停止的那天，奥丁联邦是否依旧存在？等待他们的命运是什么？全星际异种的命运又是什么？

棕离已经几天几夜没有合过眼，眼窝下都是深深的青影。

他自小接受的是强者教育。靠着自己的努力，踏着失败者的身躯，一步步脱颖而出。

作为胜利者，他很自信，坚信自己的能力能守护奥丁联邦，但现在他的自信正在被炮火一点点击溃。

左丘白那边的战场依旧处于胶着状态，没有丝毫战役结束、成功撤退的迹象，阿丽卡塔却已经岌岌可危。

他起用辰砂和殷南昭的旧部指挥战役后，的确暂时性地扭转了战争局面。

但不过几天时间，阿尔帝国的指挥官就好像摸透了他们每个人的作战思路和作战风格，竟然立即改变战术，将阿尔帝国的舰队拆分，以点对点的方式围剿着奥丁联邦的每一艘战舰。

他似乎完全知道奥丁联邦看似凶猛，实际却群龙无首。只要抓到他们配合上的漏洞，就可以各个击破。

从宿一、红鸠到哥舒谭、言靳将军，每个人都觉得自己像是在没有穿衣服裸奔，似乎一举一动都被对方洞若观火地预知。

他们像是被一圈看不见的力量包围住，那力量就像是一个在慢慢收缩的气泡，渐渐将他们束缚住，直到他们无力反抗。

刚开始只有当事人能感觉到，后来连旁观者棕离都感觉到不对劲。

棕离不敢相信。

对方竟然能这么快就制服奥丁联邦众多的优秀军人？比他预估的时间少很多。难道奥丁联邦真要覆灭？

棕离走投无路下再次联系楚墨，将战场的严峻形势汇报给他，希望他能想想办法。

楚墨却只是回复了一句"知道了"，就切断了信号。

棕离无奈下，又联系左丘白，催问："你还要多长时间才能回来？"

左丘白目光沉重："楚墨给了我新的命令。"

棕离讥讽地问："什么命令？难道让你也去实验室做实验吗？"

左丘白没有正面回答棕离的质问："楚墨说辰砂还活着，我们必须更改作战策略。"

棕离愣了一愣，不相信地说："当年我亲眼看到你用光剑处决了那只异变兽，砍掉了它的脑袋。"

"我只是杀死了一只实验室里制造出来的野兽。"

"你的意思是……你杀死的那只野兽不是辰砂？"

"我们被殷南昭和安教授骗了，或者应该说，所有人都被他们骗了。"

辰砂没死？！棕离居然一下子又惊又喜，期待地问："辰砂现在在哪里？"

"这段时间，你一直在和他作战。"

"不可能！"棕离忍不住大叫。

那可是辰砂！刚毅耿直、黑白分明的辰砂！

棕离不愿意相信，心里却知道左丘白没有说错，因为很多疑点都有了答案。

难怪对方能训练出专门针对奥丁联邦的双人战机的作战方式！

难怪对方能短短几天就突破小双子星的太空防线!

难怪对方现在对他们的一举一动了如指掌!

一瞬间,棕离理解了楚墨的做法。

如果阿尔帝国的指挥官是辰砂,奥丁联邦就像是一只已经落入蜘蛛网的小昆虫,所有努力和反抗都徒劳无功,只不过白白增加牺牲而已。

棕离满心绝望、寒意彻骨,不得不扶着工作台坐下来。

既然辰砂在阿尔帝国那边,紫宴是不是也已经投靠阿尔帝国?

棕离愤怒地说:"奥丁联邦是辰砂和紫宴的祖国!"他们应该是守护奥丁联邦的战士,怎么能变成摧毁奥丁联邦的元凶?

左丘白淡淡地说:"那是五十年前的辰砂和紫宴。"

棕离无言。

是啊!已经五十多年了!

五十多年前,并不是他们先抛弃奥丁联邦,而是奥丁联邦先抛弃他们。

棕离平静了一瞬,问:"你有什么计划?"

"我会为异种死战到底,绝不让异种成为被奴役的低等种族。"左丘白表情淡然、目光平静,似乎死亡没什么大不了,只是小事一件。

棕离以前最讨厌他这副装腔作势的样子,现在却觉得很亲切。他听明白了,左丘白说的是异种,不是奥丁联邦,某种意义上,他已经放弃了阿丽卡塔。

棕离眼眶发涩,坚定地说:"我会为联邦死战到底,纵然联邦覆灭,阿尔帝国也必须付出代价。"

两个男人都在对方的眼睛中看到了死志。

他们从小到大都不对付,却在这一刻不约而同地抬起手向对方敬军礼,传递着无声的尊敬。

阿尔帝国。

奥米尼斯星,议政厅。

阿丽卡塔星的战役,阿尔帝国已经占据绝对优势,把奥丁联邦打得毫无还手之力，帝国军队攻陷阿丽卡塔星指日可待。

林楼将军向洛兰汇报："肖郊舰长已经摸清楚阿丽卡塔的军事力量，三十个小时后，我们会发动最后的进攻。我有信心，这场战役结束时，星际中将再无奥丁联邦！"

整个议政厅里爆发出雷鸣般的欢呼声，人人喜笑颜开地向洛兰致敬。

洛兰却没有一丝轻松的感觉。

只要楚墨还活着，即使攻下阿丽卡塔星也不代表着人类安全了。

只要异种和人类的矛盾还存在，即使杀了楚墨，仍然会出现第二个楚墨。

洛兰离开议政厅，安步当车，一边走路，一边思考问题。

到众眇门时，刺玫已经等在那里。

洛兰走到栏杆前，眺望着远处说："我想让你去曲云星。"

"好。"

"不用再回来了。"

刺玫太过惊讶，反倒不知道该说什么，只是疑惑地看着洛兰。

洛兰说："叶玠就死在这里，我现在站立的位置。"

刺玫沉默不言，因为她知道没有任何语言可以安慰洛兰。

她比洛兰年长，亲眼看着洛兰和叶玠相互扶持着一步步走来，他们不仅仅是血缘至亲，还是并肩战斗的生死之交。

洛兰说："你一直跟着我做研究，应该已经猜到我的最终目的，我想知道你的真实想法。"

刺玫安静地思索了一会儿，回答："我一出生就有严重的基因缺陷，如果想要治好病必须去经济发达的星球做基因修复手术，治疗费是一个天文数字，父母无力为我治病，绝望下把我遗弃了。在遇见您的母亲前，我碰到过各种各样的人，有普通的人类，也有体貌异常的异种。我的经历让我非常肯定，基因能决定我们身体的好坏，却不能决定我们灵魂的好坏。"

洛兰不置可否："继续。"

刺玫索性大着胆子把心里的想法全部倒了出来："人类有一句古老

的话'人生而平等'，其实不是，基因让我们生而就不平等。不要说原生家庭的贫富贵贱，就是最普通的身体健康都不是人人拥有。我以前没有想过这辈子要做什么，毕竟我这样的人能活下来已经很幸运，但这几年，在研究药剂的过程中，我突然明白了自己想做什么。作为曾经被遗弃的一员，我愿意用毕生之力去减少这种写在基因里的生而不平等。"

洛兰转身，目光灼灼地看着刺玫，"你愿意出任我在曲云星设立的基因医院的院长吗？"

刺玫像是还在雇佣兵团中，双腿啪一声并拢，站得笔挺，对洛兰敬军礼："我愿意！"

引擎轰鸣声中，一架运输机降落在众眇门上。

洛兰严肃地警告："现在整个医院只有你一个正式的医生，但这个医院以'英仙叶玠'的名字命名，如果你做得不好，会让这个名字蒙羞。"

刺玫自信地笑了笑："我是神之右手的学生，请不要低估我的能力。"

洛兰伸出手。

刺玫和她重重握了一下，干脆利落地转身，小跑着跳上运输机，奔赴一段全新的人生。

洛兰目送着运输机冉冉升空，渐渐远去。

英仙叶玠基因医院的院长已经赴任，现在就差英仙叶玠基因研究院的院长了。

谭孜遥已经和左丘白成功交换人质，封小莞肯定已经见到左丘白，不知道他们"父女"相处如何。

洛兰一边琢磨，一边离开众眇门。

刚刚走出升降梯，谭孜遥音讯联系她。

洛兰问："邵茄公主回来了？"

"是。但媒体已经知道殿下和元帅结婚的事，居然全部潜伏在元帅安排的住宅附近，现在殿下被记者困住了。"

左丘白做事向来阴狠，肯定不会替林坚保守秘密，媒体知道他和邵茄公主结婚的事在洛兰的预料中，只是不知道哪个手眼通天的记者居然查到了林坚安排的秘密住宅。

谭孜遥问："要不要调集军队驱散记者？"

"你想让林坚被民众指着鼻子骂吗？原地等着！"

洛兰结束通话后，立即吩咐警卫："准备出宫。"

十几分钟后。

女皇的飞车出现在林家的私宅外。

隔着车窗，洛兰看到上百个记者围着邵茄公主，把道路挤得水泄不通，四周停满了飞车，连车顶上都趴着记者。

谭孜遥和两个警卫带着僵硬的微笑，护在邵茄公主周围，能帮她阻挡记者的冲撞，却没有办法阻挡记者尖锐的提问。

"林坚元帅是女皇陛下的未婚夫，殿下知道吗？"

"殿下刚才已经承认了是您先追求林坚元帅，我们是不是可以说是您勾引元帅？"

"殿下让元帅声名受损，是非常自私的爱，殿下同意吗？"

"殿下横刀夺爱，想过女皇陛下的心情吗？"

…………

邵茄公主脸色惨白，只知道一遍遍重复"不是林坚的错"。

这个世界已经完美到只剩下男女绯闻可以报道了吗？

洛兰摸着枪，克制住了脑海里的第一个念头。这时候她真怀念做龙心的时候，可以肆无忌惮、随心所欲。

她打开车门，把车里的音响开到最大。

噼噼啪啪。

密集的子弹声霎时间把所有声音都压了下去。

仓皇间，记者们真以为有人开枪扫射，纷纷尖叫着躲避，趴倒在地上。

邵茄公主心神恍惚，压根儿没有反应过来，依旧呆呆站着。

洛兰把声音调小，走下飞车，温和地问："听到子弹声的那一刻，你们在想什么？第一反应是夺路逃生，还是谦让排队？"

记者们闻声抬头，发现是女皇陛下。

洛兰弯下身亲手扶起一位女士，又展手去扶另一位女士。

"谢谢！谢谢陛下。"

洛兰礼貌地笑笑，意味深长地说："林坚他们每天都听着比这更恐怖的声音，不但要听声音，还要亲眼看着自己的战友被炸成灰烬。"

记者们陆陆续续地都站了起来，狼狈地看着女皇陛下。

洛兰说："我从来没有爱过林坚，林坚对我有尊敬、有仰慕，却没有男女的爱恋。我们是因为都爱阿尔帝国，为了帝国利益志同道合，才决定订婚。作为和他并肩作战的战友，我很高兴他能遇到邵茄公主，一位即使紧张害怕，依旧会竭尽全力维护他的女人。"

记者们看向邵茄公主，想起刚才不管他们多么刁钻地逼问邵茄公主，邵茄公主都应付得不卑不亢，但是因为他们开始攻击林坚元帅，邵茄公主才阵脚大乱，可即使慌不择言，她也宁可承认都是自己的错，不愿让林坚元帅背负骂名。

洛兰说："我不知道你们收到的爆料消息说了什么。林坚和邵茄结婚的确出乎所有人意料，甚至出乎他们自己的意料，但是，他们的婚礼是迄今为止我见过的最感人、最坚贞的婚礼。"

洛兰按了下个人终端，把事先剪辑好的视频全息投影到所有人面前。

…………

左丘白笑看着林坚，"只要元帅阁下命令战舰后退，我就把你的情人毫发无损地还给你。"

林坚眼睛眨也不眨地盯着邵茄，"今日，我请在场各位，阿尔帝国和奥丁联邦的所有战士见证，我林坚愿以你英仙邵茄为我的合法妻子，并许诺从今以后，无论顺境逆境、疾病健康，我将永远爱慕你、尊重你，终生不渝。"

邵茄公主又惊又喜，霎时间泪如雨下，脸上却满是开心喜悦的笑，"今日，我请在场各位，阿尔帝国和奥丁联邦的所有战士见证，我英仙邵茄愿以你林坚为我的合法丈夫，无论顺境逆境、疾病健康，我将永远爱慕你、尊重你，终生不渝。"

士兵举枪，对准邵茄公主的太阳穴。

邵茄公主冲林坚俏皮地笑笑，"林先生！"

林坚也笑笑，声音哽咽："……林夫人！"

…………

随着砰一声枪响，洛兰关闭了视频。

因为牵涉到军事信息，视频被剪辑得支离破碎，还有不少地方做了图像处理，但所有记者都看明白了前因后果。

他们心惊胆战，为之动容，连看邵茄公主的眼神都变了。

洛兰说："林坚元帅为帝国已经付出很多，甚至做好了准备，随时付出自己的生命。邵茄公主理解并支持他，以自己的生命。我想象不出比这更感人、更坚贞的婚礼了！"

洛兰对邵茄公主招招手，示意她过来。

邵茄公主在谭孜遥的护卫下，穿过沉默的人群，走到洛兰身边。

洛兰安抚地抱抱她，让邵茄公主先上车。

记者们反应过来，急忙七嘴八舌地问："请问是谁救了邵茄公主？"

洛兰没有说话，邵茄公主回身说："陛下！尊敬的女皇陛下！"

记者们发出惊叹声。

洛兰坐上车后，又探出身子，微笑着说："林坚元帅守护了我们的安全，我们即使不能守护他的家人，但至少可以祝福他的婚姻。诸位觉得呢？"

车门关闭，飞车起飞。

洛兰彬彬有礼地对着车窗外挥手道别，邵茄公主翻白眼，讥嘲："你比以前会演戏了！"

"摄像头。"洛兰微笑着提醒。

邵茄公主立即端坐不动，维持淑女姿势。

等飞车飞到高空后，邵茄公主问："你带我去哪里？"

"皇宫。等林坚的母亲回来后，你直接搬去林府。"

邵茄公主硬邦邦地说："今天这事本来就是你惹出来的，我不会感谢你。"

"我也不是为了你，我是为了林坚。"洛兰侧头盯着她，"希望你记住，肖郊救过你两次，我救过你一次。"

"什么意思？"

"野兽群、死亡大峡谷、左丘白，你已经死了三次。"

邵茄不喜欢洛兰，可即使明知道肖郊是洛兰的人，依旧很敬佩肖郊。尤其死亡大峡谷那次，肖郊背着她爬悬崖时，她自己都认定绝不可能逃

276

生，哭着让肖郊放下她，肖郊却始终没有放弃她。洛兰从左丘白枪下救了她也是事实，她从没有打算否认。

"是，你们救了我三次。"邵茄公主咬了咬唇，问："你想要我做什么？"

"我想要你什么都不要做。"

邵茄公主愣住了。

洛兰拍拍邵茄公主的脸，警告地说："将来你想做什么之前，想想你欠了我们三条命。已死之人，心平气和一点，否则我是无所谓，但林坚会难过。"

邵茄约略明白了洛兰的意思，没好气地推开洛兰的手，"卑鄙！总是用林坚要挟我！"

"我不卑鄙，你怎么会变成林夫人？"

邵茄听到"林夫人"，忍不住抿着唇想笑，又立即忍住，绷着脸嘟嘟囔囔地念叨："林坚说什么就是什么，我才舍不得让他为难呢！"

洛兰眼里掠过一丝笑意，沉默地看向窗外。

她的确无所谓，但邵茄公主身份特殊，为了小角和两个孩子，肯定做朋友比做敌人好。没指望邵茄公主能回报救命之恩，只希望将来有什么事时，她能袖手旁观，不要落井下石。

突然，个人终端振动了一下。

洛兰低头查看，是艾米儿的信息。

"小夕今天情绪低落，我问不出来原因。你方便的时候，和他说说话。"

洛兰回到官邸，立即联系艾米儿。

信号接通后，艾米儿冲她摆摆手，回避到屋子外面，让她和小朝、小夕单独说话。

洛兰弯身抱抱两个孩子，手搭在他们头顶比画了一下，竟然已经到她胸口了，两个小家伙长得可真快。

小朝笑眯眯地说："我比小夕高了。"

洛兰拍拍小夕的头，安慰他："女孩子发育早一点，再过几年，你就会赶上姐姐。"

小夕闷闷地不说话。

洛兰询问地看小朝。

小朝吐吐舌头，说："今天在学校吃饭时，餐厅里正在放新闻，小夕傻乎乎地指着新闻说'姐姐，是妈妈'，被周围的人嘲笑了。他们认为我们痴心妄想，不配做妈妈的孩子。"

"……然后呢？"

小朝一脸长姐风范，"然后我就把小夕拖走了，艾米儿阿姨说了不能在学校打架，也不能告诉别人你是我们的妈妈。"

"然后呢？"洛兰盯着小朝。

小朝看瞒不过，低垂着头，对着手指说："然后……我趁着他们上卫生间时，把他们揍了，没让他们看到脸。"

小夕不满地瞪小朝，"你没叫我！"

"我一个就够了，再说了，两人一起去容易被发现。"

"那为什么是你去，不是我去？"

洛兰打断他们的争吵："你们现在应该讨论这个问题吗？"

小朝、小夕看着洛兰，不敢说话了。

洛兰屈膝，平视着小朝和小夕，"他们说得肯定不对，你去打人也不对，但这件事归根结底是妈妈的错，对不起！"

小朝和小夕立即摇头，他们都知道妈妈有不得已的原因。

洛兰说："战争就要结束了，我会尽快告诉爸爸你们的存在，我会让所有人都知道我是你们的妈妈，然后……我们一家人在一起。"

小朝和小夕兴奋地相视一眼，一起开心地点头。

洛兰陪儿子、女儿说完话，一边思考将来的计划安排，一边在厨房里烘焙姜饼。

两个烤盘。

一个烤盘的姜饼上面绘制着可爱的动物图案，一个烤盘的姜饼上面什么都没有绘制。

洛兰就要把烤盘放进烤箱时，盯着一整盘光秃秃的姜饼看了看，临时

278

起意，又拿起工具，在一个姜饼上写下五个字。

洛洛

爱

小角

洛兰等姜饼烘焙好后，开始装盒。

她把有小动物图案的姜饼依次装进一个盒子，其他光秃秃没有任何装饰的姜饼放进另一个盒子，其中就有那枚写了字的姜饼，放在最上面的正中间。

最后封盒时，洛兰把一张音乐卡放在了盒子里，是小朝和小夕的手工作业，打开卡片后会唱歌。

她告诉小角，会送他一份特别的礼物庆祝相识，其实她压根儿不在意这些事。因为这张特殊的音乐卡，所以她才找借口送他礼物。

洛兰叫来清初，吩咐她一盒姜饼快递给艾米儿，一盒姜饼送去前线给小角。

清初拿着两盒姜饼刚刚离开，紫宴的声音突然响起："用一盒姜饼就换取了阿丽卡塔星，您可真会做生意。"

紫宴形容憔悴地歪坐在轮椅上，怀里抱着一瓶酒，满身都是酒气。

洛兰沉默地看着紫宴。

紫宴喝了口酒，问："听说要发起最后的进攻了？"

"是。"

"胜利后你打算怎么对异种？下令士兵在阿丽卡塔星上大肆屠杀，进行种族大清洗，还是像以前一样规定所有异种只能从事特别工作，像畜生一样为人类服务？"

洛兰走到紫宴面前，居高临下地盯着他，"战争结束后，如果你还没有醉死，自然就知道了。"

紫宴眯着眼睛醉笑，"你不要用这种眼神看我！我不日日灌醉自己，难道我要天天和你们一起欢庆阿尔帝国节节胜利，奥丁联邦即将覆灭吗？"

洛兰嘴唇微张，似乎想要说什么，最终却什么都没说，紧抿着唇，沉默地从紫宴身旁走过。

紫宴猛地抓住她的手腕，打了个酒嗝，醉醺醺地说："你还没有回答我！"

洛兰讥讽："你长着眼睛、长着耳朵，却不看不听，每天一心求醉，我为什么要回答你？"

洛兰手腕略施巧劲，就轻轻松松甩掉紫宴的手，头也不回地快步离去。

紫宴醉眼迷离，拿起酒瓶，咕咚咕咚地灌酒。

Chapter 16

不是演戏

她可以被欺骗，可以被愚弄，可以被打败，却绝不可以倒下！

她可以悲伤，可以痛苦，可以哭泣，却绝不可以软弱！

夕阳西下。

脉脉余晖映照着历经风雨的古堡。

门窗半掩，纱帘飘拂，悠扬悦耳的钢琴声从屋子里流淌出。

漫天晚霞。

火红的玫瑰花开满花园。

一个长发披肩、眉目含笑的女子坐在玫瑰花丛中，正在翻拣玫瑰花，准备做玫瑰酱。脚边、膝上都是玫瑰花，连头上都沾了几片红色的花瓣。

他满心欢喜地朝着她走过去。

开满玫瑰花的小径却犹如迷宫，道路百转千回，无论他怎么走，都走不到她身边。

好不容易，他越过重重花墙，跑到她面前，叫了一声她的名字。

她抬头的一瞬，城堡和玫瑰花园都化作流沙，消失不见。

四周刹那间变成了金色的千里荒漠。女子也变成了短发，眉目依旧，却冷若冰霜。

…………

小角猛地坐起，一头冷汗地从噩梦中惊醒。

他走到保鲜柜前，随手拿了一瓶饮料，坐在舷窗前，静默地看着窗外。

即使漫天繁星璀璨，刺眼的炮火不断，阿丽卡塔星依旧是最耀眼的存在，没有任何光芒能掩盖它。

小角喝了一口饮料，下意识地看向瓶子。

上面写着四个小字，如果不看图案的话，既可以从左往右读成"朝颜夕颜"，也可以从右往左读成"夕颜朝颜"。

朝颜夕颜、夕颜朝颜。

小角记得是洛兰养在露台上的两种花的名字，一个朝开夕落，一个夕开朝落，两种花种在一起，倒是正好凑成朝朝夕夕、夕夕朝朝都有花开。

突然，通信器响起蜂鸣音。

小角定定地看着来讯显示上的名字——辛洛。

发了一会儿呆，才像是突然反应过来，急忙接通信号。

洛兰出现在他面前，"林楼将军说要发起最后的进攻了？"

"我已经摸清楚阿丽卡塔的所有军事布置，是时机决一胜负了。"

洛兰说："我给你送了一盒礼物，应该快要送到了。"

小角打趣地问："我打败奥丁联邦的奖励？"

"只是一个小礼物。"洛兰自嘲地笑笑，"你如果想要奖励，我有一个巨大的惊喜或者惊吓正等着你。"

这不是洛兰第一次说这句话，小角突然很想问问究竟是什么样的惊喜或惊吓，但话到嘴边，却始终没有出口，只是默默地喝了两口饮料。

"不打扰你休息了。"

洛兰正要切断信号，小角突然说："我现在的休息舱房有一个窗户，能看到星空。"

洛兰唇角微微上翘，含笑问："你觉得我会喜欢？"

"你很喜欢眺望星空。"

"我爸爸去世后，我妈妈带我和叶玠搬到蓝茵星定居。刚去一个陌生的环境，妈妈却常年不在家，我难过时，常常看着星空发呆，盼望她快点回来。后来，妈妈死了，我和叶玠又分开了。身处不同的星球，我会看着星空，担忧他在别的星球上过得好不好，有没有生命危险。"

小角明白了洛兰的意思，常年累月的行为已经变成了一种融入生命的习惯，"现在即使没有人需要挂念，也已经喜欢上眺望星空。"

洛兰温和地说："现在依旧有人让我挂念。"

疲惫至极时，她会坐在露台上，眺望着星空慢慢吃姜饼，思念着曲云星的孩子和奥丁星域的小角。

洛兰的眼睛里流淌着言语未曾表述的东西，如同舷窗外的星光般闪耀动人，令人禁不住想要沉醉其间。

小角身子前倾，抱住洛兰，在她耳畔说："晚安。"

决战前夕。

林榭号战舰。

空气中弥漫着紧张忙碌的凝重和令人激动兴奋的期待，所有人各就各位、各司其职，为最后的决战做着准备。

虽然战争形势一直有利于阿尔帝国，所有帝国将士都坚信最后的胜利属于阿尔帝国，但对手毕竟是奥丁联邦。

这是一个既令人畏惧，又令人敬佩的敌人，面对灭国的失败，异种不会斗志消弭、逃跑求生，反而会以献祭般的勇敢无畏，争取和人类同归于尽。

所有士兵都清楚，攻克阿丽卡塔必定要付出惨重的代价，自己的性命或者战友的性命。

舰长休息室。

小角换上作战服，拿起作战头盔，一切准备就绪，准备出门。

叮咚。

门铃声突然响起。

他看了眼门上的显示屏，一个送货机器人站在门外。

"进来。"

舱门自动打开，机器人滚进来，把一个方形的礼盒递给小角，"肖舰长，请查收，来自女皇办公室的快件。"

小角接过后，机器人离开。

小角把礼盒放到桌上，身子站得笔挺，目光注视着礼盒。

一瞬后，他转身，头也不回地离开舱房。

伴随着轻微的咔嗒声，舱门关闭。

舱房内人去屋空，寂静冷清、干净整齐，所有东西纹丝不乱，就像是从没有人住过，只有桌子上摆着一个没有拆封的礼盒。

小角步履从容地走着。

"舰长!"

"舰长!"

…………

此起彼伏的问候声中,所有官兵看到他时都立即恭敬地让路,自发敬礼,目光里饱含着发自内心的尊敬和爱戴。

小角忽然想起他第一次去奥米尼斯军事基地的事。

一队队英姿矫健的军人从他身旁经过,一架架战机从他头顶飞掠过,他羡慕地看着他们,渴望成为他们其中一员。

从奥米尼斯军事基地的教官到林榭号战舰的舰长,已经十年过去。

他真正变成了他们其中的一员。

和他们一起生活,军队里除了睡觉,吃穿住行几乎都在一起,每个队友最后都变成了嬉笑无忌的兄弟。

和他们一起战斗,分担危险、分享荣誉。

和他们一起庆祝活着,聆听他们对家人的思念。

和他们一起悲泣死亡,哀悼并肩战斗的战友。

战场是人世间最特殊的空间。在这里,死亡无处不在,生命既脆弱又坚强,情感既短暂又永恒,时光变得格外厚重,所有经历都会被命运的刻刀一笔一画重重刻入记忆。

…………

小角脚步不停,一直疾步往前走。

周围熟悉的一切慢慢向后退去,正在渐渐远离。

本来应该抛弃遗忘的人和事,却在脑海里清晰地一一浮现。

——维护支持他的上司,林楼将军、闵公明将军……

——和他并肩作战的战友,霍尔德、林坚……

——他亲手训练、悉心指导的学员。

——无数尊敬他,爱戴他的下属。虽然交集不多,但他的每一个命令,他们都无可挑剔地尽力完成。

十年时光、点点滴滴,经过炮火的淬炼,分外清晰。

一幕又一幕记忆像利刃一般扑面飞来。

小角面无表情,迎着利刃一步步往前走。

他以为只是褪下伪装,没有料到,竟然像是在剥皮。一层又一层血肉被剥下、一根又一根经脉被剔除。

十年记忆，随着每一次呼吸，每一次心跳，早已经融入生命，他割舍的不是伪装，而是他的一段生命。

小角走到战机起降甲板。

周围有战机陆陆续续起飞，也有战机陆陆续续归来，一派忙忙碌碌的景象。

小角命令："准备战机。"

监控室的军官看到他十分诧异，却因为信任和爱戴什么都没有问，立即按照命令为小角准备最好的战机。

小角跳上战机，戴上头盔。

十年之后，他终于走到这里，可以再次做回自己，但代价是剥皮割肉剔骨，他已经变得面目全非，连他自己都要不认识自己了。

他究竟是谁？

如果是肖郊，为什么他要冷酷地背叛誓言、辜负信任、舍弃现在？

如果是辰砂，为什么他会觉得撕下伪装时有剥皮之痛？

小角握住推杆，缓缓启动引擎。

战机顺着甲板滑行了一段后，骤然加速，飞入茫茫太空。

浩瀚苍穹下，繁星闪烁。

他驾驶着战机，一直向前飞。

战机飞跃过茫茫星河，飞跃过广袤苍穹，飞跃过时光的长河，飞向过去的自己。

炮弹划过天空，无数流光骤然亮起、骤然熄灭。

越靠近正在交战的前线，炮弹越密集，闪耀的火光几乎湮没了星辰的光芒。

战机一往无前。

在交织成网的密集炮火中，灵敏快捷、从容游弋，穿破双方的火力网，进入了奥丁联邦的防守区域。

就像是一只羊耀武扬威、大摇大摆地闯入狼群，这架阿尔帝国的战机立即引起了所有人的注意。

奥丁联邦的军人被激怒了，周围的战机全部锁定它，朝它发起猛攻。

阿尔帝国的战机没有迎战，只是闪避，却没有一架战机能成功拦截住它。

负责防守这个区域的战舰是独角兽战舰，舰长是宿一。

他眼睛一眨不眨地盯着监控屏幕，表情越来越凝重。

红鸠的声音从通信器里传来："兄弟，看上去你们拦截不住阿尔帝国的这架战机，要不要我们协助？"

宿一像是完全没有听到红鸠说什么，只是盯着监控屏幕上的战机，观察着它的每一个飞行动作。

监控屏幕上的画面和脑海里的记忆渐渐重叠，融为一体。

突然，宿一下令："停止进攻！"

正在围剿阿尔帝国战机的特种战斗兵接收到命令后立即停止了攻击。

奥丁联邦的战机没有再进攻阿尔帝国的战机，但也没有撤退，反而越聚越多，四周密密麻麻都是飞旋盘绕的奥丁联邦的战机。

阿尔帝国的战机犹如一只势单力薄的鸟儿被群鹰环绕，却夷然不惧地依旧向着独角兽号飞来。

宿一目光灼灼地盯着战机，呼吸越来越急促，声音颤抖地下令："让路！"

所有战机向两侧让开，让出一条通道。

在奥丁联邦无数战机的"夹道欢迎"中，一架阿尔帝国的战机如同飞鸟归巢般向着独角兽号战舰迅疾飞来。

当战机靠近独角兽号战舰时，宿一、宿二、宿五、宿七已经全部等在甲板上。

战机徐徐降落在甲板上。

奥丁联邦的士兵紧张地举起枪，对准战机。

宿一满面焦灼期盼，目不转睛地盯着战机。

战机的舱门打开，一个男人身手利落地跳下战机。

宿一、宿二、宿五、宿七霎时间站得笔挺，目光都落在男人身上。

男人抬手要摘头盔，一个士兵竟然紧张地想要开枪，宿一声音嘶哑地大喝："住手！"

男人摘下头盔，脸上居然还有一个铂金色的面具。

众人屏息静气。

男人又摘下面具，终于露出自己的真实面目。

五官英挺，眉目犀利。

眉梢眼角的沧桑将原本的犀利掩去，平添了刚毅沉稳，像是一把锋利的宝剑经过漫漫时光的淬炼已经返璞归真、光华内敛。

宿一、宿二、宿五、宿七热泪盈眶，声音堵在嗓子眼里，一句话都说不出来。

男人向着宿一他们走过去。

一个年轻的士兵紧张得握着枪的手不停发抖，大声喝问："你是谁？"

男人扫了他一眼，平静地回答："我是辰砂。"

宿一、宿二、宿五、宿七眼泪夺眶而出，齐刷刷地抬手敬礼，周围的士兵一脸震惊，也纷纷收起枪，抬手敬礼。

林榭号战舰。

已经到了预定的进攻时间，指挥官肖郊却不知去向。

指挥室内，人心惶恐。

因为是最后的决战，女皇陛下正在办公室内实时观看战役，也就是现在肖舰长的突然失踪，女皇完全知道。

林楼将军站在角落里，正在质询战舰上最后一位见到肖舰长驾驶战机离去的军官。

"战机离开后，再没有回来？"

"没有。"

"能锁定战机在哪里吗？"

"不能，已经完全失去信号。"

"没有军事任务，你怎么会放行？"

"他……是肖舰长！"

林楼将军还想再问，他的个人终端突然响起，林楼将军看来讯显示是女皇，立即接通信号。

洛兰的全息影像出现在众人面前。她脸色发白，眼神异样地冰冷，就好像整个人都变成了一块寒冰。

洛兰问那位军官："你说肖舰长驾驶战机离开后就再没有回来。"

"是！"

"战机最后的定位在哪里？"

"两国正在交火的前线。"

林楼将军担心地说："肖舰长为什么会突然跑去前线？会不会遇到了危险？"

洛兰下令："取消进攻计划，所有舰队撤回小双子星，放弃肖舰长制定的作战策略，重新布置军事防务。"

林楼将军不解，着急地说："这次的进攻机会千载难逢，如果放弃这次机会就是给奥丁联邦喘息的机会……"

"林楼将军！"洛兰的声音骤然提高，打断了林楼将军的争辩。

林楼将军看着洛兰。

洛兰注视着他，强硬地说："所有舰队立即撤退！立即！"

林楼将军缓缓抬手敬礼："是！"

林楼将军快步走到指挥台前，下令："所有舰队听命，全线撤退，回小双子星。"

洛兰看到阿尔帝国的战舰开始撤退，奥丁联邦却没有乘势追击，知道辰砂还没有完全收复军权，暂时顾不上反击，让他们有了逃生机会。

等所有舰队撤退到安全区域，洛兰把通信信号切换到私密频道，对林楼将军说："肖郊叛逃奥丁联邦。"

"什么？"林楼将军大惊失色。

"你只需坚守在小双子星，后面的事我会想办法。"

林楼将军下意识地看了眼作战星图，想到刚才如果贸然进攻，很有可能就是羊入虎口，禁不住浑身直冒冷汗。

林楼将军悲愤地质问："为什么肖郊会叛逃奥丁联邦？"

"我会给你们一个交代，目前请以战事为重。"洛兰匆匆关闭了通信屏幕。

洛兰怔怔地站着，眼前一片黑暗。

因为她的愚蠢，辰砂在阿尔帝国的军队里待了十年。

尤其奥丁星域的舰队，这些年完全在他的掌控下。他熟悉每艘军舰，了解每艘军舰的舰长，知道所有的军事力量。如果辰砂掌握了奥丁联邦的军队，这些舰队岂不是任由他屠杀？

清初担忧地看着洛兰，试图宽慰洛兰："也许……真有什么意外。"

洛兰煞白着脸冲出办公室，往卧室跑。

她冲进卧室，打开衣柜，从最里面拿出一个长方形的金属盒。

盒子里装着一套旧衣服——她去英仙二号太空母舰，见到小角时，就穿着这套衣服。

那一天，小角承诺了她一个未来，她承诺了小角一个永远。

因为一种莫名其妙的小女人心思，她把这套衣服原封不动、珍而重之地收了起来。

洛兰从衣服兜里摸出一个信息盘。

她打开信息盘，启动隐藏的自检程序。

屏幕上滚动过一连串绿色代码后出现了三条信息，显示出信息盘最近三次打开使用的记录。

洛兰盯着最后一条信息。

她清楚地记得，她在去见林坚前，打开检查过一次信息盘，之后她再没有碰过这个信息盘，现在却有一条新的记录，显示有人启动复制资料。

算时间应该是她见完林坚后的事。

那个时候，她坐着交通车去自己的战舰，打算返回奥米尼斯星。小角急匆匆地追上来，为她送行。

洛兰摸着嘴唇惨笑。

原来这就是那一吻的目的。

她意乱了，他却并未情动，只是趁机窃取信息盘里的资料。

这一切究竟是从什么时候开始的？

洛兰看向露台。

时光回溯，往事一幕幕浮现在眼前。

那个晚上，他就是辰砂！

她喝醉了，忘记了自己的初衷，他却一直很清楚自己要什么。

…………

洛兰突然觉得胃里翻江倒海，冲进卫生间，一阵狂吐。

她似乎回到了七岁那年，因为解剖了父亲的尸体，即使什么东西都没有吃也一直犯恶心想吐。

她分不清是胃痛还是心痛，五脏六腑像是被一只手揉来抓去，一直在剧烈抽痛。

原来，那个时候小角已经死了！

她所感受到的一切都是辰砂的伪装！

洛兰觉得全身发冷，如同身体被裹在层层寒冰中，胸膛里却有一把熊熊烈火在燃烧，似乎要把她的五脏六腑烧成粉末。

整个人内外交攻、冰浸火炙，一时冷一时热，心神在崩溃的悬崖边上摇摇欲坠。

七岁那年，解剖完父亲，她高烧了三天三夜，叶玠一直守在她床畔，现在却没有人会守护她，会悉心照顾她。

她一遍遍告诉自己"我是英仙洛兰"！

她可以被欺骗，可以被愚弄，可以被打败，却绝不可以倒下！

她可以悲伤，可以痛苦，可以哭泣，却绝不可以软弱！

洛兰把盒子放到露台上。

她拿出一瓶烈酒，直接对着酒瓶喝了几口，然后把酒倒向盒子里的衣服。

她点着了火。

霎时间，火焰熊熊燃烧起来。

洛兰把所有辰砂穿过、用过的东西都搜罗出来，一边喝酒，一边陆陆续续地往盒子里丢。

火越烧越旺，照亮了夜色。

屋子里的紫宴、阿晟被惊动，屋子外的警卫也被惊动，都围聚到露台外来查看发生了什么事。

清初吩咐警卫退下。

警卫听话地离开了。

女皇的行为虽然怪异，但她表情平和，面带笑容，没有一丝异样，像是在处理一些废弃物，只是处理方法比较特殊，也许里面有什么秘密不欲人知。

清初又对紫宴和阿晟严厉地呵斥："离开！"

一直以来，清初举止温和、言谈有礼，阿晟第一次碰到她用这种口气说话，不禁关切地问："发生了什么事？"

"立即离开，回你们自己的屋子！"清初毫不留情地命令。

洛兰站在露台边，冲清初挥挥手，笑着说："让他们留下，我还有话问他们。等我问完话，把他们俩送去监狱，没有我的命令，谁都不可以探视。"

清初沉默地离开，回避到屋子里面。

洛兰往盒子里又扔了几件衣物，转身看向紫宴。

紫宴从屋子里出来时，应该正在颓废地喝酒，手里还拿着半瓶酒。

洛兰手臂搭在栏杆上，半弯着身子趴在栏杆边，对紫宴说："放下手中的酒瓶吧！不用再故作姿态地演戏了，辰砂已经回到奥丁联邦。"

紫宴看着洛兰。

漆黑的夜色中，明亮的火焰在她身后熊熊燃烧，映得她整个人都好像发着刺眼的红光。

洛兰笑问："辰砂什么时候恢复记忆的？"

紫宴面无表情地回答："小角去奥米尼斯军事基地试驾新战机后晕倒了。那个晚上，从昏迷中醒来的人是辰砂，不是小角。"

洛兰仰起头，望向星空。

今夜云层厚重，无月亦无星，天空中只有层层堆叠的鳞云，一种怪异的灰黑色，压迫在头顶。

洛兰却像是看到了什么美景，双眸晶莹，唇角上弯，对着天空微笑。

——"我属于你，是你的奴隶，只为你而战"是小角说的，不是演戏。

——那枚姜饼是小角做的，不是演戏。

——暗室夜影中，肩膀上重重啮咬的一口是小角做的，不是演戏。

…………

洛兰抚了抚肩膀，低头看着紫宴，嘲讽地说："看来那个晚上你们就商量好一切，你明知道自己心脏有问题却故意日日给自己灌酒，还真是用生命在演戏！"

紫宴冷漠地说："辰砂恢复身份时，我注定会死。我杀了自己和你杀了我有什么区别？前者至少还可以帮到辰砂。"

洛兰笑着摇头，像是在感叹自己的愚蠢。

紫宴对洛兰举举酒瓶，示威地喝了一大口，冷笑着说："英仙洛兰，只要辰砂活着一日，就绝不会让你毁灭奥丁联邦。"

洛兰沉默地转过身，把地上还剩下的衣物一件件丢进火里。

火越烧越旺，像是要把站在火旁的洛兰吞噬。

轰隆隆的雷声从天际传来，洛兰像是什么都没有听到一样，怔怔地看着熊熊燃烧的火焰。

一阵又一阵雷声过后，狂风忽起，暴雨倾盆而下。

霎时间，火焰被浇灭，只剩下一盒灰烬。

大雨如注。

洛兰一动不动地站着，任由绵绵不绝的雨水击打在身上。

阿晟看雨越下越大，担忧地叫了几声"陛下"，洛兰都没有反应。

他求助地看紫宴。

紫宴却拿着酒瓶在灌酒，目光定定地看着洛兰，满头满脸的雨水都没有丝毫知觉。

阿晟无奈，只能从一楼爬上去，翻过栏杆，跳到露台上。

本来做好了被洛兰厉声斥骂的思想准备，没想到洛兰什么都没有察觉，依旧呆呆地盯着烧得焦黑的盒子。

她脸色潮红、目光迷离，整个人明显不对劲。

"陛下！"阿晟一把抓住她的手，发现触手滚烫。

洛兰怔怔地扭过头，满脸的雨水，头发贴在脸上，十分狼狈。

她凝视着阿晟，似乎在努力辨认他是谁，迷离的目光渐渐有了焦距，一双眼睛亮得瘆人，"为什么？"

"什么为什么？"阿晟十分茫然，不知道洛兰在问什么。

"你爱骆寻，紫宴爱骆寻，辰砂爱骆寻，为什么你们都爱骆寻，却都想要我死？"

阿晟不知道洛兰到底在说什么，疑惑地看向紫宴。

紫宴站在大雨中，一言不发地凝视着洛兰。

洛兰突然大笑起来，似乎想到了什么好玩的事，笑得不可抑制，"我让骆寻消失了，辰砂让小角消失了，还真是一个公平的报复游戏！"

阿晟觉得洛兰的脸色越来越红，连眼睛都有点发红，他着急地把她往屋子里拽，"你生病了，不能再淋雨。"

洛兰用力推开他的手，瞪着他说："我不是骆寻，不需要你的关心！"

她的表情明明十分倔强，语气也十分决绝，阿晟却就是感觉到她十分心酸委屈、悲痛无奈，一瞬间，他竟然莫名其妙地难受，第一次意识到璀璨的皇冠之下，她也是血肉之躯。

洛兰背脊挺得笔直，捶着自己的胸膛说："我是英仙洛兰！阿尔帝国的皇帝！你心中认定的毁灭者！"

阿晟已经意识到洛兰的话根本不是对他说的，却忍不住顺着她的话柔和地安慰她："你不是毁灭者。"

洛兰悲笑着摇摇头，"你设计了一切，对她像天使，对我像魔鬼！把甜蜜都给了她，把苦难都给了我！"

阿晟下意识地反驳："我没有。"

"你有！"洛兰双目发红，泪光闪烁，像是一个受尽委屈的孩子，"你带着她一起走了，舍不得让她承受一点磨难，却把所有痛苦、所有艰难都留给我！"

"我……我……"阿晟想说不是，可又不敢再刺激洛兰。

洛兰摇摇晃晃地朝着屋里走去，脚步踉跄了一下，整个人直挺挺地朝地上摔去。

阿晟急忙冲过去想要扶住她，可她即使神志不清，依旧挣扎着在躲闪，宁愿摔到地上，也不要他的搀扶。

阿晟没有扶住她，只能眼睁睁地看着洛兰摔倒在自己脚边。

294

阿晟弯下身，想把昏厥的洛兰抱起来放到沙发上，可想到她的倔强和决绝，又缩回手，大声叫："清初！"

清初应声出现，看到晕倒在地上的洛兰，急忙扑过来查看。

她一边紧急传召医生，一边召唤警卫，下令把邵逸心和阿晟都抓起来，关进监狱。

一队荷枪实弹的警卫冲进来，抓起紫宴和阿晟，把他们押走了。

阿晟被带出女皇官邸时，下意识地回头望去——

屋子里灯火通明，一桌一椅无不熟悉。

阿晟忽然意识到，不知不觉中，他竟然在这个屋子里住了十年。

身为异种，居住在最歧视异种的奥米尼斯星，可这十年竟然是他生命中过得最平静、最安定、最愉悦、最充实的岁月。

有亲人相伴，有朋友相陪，有喜欢的工作，每天都能见识到新鲜有趣的事情。

他的腿疾治好了，他脸上的伤疤淡了，他亏空的身体康复了，他的体能提升到B级，学会了射击和搏击。

体能老师说他天资很好，虽然年龄有点大，但好好努力还是有希望突破到A级的。

生命第一次对他露出了灿烂明媚的笑容。

自小流离动荡的生活让他明白，命运从来不仁慈，一切美好都不可能凭空而降。

阿晟看向楼上的卧室，是这个强悍的女人一力撑起了这片小天空。

她给予的生活，她要收回了吗?

Chapter 17

恢复记忆

我是最初的你，不是曾经的你，但是现在的你。

你是最终的我，不是过去的我，但是未来的我。

启明号战舰。

棕离仔细查看前线的交战情况，总觉得哪里有些不太对劲。

他正想联系哥舒谭将军，让他提高警惕，以防阿尔帝国突然发起总攻，指挥室的门突然打开，一队全副武装的军人冲进来，持枪对准指挥室内的所有官兵。

指挥室内的军人匆忙拔枪，已经落于下风。

双方对峙中。

辰砂在宿二和宿七的陪同下走进指挥室。他像以前一样穿着联邦军服，身边陪同的人也和以前一样。

棕离恍惚间，觉得时光好像倒流，回到了以前。

那时候，殷南昭还是执政官，辰砂还是指挥官，整个联邦欣欣向荣，傲然屹立于星际。

可是，窗外连绵不绝的炮火提醒着他，奥丁联邦早已经不是过去的奥丁联邦，辰砂也不再是以前的辰砂。

奥丁联邦已经失去整个奥丁星域的控制权，只剩下阿丽卡塔星在苦苦支撑，国破家亡就在眼前，而辰砂正是这一切的始作俑者。

棕离百感交集，愤怒地质问："你还好意思穿联邦军服？"

辰砂平静简洁地说："棕部长，我要报案。"

棕离愣住。完全没想到几十年不见，辰砂的第一句话居然是要报案，他出于职业习惯，下意识地询问："什么案？"

"楚天清从事非法基因研究，利用激发异变的基因药剂，谋杀了我的父亲辰垣、我的母亲安蓉和第二区公爵封林。楚墨用同样的方法谋杀我，还勾结英仙叶玠挑起星际战争，嫁祸给殷南昭。"

棕离目瞪口呆。

当年接二连三地发生异变，还有楚墨对基因实验的偏执疯狂，他早已经察觉出事情不像表面上看到的那样，里面一定别有内情，却没有想到是这样的内情。

棕离内心已经相信了辰砂的话，却旧习难改，阴沉着脸质问："你有证据吗？如果是以前的辰砂，他敢说，我就敢信，但现在的辰砂，你敢说，我不敢信。"

"棕部长，我是受害者，不是行凶者，你身为执法者，应该去找楚墨要证据。"

辰砂抬手，挥了一下。

宿二和宿七上前，持枪对准棕离，示意棕离解除武装。

棕离问："你想干什么？"

辰砂说："棕部长，疾恶如仇是一个好品德，但因为疾恶如仇，变得刚愎自用、一叶障目，就是愚蠢。你身为联邦治安部长，却偏听偏信，听信楚天清和楚墨的一面之词，无视殷南昭的所作所为，对发生在眼皮底下的凶杀案毫无所觉，甚至成为凶手的帮凶，你就算不是元凶，也难辞其咎，我希望你暂停所有职务，好好反省一下。"

棕离摸出武器匣，正要激发武器，辰砂已经站在他面前，枪抵着他的脑门。

棕离压根儿没有看清楚他的动作，立即意识到辰砂已经是4A级体能。

他毫无胜算，却没有一丝畏惧。

棕离把脑门用力往前顶，示意辰砂尽管开枪。

"殷南昭是克隆人，我抓捕殷南昭抓捕错了吗？你说我愚蠢时，检讨过自己吗？楚天清已经杀了你父母，你居然还认贼作父、认仇为兄，把自己送上门去让人害。因为你的愚蠢，奥丁联邦才变成今天这样，是你当众屠杀了阿尔帝国的皇帝！是你引发了人类和异种的战争！多少异种因为你流离失所？多少异种因为你而死？"

辰砂没有回避棕离的质问，平静地说："我用了十年的时间去反思自己的错误，所以，今天我站在这里来弥补自己的错误。"

棕离将信将疑地盯着辰砂。

辰砂坦然地回视着棕离。

突然，一个军官不敢置信地盯着前线的监控屏幕，失态地大叫："阿尔帝国撤兵了！"

所有人的注意力被吸引得看向监控屏幕。

阿尔帝国居然真的在全线撤兵。

明明胜利已经近在眼前，只差最后一击，所有士兵都做好了以身殉国的准备，阿尔帝国居然撤兵了！

所有人都满面震惊，不知道为什么阿尔帝国会突然放弃毁灭奥丁联邦的大好机会，棕离却立即明白了原因。

因为辰砂！

因为他回到了奥丁联邦！因为他熟知阿尔帝国的兵力！

阿尔帝国知道自己受骗了，为了保全自己，只能立即撤退，重新部署作战方案。

棕离真正意识到，眼前的男人不再是那个高傲耿直、光明磊落的辰砂，可也绝不是左丘白口里的叛徒。

他也许在现实面前学会了低头弯腰，可他的脊梁骨没有折断；他也许不再黑白分明，懂得了权术和欺骗，行事开始不择手段，可他心中的热血没有冷。

棕离问："你是谁？"

辰砂说："辰砂，奥丁联邦的军人。"

棕离扬眉而笑，眼中隐有泪光。

他知道自己没有能力挽救奥丁联邦，但辰砂能！

他把武器匣抛给宿二，举起双手，下令："从现在起，解除棕离一切职务，所有人听从辰砂的指挥，如有违抗者，视同违抗军令，可以当场击毙。"

指挥室内的其他军人纷纷收回武器，宿二和宿七给棕离戴上镣铐，把他押走。

辰砂站在指挥台前，所有人各就各位、各司其职地开始工作。

辰砂按下通信器，对奥丁联邦所有军舰的舰长说："我是辰砂，曾经是奥丁联邦的指挥官，现在是奥丁联邦的一名普通军人。从现在开始，由我接管全军指挥权，愿意和我并肩战斗的军人留下，不愿意的可以离开。"

通信器里沉默了一瞬，突然爆发出此起彼伏的欢呼声。

辰砂回来的消息如同长了翅膀，没有多久就传遍了整个联邦军队。从战舰到军事基地，每个军人都在兴奋地说"指挥官回来了"。

国将破、家将亡，但他们的指挥官回来了！

虽然整个奥丁星域几乎尽落敌手，只剩下阿丽卡塔星在苦苦支撑，但他们的指挥官回来了！

他们是最英勇的战士，不怕流血、不怕死亡，愿意用自己的血肉之躯为异种筑起唯一的家园。

七百年前，游北晨能在一片荒芜上创建奥丁联邦；今日，辰砂就一定能带他们守护住奥丁联邦。

四周一片漆黑，一个女人悲伤的哭泣声一直不停地传来。

洛兰履险如夷，镇定地走着。

那哭泣声听着十分耳熟，似乎名字就在嘴边、呼之欲出，但洛兰内心十分抗拒，始终没有去探寻，就像是什么都没有听到一样。

她走到一扇门前，摸索着推开门。

突然之间，光华大作。

洛兰走进去。

一个恢宏宽敞的大房间里，参差错落、高高低低，满是人眼形状的镜子。

洛兰举目四顾，到处都是玻璃"眼睛"，就像是有无数人在审视她。

每面镜子里映照出的她都不一样，有的邪恶、有的正义、有的冷酷、有的仁慈、有的倔强、有的温柔……

洛兰想要离开，却发现本来是门的地方也变成了眼睛形状的镜子。

这不合乎逻辑！

洛兰的过度理智让她即使在梦中都明白了这是一个梦境，忍不住讥笑。

原来，在她的潜意识里，所有人都是冷冰冰的镜子，不同的人的眼睛里，映照出的她都是不同的面孔。不知道哪面是代表辰砂眼睛的镜子，哪面是代表紫宴眼睛的镜子。

一个和她长得一模一样的女子出现在房间尽头，长发披肩、笑意盈盈。

洛兰盯着她，冷漠地说："你已经死了。"

骆寻摇摇头，温柔地说："我就是你。"

"你不是我。"

"我是最初的你，不是曾经的你，但是现在的你。你是最终的我，不是过去的我，但是未来的我。"

洛兰讥嘲："一段凭空而生的记忆也敢在我面前卖弄口舌打机锋？你是不是还想说但凡发生，必留下痕迹？可惜你是木块，我是利剑，我们相撞，结果很清楚。"

"没有人会是利剑。"骆寻微笑着朝她走来。

洛兰下意识地要后退，却又强迫自己站住不动，像是要看清楚骆寻究竟要干什么。

骆寻越走越近，两个人贴站在一起。

眼睛对眼睛、鼻子对鼻子、嘴巴对嘴巴，一模一样的五官，截然不同的表情。

骆寻说："我就是你，你就是我。"

洛兰反驳："我是我，你是你！"

骆寻温柔地抱住她，悲伤地哀求："不要否定我，因为我就是你，你否定我，就是否定自己。"

洛兰惊恐地发现骆寻像是水滴融入泥土般在渐渐融入她的身体，她试图用力推开她，却像是在推空气，根本无处着力。

…………

洛兰猛地睁开眼睛，一头虚汗。

她躺在自己的卧室内，刚才的梦只是一个梦。

洛兰起床，去浴室冲澡。

她从浴室出来时，清初已经守在外面，郁闷地抱怨："陛下的烧刚退，应该多休息。"

洛兰一边穿衣服，一边冷淡地说："不过是突然接到噩耗，一时情绪失常引发的短暂昏厥，都已经昏厥完了，还要怎么样？"

清初看不出洛兰是心情真平复了，还是在假装若无其事，只能配合地说："陛下睡了八个小时，不用担心，没有耽误任何工作。"

"八个小时，可以发生很多事，足够发动军事政变，让一个星国的执政官下台。"

洛兰穿好衣服，立即联系林坚。

几乎信号刚接通，林坚就出现在洛兰面前。他满面焦灼，显然已经从林楼将军那里听说了肖郊的叛变。

"究竟怎么回事？肖郊为什么会突然叛变？"

洛兰说："我之前告诉过你，小角失去了记忆，现在他的记忆恢复了。"

林坚十分愤怒："恢复记忆就要背叛我们吗？他和你朝夕相处了几十年，他在阿尔帝国的军队里待了十年，这些难道不是记忆吗？我们哪里亏待他了？究竟奥丁联邦给了他什么好处……"

洛兰不得不打断他没有意义的愤怒："小角失去记忆前的名字是辰砂。"

林坚一下子忘记了所有想说的话，半张着嘴，震惊地瞪着洛兰。

洛兰说："抱歉。"

林坚回过神来，结结巴巴地问："你把奥丁联邦的指挥官当宠物养了几十年，还给他身上盖了奴印？"

"他那时候不是奥丁联邦的指挥官。"

林坚跳了起来，挥舞着双臂，失态地大叫："他是辰砂！辰砂！大名鼎鼎的辰砂！所有军人都知道的辰砂！"

洛兰发现辩解"他那时候不是辰砂、是小角"已经没有任何意义，不如让林坚把情绪发泄完。

"你居然还把他送到阿尔帝国的军队里来训练士兵！"

"他训练得很好。"

"你居然还让他指挥攻打奥丁联邦的战役！"

"他指挥得很好。"

林坚一脸崩溃："我居然任命辰砂帮我训练士兵，帮我管理军舰，帮我指挥战役！我一定是疯了！"

"我会承担后果，不会拖累你。"洛兰已经做好最坏的打算。

"你把我看成什么人了？"林坚怒瞪着洛兰，似乎想一拳打到洛兰脸上，"尊敬的女皇陛下，如果您不明白什么是同盟、什么是战友，今天我就好好给您上一课！不是您会承担后果，而是我们一起承担后果，明白了吗？"

洛兰沉默。

林坚朝她晃晃拳头，咬牙切齿地问："尊敬的女皇陛下，明白了没有？"

洛兰鼻子发酸，点点头，"明白了。"

这一路走来的确艰难，但只要有林坚、清初、谭孜遥……他们这些并肩作战的战友，不管多艰难，都一定要坚持走下去。

林坚在房间里一边踱步，一边思索。

当年，奥丁联邦发生政坛剧变，辰砂管辖的第一区是斗争失败的一方，被楚墨瓦解吞并。

现在，面对执掌一国的楚墨，辰砂再厉害，也只是一个人，根本无法撼动奥丁联邦这个庞然大物，可他居然利用阿尔帝国的军队打败了楚墨。

让林坚和所有阿尔帝国将军惊叹的小双子星战役也是辰砂有意为之，凭借自己强大的指挥能力，速战速决，把对奥丁联邦的伤害降到最低。

在没有办法和外界传递信息的情况下，辰砂指挥重兵围攻阿丽卡塔，却又放慢进攻节奏，吸引流落星际的旧部为了阿丽卡塔回归，逼迫楚墨那边不得不起用辰砂以前的下属。

辰砂居然利用所有敌人召集齐了自己的势力！

当他确定所有人全部到位后，才从容不迫地离开阿尔帝国、回归奥丁联邦。

林坚越想越心惊，在信息完全封闭的情况下，辰砂竟然靠着自己一人的谋算，让每个人、每股势力都按照他的意愿行动。

这个男人的指挥能力太可怕，已经远远超越战场！

林坚一边往嘴里塞糖果，一边焦虑地说："军队里的将军都知道肖郊是陛下的人，如果辰砂把他是肖郊的事抖出来，陛下的威望和我的名望都会遭受重创。"

"不用担心，至少目前不用担心。辰砂把这事抖出来，对他和奥丁联邦的伤害更大。他不是当年那个完美无瑕的辰砂，奥丁联邦也不是当年那个国力强盛的奥丁联邦。辰砂异变过，不但当众屠杀过奥丁联邦的军人，还引发了人类和异种的全面大战，如果再让奥丁联邦的军人知道他帮我们打了十年仗，打得奥丁联邦节节败退，一定会军心涣散，对现在的奥丁联邦雪上加霜，也许就是压垮骆驼的最后一根稻草。"

林坚又吃了一颗糖果。

奥丁联邦那边只有辰砂自己知道实情，阿尔帝国这边只有他和洛兰知道实情，瞬间他做了决定。

林坚停住脚步，说："立即对外公布，肖郊舰长驾驶战机侦察敌情时不幸遇难，已经亡故。反正没有人见过肖郊的脸，以后不管对方说什么我们都一口咬定是谣言中伤就行了。"

洛兰沉默。

林坚不解地看洛兰。

洛兰唇角浮起一丝苦涩的笑，"好！"一天之前，她还计划着，凭借小角打下奥丁联邦的辉煌战功，凭借军队对他的爱戴和拥护，再争取到林坚和邵茹夫妇的支持，只要巧妙运作，他就能以肖郊的名字光明正大地和她在一起。

林坚无赖地说："现在的状况是辰砂非常熟悉我们的军队，对我们了如指掌，我们却对他几乎一无所知，这仗我们该怎么打？告诉我，你有挽救的方法。"

洛兰看着林坚。

林坚双手合十，祈求地盯着洛兰。

洛兰只能说："我有。"

林坚如释重负地松了口气。

洛兰说："还有一件事。"

林坚满面戒备，惊恐地看着洛兰。

洛兰笑了笑，说："算是好事。如果辰砂控制了奥丁联邦，左丘白不会再急着赶回奥丁星域，他甚至有可能永远不会再回去，你这边的战事会轻松很多。"

"难怪呢！"林坚也觉得最近的仗打得很轻松，他都有时间睡整觉了，原来是左丘白已经放弃原本的作战计划。

洛兰叮嘱："楚墨那边的动态，我现在一无所知，猜不到他会干什么，你务必小心。"

"明白！"林坚很清楚，这场战争并不仅仅是为了打败奥丁联邦。他担忧地问："如果辰砂知道了楚墨的实验，他会不会和楚墨合作？"

洛兰沉默地摇摇头。

林坚也不知道她是表示不知道，还是说不会。

阿丽卡塔星军事基地。

秘密实验室。

楚墨推着一个医疗舱走出门禁森严的实验室。

医疗舱里躺着昏迷的紫姗，楚墨对自己的学生潘西说："运输机会带你去乌鸦海盗团的飞船，他们会送你们去找左丘白。"

潘西问："老师不离开吗？"

楚墨说："我要等着见一个老朋友。"

潘西依依不舍地看着楚墨。曾经他是一个饱受歧视，在生死线上挣扎的异种，得到楚墨的帮助，才摆脱贫贱的生活，进入学校读书。后来他立志从事基因研究，有幸被楚墨收为学生，看到了基因研究的另一种可能。

楚墨拍拍医疗舱，对他微笑着说："异种的未来交给你了。"

潘西哽咽地说："我一定不辜负老师的期望。"

他对楚墨弯腰，深深鞠躬，然后推着医疗舱走向运输机。

楚墨命令智脑打开天顶，目送着运输机冉冉升空离去。

楚墨微笑着返回办公室。

他冲了个澡，修剪头发，剃去胡子，换上剪裁合身的衣服。

他收拾整理办公室，销毁文件、擦拭桌面，拿出锁在抽屉深处的电子相框，放到案头。

里面记录着他的年少时光，有他和辰砂的照片，他和封林的照片，还有他们七个人的合影。

百里苍、紫宴、棕离、左丘白、辰砂、封林、他。

楚墨含笑凝视着相片，目光眷恋温柔。

那时候，他还什么都不知道，不知道未来究竟有什么等着他。

那时候，天正蓝、树正绿，整个世界都只是一个温柔地等着他们长大的乐园。

那时候，大家都还活着。

如果异种没有面临生存危机，父亲不会铤而走险地进行极端研究，左丘白不会一出生就变成孤儿，母亲不会患上抑郁症自杀，他会有个健全幸福的家庭。

功成名就的父亲、温柔慈祥的母亲、聪明睿智的哥哥。

如果他没有选择这条路，他就可以向封林坦陈心意，告诉她他爱她，他会有一个新的家庭，有挚爱的妻子，可爱的女儿。

…………

楚墨拨打左丘白的通信号。

左丘白看到他仍旧坐在办公室里，震惊地问："我以为你已经在飞船上了，你为什么没有离开？"

楚墨微笑着说："我留下，他们才能离开。"否则，辰砂会追到天涯海角。

左丘白意识到什么，心情沉重地看着楚墨。

楚墨说："我想和小莞说几句话。"

"好。"

左丘白立即让人把封小莞叫来。

封小莞梳着高马尾，穿着短袖衫、军装裤、厚底靴，看上去一点都不像封林。

她手插在裤兜里，上下打量着楚墨，"你就是楚墨？"

"我就是楚墨。"楚墨苦涩地笑，"英仙洛兰应该给你讲了不少我的事。"

"错！她不喜欢说话，从不谈论别人是非，唯一一次提到你，也是我强烈要求的。她说你害死了我妈妈，真的吗？"

楚墨沉默。

左丘白呵斥："小莞！"

封小莞翻了个白眼，鄙夷地嘟囔："不喜欢我说话，就不要找我说话！"

楚墨问："你可以叫我一声爸爸吗？"

"叫你爸爸？"封小莞嗤笑，指着表情错愕的左丘白说，"他也让我叫爸爸，你们都有当爸爸的癖好吗？"

楚墨看着左丘白，左丘白看着楚墨。

当时，左丘白告诉楚墨他用邵茄公主交换了封林的女儿封小莞。因为两个人在封林的事情上有心结，一个没有多说，一个没有多问，没想到当着封小莞的面居然闹出这样的乌龙。

两个人都是聪明人，立即明白他们被英仙洛兰戏弄了。

其中肯定一真一假，但到底谁是真、谁是假，却查不出来。因为封小莞的基因已经被英仙洛兰编辑过，和出生时的基因不一样。她不管是和楚墨，还是和左丘白，都有血缘关系，可到底是什么关系，却无法根据编辑过的基因确定。

左丘白把翻涌纠结的复杂心情压抑住，对封小莞说："叫楚墨一声爸爸，就算是道别。"

封小莞盯着楚墨，满面不屑，"你在希冀我妈妈的原谅吗？那我代表她告诉你，不原谅！绝对不原谅！你死了也不会原谅！"

封小莞说完，转身就跑掉了。

左丘白叫了几声都没叫住，抱歉地看着楚墨。

楚墨微笑着摇摇头，表示没事。

当年就已经知道，不管是成功，还是失败，这都是一条孤独绝望的路。

楚墨说："谢谢你，哥哥。"

左丘白一言不发地盯着楚墨。

两人明明是亲兄弟，几十年相处，却面对面都不相识。

刚知道真相时，左丘白也曾经愤怒过，为什么是他被遗弃了？但后来他明白了留下的那个才承受得最多。

…………

刺耳的警报音传来，楚墨对左丘白说："告诉小莞，我没有祈求过被原谅，因为我从没打算原谅自己。"

他说完，立即切断信号。

左丘白怔怔地看着楚墨的身影消失不见。

良久后，他抬手对着楚墨消失的方向敬军礼。

秘密实验室的金属门打开，辰砂走进去。

他非常谨慎，害怕有陷阱，没有允许其他人进入，除了作战机器人，只有他一人进入了实验室。

楚墨一边看着监控视频，一边拿起桌上早已经准备好的注射剂，给自己注射药剂。

几分钟后。

辰砂站在了办公室外。

楚墨说："请进。"

门自动打开。

五十多年后，两个人重逢。

四目相对，熟悉的面容上满是无情时光留下的沧桑和陌生。

白驹过隙、电光石火。

无数往事从两人心头掠过。

辰砂六岁时，到楚墨家。楚墨牵着他的手带他去他们的房间，指着所有东西说"我的就是你的"。

辰砂因为失语症，不会说话。被紫宴、百里苍他们嘲笑欺负时，楚墨总是从天而降，像个守护天使般挡在辰砂身前。他后来总开玩笑地说自己能顺利突破到2A级体能都是那时候以一敌多，打架打出来的。

辰砂再次能说话时，楚墨比辰砂自己还高兴，激动地不停逗辰砂说话，结果把自己嗓子说哑了。

辰砂第一次上战场，楚墨比辰砂还紧张。脑子里胡思乱想，准备了一大箱子特效药。如果不是殷南昭不同意，他都差点混进军队，把自己变成特种兵，好方便随时帮辰砂疗伤。

辰砂当上指挥官时，楚墨大宴宾客。他医术高、医德好，在阿丽卡塔人缘十分好，但平时喜欢清净，很少参加宴会，难得一次主动办宴会，所有人都来捧场，几乎把整个斯拜达宫变成了舞场。

…………

在辰砂灰黑色的年少记忆中，楚墨是最灿烂的色彩。

记忆刚刚恢复时，辰砂非常愤怒不甘、痛苦悲伤，想不通为什么会是楚墨，但过了十年，所有的愤怒不甘、痛苦悲伤都被战火淬炼干净了。

他没有想到自己再次面对楚墨时，心情平静到没有一丝波澜，完全不想追问过去。

所有事已经发生了，今日只需做了断，不需要问为什么。

辰砂平静地说："你看上去很憔悴。"

楚墨微笑，"你变了！我以为你一见我就要用光剑怒气冲冲地砍我。"

辰砂淡然地说："在我变了之前，你已经变了。"

楚墨辩解："我没有变，只是你从不知道我的志向。"

辰砂讥嘲地问："谋杀兄弟，成为执政官的志向吗？"

楚墨微笑着站起来，风度翩翩地抬手，做了一个邀请的姿势，"想参观一下我的实验室吗？"

辰砂没有吭声。

楚墨走进升降梯，辰砂默默跟随在后。

升降梯门打开。

走过三重金属门，进入一个宏大的地下空间。

气温很低，几乎呵气成霜。

四周有无数巨大的圆柱形透明器皿，里面装着各种各样已经死亡的实验样本。

楚墨边走边说："很多年前，我父亲统计联邦的基因病变率时，发现高于星际平均数值，而且这个数值还有逐年升高的趋势。他和安教授探讨这事，安教授说他也有类似的发现，在研究突发性异变时，发现A级体能以上的异变率在渐渐升高，你知道这意味着什么吗？"

辰砂没有吭声。

楚墨说："意味着异种有可能最终死于基因病。从那时候开始，我父亲和安教授都开始秘密做违禁实验，希望能拯救异种，只不过他们选择了两条截然不同的道路。我曾经反复论证过治愈异变的可能性，发现微乎其微，需要天时地利人和，缺一点都不行，最终安教授的失败证明了我的论证，他即使用游北晨的克隆体殷南昭做实验，依旧没有办法治愈异变。"

辰砂的目光从一个个圆柱形的透明器皿上掠过。

刚开始，器皿里只是各种动物的尸体，后来陆陆续续开始有人，到后面已经全部是各种形态异常的异种基因人类。

辰砂后知后觉地意识到前面那些也不是动物，而是变成了异变兽的异种基因人类。

即使历经战火、见惯死亡的他也依旧觉得心悸，猛地停住脚步，冷冷质问："这就是你的研究？把活生生的人变成封存的标本？"

楚墨走到一个圆柱形的器皿前，赞叹地看着里面的实验体，"这才应该是异种的进化方向。"

器皿里面有一个似人非人的尸体，像是处于半异变状态的异种。他有着锋利的犄角、坚硬的头颅、锐利的牙齿、魁梧的躯干、强壮的四肢，全身上下覆盖着细密的鳞甲，一看就知道体格健壮、力量强大。

楚墨抚摸着器皿，遗憾地说："可惜他只存活了一个小时就死了，如果是你，结果肯定会不一样。"

楚墨回身看着辰砂。

4A级体能，人类的大脑，野兽的身体，智慧和力量完美结合，最完美的异种！

辰砂和他保持着三米多远的距离，显然在提防他。

楚墨无奈地摊摊手，笑说："我知道你不会再给我机会让我下药，这一次，我给自己下了药。"

他的脸部肌肉抽搐，笑容越来越诡异，像是忍受着巨大的痛楚，整个人都在簌簌直颤。

辰砂镇静地拿出武器匣，一把黑色的光剑出现在他掌中。

不同于以前的异变，楚墨一直神志清醒，头和上半身没有丝毫变化，下半身却开始像糖浆一般在慢慢融化。骨头血肉扭曲交融，如同是被搅拌机打碎后杂糅到一起，然后在一摊黏稠的血肉中，以肉眼可见的速度从里面长出一只又一只粗壮的黑色触手，最后一共长出了八只触手，像是一条条长蛇般强壮灵活。

每条触手和腰部相连的地方十分粗壮，越往下越细，到尖端时，已经犹如剑尖般尖细。

楚墨用一个触手尖卷起一把手术刀，另一个触手拿起一根人骨，两只触手犹如人手般灵巧，短短一会儿就把一根白骨雕刻成一朵怒放的花。

他优雅地展了展手，一条触手卷着白骨花放到辰砂面前，"借花献佛。"

他又随意地挥了下触手，一个装着实验体的坚硬器皿应声碎裂，变成粉末。

楚墨挥舞着触手，微笑着说："这才应该是我们！星际中最聪明的大脑，最强壮的体魄，人类在我们面前不堪一击。"

在他身后，一个个圆柱形的透明器皿里装着各种各样的异种基因人类，从弱到强，就像是一部活生生的异种进化史。

"只是你，不是我们。"辰砂重重一剑劈过去。

楚墨的一只触手钩住屋顶的横梁，瞬间腾空而起，避让开辰砂的攻击。他虽然没有腿，但行动丝毫不慢，比人类更敏捷快速、灵活多变。

"为什么不能是我们？"楚墨的触手攀在金属横梁上，人悬挂在半空中荡来荡去。

辰砂用剑指着所有标本器皿，里面装着已经死亡的实验体，"你问过他们吗？你问过我吗？我们从没有同意过，哪里来的我们？"

楚墨无奈地叹气，"我以为你已经明白成大事者不拘小节，没想到你还是辰砂。"

辰砂又是一剑重重劈过去。

楚墨松开触手，翻落在地上，"你已经是4A级体能，为什么不化作兽形？只凭借人类的脆弱身体，你可打不赢我！"

辰砂横剑在胸，平静地说："对付你一把剑足够。可惜封林不在，我记得她最喜欢吃章鱼。"

楚墨蓦然间被激怒，八只触手像是八条长蛇般飞扑向辰砂。

辰砂挥剑和触手缠斗在一起。

他是4A级体能，已经是人类体能的极限，传说中基因进化融合最完美的人类。可是，在面对楚墨这只半人半兽的怪物时，竟然觉得吃力。

楚墨的八只触手看上去很柔软，实际上表面密布鳞片，十分坚硬光滑，即使光剑砍上去都砍不断。

每一只触手都灵活迅猛，既可以单独出击，又可以彼此配合。单独攻击时，它们既能像刀剑一样砍刺，也能像鞭子一样抽打，还能像棍棒一样打砸；配合进攻时，它们可以组成剑阵，可以鞭棍配合，也可以交织成网，将人活活绞死。

辰砂就像是一个人在和几个人搏斗，他们不但配合无间，而且每个人都不低于3A级体能。

辰砂知道楚墨刚才说得对，如果他变作兽形，打赢楚墨的概率更大。

但是，他想用人类的方式堂堂正正地打败楚墨，不仅仅是因为他的父母，还因为无数被楚墨父子拿来做实验的人。

辰砂重重一剑砍到触手上，犹如金石相击，触手只是受痛般地缩了回去，并没有被砍断。

既然还知道痛，那就仍然是血肉之躯，如果一下砍不断，那就多砍几下。

辰砂向来是行动派，想到就做。

身如闪电，在八只触手的攻击中急转飞掠，盯准一只触手不放，靠着强大的体能和控制力在同样的部位连砍两下，剑刃略偏，从鳞片缝隙中切入，终于将一只触手砍断。

他也付出了惨重的代价，背上被一只触手狠狠抽了一下，半边身子皮开肉绽火辣辣地痛，鲜血顺着伤口往外渗。

辰砂没有在意，刚刚飞跃落地，就一手持光剑，剑尖对准楚墨，一手对楚墨招招手，示意继续来打。

楚墨脸色发白，双手拔枪对准辰砂射击。

辰砂一面挥剑将子弹打开，一面冲向楚墨，和楚墨的触手再次缠斗在一起。

有了经验，第二次驾轻就熟。

辰砂瞅准时机，锁定两只触手，侧刀切入，在同样的部位连砍两下，将两只触手再次砍断。

翻身落地时，辰砂的右腿被一只触手刺穿，鲜血汩汩涌出。

楚墨笑看着辰砂，冷声说："两只触手换你一条腿，看看是你腿多还是我的触手多。"

辰砂没有说话，依旧握着光剑，向着楚墨冲过去。

楚墨的五只触手从四个方向攻向辰砂。

辰砂因为腿部受伤，行动受到影响，没有之前灵活敏捷，受伤的腿被一只触手缠住。另外两只触手乘势而上，一只缠住了辰砂没有受伤的腿，一只缠住了辰砂的腰。

辰砂整个人被困在触手中，他想要挥剑砍断缠缚自己的触手，一只触手缠住了他的右胳膊，让他无法挥剑，同时，另一只触手像利剑一样刺向他的咽喉。

辰砂突然把右手的光剑抛给左手，挥剑砍向刺向自己咽喉的触手，触手断开的瞬间，他全身发力，人像陀螺般转动，双腿互绞，和光剑配合。

剑光闪动中，辰砂连连挥剑，又砍断了束缚右手和右腿的触手。缠在辰砂腰上的触手见势不妙，立即缩回，被辰砂一把抓住。左手猛然挥剑，将缠在左腿上的触手砍断。

楚墨想要逃离，辰砂拽着他仅剩的一只触手一点点把他拽向自己。

楚墨双手持枪，不停地射击。

辰砂挥舞着光剑，将他的子弹一下下全部打开，"你忘记了吗？我曾经是你的射击教练。"

辰砂把楚墨拽到身前。

楚墨上半身看上去完好无损，辰砂却浑身是伤、血迹斑斑。

两人正面相对、近在咫尺。

楚墨笑问："你想怎么样？血债血偿吗？"

辰砂面无表情，刺了他一剑，"为了百里苍！"

楚墨目光迷离，嘴角有血丝缓缓流出。

"楚墨，来打一架！"一个戴着拳套的红发男子在叫他。

红发男子双拳互击，咧着一口雪白的牙齿，笑得肆意张狂。

辰砂又刺了楚墨一剑，"为了封林！"

"楚墨，我喜欢你。"一个盘着发髻，戴着黑框实验眼镜，穿着白色研究服的女子说。

她侧头而笑，笑容明媚爽朗，犹如盛夏的阳光。

楚墨眼中泪光闪烁，嘴唇发颤。

辰砂又刺了他一剑，"为了殷南昭！"

"希望你用你的聪明才智，为全星际携带异种基因的人类带来健康。"殷南昭签字同意他出任联邦医疗健康署署长时，对他说的话回响在耳畔。

楚墨面部肌肉痉挛，表情似笑非笑。

辰砂提剑对准他的心口。

楚墨满嘴是血，笑着说："为了……辰砂。"

辰砂面无表情，眼神却十分悲怆，"为了骆寻！"

他仍然活着，但他们都已经死了。

一剑穿心。

楚墨愕然地看着辰砂，脸上露出一个诡异的笑，慢慢断气了。

楚墨的尸体摔在地上。

半人半兽，残缺不全，横躺在满地血泊中。

辰砂提着光剑，看着他。

一室死寂，四周是圆柱形的透明器皿，里面的实验体也都好像在看着楚墨。

嘀一声，楚墨的个人终端确定主人死亡后，启动了秘密实验室的自毁程序。

辰砂收起光剑，转身朝着外面跑去。

……4、3、2、1……

一声又一声震耳欲聋的爆炸声中，整个实验室炸毁。

宿二他们满面焦灼，翘首张望。

漫天火光中。

辰砂浑身血迹斑斑，一瘸一拐地走出来。

宿二、宿五和宿七急忙迎上去。

辰砂把一枚信息盘交给宿五，"找基因学家尽快破解里面的信息。"

宿五为难地说："楚墨做执政官时，把所有顶尖的基因学家聚拢在一起从事基因研究，后来很多基因学家陆陆续续失踪了，仅剩的几个现在也去向不明。"

宿七说："安娜在红鸠的战舰上，可以找她帮忙，听说她在战舰上有

314

一个自己的研究室，继承了安教授的遗志，这些年一直在专心做研究。"

辰砂命令："立即去找安娜。"

宿七好奇地问："信息盘里是什么资料？"

"人类针对异种的灭绝性基因武器。"

宿五大惊失色，急忙离开，拿着信息盘去找安娜。

宿二、宿七都表情凝重。宿七好奇地问："阁下从哪里来的资料？可靠吗？"

辰砂下意识地望了眼天空，一言不发，转身就走。

宿二狠狠瞪了宿七一眼，宿七反应过来，辰砂一直避而不谈他在阿尔帝国的经历，肯定是因为那段经历很难堪，甚至充满屈辱。

她急急忙忙地去追辰砂，"指挥官、指挥官……"

"执政官！"辰砂头也没回地纠正。

宿七和宿二对视一眼，都明白了，脸上不禁露出激动的笑容。

从现在开始，奥丁联邦由辰砂执政！

Chapter 18

岁月如歌

当风从远方吹来，你不会知道我又在想你，那些一起走过的时光，想
要遗忘，却总是不能忘记，你的笑颜在我眼里，你的温暖在我心里，
以为一心一意，就是一生一世。

"今天，我们聚集在这里，怀着悲痛的心情一起哀悼，帝国失去了一位卓越的战士，我们失去了一位可靠的战友……"

　　林楼将军身穿笔挺的军服，站在最中间致悼词。

　　里里外外、上上下下站满了神情肃穆的军人，整个林榭号战舰都沉浸在沉重的悲伤中。

　　洛兰环顾四周。

　　那一张张压抑悲痛的面容让她意识到，虽然小角只是她一个人的傻子，但此时此刻有很多人和她一样在为小角的离去难过。

　　林楼将军按照林坚元帅的指示对全军宣布，肖郊舰长在驾驶战机侦察敌情时，不幸被奥丁联邦的炮弹击中，战机炸毁身亡。

　　所有军人反应激烈，尤其是跟随林榭号战舰在奥丁星域作战的舰队，几乎群情激昂、人人请战，想要为肖郊复仇。

　　林楼将军强行把他们的战意压制下去，却不可能压制他们的悲痛。

　　从军官到士兵，每艘军舰上都弥漫着悲伤愤怒的情绪，他们甚至迁怒于传说中那个不待见肖郊的"高层人士"，为肖郊愤愤不平，为什么立下这么多战功却连将军都不是？

　　民意不可违、军心不可抗。

　　林楼将军没有办法，只能向洛兰汇报，请她追授肖郊为将军。

　　洛兰不但同意了林楼将军的请求，还亲自赶到林榭号战舰，参加肖郊的没有遗体的太空葬礼。

　　林楼将军说完悼词。

　　以林榭号战舰为首，所有军舰警笛齐鸣、万炮齐发，为肖郊送行。

　　礼炮在太空中汇聚，环绕着林榭号战舰变成璀璨的烟花，让漫天星辰都黯然失色。

所有军人抬手敬礼。

洛兰凝视着窗外的烟花，眼眶发涩。

朝朝夕夕、夕夕朝朝。

一枕黄粱、南柯一梦。

当年，亲手把异样的心思酿造成酒，既暗自希望朝朝夕夕、夕夕朝朝永相伴，能有个结果，又害怕一切终不过是一枕黄粱、南柯一梦，如烟花般刹那绚烂。

命运似乎永远都是好的不灵坏的灵，最终一语成谶，只是一场梦。

仪式结束后，洛兰在警卫的护卫下离开。

霍尔德快步穿过人群，想要挤到洛兰身边，警卫们把他挡住，示意他后退。

洛兰看了眼清初。清初走过去，让警卫放行，带着霍尔德走到洛兰面前。

霍尔德紧张地抬手敬礼，另一只手紧握着刚才他代替肖郊领的勋章。

洛兰问："什么事？"

霍尔德紧张地说："陛下，肖舰长有一位女朋友，应该由她保管这枚勋章。她叫辛洛，是一位军医，我告诉过长官，应该邀请她来参加葬礼，但他们说查无此人。陛下，我没有撒谎，肖舰长真的有个叫辛洛的女朋友……"

"我知道你没有撒谎，因为她来参加葬礼了。"

霍尔德既如释重负又困惑不解，忍不住四处张望，"辛洛在哪里？"

洛兰轻声说："我就是辛洛。"

霍尔德满面震惊地瞪着女皇。

洛兰食指搭在唇前，做了个噤声的手势，示意他保守秘密，然后转身离去。

"陛下……"霍尔德愣了一瞬，急忙去追女皇，被警卫拦住。

洛兰回头看向霍尔德。

霍尔德抬起手，想要把勋章递给她。

洛兰说："你留着吧！如果肖郊还活着，肯定也愿意给你。"

霍尔德收回手，对洛兰敬军礼，诚挚地说："陛下，请保重！"

洛兰轻轻颔首，转过身，在众人的护卫下离去。

洛兰的行程很紧，本来应该立即返回奥米尼斯星，但洛兰临时起意，向林楼将军提出要求，想去看一下小角住过的舱房。

林楼将军把她带到舰长休息室，"自从肖舰长走后，只有我进去查看过一次，不过我什么都没动，里面一切都维持原样。"

洛兰示意他们在外面等，她一个人走进舱房。

这是她第一次来这里，可这里的一切对她而言并不陌生。因为这些年和小角视频通话时，她常常见到这里。

外面是会客室，里面是休息室。

走到休息室门口，一眼就看到小角说的观景窗——能看到星星，她会喜欢的窗户。

整个房间并不大，但也许收拾得太过整洁干净，没有一丝人气，就像是从来没有人居住过，显得十分空荡。

难怪林楼将军说他什么都没动，因为实在没有什么可以动。

洛兰打开保鲜柜的门，随手拿了瓶饮料，走到床沿坐下，正好对着一窗星河。

很多次，小角都坐在这个位置和她说话。

洛兰拿着饮料，默默地望着浩瀚星河。

半晌后，她站起。把饮料放下时，留意到酒瓶上的小字。

南柯一梦。

洛兰禁不住自嘲地笑笑。

洛兰走出休息室，打量四周，看到会客室的桌子上放着一个礼盒。

她站得笔挺，专注地凝视着盒子。

里面装着她一块块亲手烤好的姜饼，其中一块姜饼上写着五个字，外面是她特意设计、手绘了玫瑰花的礼盒。

可是，他收到盒子后，没有丝毫兴趣，压根儿没有打开看，就随手放在了桌子上。

那块放在正中间的姜饼，成为一个她终于鼓足勇气说出口，却永远不会有人听到的秘密。

洛兰微笑着拿起盒子，转身朝门外走去。

十年前，小角紧张地等在她办公室外面，忐忑不安地把亲手做好的姜饼送给她。她漫不经心，完全没有当回事。

十年后，当她终于珍之重之地想要回应他的心意时，他却早已经不在了。

也许，她应该为小角高兴，因为命运帮小角复仇了。

洛兰回到自己的战舰，准备休息。

清初匆匆进来，向她汇报："奥丁联邦政府联系我们，联邦执政官辰砂阁下，要求和陛下对话。"

洛兰沉默了一瞬，说："给我十五分钟。"

洛兰迅速穿衣化妆。

对着镜子检查仪容时，她的心情十分微妙。

似乎是要去见生死之仇的敌人，必须穿上密不透风的铠甲，才能打赢这场恶战。

又似乎是要去见移情别恋的旧情人，唯恐打扮不当泄露了蛛丝马迹，留下笑柄。

十五分钟后，洛兰穿戴整齐，走进办公室。

她对清初点了下头，示意可以开始了。

清初接通信号。

一身军装的辰砂出现在洛兰面前。

洛兰平静地看着辰砂，一丝异常都没有，就好像奥丁联邦的执政官一直都是辰砂。

辰砂客气地说："幸会，女皇陛下。"

洛兰也客气地说："幸会，执政官阁下。"

"今日联系陛下是想和陛下谈谈两国之间的战争。"

洛兰礼貌地抬了下手，示意：请继续，我在洗耳恭听。

"我希望阿尔帝国无条件撤出奥丁星域。"

"如果我们不撤兵呢？"

"死！"

洛兰面无表情地看着辰砂，辰砂也面无表情地看着洛兰。

无声的对峙中，两人都眼神坚毅犀利，没有丝毫退避。

洛兰突然问："楚墨在哪里？"

"死了。"

"楚墨在临死前有没有异变？"

"有。"

"只有你接触过楚墨？"

"是。"

"楚墨异变后用自己的身体刺伤过你？"

"是。"

洛兰明白了楚墨的计划。楚墨是想通过自己感染辰砂，但他不知道辰砂的身体经过千百次的药剂实验，早已经产生抗体，不可能被感染。

洛兰问："你知道楚墨在研究什么吗？"

辰砂已经察觉洛兰对楚墨的研究非常忌惮，毫无疑问她知道楚墨在研究什么。

考虑到阿尔帝国针对异种的秘密实验，为了制衡，辰砂没有告诉洛兰，他进入实验室时，所有文件资料已经被销毁，整个基因实验室都被炸毁，所有基因研究员要么变成实验体死了，要么失踪了不知去向。

辰砂简单地说："楚墨在临死前，向我展示了他的研究成果。"

洛兰问："你赞同他的研究？"

辰砂很有外交技巧地回答："有时候不是我们赞同不赞同，而是外界有没有给我们选择。"

"你在威胁我？"

辰砂笑，"阿丽卡塔星深陷阿尔帝国的重兵包围中，明明是你在威胁我。"

洛兰冷漠地说："这可不算是威胁。"

辰砂质问："那什么算威胁？絜钩计划吗？你是本来就想灭绝异种，还是知道了楚墨的研究后才想这么做？"

洛兰的心口犹如被千斤重锤狠击了一下，不知道是因为辰砂问出的这句话，还是因为絜钩计划四个字。她讥嘲地问："絜钩计划是阿尔帝国的最高机密，阁下如何知道的？"

辰砂没有说话。

洛兰目光放肆地盯着辰砂的身体，上下打量，"以阁下的身材和体能，我付出这点嫖资还算物有所值。"

辰砂笑了笑，说："的确！如果不是因为这份资料实在太重要，即使为了联邦，我对陛下也实在难以下咽。"

洛兰笑吟吟地说："很可惜，让你白白献身了。为了保密，那份絜钩计划不全，只是我故意扔的一个鱼饵。"

辰砂盯着洛兰。

洛兰明明知道这个节骨眼激怒辰砂没有任何好处。

毕竟楚墨死后，楚墨的所有研究资料都落在辰砂手里，但刚才一瞬间情绪掌控了理智，忍不住就是想出言讥讽。

她压下心中翻涌的情绪，放缓了语气："你应该已经找人在研究絜钩计划，等你看完资料就会明白那份资料究竟是怎么回事。希望到时候，我们能心平气和，再好好谈一谈。"

"谈什么？"

"异种和人类的未来。"

"什么样的未来？"

"你很清楚，我能治愈异变，让异种基因和人类基因稳定融合。只要奥丁联邦投降，成为阿尔帝国的附属星，接受英仙皇室的管辖，我可以向阿丽卡塔星以成本价出售治愈异变的药剂。"

辰砂讥讽："先让我们失去家国，再用药剂控制我们，方便人类可以继续歧视、压榨异种吗？"

洛兰不知道该怎么和辰砂交流这个问题。

人类对异种的歧视根深蒂固，是几万年来形成的全社会价值观，形成不是一朝一夕，改变也不可能是一朝一夕。即使洛兰是皇帝，也无法保证给予异种和人类一样的公平待遇。

目前而言，奥丁联邦的覆灭，对生活在奥丁联邦的异种的确是巨大的灾难，但对整个异种不见得是坏事。

没有改变，怎么可能有新生？不打破，怎么可能有重建？

她是从基因学家的角度看问题，种族的繁衍和生存才是重中之重，为了未来完全可以暂时牺牲眼前；而辰砂是用军事家的角度看问题，异种的自由和平等才是第一位，为了这个生命都可以抛弃。

洛兰说："你是很能打，我相信即使在阿尔帝国占据绝对优势的现在，你依旧可以保住阿丽卡塔星，和我们僵持下去，但阿丽卡塔星的普通居民呢？这场战争在奥丁星域已经持续数年，对奥米尼斯星没有任何影响，但对阿丽卡塔星影响巨大，在人类的全面封锁下，阿丽卡塔星的生活肯定不容易。执政官阁下，执政可不只是打仗！"

辰砂心内骤然一痛，类似的话殷南昭曾经说过，但这个女人早已经忘记了殷南昭是谁。

辰砂问："阿晟在哪里？"

"监狱。"

"紫宴？"

"监狱。"

"把他们送回来。"

洛兰讥讽："你这是谈判的语气吗？"

"我给阿尔帝国一个月时间撤出奥丁星域，送还扣押的紫宴和阿晟，否则……死！"

洛兰看着辰砂。

辰砂目光冰冷地盯着洛兰，犹如没有丝毫感情的利剑，随时可以把洛兰千刀万剐，凌迟成碎块。

洛兰意识到辰砂是真的恨她。

恨她让他爱的骆寻消失？恨她这些年对他的折辱？还是恨她要摧毁奥丁联邦？也许都有。

这一刻，她相信，他们如果面对面，辰砂真的会一剑刺穿她的心脏。

洛兰面无表情地切断了信号。

辰砂的身影消失。

她挺直的背脊慢慢弯曲，整个人像是不堪重负般佝偻着身子，蜷缩在一起。

一个月撤兵!

这场战争由她力排众议、一意孤行地强行发动，如果就这样不明不白地结束，不仅她的皇位岌岌可危，这些年努力筹划的一切功亏一篑，还有那么多牺牲的人，难道都白白牺牲了吗?

约瑟将军、替身公主、林榭将军、叶玠、所有在战场上英勇牺牲的将领和士兵……

不行! 绝对不能撤兵! 一定要打下阿丽卡塔星! 一定要终止阿尔帝国和奥丁联邦轮回不休的杀戮死亡!

但是，怎么打?

以辰砂对阿尔帝国军队的了解，如果正面开战，他们连一半的胜算都没有。

而且，一旦开始就是一场不死不休的战争，没有投降、没有议和，要么辰砂死，要么她死，否则永不可能终止。

奥米尼斯星。

长安宫。

洛兰回到官邸，就去酒柜找酒。

清初担心地说: "陛下先睡一会儿吧，您已经四十多个小时没有合过眼。"

洛兰挥挥手，示意清初离开，让她独自待一会儿。

清初没有办法，只能离开。

洛兰拿着酒瓶，坐在露台上，一边喝酒，一边眺望着头顶的星空。

一瓶酒喝完，洛兰将瓶子放下，沿着幽深的长廊，脚步虚浮地在屋子里游荡。

四周寂静无声，十分冷清。

洛兰在这里住了十多年，第一次有这种感觉。

她禁不住想为什么。

叶玠去世后，她搬进来时带着小角和邵逸心，后来阿晟和封小莞又住了进来，现在封小莞不在，小角离开了，阿晟和邵逸心被关在监狱。

原来不是觉得冷清，而是真的很冷清。

洛兰忽然想起妈妈对爸爸说过的话，"我不喜欢舞会，因为不管开始时多么高兴，最后都要曲终人散。"

洛兰像是畏冷一般双臂交叉抱着自己，在黑暗中慢慢走。

经过紫宴的房间，她不自觉地停住脚步。

洛兰迟疑了一瞬，让智脑开门。

她缓缓走进去。

屋子十分干净，唯一扎眼的地方就是桌子上放满了各种各样的酒器，酒柜里摆满了琳琅满目的酒，还有些喝了一半的酒，整齐地靠墙放在地上。

洛兰的目光一掠而过，最终停留在窗台上的一个白色培养箱上。

明明里面已经什么都没有种植，紫宴却依旧保留着几十年来的习惯，把它放在屋子里采光最好的地方。

月光透窗而入，映得它分外皎洁。

洛兰走过去，拿起培养箱。

骆寻送出的东西，紫宴究竟是以什么样的心情带着它在星际中四处漂泊？

只是一个实验室里很常见的培养箱！

洛兰刚把培养箱放下，突然想起，紫宴说那枚信息盘一直藏在培养箱的夹层里。

洛兰又拿起培养箱，一边翻来覆去地仔细查看，一边用手细细摸索，研究了好一会儿才打开底座的夹层。

原以为里面已经空了，没想到啪嗒一声，一条项链掉在地上。

洛兰没有多想，立即好奇地弯身去捡，手碰到项链坠子时才看清楚那是一枚琥珀花。

她意识都没有反应过来，人已经像是被烈火灼烧到，猛地缩手后退，身体失衡，摔坐在地上。

手无意识扫过，不小心带翻了一瓶喝了一半的酒。

红色的酒液滴落在地上，像是流淌的鲜血。

洛兰怔怔看着地上的项链。

蓝色的迷思花包裹在茶褐色的琥珀里，静静躺在红色的血泊中。

夜色静谧。

月光凄迷。

深锁在心底的一幕记忆骤然被唤醒。

…………

项链掉在血泊中。

她一脚踏在项链上，毫不留情地走过。

一滴泪坠下，落在琥珀花上。

…………

不知不觉中，一滴泪珠从洛兰眼角沁出，顺着脸颊滑落。

她不知道自己到底为什么落泪。

那是骆寻的项链，和她无关，但这一瞬心痛如刀绞的是她，被刻骨记忆折磨的是她！

辰砂恢复记忆时，她不在场，没有亲眼看见他决绝离去的一幕。

她恢复记忆时，殷南昭却在场，亲眼看见了骆寻离去，亲眼看见了她的决绝冷酷。

和现在的辰砂比起来，当年的她才是真的冷血无情。

那一瞬，殷南昭到底在想什么？

在生命的最后，他叫"小寻"，她连头都没有回，将曾经珍之重之的一切践踏在脚下，他有没有像她现在一样悲痛怨恨？

洛兰哆嗦着手捡起地上的项链。

漫漫时光，几番辗转。

这一刻、那一刻，隔着几十年的光阴，重合交汇，掉在地上的项链被同一只手捡起。

洛兰甚至下意识地看向身周，却没有看到殷南昭。

她眼神茫然，凝视着手中的项链。

这是骆寻的项链，和她没有丝毫关系，她根本不应该触碰。

但是，她的手好像自有意识，一直握着项链没有松开。

洛兰告诉自己，她一定是喝醉了！她一定是太累了！睡一觉后就会正常！

洛兰摇摇晃晃地爬到床上，紧紧闭上双眼，迷迷糊糊地睡了过去。

一个女人的哭泣声时断时续，一直纠缠在耳畔。

洛兰听而不闻，打量着四周。

高大宽敞的屋子，一眼看不到尽头。

一面面眼睛形状的镜子参差错落、高低交杂地放在一起，像是一堵堵奇形怪状的墙，让屋子变成了一个时空错乱的迷宫。

辰砂在迷宫中走来走去，满面焦灼地寻找："骆寻！骆寻……"

无数次，洛兰明明就站在他面前，他却视而不见，直接从她的身体里穿过去，继续寻找着骆寻。

洛兰沉默悲伤地看着辰砂。

每一次，她都站在他面前，他却因为寻找骆寻，完全看不到她。

又一次，他们在时光的迷宫里相遇。

辰砂的目光终于落在她身上，停住脚步。

洛兰刚想说"你终于看到我了"，却感到心口剧痛，原来辰砂已经一剑刺穿她的心脏。

她震惊地看着辰砂。

辰砂愤怒地质问："你为什么杀了骆寻？"

洛兰眼中满是悲伤哀悯。

…………

洛兰猛地睁开眼睛，一下子坐了起来。

手下意识地捂在心口，整个人不停地大喘气，就好像真的被刺了一剑。

好一会儿，她仍然心有余悸、惊魂未定。

不是因为辰砂一剑穿心，那本就是意料中的事，而是梦里她的反应，被一剑穿心的是她，她却在哀悯辰砂，为辰砂悲伤。

为什么？

洛兰缓缓躺倒，发现自己居然在紫宴的屋子里睡了一夜。

身子下面好像有什么东西，她探手一摸，摸出一条铂金色的项链。

链子挂在她指间，两枚项坠垂落在她掌心。

一枚是茶褐色的琥珀心，一枚是银色的羽箭。

洛兰盯着看了半晌。

明亮的晨光中，她的大脑格外冷静，不动丝毫感情地理智思考。

殷南昭落下的每一颗棋子都有深意。

这条项链和那枚信息盘被一起托付给紫宴保存，为什么？

那枚信息盘里可是藏着全人类生死的秘密！

这条项链里究竟藏着多么重要的秘密才能和信息盘一起保藏？

洛兰屏息静气，捏着羽箭，用力扭了一下，羽箭裂开，分成两半。

什么都没有。

洛兰刚如释重负地松了口气，突然又发现，羽箭的内壁上好像刻着什么。

刹那间，心脏停跳。

她闭了闭眼睛，深吸了几口气，才鼓足勇气去细看。

一半羽箭的内壁上刻着：蓝茵。

一半羽箭的内壁上刻着：39°52′48″N，116°24′20″E

熟悉的字迹映入眼帘，洛兰似乎看清楚了每个字，可又根本不知道究竟是什么意思，只是心跳如擂鼓。

一下下跳得她五脏六腑都在隐隐抽痛，整个人不自禁地发颤。

好一会儿后，洛兰才能静下心思索这些字究竟是什么意思。

蓝茵，应该是指蓝茵星。

她非常熟悉。

七岁那年，父亲出事后，母亲就带着她和叶玠搬家到蓝茵星定居。之后，蓝茵星又被英仙邵靖占据，成为小阿尔的行政星。

39°52′48″N，116°24′20″E，这些数字符号是什么意思？在不同的领域可是有不同的解释。

如果蓝茵代表蓝茵星，是一个地点，这些数字符号是不是也代表地点？

如果真的是坐标地址，经纬度非常详细，应该能直接锁定具体的建筑物。

洛兰对智脑说："搜索，蓝茵星39°52′48″N，116°24′20″E。"

不一会儿，虚拟屏幕上出现一栋建筑物。

洛兰非常熟悉。

她怔怔地看了一会儿，猛地从床上跳下来，大叫："清初！"

清初的声音从通信器里传来："陛下，请问什么事？"

"帮我准备战舰，我要去一趟蓝茵星。"

"是。"清初不问因由，立即帮洛兰安排行程。

七个小时后。

战舰到达蓝茵星外太空，洛兰转乘小型飞船飞往羽箭上的坐标地址。

清初询问智脑："附近有飞船停泊的地方吗？"

洛兰代替智脑回答："有。"

方圆百里只有一栋房子，到处都可以停泊小型飞船。

清初看着逐渐接近的建筑物，好奇地问："陛下来过这里？"

洛兰淡淡地说："我七岁搬到这里居住，一直住到十五岁离开。"

清初愣了一愣，目光变了。

竟然是这里！叶玠陛下曾经提起过很多次的家！

飞船停稳，舱门打开。

洛兰和清初一前一后走出飞船。

灿烂的阳光下，一栋两层高的砖红色小楼安静地矗立在山坡上。

屋子周围是半人高的蔷薇藤围成的天然篱笆墙，屋子前有一株高大的胡桃树，树干笔直，树冠盛大，蔚然成荫。

清初本来担心屋子近百年没有人住过，会十分荒芜，可看上去草木修剪得整整齐齐，屋子也没有一丝破败迹象，似乎主人只是有事外出，刚刚离开。

看来叶玠陛下离开前购置的机器人十分高档，几十年来一直尽忠职守地打理着整栋房子。

洛兰弯身捡起一个掉在地上的胡桃，"以前每年胡桃成熟时，我都会做胡桃松饼，哥哥最爱吃这个。"

清初一脸恍然大悟，"难怪陛下每年都让厨师做，但每年又都只吃几口就放下，说味道不对。"

洛兰站在胡桃树下，仰头看着胡桃树。

隐约间，好像有少年和少女的说笑声传来。

"小辛，你在哪里？别躲到树上，小心摔下来！"

"叶玠，帮我摘胡桃！"

…………

洛兰收回目光，走向屋子。

智脑扫描确认身份，门自动打开。

洛兰缓缓走进屋子，起居室、厨房、餐厅、工作室、地下重力室……

每一间屋子都如她当年离开时一样，没有丝毫变化，连厨房里她常用的调料都和以前一样按照她的喜好依次摆放在旋转架上。

时光就好像在这里停滞了。

洛兰一间间屋子仔细看完，没有发现任何异样。

她下意识摸摸衣兜里的项链。一个能和信息盘里人类生死同等重要的秘密，殷南昭究竟把它藏在哪里？

洛兰沿着楼梯走上二楼。

二楼有五间屋子，洛兰一间间屋子打开，仔细查看。阅览室、画室、妈妈的卧室、叶玠的卧室、她的卧室。

当她推开走廊尽头她的卧室门时，一眼就看到屋子里多了几样东西。

墙边有一个和真人等高的骷髅骨架，是她小时候的学习工具。现在骷髅骨架旁站着一个身子圆滚滚的机器人。

床头的桌上有一个她小时候用惯的绿色水杯，水杯旁放着一个陈旧的黑色音乐匣子。

洛兰呆呆地站在门口。

半晌后，她一步步走进屋子。

直到她走到机器人面前，机器人才认出她，转动着圆滚滚的眼睛说："洛兰，你好。"

洛兰盯着机器人，一句话都说不出来。

机器人挥着短小的手臂，说："我是大熊，你不认识我了吗？很抱歉，我太老旧了，程序一直没有更新，已经不能移动，看上去的确不像我。"

洛兰艰难地问："你怎么在这里？"

"主人带我来的。"

洛兰看到它时就已经猜到，可听到大熊亲口说出，依旧觉得荒谬。

一路之上，她猜想了很多生死攸关的大事，和阿尔帝国人类有关，和奥丁联邦异种有关，甚至和整个星际有关，完全没想到竟然是一个古董音乐匣和一个快要坏死的机器人。

"……殷南昭为什么要来这里？"

"主人说他想知道你在什么样的地方长大。哦，他还说原来这就是你想要的两层高的房子，不开花却树冠盛大的树。"

"那是骆寻说的话，不是我。"

大熊的眼睛滴溜溜地转，再次扫描辨认洛兰的身体，"你就是骆寻啊！"

"我不是！"

"你是！主人告诉我你叫骆寻，也叫英仙洛兰。"大熊很肯定自己没有认错，就像主人既叫殷南昭，又叫千旭，洛兰和骆寻只是名字不同，都是一个人。

洛兰忍不住重重敲了大熊的头一下，"你再废话，我就把你送去机器人回收公司销毁。"

大熊模拟人类翻了个白眼，"我快要死机了。你的威胁就像是威胁一个马上就要断气的人他再不听话就终止他的生命，不是有效威胁。"

洛兰沉默了。

大熊说："你看上去不太高兴。"

洛兰没有吭声。

大熊摊开短小的胳膊，叹气："果然和主人说得一样，我叫你洛兰你才会高兴。好吧！我不叫你骆寻了，你高兴一点！洛兰、洛兰、洛兰……"

"闭嘴！"

"我没有嘴，怎么闭嘴？"

"你明白我的意思。"洛兰随手从工具袋里拿出一把解剖刀，"你信不信我现在立即给你脸上割出一张嘴？"

大熊转着圆滚滚的眼睛，可怜兮兮地看着洛兰。

洛兰拿着解剖刀在大熊脸上比画，似乎在查看应该在哪里切割，"你现在还觉得我是骆寻？"

大熊小声地说："你是。抱歉，我不想惹你不高兴，但机器人不能说假话。"

洛兰泄气地放下解剖刀。她和个机器人较什么劲？它们辨认人类又不是靠性格，都是直接扫描身体。

洛兰问："这些年你一直待在这里？"

"不是。之前我能动，经常在屋子里逛来逛去，和别的机器人玩，后来我的零件太陈旧，不能再移动，才待在这里和骷髅做伴。"

大熊用短小的胳膊摸摸身旁的骷髅骨架，愉悦地说："它很沉默内敛，我很博学善谈，我们相处愉快。"

洛兰忍不住笑了下。

大熊兴致勃勃地问："主人给你留了一段话，你要听吗？"

洛兰面色骤变，下意识地往后退，直到身体靠到床边才停下。

大熊问："你要听吗？"

"如果我不想听呢？"

"我会按照主人的命令销毁留言。"

大熊等了一会儿，没有听到回答，再次问："你要听吗？"

"……听。"

一瞬后，殷南昭的声音响起——

洛兰，你好。

跟你说这些话时，我在你的屋子里，坐在你曾经坐过的椅子上，看着你曾经看过的风景。

今天，我来到你曾经生活的地方，走了你走过的路，爬了你爬过的树，看了你看过的书，听了你听过的歌。

我想象着过去的你是什么样子，想象着未来的你会是什么样子。

可惜，我无法窥视过去，也无法预见未来。

虽然能抓住零星痕迹，却始终描摹不出你具体的样子，但不管什么样子，你始终都是你，坚强、勇敢、聪慧、执着。

我认识你时，你是骆寻。

我承认，我是因为小寻才来到这里。

我爱她。

爱让人快乐、让人幸福！爱也让人贪婪、让人恐惧！

我因为贪婪恐惧，不但想了解她的来处，还想揣测她的去处。

当我用我有限的智慧、无限的真挚，尝试着感受小寻的过去，感悟小寻的未来时，我发现你无处不在。

骆寻不是凭空诞生，而是你的化身。

因为你会做饭，她才会做饭。

因为你喜欢基因研究，她才会走上基因研究的路。

因为你听过"五十步笑百步"的故事，她才会向别人讲述"五十步笑百步"的故事。

因为你和叶玠玩过盟誓之亲，她才会和我在依拉尔山有了最初的约定。

因为你有一位睿智仁慈、包容大度的父亲，她才会对异种没有丝毫偏见，用包容仁慈的心对千旭，对其他所有异种。

因为你有一位坚毅果决、大胆无畏的母亲，她才会敢于挑战世俗价值，孤身留在奥丁联邦，才会无视我是克隆人，毫无芥蒂地接纳我。

因为你曾经拥有这世上最丰厚的爱，她才会心中没有丝毫荫翳，毫不吝啬地给予我、给予这个世界最厚重的爱。

因为你曾经见过这世上最幸福的婚姻，她才会相信爱情的美好，相信人与人之间的忠诚信任，给予我最完美的爱情，最坚贞的誓言。

…………

洛兰，站在这个屋子里，想象着你曾经拥有过的幸福，我的悲痛无以复加。

我十分难过，因为我夺走了英仙穆华的生命，间接导致英仙穆恒夺走了你父亲的生命，让你从无忧无虑的小辛变成了有神经性胃痛的洛兰。

我十分难过，因为我夺走了你母亲的生命，让你从和哥哥一起捡胡桃的洛兰变成了独立撑起一片天空的龙心。

这两件事，一件是我在完全清醒下的不得不做，一件是我在失去神志后的不知而做，但不管是不得不做，还是不知而做，都是摧毁了你幸福的罪魁祸首。

你的恨，我完全接受，甘愿承受一切来自你的惩罚。

…………

洛兰，我很希望你听不到这段话。因为那说明我仍然活着，我会在你身边，用余生弥补我给你造成的伤害。

如果你正在听这段话，那么我应该已经死了。

我想，我们的告别应该很仓促，没有时间梳理过去，没有机会接纳未来，只能停留在遗憾的当下。

我不希望你因为这个责备自己，因为和你承受的一切比起来，我所经历的一切不值一提，甚至我感激我经历了，因为不能分担你的痛苦，至少让我能感同身受你的痛苦。

我不知道你怎么一步步走到了这里，但我知道那一定是一段漫长、艰辛、痛苦的路。

不过，一如我想象，不管多么艰难痛苦，你终会走到这里。

伤口，是完美上的裂缝，可也是让阳光照入的地方。

一个蛹破茧成蝶、一粒种子破土发芽，都要经过毁灭性的破坏、重建。

从丑陋到美丽，从黑暗到光明，几乎是截然不同的两个世界，可又是息息相关的同一个世界。

你愿意拿起项链，愿意打开羽箭，愿意根据上面的地址来到这里，愿意听我的这段留言，都表明你已经化作蝴蝶，长成大树。

很遗憾，我看不到你现在的样子。

很骄傲，你承受了伤害，承受了失去，却把它们化作力量，追寻光明。

小寻，我爱你。

不仅仅爱现在的你，还爱过去的你，未来的你。

不仅爱善良的你，还爱冷酷的你，不仅爱光明的你，还爱黑暗的你，不仅爱正直的你，还爱邪恶的你。

般若诸相，皆是你，独一无二的你。

洛兰，我最后的心愿，请你幸福！用你的智慧和力量给自己幸福！这是所有爱你的人，你的父亲、你的母亲、你的哥哥、我，唯一和最后的愿望。

不知道什么时候，洛兰已经泪流满面。

她以为自己经过千锤百炼，早已经坚如顽石，却不知道自己身体内还有这么多眼泪。

她越哭越难过，甚至像个孩子一样坐在地上，抱着头失声痛哭。

七岁之后，她就再没有这样哭过，因为她知道自己已经不再是孩子，不能再肆无忌惮地任性哭泣。

但是，现在她又变成一个失声痛哭的孩子。

这么多年，所有的失去，所有的痛苦，所有的恨怨，所有的委屈，所有的心酸……全部翻涌在心头。

与整个世界为敌，一意孤行。

所有人都不理解、不支持。

顶着重重压力，艰难跋涉。

无数次觉得自己撑不住时，连倾诉的对象都没有，只能喝瓶酒倒头睡一觉，天亮时就必须站起来继续往前走。

…………

她一直告诉自己没什么大不了，她是心如铁石的冷血怪物，本来就不需要理解支持。

现在，她终于真实地面对自己。

所有的痛苦委屈、艰辛难过都有人理解，都有人感同身受，哭泣不再没有意义，而是和受伤的自己沟通和解。

洛兰不知道自己哭了多久，好像一直在哭，哭得嗓子哑了依旧在不停地流眼泪。

她躺到床上，拉过被子，整个人缩在被子里。

床单和被子上有阳光的味道。

她从小就不喜欢烘干机，喜欢在太阳下自然晒干的床单、被子。

这么多年过去，家政机器人依旧在忠实地照顾着她的感受，只因为她的家人把她的每一个喜好都认真地放在心头。

洛兰拿起床头的黑色音乐匣，轻轻按下播放按钮。

当风从远方吹来
你不会知道　我又在想你
那些一起走过的时光
想要遗忘
却总是不能忘记

你的笑颜　在我眼里
你的温暖　在我心里
以为一心一意
就是一生一世
不知道生命有太多无奈
所有誓言都吹散在风里
为什么相遇一次
遗忘却要用一辈子

风从哪里来
吹啊吹
吹灭了星光，吹散了未来
山川都化作了无奈
…………

洛兰用被子把自己卷得像个蚕蛹，紧闭着双眼，一动不动地躺着，眼泪一颗接一颗悄然滑落。

清晨。
在鸟儿叽叽喳喳的叫声中，洛兰睁开眼睛。
她站在窗前，拉开窗帘，眺望着薄雾笼罩中的山野丛林。清冽湿润的晨风徐徐吹来，让人神清气爽。

这一觉睡了十多个小时，一个梦都没有做。那些冰冷的镜子眼睛消失了，总是回响在她梦境中的哭声也完全消失了。

洛兰端着绿色水杯，享受着久违的茶香。

也许休息够了，心绪格外平和，大脑格外清醒，困扰她多日的难题竟然迎刃而解。

辰砂要求一个月内退兵，不退兵就决一死战。

她在正面战场上肯定打不过辰砂，但"兵者，诡道也"，她为什么要和辰砂正面对抗呢？

"上兵伐谋，其次伐交，其次伐兵"，她明明手握奇兵，可以伐谋、伐交，为什么要和辰砂伐兵呢？

太阳升起，雾气消散。

洛兰张开双臂，迎着初升的朝阳，一边展着懒腰，一边深吸了口气。

她对清初吩咐："给我安排六天假期，我要去度假。"

清初满面震惊，怀疑自己幻听了。

洛兰陛下自从登基那天开始，十多年来从没有给自己放过假，不是不想休息，但总是事情赶着事情，每一件都至关重要、刻不容缓，只能永不停歇地连轴转。

洛兰回头看着清初，"我应该积攒了很多假期，安排不了吗？"

清初急忙说："能安排。"

她打开日程表，一边写写画画，一边问："陛下想去哪里度假？"

"泰蓝星。"

清初完全没听说过，压根儿不知道在哪里。她查了下星图才知道是一个评级三颗星的旅游星，难怪从没有听说过。

"我立即去安排。"清初说完，匆匆离开了。

洛兰洗完澡，从卫生间出来时，看到枕头畔的琥珀花项链和黑色音乐匣。

她拿起项链，戴到脖子上，把黑色的音乐匣依旧放到床头的桌上。

洛兰微笑着叫："大熊？"

大熊没有反应，已经彻底死机。

337

如果想要继续使用，必须更新程序，但是更新了程序，它就不再是以前的大熊。

　　洛兰弯下身抱住它。

　　一会儿后，她沉默地放开大熊，转身离开了自己曾经的家——虽然再也回不去，但是记忆永存心底。

　　窗帘随风轻扬。

　　阳光从窗口射入。

　　房间不大，却布置得井井有条。

　　桌椅床架都是有了年头的老家具，收拾得干净整洁，透出老家具特有的温馨沉静。

　　墙上挂着几幅色彩明丽的水彩画，落款是英仙叶玠。长桌上放着几把解剖刀具、几本已经翻旧的菜谱，架子上摆着几个造型别致的动物骨头。

　　靠窗的墙边立着一架白森森的人骨，骷髅头歪着，空洞的眼睛注视着身旁圆滚滚的大熊。大熊抬着头，圆溜溜的眼睛一动不动地瞪着，一脸傻乎乎的娇憨。

　　时光在这里静止。

　　一室寂静、一室安宁，只有岁月的歌声悠悠。

　　当风从远方吹来

　　你不会知道　我又在想你

　　…………

338

Chapter 19

誓言犹在

你送了我一场绝世美景，我给你一个你想要的世界！

曲云星距离泰蓝星更近，但洛兰是乘自己的战舰过来的，距离虽远，却比艾米儿还早一点到达泰蓝星。

艾米儿牵着两个孩子走下飞船时，看到洛兰已经在港口等待。

艾米儿笑着松开手，小朝和小夕像两枚小炮弹一样冲向洛兰，把洛兰抱了个结结实实。

洛兰笑着搂紧两个孩子。

艾米儿踩着十厘米高的高跟鞋，风姿绰约地走到洛兰面前，"怎么会有时间休假？"

她得到的消息可不太妙。

战争机器辰砂死而复生，发动军事政变，成为奥丁联邦的新任执政官。阿尔帝国的天才将领肖郊将军却因为战机炸毁，战前阵亡。此消彼长，阿尔帝国接下来的仗可不好打。

洛兰揉揉两个孩子的头，"忙里偷闲。我之前答应了他们，要好好陪他们两天。"

艾米儿眺望着太空港外一望无际的大海，"为什么是这里？这可不是一个适合家庭旅游的地方。"

洛兰一手牵起一个孩子，不在意地说："我们可不是一般的家庭。"

艾米儿愣了一愣，笑着说："是！"

洛兰看向清越。

她下飞船后就一脸震惊错愕，僵硬地站在原地，呆呆地看着搂在一起的洛兰和小朝、小夕。

洛兰对清初吩咐："你和清越应该几十年没有见过了，这是度假，你也和老朋友聚聚吧！"

清初还是有点不放心，艾米儿不耐烦地挥挥手，"行了，还有

340

我呢！"

"谢谢陛下。"

清初卸下职业性的微笑，兴奋地朝着清越走去。

她想起，两人刚认识时，她胆子小，清越胆子大。清越不管什么事都会挡在她面前，还一遍遍叮嘱她提高警惕、提防异种使坏，没想到清越最后爱上了一个最会使坏的异种。

洛兰戴上宽檐遮阳帽、太阳镜，牵着两个孩子走出太空港。

艾米儿和她一样，也是宽檐遮阳帽、太阳镜，遮去大半张脸。

清初和清越尾随在他们身后。

港口外，兜揽生意的摆渡人一看到他们立即围聚过来，争先恐后地介绍自家的船。

"最盛大的羽翼人歌舞表演！"

"生死角斗，不刺激不要钱！"

"风情酒吧，各种侍者，保证满意！"

…………

他们倒不是毫无节制，看到有孩子在，话语保守隐晦了许多。

艾米儿轻车熟路地挑了个肤色黝黑、身材精壮的男子，"用你的船，把船收拾干净。"

其他男子看顾客已经选定了摆渡人，不再浪费时间，一哄而散。

精壮的男子一边带路，一边热情地自我介绍："我叫冈特，很高兴为诸位服务。"

艾米儿笑嘻嘻地说："我叫米兰达。"

冈特看她没有主动介绍洛兰和其他人，知趣地没有多问。

招呼一行人上船后，冈特问："你们想去哪个岛？如果没有特别想去的，我这里有详细的介绍。"

艾米儿正准备细看，洛兰说："先去靳门岛逛一下，晚上住在琉梦岛。"

"好嘞！"

冈特看客人目的明确，已经定好行程，不再多言，开着船直奔目的地。

来之前，艾米儿仔细看过泰蓝星的介绍。

整个星球90%以上的面积是海域，有一百多个岛屿，她并不能记住每个岛的特色，比如琉梦岛，她就不知道那里有什么吸引洛兰，但靳门岛非常有名，因为是泰蓝星上最大的奴隶贩卖市场。

一贯漫不经心、吊儿郎当的艾米儿都表情严肃起来，找了个借口把两个孩子支开，让他们去和清初、清越看风景拍照。

她压着声音对洛兰说："靳门岛是最大的奴隶贩卖市场。"

"我知道。"

"异种奴隶！你考虑过小朝和小夕的感受吗？"

"我和他们讲过异种和人类的矛盾冲突，他们知道不是每个星球都和曲云星一样，大部分星球都很排斥异种。"

艾米儿气急败坏地说："这是一回事吗？亲眼看到和只是听到能一样吗？"

"不一样。所以我带他们来亲眼看看。"

艾米儿不吭声了。

孩子虽然养在她身边，但如何教育一直由洛兰决定。

也许因为两个孩子的身份太特殊，洛兰似乎从没有把两个孩子当作不懂事的孩子。她对孩子像是对地位平等的朋友，不管孩子问什么，总是能解释的就实话实说，不能解释的就告诉他们需要他们长大一点才能告诉他们。

艾米儿看着船头的两个孩子，无声地叹了口气。

当皇帝不容易，当皇帝的孩子也不容易。

这星际原本漆黑一片，没有任何光芒不需要付出代价，想要做恒星发出光芒，就必须要忍受燃烧的痛苦。

冈特把船停靠好，招呼艾米儿他们下船。

洛兰对艾米儿打了个手势，示意她们在岸边等一下。

她对两个孩子说："这里是贩卖奴隶的市场，你们应该知道什么是奴隶。"

"没有人身自由的人。"

"这里的奴隶不是人，是异种。"

小朝和小夕对视一眼，看着洛兰，用眼神询问：和我们一样的异种?

洛兰点点头，"我希望你们能亲眼看一下，但不会强迫你们看，如果你们不想看，我们可以离开。"

小朝握住小夕的手，"我们想看。"

"好。"

洛兰带着小朝和小夕下船，走进奴隶市场。

四周人来人往、熙熙攘攘，十分热闹。

小朝和小夕好奇地仰着头四处张望，看着笼子里关押的异种。

有强壮的成年异种奴隶，也有和小朝、小夕年龄差不多的异种孩子奴隶。

小朝、小夕看着人们询问价格、讨价还价、达成交易；看着游客兴奋地和异种合影；看着异种和游客都习以为常的眼神。

"减价大甩卖！减价大甩卖……"

一个商贩大声吆喝着张罗生意，旁边来挑选奴隶的老主顾笑着讥嘲："你赔钱附赠都卖不掉了。"

洛兰牵着孩子经过，大声吆喝的商贩看到一个女人牵着孩子，立即拦住他们，热情地招揽生意："很便宜的奴隶，买回去给孩子做个玩伴。"

艾米儿不动声色地把摊贩推到一旁。

洛兰正要离开，小朝停住脚步，拽拽洛兰的手。

洛兰顺着她的目光看过去，笼子里关着一个昏迷的孩子，年纪应该比小朝、小夕略大。

满脸血污，看不清长相。双肩上长着一对黑色的羽翼。不知道发生了什么事，一只黑色的羽翼撕裂，伤口深可见骨。

这样的奴隶买回去，必须先花一笔医疗费救治，难怪无人问津。

小朝小声地叫："妈妈！"

洛兰淡然地说："每个决定都有相应的后果，你想清楚后果，就可以做决定。"

小朝想了想，说："我要买下他。"

343

洛兰未置可否，只是问："为什么？"

小朝坦然大方地说："因为我有能力，因为我想。"

小夕补充说："医疗费可以分期支付，我们的零花钱足够支付他的医疗费。"

洛兰对儿子的话有点意外，看着没有姐姐机灵，实际心思很细腻。她赞许地拍拍小夕的头，问商贩："多少钱。"

"五万阿尔帝国币。"

洛兰看着他。

商贩立即改口："四万……三万……一万，不能再低了。"

洛兰勾勾手指，商贩凑到近前。洛兰以两个孩子能听到的声音说："处理一具尸体要花多少钱？"

商贩无语地瞪着洛兰。

洛兰问："多少钱？"

商贩试探地说："三千？"

洛兰一言不发。

"五百……三百……两百！"商贩哭丧着脸说，"好歹让我收点钱，总不能白送出去，坏了规矩我没法向商会交代！"

洛兰看了眼清初，清初去付钱提货。

小朝和小夕完全没想到两百块就买了个人。他们和艾米儿阿姨去餐厅吃饭，有时候一顿饭都不止两百块。不是说生命是世界上最宝贵的东西吗？

洛兰说："我知道你们想问为什么，但这个世界，有的为什么有答案，有的为什么没有答案，还有的为什么，每个人的答案不一样。这次你们要自己去找答案，妈妈没有办法告诉你们。"

冈特找了辆推车，把长着黑色羽翼的孩子放到推车上，拉到港口。

一行人坐船去琉梦岛。

小朝和小夕忙着照顾他们新买的奴隶，小朝擦干净他的脸，发现是一个长得很好看的小哥哥。

小朝和小夕向冈特打听岛上有没有医生和大概的医疗费用。

洛兰一直冷眼看着，艾米儿本来觉得洛兰有点太冷漠，后来察觉到什么，笑嘻嘻地看起热闹来。

半个多小时后，船开到琉梦岛。

洛兰率先走下船，小朝和小夕商量着怎么配合才能把昏迷的奴隶搬下船。清越想要去帮忙，清初拽了一下她，示意她不要管。

清越虽然不明白为什么，但知道清初肯定是为她好，放弃原本的打算，跟随清初上了摆渡车。

两个孩子折腾了好一会儿才把奴隶搬下船，却发现摆渡车上只剩下两个位置，他们三个孩子如果并排坐，挤一挤还够坐，但有一个昏迷不醒，需要躺着，就坐不下了。

小朝看向另外一辆摆渡车。

洛兰淡然地说："车上没有位置让你躺，不想让我把你扔到海里去喂鱼就自己起来。"

昏迷的黑色羽翼奴隶居然睁开眼睛，站了起来，虽然面无血色，脚步有点摇晃，但显然他一直很清醒，只是在装昏迷。

小朝和小夕吃惊地瞪着他。

艾米儿忍不住扑哧一声笑出来，两个小家伙被自己老妈给狠狠坑了一把。

小夕好像生气了，沉默地上车，一直看着窗外。

小朝却咯咯地笑起来，对黑色羽翼的奴隶说："你装得可真像，教教我，下次我可以吓唬别人。"

黑色羽翼的奴隶温顺地说："好。"

"我叫小朝，朝阳的朝，你叫什么？"

"我没有名字，只有编号，Y-578。"

"你的翅膀怎么受伤的？"

"我学习跳舞时从高台上摔下来摔断了翅膀。"

"为什么要装昏？"

Y-578一时没有说话。

小朝忽闪着大眼睛，定定地看着他。

"我不是在装昏，我是在……装死。"

"哦！"小朝点点头，表示明白了。

摆渡车到达他们居住的独栋别墅，洛兰跳下摆渡车，抬头看着别墅。

艾米儿站在她身边，问："你来过琉梦岛？"

"嗯。"

艾米儿心里隐隐一动，脑子里似乎有什么呼之欲出，一时间却抓不住。

清初和清越仔细检查了一遍房间，确认没有问题后，指挥着机器人把每个人的行李放好。

洛兰站在露台上，端了杯热茶，一边喝茶，一边眺望着远处的风景。

屋子里。

小朝对Y-578说："你知道怎么找医生吗？"

Y-578不吭声。

小朝轻言轻语地说："你的翅膀需要治疗，伤口再恶化下去，你就不需要装死了。"

Y-578说："这样的别墅都有管家，你可以联系管家，他们会直接派医生过来。"

小朝惊奇地说："这里的医生可以上门服务？真方便！"

Y-578沉默不言。顾客常常虐打奴隶，医生的上门服务也是为了满足顾客的特殊需求，这个人类女孩显然什么都不懂。

小朝联系管家，说自己的奴隶受伤了，让他们派医生过来。

艾米儿逗小朝："你不给你的小奴隶起个名字吗？"

Y-578抬头看着小朝。

小朝笑眯眯地摇摇头，"起名字意味着要建立关系，对他负责。我只是想救他，并不想和他建立关系，对他负责。"

艾米儿朝Y-578眨眨眼，笑说："她可不是什么都不懂的小姑娘。"

洛兰确定小朝可以对自己的决定负责后，放下茶杯，安心地离开。

穿过屋子前面参差错落的鹿角树，沿着细腻的蓝沙，朝着海浪声传来的方向走过去，就是一望无际的大海。

蓝天碧海。

目力所及之处，空无一人。

天地浩渺，潮生潮灭。

过去如此，现在亦如此。

洛兰踢掉鞋子，赤着脚沿着沙滩慢慢地走着。

身前是蜿蜒曲折的海岸线，一直绵延到遥远的天际，身后是一个个脚印，在潮汐的冲刷中，从清晰变得模糊。

故地重游。

洛兰不知道自己究竟是什么感受，大脑好像一片空白，什么都没有，只是不停地走、不停地走，像是要走到地老天荒，时间的尽头。

不知不觉，已经夕阳斜坠，晚霞满天。

因为涨潮，海浪越来越大。

一波海浪袭来，高高卷起的浪花把她的裙子打湿。

洛兰停住脚步，看着湿透的裙摆。

依稀有人弯下腰帮她拧干裙子。

洛兰眼眶发酸，扭头望向海天尽头。

漫天彩霞，犹如打翻的水彩盘。玫瑰紫、胭脂红、水晶粉、染金橙……五彩斑斓的色彩轰轰烈烈地铺陈在天空，像是熊熊燃烧的烈火般毫无保留地宣泄着秾丽耀眼。

海风呼呼，吹得衣裙鼓胀，洛兰不禁闭上眼睛，觉得自己像是要乘风而去。

日升月落，潮生潮灭。

海浪声一起一伏，吟唱不停。

从古到今，从过去到现在，哀叹着人世间的悲欢离合。

风从哪里来

吹啊吹

吹落了花儿，吹散了等待

沧海都化作了青苔

…………

347

"妈妈！"

小朝的声音突然响起，洛兰睁开眼睛。

皓月当空，清辉洒满海面。

小朝和小夕赤着脚，踩着浪花飞奔过来。Y-578不远不近地跟在他们后面，受伤的翅膀已经医治过，肩胛骨上固定着透明的凝胶。

小朝一脸兴奋，连比带画地说："阿姨说晚上吃海鲜烧烤，管家派了一个侍者，他可以直接潜到海底捞起这么大的贝壳。好厉害，他可以在海底呼吸！"

洛兰微笑着问："你喜欢这里吗？"

小朝不说话了，脸上的兴奋渐渐消失，好一会儿后，她小声说："不喜欢。"

小夕附和姐姐："我也不喜欢。"

洛兰点点头："嗯，我也不喜欢。"

小朝和小夕目光炯炯，期待地看着洛兰。

洛兰说："很多年前，有一个人带我来泰蓝星，我和你们一样去逛了奴隶贩卖市场，我觉得很不喜欢，可又不知道能做什么。在这个海滩边，他对我说，我不是普通人，我有能力改变这个世界。"

小朝困惑地问："怎么改变？"

洛兰叫："艾米儿。"

"在。"艾米儿从黑暗中现身，和小朝、小夕一样满脸困惑。

洛兰说："联系天罗兵团的兵团长。"

艾米儿愣住。

洛兰说："据我所知，你曾经在天罗兵团待过，不会不知道天罗兵团的兵团长是谁吧？"

艾米儿说："我当然知道他是谁，但他不知道我是谁。"

"相信我，他现在知道。就说龙心找他。"

艾米儿联系天罗兵团。

本来以为会经过层层通报，时间漫长，没想到天罗兵团的团长华莱士很快就接受了这个突然而至的视频对话。

华莱士对洛兰欠了欠身子，客气地说："好久不见。我记得上次见阁下，还是和龙头一起。"

洛兰淡然地说："团长的确和我哥哥碰过面，但我们从来没有见过面。"

华莱士确认了洛兰的身份，越发客气："请问阁下找我有什么事？"

洛兰说："泰蓝星受天罗兵团保护控制？"

"是。"

"我要泰蓝星，什么条件？"

洛兰开门见山，华莱士也非常爽快："听说阁下在曲云星设立了以英仙叶玠命名的基因研究院，龙血兵团派了一队研究员去曲云星学习交流，我希望阁下能允许天罗兵团也参与。"

"好。团长派人去找刺玫商议具体细节。"

"和阁下合作非常愉快。"华莱士满面笑容，客气地表达感谢。

"我也是。"

洛兰干脆利落地关闭了视频。

艾米儿满面呆滞，这样就可以了？

小朝和小夕惊讶地对视一眼，问："这样就可以了？"

洛兰笑："你觉得很容易？"

小朝点头。

"如果你说你要泰蓝星，天罗兵团会给吗？"

小朝摇头。

"艾米儿阿姨呢？"

小朝摇头。

"你还能想出别人吗？"

小朝求助地看艾米儿，艾米儿摇摇头。小朝说："不能。"

洛兰微笑，"你觉得很容易吗？"

小朝摇头。

洛兰说："这个星际，能从天罗兵团手里不费一兵一卒拿走泰蓝星的人，只有我！因为我说的话后面不是空无一物，我是能调动龙血兵团的龙心，我是基因大师神之右手，我是阿尔帝国的皇帝英仙洛兰。这些都不是凭空掉下来的，是我……"洛兰伸出手，一一合拢手指，握成拳头。

小朝和小夕都明白了。一个人说的话有没有人仔细聆听，取决于你是谁，但你是谁，取决于你自己。

洛兰说："从现在开始，泰蓝星属于你们姐弟两，把它变成你们喜欢的样子。"

"我们？"小朝和小夕一脸茫然。

"打破并不是最难的部分，最难的是重建。岛上有很多居民，他们要生存，岛上有很多奴隶，他们也要生存。虽然这个星球是囚禁他们的牢笼，可也是他们赖以生存的家园。如何让岛上的居民和奴隶在规则改变后依旧都能生存，一起和平地生存，才是最难的部分。"

小朝看看小夕，迷惘地问："我们该怎么办？"

"仔细观察，努力思索，聆听建议，谨慎行动。在不知道应该做什么前，最好什么都别做。旧规则虽然不好，但总比混乱好。"

"嗯！"小朝和小夕用力点头，一脸似懂非懂，努力理解着妈妈的话。

洛兰沿着海岸线慢慢往回走。

其他人都一脸恍惚，像是梦游一般安静地跟随在她身后。

十几分钟前，泰蓝星还属于星际第二大雇佣兵团，这会儿已经变成两个孩子的星球，连见惯风浪的艾米儿都觉得不真实。

小朝走了一会儿，突然问："妈妈，那个人是谁？"

洛兰沉默不言。

小朝不肯放弃，执着地问："那个带妈妈来琉梦岛的人是谁？"

"殷南昭。"

小朝和小夕对这个名字没有任何感觉，只是默默记住了。艾米儿和Y-578却都悚然，一脸震惊。

小朝崇拜地对洛兰说："殷南昭叔叔没有说错，妈妈是可以改变世界的人。"

洛兰停下脚步，眺望着辽阔无垠的海面，"小朝、小夕。"

小朝和小夕察觉出她语气的慎重，都看着洛兰，专心地聆听。

"你们不是普通孩子，你们也可以改变这个世界。这条路会很艰辛，甚至会很痛苦，但在这条路上你们会遇见最美丽的风景，最美好的人。"

小朝和小夕对视一眼，握住彼此的手。

洛兰微笑着说："海鲜应该已经烤好了，回去吃吧！"

"妈妈呢？"

"我想一个人待一会儿。"

艾米儿一手拉着小朝、一手拉着小夕，身后跟着Y-578，四个人一起离开了。

洛兰一个人站在海边。

一轮皓月悬挂在天空，皎洁的月光洒满海面。

浪潮翻涌，冲上沙滩，卷起一朵朵雪白的浪花。

洛兰抬起手，用匕首划过五根指头。

十指连心，疼痛从指间一直蔓延到心脏。

鲜血顺着手指流下，滴落在海水里。

浪花中透出荧荧红光。

星星点点的红光如同燎原之火般迅速蔓延开来，渐渐覆盖了整个海岸线。

沙滩上，海浪翻卷，一朵又一朵红色的浪花前赴后继，开得轰轰烈烈，就好像一夜春风过，骤然盛开出千朵万朵的红色水晶花，随着潮汐起伏，千变万化、摇曳生姿。

洛兰静静地看着。

我爱你，以身、以心、以血、以命！以沉默、以眼泪！以唯一，以终结！以漂泊的灵魂，以永恒的死亡！

…………

曾经，她亲耳听过很多次这段誓言，有欣悦、有羞涩、有感动，却并没有真正理解这段誓言。

现在，她经历了漂泊、别离、不公、偏见、孤独、死亡，世间诸般苦痛，真正理解了这段誓言，说话的人却已经不在了。

洛兰弯身，滴血的手指从红色的浪花中穿过。

这样的景色虽美，这样的誓言虽然真挚，但你的心愿应该是这世间再没有新婚夫妇需要这样的婚礼，再没有相爱的人需要许下这样的誓言。

洛兰低头看着血色的水晶花重重叠叠、消失盛开，泪盈于睫。

"投我以木李，报之以琼玖。匪报也，永以为好也。"

你送了我一场绝世美景，我给你一个你想要的世界！

半夜。

洛兰回来时，屋子漆黑安静，其他人都睡了，只艾米儿坐在露台上，安静地喝着酒。

洛兰走到她身旁坐下。

艾米儿递给她一杯酒，洛兰仰头一口气喝完。

艾米儿看着她的手指。虽然血已经止住，但因为结了痂，伤痕反倒越发清晰。

艾米儿说："晚上，海边的浪花突然变成了亮晶晶的红色，就像是整个海滩都开满了血红色的水晶花。那个长着翅膀的孩子说，浪花并不是无缘无故地变红，岛上的奴隶们举行婚礼时会用鲜血为引让浪花盛开。"

洛兰沉默不言。

艾米儿拿起一个面具，戴到脸上，"我刚买的面具，好看吗？"

洛兰看着素白的面具，上面有熟悉的花纹。

曾经，有一个人用自己的鲜血一笔笔绘制在她的额头，用唯一的灵魂和全部的生命许下天涯海角的祝福。

艾米儿的声音在暗夜中幽幽响起。

"我妈妈是一个跳肚皮舞的舞娘，她死后，我也成了跳肚皮舞的舞娘，跟着杂耍团在星际间四处流浪。后来，我爱上一个男人，他是天罗兵团的雇佣兵，我就跟着他去了天罗兵团。他让我为他的队友跳舞，我傻乎乎地跳了。他的队长看中了我，我男朋友居然完全没有反对地让他带走了我。

"我用一把水果叉子把那个队长阉了，他们把我抓起来，却没有杀我，一直变着法子折磨我。我不堪忍受，想要求死，却连自杀都做不到。

"一个晚上，他们把我从监牢里拎出来，又在凌辱取乐时，一个戴着面具的男人从天而降般突然出现，把那些凌辱我的男人都杀了。

"我请他杀了我，他却说既然有死的勇气，不如向死而生。他给我买了一张离开的飞船票，送了我一把可以保护自己的枪，还教了我怎么开枪射击。

"凭着他教我的杀人技巧，我几经辗转，加入烈焰兵团，成为雇佣兵。

"第二次见到他，是在烈焰兵团的驻地。

"几十年没见，他还总是戴着面具，可是，当我看到守卫森严的驻地中突然有一个人像是在自己家一样悠闲地散步，我知道就是他了。

"他也认出了我，没有杀我，放我离开。

"我问他在调查什么，表示我可以帮他。他笑着说如果我想帮他，离开烈焰兵团就行了。我知道他这不是让我帮他，而是他在帮我。他出现在烈焰兵团，肯定不会毫无因由，烈焰兵团应该惹上了什么事。

"我离开烈焰兵团，去了曲云星，应聘公职岗位，在政府部门找了一份清闲的工作。

"第三次见他，也是最后一次见他，他就戴着这样一张面具。

"他请我帮个忙，申请去卫生部门工作。他留下一个邮箱地址，叮嘱我不管发生任何异状，立即发信。后来，曲云星暴发疫病，我按照他留下的邮箱地址写信，对方回复了详细的防疫和救治方法，我一一照做，竟然一举成名，成为最受关注的政坛新星。

"后来，我写信感谢他，那个邮箱却已经失效，我写的信再没有发送出去。"

洛兰安静地聆听，一直未发一言。

艾米儿把面具放到洛兰面前，"你没有任何话想说吗？"

洛兰说："救了你的人是殷南昭。他曾经是泰蓝星的奴隶，后来去了奥丁联邦参军。因为一时激怒，违反军规，私自来泰蓝星摧毁中央智脑，杀死残暴的奴隶主。他应该是顺路去天罗兵团找麻烦时，碰到了被雇佣兵欺辱的你。"

"殷南昭！"艾米儿低声念了一遍他的名字，眼中泪光闪烁，"这么多年没有一点他的消息，我猜到他有可能死了，但总希望自己感觉错了……"她猛地端起酒杯，一口气喝尽。

这么多年，一直想知道他是谁，却没有想到会在知道他是谁时得知他的死讯。

353

洛兰说："我爸爸说每个人有三次死亡。第一次死亡，是他的心脏停止跳动时。肉身死去，这是生物学意义上的死亡。第二次死亡，是他的葬礼。亲朋好友都来正式道别，宣告一个人已经离开这个世界，这是社会学意义上的死亡。第三次死亡，是最后一个记得他的人死亡时，时光将他活过的痕迹完全抹去，那他就彻底消失，真正死了。"

艾米儿看着洛兰。

洛兰垂目看着桌上的面具，手指从面具上抚过，"谢谢你的假面节。"

艾米儿鼻子一酸，眼泪差点夺眶而出，她急忙掩饰地拿起酒瓶倒酒。

夜幕低垂，笼罩四野。

澎湃的海浪声时起时伏，随着海风一直不停地传来。

两人安静地喝着酒。

艾米儿轻声问："为什么带小朝和小夕来这里？"

"我希望小朝、小夕明白自由和尊严对异种意味着什么，为什么很多异种为了自由和尊严会宁愿舍弃生命。小朝和小夕从出生起就没有见过父亲，感情上肯定偏向我，我希望他们能理解他们父亲的所作所为，不要因为我而怨恨他们的父亲。"

艾米儿听得心惊肉跳，屏息静气地问："小朝和小夕的父亲是谁？"

"小角。"

艾米儿长吁口气，温柔的笑意浮现在眉梢眼角，娇嗔地说："我就知道是他！除了他，谁还敢要你这种一点女人味都没有的女人？"

洛兰喝了口酒，慢悠悠地说："小角还有一个名字……辰砂。"

艾米儿倒抽一口冷气，差点失手打翻酒杯，满面震惊地瞪着洛兰。

这段时间，全星际的新闻铺天盖地都是辰砂。

——奥丁联邦的新任执政官，死而复生，从地狱归来的王者。

——发动军事政变，用铁血手段除掉前任执政官楚墨，囚禁前任治安部部长棕离。

——阿尔帝国不敢正面对抗，不得不暂时退兵。

——还有洛兰女皇在奥丁联邦做间谍期间，辰砂和女皇那段钩心斗角、扑朔迷离的假婚姻。

　　艾米儿喃喃问："阿尔帝国还要继续攻打阿丽卡塔星吗？"

　　"当然！因为我要做奥丁星域的女皇。"洛兰笑举起酒杯，对着黑暗的夜色敬了敬，一口把剩下的酒喝完。

Chapter 20

最高明的谎言

最高明的谎言是真话假说，假话真说，对方心里有什么就会信什么。

嘀嘀。

信号接通时，林坚一身戎装，正在工作。

他指着奥丁星域的军事星图说："我正好有事和你商量。"

"什么事？"洛兰问。

"现在，奥丁联邦由辰砂执政，左丘白和辰砂不和，不可能赶回奥丁星域去支持辰砂。左丘白在这里继续和我们打下去没有任何意义，已经无心恋战，我也不打算紧追不放，想从这边的战场撤兵，去支援奥丁星域的战役。"

洛兰没有同意林坚的计划："左丘白虽然已经无国可守、无家可归，但他有北晨号太空母舰，四十万的兵力，不能掉以轻心。"

林坚心中焦急，忍不住语调升高："辰砂威胁你不撤兵就死！只有一个月的时间，我们必须尽快采取行动，部署作战策略。战争打到这一步，就算你想撤兵，所有将领和战士都不可能答应，更何况，你根本不能撤兵……"

洛兰斩钉截铁地说："你放心，我发动的战争，我负责！一天没有达成目的，就绝不会撤兵。"

林坚松了口气，剥开一颗糖果塞到嘴里，"你既然不打算撤兵，依旧要征服奥丁联邦，为什么不让我去支援奥丁星域？"

洛兰解释："楚墨是个心思非常缜密、非常偏执的疯子，我总觉得他不可能那么简单就死了，老是隐隐担心会发生什么。"

"能发生什么？那种基因武器的确杀伤力惊人，可传染力有限，只能通过体液直接接触才能传播，现在楚墨人都死了，已经不能继续研究，你还在担心什么？难道担心辰砂会继续楚墨的研究？"

洛兰摇摇头："如果楚墨的研究资料全部落在辰砂手里，我倒不担心了。辰砂会用这个威胁我，作为两国谈判的筹码，但除非我做了丧心病狂的事，逼得异种无路可走，否则，他一定不会真采用这种毁灭性武器。"

林坚嘴里含着糖，鼓着一边的腮帮子，歪头看着洛兰。

辰砂可是狠狠欺骗过女皇陛下。按道理来说，任何人经过这样的背叛都不敢再轻易相信一个人，可女皇陛下居然毫无理由和证据地就做了判断。不知道她自己有没有察觉，她对辰砂的了解和信任远远超出……某个高度。

林坚也不知道该怎么定义"某个高度"，因为女皇陛下和辰砂的关系太过复杂。

洛兰不解地问林坚："你干吗这么看着我？"

林坚急忙掩饰地说："没什么，只是在思考陛下的话。"嗯……是在思考，只是略微跑题地思考。

洛兰说："如果楚墨有什么后续计划，一定会交给左丘白执行，我们不能掉以轻心。"

林坚说："十五天。我会在这里再坚守十五天，如果左丘白撤兵，我也会部署撤兵事宜，让英仙二号太空母舰去支援奥丁星域的战场，我们不能任由辰砂屠杀林楼将军他们。"

目前的情况下，这是最合理的安排，洛兰只能同意："好！记住，不管左丘白有任何异样，都立即向我汇报。"

北晨号星际太空母舰。

封小莞蹑手蹑脚地溜到军事禁区外面，躲在角落里偷看。

一队全副武装的士兵护送着几个穿着白色研究服的研究员往前走，其他人都精神萎靡，看上去像是囚犯，只前面一个长着娃娃脸的男人很精神。

封小莞隐约听到士兵叫他"潘西教授"。

潘西教授推着一个医疗舱，医疗舱里躺着一个女人。

他似乎十分紧张医疗舱里的女人，时不时低头查看一眼控制面板上的数据。

封小莞屏息静气地盯着医疗舱。

那个昏睡不醒的女人不就是洛洛阿姨提到过的紫姗吗？紫姗不是在楚

358

墨手里吗？怎么会出现在北晨号上？

封小莞面色凝重，仔细思索。

突然，一个男人的声音毫无预兆地在她耳畔响起："看到了什么？"

封小莞被吓了一跳，全身骤然僵硬。

她缓缓吐出一口气，回身看着左丘白，一脸"我是在偷看，有本事你来打我啊"的欠揍表情。

左丘白很无奈，指指周围："军事禁区的外围虽然防守不如里面严密，但也到处都是监控，你的一举一动智脑都会监测到。"

封小莞想到刚才偷偷摸摸，自以为谨慎小心的样子全部落在左丘白眼里，觉得好丢脸，恼羞成怒地说："你以为我不知道有监控吗？我就喜欢偷偷摸摸四处看！"

"四处看什么？"

封小莞气鼓鼓地说："看你们想干什么，偷偷报信给英仙洛兰。"

左丘白失笑："你就这么恨爸爸？"

封小莞翻着白眼嗤笑："这位叔叔，请别自作多情，我妈死得早，她可没告诉我你是我爸爸。"

左丘白没有在意，好脾气地拍拍封小莞的头："你比你妈妈心肠硬，这是好事。"

封小莞嘲讽地问："因为心肠硬的人才能活得久吗？比如你？"

左丘白眼中隐有悲伤，沉默地凝视着封小莞。

封小莞不屑地撇撇嘴，双手插在外套兜里，想要大摇大摆地离开。

左丘白揪着她的脖领子，把她揪了回去。

"喂，你干什么？男女有别，你再动手动脚，我不客气了！"封小莞炸毛，冲左丘白挥拳头。

左丘白淡然地说："你的上课时间到了，老师正在等你。"

封小莞一脸郁闷，长吁短叹，但无力反抗，只能被左丘白强行押送到课室。

今天的课是机械课，负责教她机械课的老师是太空母舰上最资深的机械师，来教导封小莞这个机械小白完全就是大材小用。

封小莞和左丘白第一次见面时，左丘白和颜悦色地问她上过学吗，封小莞老老实实地回答从没有上过学，压根儿不知道学校长什么样。

左丘白又问她这些年都做了什么，封小莞老老实实地回答一直待在实验室里做实验。

自那之后，左丘白就给她安排了很多课，杂七杂八什么都有，从唱歌跳舞到格斗枪械，似乎想要把她成长中所有缺失的课都补上。

封小莞知道左丘白脑补过头想偏了。

她是从没有上过学，可神之右手在亲自教她；她是一直待在实验室里做实验，不过，不是被人研究的实验体，而是主导研究的研究员。

但是，她没有解释，因为她本来就是故意的。

邵逸心叔叔说过，最高明的谎言是真话假说，假话真说，对方心里有什么就会信什么。

左丘白心里有愧疚，才会急于弥补。

既然他喜欢愧疚，那就让他愧疚去吧！她就当是帮妈妈收点利息。

机械课老师问："今天是自选作业，你有什么感兴趣想要做的吗？"

封小莞心里十分激动，脸上却做出很为难的样子："我想想。"

…………

左丘白对封小莞学什么完全不拘束，由着她兴趣来。

封小莞表现出对机械制作的兴趣，他就多加机械课，把她不感兴趣的课都取消。

其实，封小莞对当机械师没有任何兴趣，只不过她无意中听邵逸心叔叔讲过一个洛洛阿姨的故事。

洛洛阿姨的飞船遭遇可怕的事故，她一个人在无人星球上待了三十年。

因为通信器坏了，她不得不按照智脑里残留的书籍，自己摸索着学习机械通信知识，最终组装成功一个信号发送器，把自己救了。

封小莞在登上北晨号太空母舰时，从里到外都接受严格检查，被脱得精光，连内衣都被拿走销毁了。

估计洛洛阿姨早料到这些，压根儿没有给她准备任何东西，也没有给她布置任何任务，只是可有可无地说："保住性命的前提下，你看着办吧！"

封小莞发现机械课时，灵机一动，就决定"看着办"了。

不过，左丘白不是傻子，她可不敢组装正儿八经的通信器，但她可以向洛洛阿姨学习，尝试着组装一个洛洛阿姨曾经组装过的摩斯电码信号发送器。

…………

封小莞装模作样地思考了一会儿，对老师提出："我想做一个老式的摩斯电码发送器。"

老师诧异地说："这种信号器早已经淘汰了，没有实际用处。"如果不是他经验够丰富，也许压根儿不知道封小莞在说什么。

封小莞笑眯眯地说："我看老电影时看到过，觉得很好玩，不需要太复杂，只要能像电影里面一样发送SOS的求救信号就行。"

老师没有异议，同意了封小莞的作业设计。

封小莞先绘制设计图，再挑选材料，老师帮助她修改了一下设计图，又帮她增补删减了一些材料，然后把材料上报给智脑。

作为早已经淘汰的无用东西，果然没有引起智脑的注意，顺利批准了封小莞的材料申请。

封小莞捧着一盒子材料回到自己的舱房。

她把材料一件件放到桌上，把设计图投影到桌子前面，表情严肃地坐到桌子前，准备完成作业。

封小莞轻轻叹了口气。

这东西十分原始，信号传输距离有限，而且是一个只能发送"SOS"的信号器，其他任何信息都不能发送。

她也不知道做这个能有什么用，就算成功把求救信号发送出去又能怎么样？但是，如果什么都不做，她觉得自己会疯掉。

从小到大，虽然日子曾经过得颠沛流离、十分清苦，可从来没有这么孤单过。

一直有深爱她的人在她身边！

她疯狂地思念邵逸心叔叔、洛洛阿姨，还有阿晟。

邵逸心叔叔和洛洛阿姨都是非人类，没有她也会照常过日子，但阿晟……他们第一次分开！

明明知道洛洛阿姨会照顾阿晟，可是，她都放心不下阿晟，阿晟肯定也放心不下她，担心她担心得要命吧！

…………

封小莞看着桌上的材料，握握拳头，对自己说"努力"！

她深吸口气，摒除一切杂念，开始专心致志地组装信号发送器。

在泰蓝星玩了两天后，洛兰和艾米儿一起回曲云星。

旅途中，洛兰没有工作，像是一个无所事事的家庭妇女般带着两个孩子做玫瑰酱。

小朝和小夕非常兴奋，一本正经地穿着厨师围裙、戴着厨师帽，各自用一盆子玫瑰花，跟着洛兰一步步做玫瑰酱。

先把玫瑰花洗净阴干，去掉花托、花萼，再把花瓣和冰糖搅拌充分，加入一点点梅卤，最后装进玻璃罐封存。

艾米儿端着杯酒，斜倚在舱门边，忧心忡忡地建议："尊敬的女皇陛下，你是不是应该召集幕僚团队，仔细研究一下怎么解决奥丁星域的问题？"

洛兰一边指导儿子摘花萼，一边说："我现在正在研究。"

艾米儿嘲笑："用玫瑰酱？"

"嗯，用玫瑰酱。"

艾米儿无奈地摇头。

以前女皇陛下孜孜不倦地工作，让人焦虑；现在她每天四处闲逛地不工作，也让人焦虑。

小朝一边挑拣玫瑰花，一边说："妈妈，我和小夕商量怎么治理泰蓝星，碰到一个问题。"

"什么问题？"

"泰蓝星的经济以旅游业为主，每年的收入都不错，以前受天罗兵团的保护管理，没有人敢打泰蓝星的主意，如果没有天罗兵团，就是一只任人宰割的肥羊。"

"解决方案？"

小夕说："我们想雇佣龙血兵团保护泰蓝星。"

洛兰点点头，"想法合理，但泰蓝星距离天罗兵团的星域近，距离龙血兵团的星域远，这样舍近求远地选择雇佣兵团不符合星际规则，龙血兵团和天罗兵团在各自的势力范围上有默契，为了避免不必要的麻烦，应该不会接。"

小朝和小夕面面相觑。

他们选择龙血兵团不是临时起意，而是经过认真地讨论分析。他们要在泰蓝星实行改革，废除奴隶制，风险很大，没有强有力的军队，不但无法保证星球内部的安定，还有可能面对整个星际的攻击。

洛兰问："这是你们自己的想法吗？"

"是。不过，我们询问过清初、清越，还有Y-578的意见。"

洛兰想了想，说："我有个佣兵团推荐给你们。"

小朝和小夕异口同声，急切地问："哪个佣兵团？"

"小角佣兵团。"

艾米儿突然被酒呛住了，不停地咳嗽。

小朝和小夕一脸茫然。他们做研究时，把星际排名前二十的佣兵团都看过了，没有小角佣兵团。实力太弱的佣兵团，即使雇佣了，武力也不足够应对他们可能面临的麻烦。

小朝体贴地帮艾米儿倒了杯水，等艾米儿缓过气来，她说："阿姨，你帮我查查小角佣兵团。"

艾米儿无语地白了眼洛兰，真是专业坑娃的亲妈啊！

艾米儿调出小角佣兵团的注册资料。小朝和小夕盯着屏幕发呆。

十秒钟就能读完的履历。

小角佣兵团成立于二十多年前，从成立到现在，人数没有任何变动，一直只有两位成员，团长辛洛，副团长小角。

小夕严肃地问："妈妈，你是想帮我们省钱吗？"

小朝嘟囔："这种佣兵团压根儿没有业务吧？"

艾米儿又开始咳嗽。

"有。"洛兰指指艾米儿。

艾米儿一边咳嗽，一边说："曲云星雇佣了小角佣兵团。"如果洛兰不说，她都完全忘记了。不过，曲云星的确一直在接受小角佣兵团的保护，否则，就她这些年折腾的那些事，已经足以引起公愤，让人把她灭了。

小朝和小夕满脸困惑惊讶。

艾米儿清清嗓子，郑重地说："接受你们妈妈的建议，雇佣小角佣兵团。虽然他们只有两个人，但这两个人……一定能保护你们！"

小朝和小夕只能同意："好，我们雇佣小角佣兵团。"

洛兰把一片沾了冰糖的玫瑰花塞进嘴里，甜得眯起眼睛，笑着说："只要按时付钱，小角佣兵团一定会保证你们和泰蓝星的安全。"

艾米儿无语地翻白眼，变着法子坑娃的亲妈！

折腾了几个小时，洛兰做了一大瓶玫瑰酱，小朝和小夕各做了一小瓶。

三个人在玻璃罐上写上自己的名字和制作日期。

小朝期待地说："不知道好不好吃。"

洛兰把他们的玫瑰酱收走，笑眯眯地说："抱歉，我要拿去送礼，你们想知道好不好吃，问收礼的人吧！"

小朝和小夕惊愕地看着洛兰。什么人需要他们亲手做礼物？

突然，小朝反应过来，拽拽小夕，激动地说："我知道了！是要给……"

洛兰食指放在唇上，示意他们保密。

小朝和小夕用力点头，忍不住地咧着嘴傻笑。

距离曲云星最近的空间跃迁点在啤梨多星附近。

战舰完成空间跃迁后，还要继续飞行两个小时，才能到曲云星。这还是洛兰的战舰，全星际最快的战舰，如果换成普通飞船，时间要再长很多。

洛兰不满："交通太不方便了，应该在曲云星的外太空建立空间跃迁点。"

艾米儿笑嘻嘻地说："半年前给星际航线管理委员会递交了申请，连一审都没通过就被驳回了。"

洛兰不吭声。

阿尔帝国是委员会的常务委员之一。洛兰以英仙叶玠的名义在曲云星设立基因研究院和基因医院的事，连天罗兵团都知道，并且敏锐地嗅到异常，积极要求参与，阿尔帝国的官员们居然没有丝毫反应。

艾米儿做了个鬼脸，像是导游般询问："啤梨多星盛产矿石，护目镜非常有名，来都来了，要不要去逛逛？"

洛兰心里一动，说："好！"

一行人转乘小型飞船到达啤梨多星。

下飞船后，洛兰按照智脑的指引，带两个孩子去最热闹的商品街，也是啤梨多星赫赫有名的黑市所在地。

洛兰是度假心态，像游客一般漫无目的地闲逛。

两个孩子第一次来，更是稀奇，一直好奇地东张西望。

啤梨多星鱼龙混杂，治安不是很好。艾米儿不敢掉以轻心，一直紧跟着两个孩子。

洛兰对小朝和小夕说："我和你们爸爸来过这里。"

小朝和小夕立即觉得原本陌生的地方变得截然不同了，似乎一切都有了几分亲切感。

小朝问："在我们出生前？"

"嗯。"

小朝感兴趣地问："那时候你们是男女朋友了吗？彼此喜欢吗？"

洛兰不知道该怎么回答。

小朝锲而不舍地继续追问："你和爸爸谁先向谁表白的？"

洛兰无语。什么时候她的女儿已经大到可以和她讨论这种话题了？

小朝对小夕眨眨眼睛，"妈妈不好意思了。"

小夕仔细打量洛兰，似乎不相信妈妈会不好意思。

洛兰无奈，说："我和你们爸爸的情况比较复杂，不是喜欢不喜欢、表白不表白的问题。"

小朝趴在小夕肩头咯咯地笑。

艾米儿无语地摇头，何止是比较复杂？！

洛兰说："找到了。"

她站在一间店铺前，拿起一副造型古板的黑框眼镜，对小朝和小夕说："这种眼镜是用啤梨多星的特有矿产啤梨多石制作的，能过滤一切对眼睛不好的光线，保护你们的视力。你们俩一人挑一副吧！"

小朝捂着额头做晕倒状，"妈妈，谁如果送你这个，你就和他绝交吧！"

洛兰把眼镜放在鼻梁上，"真的吗？"

小朝非常坚决地点点头。

洛兰一边弯下身挑选眼镜，一边漫不经心地说："你爸爸送我的第一份礼物就是这样的眼镜。"

小朝立即变脸，一边甜甜地笑，一边凑到洛兰身边和她一起挑选眼镜，"这种眼镜不追逐潮流，是古典美，很斯文端庄，必须要有一定的鉴赏力才会欣赏，我年纪小不懂欣赏……"

艾米儿忍俊不禁，忍不住掐掐小滑头的脸颊，搂着小朝的肩笑得直不起腰。

洛兰郁闷。

她和辰砂都不是这种巧言令色的性格，怎么女儿长歪了？

三个女人站在店铺前，一副眼镜又一副眼镜地仔细挑选。

小夕一动不动地站着，隔着熙熙攘攘的人潮，盯着人群中的一个男人。

一个和爸爸长得很像的男人。

他穿着一件半旧的棕色外套，戴着帽子，帽檐压得很低，遮住了眉眼，但仔细看依旧能看到大致轮廓。

他的五感非常敏锐，小夕的目光落到他身上的一瞬，他几乎立即察觉到，微微侧头，视线状似无意地从小夕身上一掠而过，看到洛兰时，他的目光突变，猛地停住脚步。

长街上，人来人往，络绎不绝。

隔着茫茫人海。

他一直看着洛兰。

小夕一直看着他。

他肯定知道小夕在盯着他看，但此时此刻他的目光中已经容纳不下任何其他人。

小夕确定了，他不是和爸爸长得像，而是，他就是爸爸。

他的目光那么专注炽烈，小夕以为他肯定会走过来见妈妈，可是，当妈妈直起身时，他却决然转身，几乎瞬间就汇入人群，消失不见。

小夕急切地四处张望，却再找不到他的身影。

洛兰顺着儿子的目光四处查看，没发现什么异常，"怎么了？"

小夕张了张嘴，摇摇头，"没什么。"

洛兰知道肯定不是没什么，可孩子大了，迟早会有自己的心事，她没有再追问，把一副棕色的眼镜放到小夕脸上，"怎么样？"

小夕胡乱点点头，表示可以。

艾米儿挑选了半天，还是嫌丑，一副眼镜都没买。

洛兰买了四副眼镜，她自己、女儿、儿子各一副，还有一副男式眼镜，洛兰选了一个纯色礼盒，吩咐机器人包好。

小朝笑嘻嘻地看着，一脸兴奋期待。

小夕表情木然，一脸漠不关心。

回到战舰上，小朝避开所有人，拽住小夕问："一脸不高兴，发生什么事了？"

小夕闷闷地说："我看见爸爸了。"

小朝大惊失色："哪里？刚才在啤梨多星上？"

小夕点点头。

"他看见你了吗？"

小夕点点头，又摇摇头。

"到底什么意思？"

"他看见我了，但他一直看着妈妈，没仔细看我。"

"他不盯着妈妈看，应该盯着谁看？那是好事啊！"

"可是，妈妈回头时，他走了。"

小朝脸上的笑一下子没了。

小夕问："妈妈多买的那副眼镜是送给爸爸的吗？"

小朝皱着眉头，没有吭声。

洛兰回到自己的舱房。

打开保险箱，把包好的眼镜放进去，里面还有两个礼盒，一盒里面装着姜饼，一盒里面装着玫瑰酱。

洛兰沉默地盯着两个礼盒。

一会儿后，她打开个人终端的通讯录，找到小角的通信号码。

个人终端弹出一条信息，询问：要联系小角吗？

洛兰点击联系。

个人终端里传来"嘀嘀"的拨号音。

洛兰记得，是在曲云星上时，小角恢复人形后，她给小角买的个人终端。后来到了奥米尼斯星，小角不愿意更换新的终端，她就只是让清初替换了系统。

也许因为不想被人察觉异常，小角离开林榭号战舰时，没有摘下个人终端。当他驾驶战机进入奥丁联邦的信号屏蔽区后，个人终端就没有办法再跟踪定位，洛兰不知道他是不是毁掉了个人终端。

现在，听到完整的拨号音，洛兰确定个人终端依旧在，只是不知道是在辰砂身边，还是孤零零地躺在某个角落。

伪装成民用飞船的小型战舰。

辰砂站在舱房中，面无表情地盯着床头。

嘀嘀、嘀嘀。

一声声熟悉的蜂鸣音不停地响起，带着几分尖锐凄厉，像是从另外一个世界传来的召唤。

辰砂如同梦魇，身子僵硬得一动都动不了。

嘀嘀、嘀嘀。

半晌后，蜂鸣音停止。

辰砂才回过神来，一步步走过去。手在床头碰了下，暗箱打开，里面放着一把枪、两块能量匣和一个个人终端。

辰砂拿起个人终端，上面有一条系统自动发送的信息：您有一条洛洛的未接来讯。

辰砂定定地看着。

女皇的私人战舰。

个人终端的系统机械声自动回复：抱歉，您拨打的通信号码暂时无人接听，请稍后再联系。

洛兰苦笑。

稍后？

稍后多久呢？

一个月？一年？还是一辈子？

洛兰关闭个人终端，看着保险箱里的两个礼盒和一个眼镜盒。

虽然辰砂伪装了十年的小角，但他其实完全不认可小角，甚至因为伪装，更加厌恶小角。看来想通过小角联系到他这条路肯定走不通，只能想办法通过官方渠道和辰砂正面联系。

洛兰无声地叹了口气，关闭保险箱。

她按了下通信器，吩咐清初："派人把邵逸心和阿晟带到曲云星，我要见他们。"

"是！"

Chapter 21

世界的秩序

日升为朝、日落为夕。朝朝夕夕，明暗交替、黑白共存，才是世界的
秩序。

北晨号星际太空母舰。

封小莞郁闷地看着眼前的成果。

经过几天努力，她终于完成了机械作业——

一个拇指大小的信号发送器。但是，居然是一个失败的作品。

不知道哪里弄错了，打开按钮后，信号器没有任何动静。

封小莞沮丧地把信号器扔到桌上，盯着设计图发呆。

她有老师检查过的设计图，有老师配置好的材料，都没能按照设计图成功做出信号器，洛洛阿姨一个人在无人星球上，只能根据一些基础理论摸索，肯定失败了无数次吧？

突然，门铃声响起。

封小莞回头看了眼舱门上的显示屏，发现是左丘白。

封小莞扫了眼乱糟糟的桌子，没在意地说："开门。"

智脑打开门。

左丘白身着一身笔挺的军装，走进来。

他看了看堆满工具和零件的桌子，居然一眼就从里面挑出了封小莞做的信号发送器，"你的机械作业？"

封小莞恹恹地说："失败了。"

左丘白把信号器放回桌上，和颜悦色地说："你的射击课时间到了。"

封小莞郁闷地唉声叹气，只能跟着左丘白去上课。

走进训练场，封小莞看看四周，百无聊赖地问："不是到上课时间了吗？老师呢？"

左丘白说："今天我给你上课。"

封小莞诧异地看着左丘白。

虽然她对外界的事情一无所知，但再无知，她也知道现在形势对左丘白很不利。一面是阿尔帝国的英仙洛兰，一面是奥丁联邦的辰砂，都是又硬又狠的角色，左丘白应该压力很大，怎么会有时间给她上课？

左丘白拿起一把枪，递给封小莞。

"老师说你有射击天赋，这段时间学得不错，开几枪让我看看。"

封小莞迟疑了一下，双手握住枪，对准移动标靶开枪。

左丘白耐心地指出她的小错误，一个细节一个细节地纠正她的姿势。

他从背后握住封小莞的手，带着她一连开了十几枪，直到封小莞隐隐感觉到一点什么，左丘白才放开她。

"你用手和用脚时会先用大脑分析评估吗？枪是你身体的一部分，不是工具，不要用大脑去分析，用你的身体记住刚才的感觉。"

左丘白让封小莞自己射击。

左丘白在一旁盯着，过了一会儿，他又手把手地带着封小莞射击。

"你用手去攻击一个人时，不会想着我要瞄准，而是意到就拳到。射击是一个道理，不要思考、分析、瞄准，只需要开枪。"

当左丘白不厌其烦地反复几次后，封小莞似乎真正体会到那种枪是身体一部分的微妙感觉，自己都觉得自己好像真的摸到了射击的窍门。只要坚持练习，有朝一日，她一定能成为射击高手。

不知不觉中，两个小时的射击课结束。

封小莞觉得自己还有余力，左丘白却说到此为止。

封小莞意犹未尽，还想再练习一会儿，左丘白劝导："适可而止。再练习下去，反倒会破坏已有的体悟，以后你只要按照这个感觉练习下去，一定会百发百中。"

封小莞放下枪，莫名其妙地有点尴尬："谢谢。"

左丘白微笑着说："在射击这方面，你像我，比你妈妈有天赋。我教过她射击，不但没教会她，反倒被她狠狠说了一顿。"

封小莞忍不住问："你这么肯定我是你女儿？"

左丘白指指自己的心脏，"我知道。很多年前，因为我只是用眼睛看，才让你妈妈走投无路，不得不去找神之右手求助，现在我用心看。"

封小莞没有底气地嗤笑。

她居然没有办法再像之前一样冷嘲热讽。

这个男人虽然给予了她一半的基因，但从没有在她的生命中留下什么。没有在她牙牙学语时教过她说话，也没有在她蹒跚学步时教过她走路，更没有在她孤独无助时陪伴过她。可是，刚才他握着她的手认真教导她射击时，封小莞接受了他生命中的感悟和体验，他们不再是毫无关系的陌生人。

左丘白拿出一把精致小巧的手枪，递给封小莞。

封小莞下意识地接过枪，不明所以地看着左丘白。

左丘白说："死神之枪，又叫作死神的流星雨，一次只能开一枪，非常鸡肋的属性，但中者必死。我拿着用处不大，你拿去防身吧！"

"我不要！"封小莞想还给左丘白。

"收下！就当作我这个失败的父亲给你的分别礼物。"

分别？封小莞目瞪口呆地看着左丘白。

几个警卫出现在训练场。

左丘白下令："把她带去舱房，关押起来，不允许她踏出舱房一步。"

"是。"两个警卫抓起封小莞就走。

封小莞挣扎着回过头大声质问："左丘白，你要干什么？"

左丘白没有回答，只是笑着对封小莞挥挥手。

封小莞被警卫押送回舱房。

舱门封闭，将她锁在了里面。

封小莞看看自己手里的分别礼物死神之枪，回想起那几个基因研究员和昏迷的紫姗，心里发慌。

她拍着门大叫"左丘白"，没有人理会。

她尝试着想打开舱门，可无论她怎么尝试，都无法打开舱门。

绝望下，封小莞头抵着舱门，喃喃低语："洛洛阿姨，我该怎么办？"

突然间，她想起什么，回身看着桌子上已经失败的机械作业。

她快步走到桌子前，打开屏幕，从头开始看设计图，检查自己哪里犯了错。

曲云星。

太空港口。

紫宴和阿晟戴着手铐走下飞船，在一群警卫的押送下进入一辆空陆两用的装甲车。

洛兰坐在前座，正在处理文件。

紫宴视而不见，沉默地坐到车里，一脸心如死灰，似乎早已将生死置之度外。

阿晟硬生生地挤了个笑出来，探着身子，低声下气地问："最近有小莞的消息吗？"

洛兰淡然地说："没有消息就是好消息。"

阿晟忧心忡忡地看向车窗外。

居高临下地望出去，地面上的景物似曾相识，却又处处陌生，阿晟忍不住问："这是哪里？"

"曲云星。"洛兰说。

阿晟十分惊讶，不过十来年而已，居然完全认不出来了，"曲云星的变化好大。"

洛兰头也没抬地说："将来的变化会越来越大。"

自始至终，不管洛兰和阿晟说什么，紫宴都一脸木然，好像变成了聋子，什么都听不到。

装甲车飞过一片空旷的无人区，降落在新建成不久的生物基因制药公司。

紫宴和阿晟戴着手铐，跟随在洛兰身后走过宽敞明亮的大厅。

迎宾机器人礼貌地打招呼："您好！"

阿晟轻轻叫了声"邵逸心"，紫宴顺着他的目光看过去，发现全息屏幕上是"英仙叶玠生物基因制药公司"的名字，他的表情终于有了一丝变化，眼中闪过诧异不解、警惕戒备。

沿着密闭的通道，洛兰带着他们走过一重重禁卫森严的金属门，中间还经过一个圆柱形的密闭消毒室。

白色的喷雾从四面八方喷向他们，给他们全身消毒，小型机器人仔细打扫清洁他们的鞋子，一个细菌都不放过。

紫宴和阿晟都表情凝重，脚步越来越沉重。

阿晟忍不住出声问："你是要用我们做活体实验吗？"

洛兰沉默地停住脚步。

一瞬后，她回过头看着紫宴，"这也是你的猜想？认为我建立了一个秘密实验基地，研究针对异种的基因武器，现在要拿你们俩做活体实验。"

紫宴冷冷反问："难道不是吗？"

洛兰眼中掠过一丝苦涩，自嘲地说："同样是十年多的时间，骆寻让你觉得她是天使，我却让你觉得是恶魔，看来我真应该检讨一下自己。"

紫宴盯着洛兰，正想仔细分辨她的表情，洛兰已经转回身，沉默地继续往前走。

最后一道金属门打开，眼前豁然开朗。

一个半圆形的宽敞屋子，像是中央监控室。四周是各种各样的控制仪器，半圆形的弧形墙壁全部由玻璃建造，视线通透，能看到外面一望无际的生产线。

几个穿着白色制服的研究员正坐在工作台前紧张地工作，刺玫也在紧张地忙碌，全神贯注地盯着屏幕，核对着密密麻麻的数据。

艾米儿坐在一个舒适的工作椅上，脸上写满"老娘好无聊"的憋闷，完全看不懂周围的人在干什么，只能给自己编辫子玩。

她看到洛兰进来，露出一副"谢天谢地你终于来了"的表情。

洛兰没理会她，走到刺玫身边，轻声问："怎么样？"

刺玫小声向她汇报着工作。

艾米儿不敢打扰她，只能自己找乐子。

她冲阿晟挥挥手，热情地说："好久不见。"

阿晟冲她紧张地笑笑，对紫宴小声说："我们好像误会陛下了。"

艾米儿又冲紫宴笑着挥挥手，自来熟地说："您一定是邵逸心，虽然从未见面，但久闻大名，念念不忘。"她指指自己的手腕，"它还为你们挨过一枪。"

紫宴听不懂她说什么。

艾米儿冲洛兰努努嘴，张开拇指和食指，对准自己的手腕，比画了一个开枪的动作。

紫宴更迷惑不解了。

这两个女人明显很熟稔亲近，完全不像是一个会对另一个开枪的样子，尤其还是为了他。

洛兰突然扬声问："都准备好了吗？"

所有研究员表情严肃，一个接一个高声回答："准备好了！"

每个人都专注地盯着自己工作台上的屏幕，刺玫也坐到了正中间的工作台前，全神贯注地盯着工作屏幕。

洛兰站在监控室最前面，隔着玻璃墙，望着崭新的生产线。

本来就很安静的监控室里更加安静了。

他们凝重的表情、严谨的态度，感染了紫宴、阿晟和艾米儿，虽然完全不知道他们在干什么，却不自觉地屏息静气，生怕打扰了他们。

紫宴顺着洛兰的目光看出去——

寂静中，那一条条生产线，一排排整齐划一的机械臂，都闪烁着金属特有的冰冷光泽，透着执着、坚定，像是一个个坚毅刚强的铁血战士正在列阵等候命令。

洛兰下令："开始！"

刺玫十指敲击，在智脑中输入指令。

中央智脑响起男女莫辨、没有感情的机械声："生产启动准备中，请检测确认……"

随着一道道指令，整个生产线像是一个庞然大物渐渐复活了，开始轰隆隆地运转起来，一望无际的厂房里，成百上千个机械臂做着整齐划一的动作。

随着流水线的转动，在生产线终端出现了一个个密封好的注射剂。

机器人随机抽取检测，显示检测结果：合格。

质检员人手随机抽取检测，显示检测结果：合格。

刺玫一直紧绷的脸终于松弛下来，如释重负地露出了笑意，其他研究员也一脸疲惫喜悦的笑。

一直旁观的艾米儿看不懂，关切地问："是不是成功了？"

刺玫拿起一个机器人送来的注射剂，一边验看，一边含着泪光点点头。

"太好了，恭喜你们！"

艾米儿像个孩子一样拍掌欢呼，但其实完全不明白什么成功了，成功又意味着什么。她只是看洛兰和刺玫他们都十分紧张重视，觉得肯定很重要，就跟着一起开心。

刺玫端着实验托盘，把批量制作成功的注射剂拿到洛兰面前，给她验看。

艾米儿好奇地问："这种药剂能治什么病？"

"麦克。"洛兰拿起一个注射剂，对站在角落里的麦克招招手。

麦克立即走到洛兰面前。

洛兰指指他的胳膊，示意他把袖子卷起来。

麦克毫不迟疑地照做。

洛兰将一管注射药剂注射到麦克体内，"你的基因病是由体内基因的先天缺陷引起，一个疗程三针，连续治疗十二个疗程后，应该就能根除。"

麦克又惊又喜，激动得不敢相信地问："不用做昂贵的基因修复手术就能好？"

艾米儿霍然站起，瞪着洛兰，大声问："这到底是什么药？"

刺玫含着泪说："它叫辟邪，可以修补先天基因缺陷，提高人类生育率，还可以让异种基因和人类基因稳定融合，减少基因异变概率。"

艾米儿目瞪口呆。

紫宴也目瞪口呆。

阿晟因为做过洛兰的实验体，联系到自己身体的变化，很快就明白了，惊喜地问刺玫："你的意思是这种药剂能减少异种得基因病的概率。"

"是！"刺玫盯着紫宴，像是专门在说给他听，"目前的研究数据证明，它的预防效果好于治疗效果。如果能在异种年纪幼小时接种，能有效预防大部分基因病的病变，显著减少病变概率，在成年后提高生育率。针对不同体能的人，适用的辟邪也不同，分为二阶、四阶、六阶、九阶。还有两种不公开发售的天阶和地阶，专门提供给军队等特殊部门，可以消除A级体能以上的突发性异变。"

紫宴转头，看着忙忙碌碌、不停运转的生产线。

刺玫的话一直不停地回响在耳畔。

"……如果能在异种年纪幼小时接种，能有效预防大部分基因病的病变，显著减少病变概率，在成年后提高生育率。针对不同体能的人，适用的辟邪也不同，分为二阶、四阶、六阶、九阶……专门提供给军队等特殊部门，可以消除A级体能以上的突发性异变……"

不知道是自己心脏突然急促跳动，引发了心脏病，还是情绪大起大伏，心理上太过震惊意外，他觉得头晕目眩，眼前的一切变得很不真实，像是一个模糊的梦境。

艾米儿走到玻璃墙前，盯着忙碌运转的生产线，脸部表情罕见地凝重。作为一名称职的总理，她已经迅速想了无数种推广方案，如何先争取普通人的理解支持，再自然而然地普及到异种。

她喃喃低语："一个新时代即将来临！"

紫宴如闻惊雷，神志骤然清醒，真正意识到这种药剂究竟意味着什么。

一直以来，异种受到歧视的原因从根源上被彻底消除！异种变得和人类一样了！

不但普通的基因病能治愈，连可怕的突发性异变也能治愈。每个携带异种基因的人类都和其他普通基因人类的病变概率一样，他们也能正常生育、繁衍，纵然健康上仍然有些许问题，但谁的基因完美无缺呢？

即使因为异种基因影响，体貌上仍然会有异于常人的地方，但与之相伴的异能就像是老天给的馈赠，如同一个人既有不可忽视的缺点，也有不可忽视的优点。

紫宴相信，当人类对异种的偏见慢慢消除后，社会肯定能接受听力灵敏的音乐家、六只手的外科医生、力量强大的战士、视力敏锐的神枪手、长着翅膀的舞蹈家……

　　数万年的认知、偏见，日积月累形成的社会价值观肯定一时难以扭转，根深蒂固的政治体系也肯定短时间内难以改变，这个新时代的来临肯定会有重重波折。

　　但是，曙光已现，乌云再厚，又怎么能阻挡太阳的升起？

　　紫宴盯着洛兰。

　　洛兰却一眼都不看他，自顾自地忙碌着。

　　刺玫把一份注册专利权的资料投影到洛兰面前的屏幕上，"如果资料无误，就可以提交申请，正式向全星际公示了。"

　　洛兰看到主导研究者的一栏只写着"英仙洛兰"的名字，她打开虚拟键盘，修改填写了另一个人的名字。

　　安文。

　　刺玫惊讶地说："安教授？他不是奥丁联邦的罪犯吗？"

　　洛兰说："安教授的确是做了违禁实验的罪犯，但不能因为他犯的罪，就否定他做的事。他是辟邪的主导开发者，耗费了一辈子的心血研究如何治愈异变，积累了大量翔实的数据和资料，我的研究吸收了他的研究成果才能成功。"

　　刺玫点点头，表示明白了。

　　洛兰看到参与研究者的名录里只有刺玫、英仙皇室基因研究所的研究员，以及几个龙血兵团的基因研究员。

　　她命令："搜集所有曾经在安教授实验室工作过的基因研究员，在参与研究者的名单中列明他们的名字。"

　　"是！"刺玫毫不迟疑地接受了命令，"只不过时间久远，很多人都死了，而且是奥丁联邦的事，需要耗费一些时间搜集资料。"

　　紫宴忍不住出声，说："我可以提供。"

　　刺玫对紫宴礼貌地点点头，客气地说："谢谢。"

　　紫宴语塞，难堪地转过了头。

　　他知道刺玫是真心道谢，但他觉得这声"谢谢"更像是嘲讽。

　　毫无疑问，这项研究成果会震惊整个星际，洛兰公正大度地让异种的名字出现在研究者的名单里，让所有人能铭记异种为人类进步做出的贡献。

可他做了什么？就在不久前，他竟然还认定洛兰是想用他做活体实验，研究消灭异种的基因武器。

刺玫又把一份吸血藤的资料投影到洛兰面前的屏幕上，栩栩如生地浮现出吸血藤的全息图片和习性、属性的文字资料。

刺玫说："要向星际物种管理委员会报备新发现的物种吸血藤，如果资料无误，我就提交了。"

洛兰仔细浏览了一遍，在名字一栏将"吸血藤"删去，录入"寻昭藤"。

刺玫问："名字叫寻昭藤？"

洛兰说："是，它的名字是寻昭藤！"

紫宴猛地回头，眼睛一眨不眨地盯着洛兰。

洛兰面无表情，依旧像是什么都不知道。

刺玫笑着说："迟早有一日，它会成为星际中最有名的植物之一，寻昭藤的确比吸血藤好听。"寻昭藤的提取物是辟邪的重要成分之一，它的名字肯定会载入教科书，刺玫当然希望有个更好听的名字。

洛兰沉默不言，只是抬起头安静地看着生产线。

从奥丁联邦暴发第一例突发性异变开始，其实一切都不是偶然，而是一直以来的基因危机加剧了。

基因危机，不仅仅是异种的危机，也是全人类的危机，没有人能独善其身。

寻，寻找。

昭，光明。

人类花费了漫漫四百多年的时间寻找光明。

从安教授的老师，到安教授、安教授的夫人、封林……一代又一代研究员，无数人的艰难跋涉，看似徒劳无功，可所有的努力、坚持、仁慈、智慧像涓涓细流般汇集到一起，最终凝聚成辟邪，为人类驱除灾厄，带来希望。

突然，洛兰的个人终端响起奇怪的提示音，显然是洛兰设置了特别关注的号码。

洛兰立即走到一旁接听。

林坚的声音传来，"左丘白向我递交了书面文件，想要停战投降。"

洛兰愣住。

"陛下？"

"在。"

"看来陛下比我更意外。"

洛兰没有否认："是，我非常意外。"

她想到了左丘白的各种反应，唯独没想到他会投降。

从某个角度来说，楚天清、楚墨他们才是最讨厌憎恶人类的异种，宁愿玉石俱焚，也不会向人类投降。洛兰和左丘白接触不多，不了解他，但洛兰以为他会继承楚天清和楚墨的遗志。

林坚说："我们正在商讨接受左丘白投降的方案，陛下有什么意见？"

洛兰说："你先慢慢谈判，我会立即赶来。"

洛兰挂断音讯，看向艾米儿。

"你要离开了？"艾米儿不知道对方是谁，也没有听到对方说什么，但听到了洛兰说"我会立即赶来"。

洛兰说："通知小朝和小夕，我要带他们一起离开。"

"为什么？"

洛兰一本正经地说："军事机密，不能透露。"

艾米儿以为洛兰在开玩笑，没在意地撇撇嘴，给清越发消息。

为了节省时间，艾米儿吩咐清越直接带小朝和小夕乘飞船去战舰，和洛兰在战舰上会合。

洛兰指指阿晟，对艾米儿说："他留在曲云星。"

阿晟茫然地看看洛兰，又看看艾米儿。

艾米儿张开双臂，笑嘻嘻地对阿晟说："欢迎！"

洛兰率先向外走去，清初走到紫宴身边，抬手做了个请的姿势，"走吧！"

紫宴毫不迟疑地跟着清初往外走。

阿晟下意识地追着他们往外走，麦克和另一个警卫拦住他，他挣扎着急切地叫："我不想留在这里，我要和你们一起。"

洛兰停住脚步，回头看向阿晟。

阿晟说："带上我！我现在已经是B级体能了，不会拖累你们。"

洛兰说："封小莞会来曲云星，你在这里等她。"

阿晟又惊又喜，"你保证小莞会平安到曲云星？"

"封小莞是英仙叶玠基因研究院的院长，我还指望着她好好干活呢。"

阿晟喜笑颜开，"谢谢！"

洛兰看着他。

阿晟又觉得她的目光异样沉重，似乎在透过他凝视另一个人，饱含着悠悠岁月都抹不去的悲伤。

阿晟下意识地摸自己的脸。

洛兰竟然对他笑了笑："再见。"

她转身离开，一步步远去。

阿晟定定地看着她的背影，忽然后知后觉地发现自己像谁。

自从脸上的伤疤变淡，肌肉不再扭曲纠结后，他其实和千旭长得有七八分像。只不过，他没有千旭举手投足间的风采和气度，所以看上去天差地别，连他自己也一直没有意识到。

英仙二号太空母舰。

舱门打开，紫宴从被关押的舱房里走出来。洛兰看了眼警卫，警卫上前帮紫宴把手铐打开。

紫宴看着洛兰。

洛兰淡然地说："你想知道我究竟想干什么，很快就能知道了。"

洛兰大步走着。

紫宴默默尾随在后。

金属门打开，清初领着两个孩子在金属门外等候。

洛兰对两个孩子介绍："邵逸心叔叔。"

小朝和小夕礼貌地叫："邵叔叔，您好！"

紫宴惊疑不定，不明白战舰上为什么会有两个孩子。

洛兰淡然地说："我的女儿和儿子。"

紫宴满面震惊。

洛兰却似乎没有再开口解释的欲望。

紫宴脑子里一团混乱，一会儿一个念头。无数念头飞掠而过，却一个念头都没有抓住。

他不停地打量两个孩子。

两个孩子第一次见到星际太空母舰，感觉两只眼睛完全不够用，一边走，一边兴奋地东张西望。

紫宴看了半晌也没看出所以然。

洛兰让清初和清越带两个孩子边走边看，慢慢来，她先去见林坚。

洛兰对紫宴说："你和清初待在一起，我见完林坚后，有事情和你商量。"

紫宴忍不住问："孩子的父亲在哪里？"

洛兰笑了笑，什么都没说地离开了。

洛兰走进林坚的办公室，林坚正在研究左丘白发来的投降方案。

洛兰问："左丘白真要投降？"

"千真万确。"

洛兰问："什么条件？"

"一、归降阿尔帝国后，不能解除他的兵权，也不能拆分他的军队。二、只要我们保证物资补给，他愿意率领军队为阿尔帝国驻守边际星域。"

洛兰思考了一瞬，发现相当于阿尔帝国重金为自己请了一个专门执行危险任务的雇佣兵团。她能收服一支能征善战的异种军队，左丘白则既能养得起士兵，又能为自己和手下的士兵保留尊严。

听上去是一个对双方都有利的提议。洛兰问："我们现在根本打不下

383

来北晨号，左丘白为什么要投降？"

林坚回答："三个原因。一、辰砂当上奥丁联邦的执政官后，左丘白其实已经被奥丁联邦驱逐，如果辰砂打赢了我们，肯定会派兵围剿他。二、不管北晨号太空母舰多么强悍，都需要物资和能源补给，左丘白肯定不想让战士跟着他做海盗，四处抢劫。三、左丘白和辰砂有仇，北晨号上的士兵和辰砂没有，左丘白孤身一人，可以抛弃阿丽卡塔，北晨号上的士兵不可能抛弃自己的亲人和家园。短时间内出于军人的服从天性，他们会跟随左丘白，但时间长了，他们肯定会渴望回到阿丽卡塔。"

洛兰点点头，"这也是辰砂不着急攻打北晨号的一个原因，他知道那些士兵的根在阿丽卡塔，如果左丘白一意孤行，他们迟早会放弃左丘白，主动联系辰砂，请求回家。"

林坚拍拍左丘白的投降方案，"左丘白是聪明人，他选择投降，把利益最大化，是最正确的选择。"

听上去的确很合情合理，但……洛兰问："有没有可能是诈降？"

"不像。"林坚指着投降方案说，"左丘白承诺，他会带北晨号上的一半舰长来英仙二号太空母舰投降，登陆母舰时会提前解除所有武装、配合检查。"

洛兰仔细看完左丘白的投降方案，的确非常有诚意，没有任何问题。

如果北晨号太空母舰的一半将领解除武装，进入英仙号太空母舰，在阿尔帝国的重兵控制下，不管北晨号太空母舰再装备精良、兵力充足，都不可能闹出什么事。

但是，她总是隐隐地不放心。

林坚语重心长地说："陛下，那是北晨号星际太空母舰！我们不可能拒绝北晨号星际太空母舰的投降。如果北晨号和英仙二号一起进驻奥丁星域，即使是辰砂，只怕也守不住阿丽卡塔星！如果我们不放心左丘白，可以不派他出征，单只是北晨号投降这个消息就已经可以严重打击奥丁联邦，瓦解他们的斗志，更不要说潜在的威慑、长远的战略利益。"

洛兰说："我明白。"

正如林坚所说，那是北晨号星际太空母舰，某种意义上几乎是奥丁联邦的象征，它的投降本就是阿尔帝国发动战争的目的，他们不可能拒绝。

林坚保证："事关重大，我会非常谨慎小心，布置好每个环节。"

洛兰说："告诉左丘白我答应他的全部条件。"

既不能因为没有根据的隐忧就拒绝左丘白的投降，又不能完全相信左丘白、安心接受他的投降，只能提高警惕，做好万全的布置，走一步看一步。

　　林坚和洛兰说完正事，笑嘻嘻地说："正事说完，聊点私事。我有个好消息告诉你。"

　　洛兰抬手做了一个邀请的姿势，请他继续。

　　"邵茄怀孕了。"

　　洛兰面无表情地看着林坚。

　　林坚最近好像一直待在英仙二号太空母舰上。他和邵茄公主能实际见面的机会应该就是交换人质时，邵茄从左丘白手里脱身后，好像在英仙二号太空母舰上待了半天，稍事休整后才返回奥米尼斯。

　　林坚冲她得意地眨眨眼睛，"从小到大，总是听我爸唠叨你多么多么厉害，感觉一直跟在你后面跑，总算有件事赶到你前面了。"

　　洛兰伸手，"给我一颗糖。"

　　林坚禁不住哈哈大笑，掏出一颗糖递给洛兰。

　　洛兰慢条斯理地剥开糖纸，却没有自己吃，而是递回给林坚。

　　林坚诧异地看着她。

　　洛兰说："我建议你先吃颗糖。"

　　林坚已经被洛兰吓出了心理阴影，立即高度戒备："为什么？你想干什么？"

　　"你先吃糖。"

　　林坚深呼吸，把糖塞到嘴里。

　　洛兰起身，走过去把舱门打开，对外面招招手。

　　小朝和小夕手牵着手走进来。

　　洛兰对林坚介绍："这是我的女儿和儿子。"

　　林坚看着小朝和小夕，如遭雷击，一脸呆滞。

　　洛兰对小朝和小夕说："这是林坚元帅，妈妈的好朋友，你们叫林叔叔。"

　　"林叔叔好！"小朝和小夕礼貌地跟林坚打招呼。

林坚终于回过神来，咯嘣几声，把口里的糖咬得烂碎。果然需要提前吃颗糖压惊！

他结结巴巴地说："你们……你们好！"

小朝扑哧笑了，"您不像是元帅，我以为元帅都很凶呢！"

林坚瞪着洛兰。

洛兰抱歉地耸耸肩，毫无愧疚地说："我觉得林叔叔的优良传统要继续，你可以向你的孩子继续说'在你这个年龄，陛下的女儿、儿子已经会干这个、会干那个了'。"

林坚实在难以控制胸中的一口恶气，狠狠瞪了洛兰一眼，转头对小朝和小夕笑眯眯地说："你们叫什么名字？"

"小朝。"

"小夕。"

林坚看洛兰。

洛兰走到两个孩子中间，一手搂住一个孩子的肩膀，平静地说："小朝是姐姐，英仙辰朝。小夕是弟弟，英仙辰夕。"

林坚表情骤变，严肃地盯着洛兰。

女皇陛下作为英仙皇室的成员，现任阿尔帝国的皇帝，应该很清楚自己刚才说的话意味着什么。只要两个孩子以"英仙"为姓氏，就是皇帝承认了他们的皇室血脉。作为女皇的女儿和儿子，英仙辰朝和英仙辰夕就是阿尔帝国皇位的第一顺位继承人和第二顺位继承人。

女皇陛下也应该很清楚英仙皇室对皇室成员的起名规矩，前面是父母姓氏的组合，后面是名。英仙为母姓，辰则应该是父姓，紧随其后的才是名。

林坚几乎屏息静气地问："辰，哪个辰？"

"辰砂的辰。"

林坚跌坐在沙发上，手哆哆嗦嗦地从口袋里摸出一颗糖果，一言不发地塞进嘴里。他自小被夸定力非凡，可自从遇到英仙洛兰，一切夸奖都变成了浮云。

小朝和小夕其实也是第一次听到自己真正的名字。

在曲云星时，他们是跟着艾米儿阿姨的姓氏，叫艾小朝和艾小夕。

只是一个名字而已，这位元帅叔叔至于这么面无血色、魂飞魄散吗？

小朝和小夕都很为妈妈担忧，这样的元帅好像很不靠谱啊！

洛兰搂着两个孩子走到窗户边，小声说："妈妈给林叔叔出了个大难题，叔叔要认真思考一下。"

"什么难题？"

"妈妈想要公布你们的身份，需要叔叔的支持。"

"妈妈要告诉所有人我们是妈妈的孩子？"

"对。"洛兰揉揉两个孩子的头，"妈妈是皇帝，如果正式公布你们的身份，就相当于同时确认了你们对皇位的继承权。"

"哦——"小朝明白了。

清越老师讲过英仙皇室的事，他们的皇帝必须是纯种基因的人类，她和小夕却不是。

小夕弄明白缘由后就不再感兴趣，专注地看着母舰外面时不时飞过的战机，仔细地观察它们的飞行动作。

小朝却端坐在安全椅上，挺着背脊，眼巴巴地看着林坚，眼睛忽闪忽闪的，十分惹人怜爱。

林坚想忽视都忽视不了。

他对小朝笑笑，温和地说："你们先出去玩一会儿，叔叔和你们妈妈商量点事情。"

洛兰说："让他们留下。叶玠从三岁起就开始学习承担自己的责任，他们现在开始不算早。"

林坚叹气，看来女皇已经下定决心。

"尊敬的女皇陛下，您在用您的皇位冒险，他们……他们……"

"他们携带异种基因，英仙皇室规定只有纯种基因的人类才能继承皇位。"

林坚一脸无奈地看着洛兰。您什么都知道，却偏偏要和上万年的规矩对着干！

洛兰说："小时候，我父亲给我讲过一个故事。很久很久以前，我们的始祖，地球上的人类相信地球是宇宙的中心，认为太阳绕着地球转动，后来有一个科学家提出异议，认为不是太阳绕着地球转，而是地球绕着太阳转，当时的人们认为他错了，把他烧死了。从过去到现在，人类的进步一直就是在不断地打破原本的认知和规定中艰难前进。"

林坚沉默无言。

洛兰说："你有没有留意到英仙皇室已经六七百年没出过2A级体能的人了？除了我哥哥英仙叶玠。"

"不只英仙皇室，还有我们家，我是这几百年来唯一一个2A级体能者，我曾经暗自思索过原因，肯定不是我比别人天赋更高、更勤奋，应该是和叶玠陛下的训练方法，以及他给我的辅助药剂有关。"

"你的猜测没有错。那些药剂成本昂贵，即使是皇族，也只能偶尔为之。"

林坚明白了洛兰没有说出口的话，他们的基因的确是越来越弱。

洛兰说："从漫长的生物进化史来看，异变不是危机，而是契机，甚至是危险中的唯一生机。当我们画地为牢，做出人为的生殖隔离，以为自己在远离危险时，其实正在扼杀我们的生机。"

理智上，林坚已经完全接受洛兰的说法，但自小到大的教育，使他感情上依旧无法顺理成章地接受。他盯着小朝，一个携带异种基因的皇帝，一个异种皇帝？怎么可能？

洛兰轻声说："小朝不是阿尔帝国第一位携带异种基因的皇帝。"

林坚霍然站起，满面惊骇地瞪着洛兰。

不可能是英仙洛兰！她当众接受过基因检测，她的基因完美无瑕。那么……那么就是……

洛兰的眼睛中有无尽的悲哀，"我的哥哥，英仙叶玠。"

林坚对英仙叶玠的感情非同一般。

父亲去世后，他一直跟在叶玠身边，叶玠引导他成长，教导他为人处世。在他心中，叶玠不仅仅是雄才伟略的皇帝，还是一位悉心栽培他的兄长。他们亦师亦友，没有叶玠，就没有今日的林坚。

林坚结结巴巴地说："叶玠陛下的病……病……"

洛兰点点头，"哥哥在奥丁联邦遭遇暗杀，差点死了，为了救活他，安教授在我同意的情况下给哥哥做了基因编辑手术，引入了异种基因。"

林坚觉得脖子上像是勒了一条绳子，喘息都艰难，忍不住解开了军服最上面的两颗扣子。

原来，从奥丁联邦回来的英仙叶玠已经携带异种基因，也就是，从他跟随叶玠陛下的那一刻起，叶玠陛下已经是携带异种基因的人类。几十年来，他认识、了解、尊敬、爱戴的英仙叶玠一直是一位异种。

洛兰问："我哥哥治理了阿尔帝国四十多年，你一直跟随在他身边，亲眼见证了他的所作所为，你觉得他是好皇帝，还是坏皇帝？"

林坚毫不迟疑地说："好皇帝！"

洛兰看着林坚，坚定地说："你可以因为英仙辰朝残暴无能、昏庸软弱、任性胡为否定她的继承权，但绝不能因为她的基因否定她！"

林坚想到自己追随了英仙叶玠四十多年，已经效忠过一位携带异种基因的皇帝，原来自己早已经打破禁忌，忽然觉得一切并没有那么难以接受。

所有规矩都是人建立的，既然是人建立的，那么人就可以打破！

林坚走过去，对小朝和小夕弯身鞠躬，翩翩有礼地说："两位殿下，很高兴今天认识你们。"

小朝和他握了握手，微笑着说："谢谢林叔叔。"

小夕学着姐姐的样子也和他握了握手，"谢谢林叔叔。"

林坚遥想父亲当年看着叶玠和洛兰的心情，百感交集。他转过头对洛兰半开玩笑地说："感谢陛下给了我青史留名的机会。"

洛兰说："感谢你愿意青史留名。"

林坚生在权力中心，长在权力中心，他很清楚洛兰的决定意味着什么，但他愿意披荆斩棘，冒着危险推动变革。

林坚笑着伸出手，洛兰也微笑着伸出手，两人一拍即合，紧紧地握住彼此的手。

林坚第一次见洛兰时，已经约略猜到叶玠的打算，知道自己和洛兰会握住彼此的手，但绝没有想到会是这样的握手方式，真走到这一步，他觉得这才是最好的方式——为了一个更好的世界，并肩而战！

林坚说："我会有技巧地先和叔叔沟通一下，无论如何，我一定会争取到林家的支持。"

洛兰说："我争取早日解决奥丁联邦，终止异种和人类的战争，让星际和平。"

林坚调侃："看来陛下豢养的奴隶仍然活着。"

辰砂已经执掌奥丁联邦，完全可以立即发动反攻。以辰砂的指挥能力，阿尔帝国的舰队又是他亲手训练出来的，林楼将军他们全军覆灭都有可能。只要前线惨败，洛兰的皇位肯定会受到冲击，甚至有生命危险。但是，辰砂没有这么做，反而给了一个月的时间让洛兰撤兵。

林坚之前一直百思不得其解辰砂为什么不立即发兵，现在明白了，原来是心有牵绊。难怪当年他和洛兰订婚时，小角看他的眼神充满攻击性。

洛兰笑了笑，落落大方地说："是，小角还活着！"

虽然辰砂不肯承认小角就是他，但洛兰已经明白，他们俩因为特殊的身份、肩上的责任，都不敢放纵私人感情、轻易付出信任，可在咄咄逼人的言辞下，辰砂一直手下留情，给了她转圜余地。

林坚看着两个孩子，忽然对未来充满希望。

日升为朝、日落为夕。朝朝夕夕，明暗交替、黑白共存，才是世界的秩序。

也许，在他们有生之年，就能亲眼看到人类和异种绵延了数万年的纷争终于可以真正结束，开启一个新的时代。

洛兰带着两个孩子回到舱房。

清初、清越和紫宴安静地坐在会客厅里等候。

洛兰坐到紫宴对面，开门见山地说："你想知道什么，问吧！"

紫宴看向小朝和小夕。

洛兰说："告诉叔叔你们的名字。"

小朝甜甜一笑："我叫英仙辰朝。"

小夕淡然地说："我叫英仙辰夕。"

所有人都知道英仙皇室的规矩，每个皇室成员的姓名都是先父母姓氏叠加，再是自己的名字。紫宴当然也很清楚，他目光发直，盯着两个孩子看了半晌，才艰难地看向洛兰。

洛兰没理会他，对小朝和小夕说："我之前给你们听了爸爸唱的歌，看了爸爸的照片，但一直没有告诉你们他的名字。"

小朝立即问："爸爸叫什么？"

"辰砂。"

小朝和小夕虽然可以使用星网，但只能收看儿童类节目，不能收看时事新闻，尤其辰砂回到奥丁联邦后，洛兰更是叮嘱过艾米儿，禁止他们收看任何有关奥丁联邦的新闻。两个孩子对"辰砂"二字没有任何特别的感觉。

小朝期待地问："妈妈不是说爸爸在战舰上吗？我们是不是可以很快见到他了？"

洛兰说："你们的爸爸是在战舰上，但不是阿尔帝国的战舰，他在奥丁联邦的战舰上。"

小朝和小夕相视一眼，面面相觑。

虽然他们不了解奥丁联邦，但知道奥丁联邦一直在和阿尔帝国打仗。

小夕问："为什么爸爸在奥丁联邦的战舰上？"

"因为他是奥丁联邦的执政官。"

小夕想起了啤梨多星街头，父亲决然转身离去的身影，"你们是敌人？"

"某个层面，是！"洛兰觉得解释起来太复杂，不如索性给他们看事实。

她打开个人终端，将一个政事评论节目播放给两个孩子看。

几位主持人侃侃而谈。

"……辰砂发动军事政变，以铁血手段除掉前任执政官楚墨，成为奥丁联邦的新任执政官。"

"奥丁联邦政府现在不接受任何采访，但根据执政官辰砂目前的行事态度，他对阿尔帝国依旧十分强硬，要求阿尔帝国的女皇尽快退兵，停止继续侵略奥丁联邦的行为……"

因为没有辰砂的近期视频，屏幕上播放的是很多年前辰砂在北晨号上的阅兵画面。他穿着军装，目光坚毅、一身冷冽，犹如一把出鞘的利剑，正打算随时给阿尔帝国致命一击。

画面切换，变成了阿尔帝国的皇帝英仙洛兰，也是一段老视频。

洛兰头戴皇冠，身穿华服，正在发表公开讲话。

"……阿丽卡塔星属于阿尔帝国，是阿尔帝国星图中的一颗星球。阿尔帝国允许异种在上面生存，没有允许他们独立建国。可是七百年前，异

391

种悍然发动战争，把阿丽卡塔星据为己有。七百年后的今天，我宣布，阿丽卡塔星一定会再次回到阿尔帝国的星图中……"

小朝和小夕觉得屏幕上的父母非常陌生。

在那一刻，他们不是小朝和小夕的父母，甚至都不是他们自己，他们只是代表着奥丁联邦和阿尔帝国两个星国的符号，分别象征着异种和人类。

主持人评论说："女皇陛下态度强硬，不可能撤兵，执政官辰砂也态度强硬，不可能投降，看来奥丁星域的战役会持续升级，不死不休……"

小朝猛地挥了下手，关掉新闻。

她问洛兰："你们一定要像新闻上说的那样决一死战，至死方休吗？"

"阿丽卡塔星必须回归阿尔帝国。"

"为什么？"不是小朝和小夕在问，而是紫宴在问。

洛兰说："异种是人类的一部分，必须融入整个人类社会。我知道奥丁联邦是无数异种用自己的血肉铸成的家园，它是保护异种的城墙，但也是拘禁异种的牢笼，阻止外面的人和异种居住融合、交配繁衍。"

紫宴的表情异样平静，声音像是没有丝毫感情的智脑："打破城墙后，异种的生活是什么样子？"

"歧视不可能很快改变，还会继续存在；不公平的待遇也没有办法短时间内消失，还会继续存在。异种的生活有可能比城墙存在时艰辛，但如果这堵城墙不推倒，异种势必会继续躲在里面。推倒了城墙，他们必须要面对歧视和不公，但他们可以反对歧视、争取公平，经过一代代人努力后，他们可以改变歧视和不公的制度，重新塑造社会价值观，让自己成为人类必不可少的一部分。"

紫宴定定地看着洛兰。

如果四十个小时前，有人和他说这样的话，他一定当她是疯子，毫不留情地讥讽回去。但现在，他看到了曲云星生产药剂的工厂，知道了曲云星不但有一个以英仙叶玠命名的基因医院，还有一个以英仙叶玠命名的基因研究院，他的想法变了。

英仙叶玠携带异种基因，是一个秘密，但洛兰显然没打算让它变成被滚滚历史长河吞噬的秘密。

他看懂了洛兰的企图——

虽然英仙叶玠英年早逝，但是，洛兰要世人永远铭记英仙叶玠。他不仅仅是一个好皇帝，还是一个推动了历史进程的伟大皇帝。他不仅仅是人类的皇帝，还是异种的皇帝！

紫宴终于明白，洛兰是疯子！比他所能想到的更加疯狂！但她是朝着光明奔跑的疯子！像是那个古老神话传说中追逐太阳的巨人，不顾一切、执着坚定，即使踏着炽热的火焰，忍受烈火灼身的剧痛，也绝不放弃。

他们站在人类进化的十字路口，身处一个矛盾激烈、战争迭起的动荡时代，最终不管是异种胜利，还是人类胜利，其实都是惨败。

也许，只有洛兰这样的疯子才能抓住那无限变化中稍纵即逝的一线生机。

万事万物，不塞不流，不止不行，不破不立！

紫宴突然站起，说："我愿意去奥丁联邦，说服辰砂投降。"

洛兰意外地看着紫宴。

紫宴平静坦诚地看着洛兰。

洛兰突然笑了笑，说："我想拜托你做另一件事，有一个比你更合适的人去见辰砂，说服他投降。"

紫宴实在想不出来还有谁会比他更适合去游说辰砂投降。他以为洛兰依旧不信任他，认为是他的脱身之计，但经历过小角的欺骗，她不相信很正常。

紫宴缓缓坐下，问："什么事？"

洛兰说："请留在奥米尼斯！我需要一个人帮我治理未来的阿尔帝国，他必须既非常了解阿丽卡塔，也非常了解奥米尼斯，必须机智灵活、能言善辩、手段圆滑、善于均衡各方利益，除了你，再没有第二个人选。还有，小朝将会在奥米尼斯星长大，她是皇位的第一顺位继承人，未来的皇帝，我希望她不仅仅了解人类，还能了解异种，你能做她的老师吗？"

紫宴愣了一愣，看向小朝。

英仙辰朝，看来洛兰要让世人知道英仙皇室不仅已经有了一位异种皇帝，还将会有第二位异种皇帝。

紫宴冷静地问："能成功吗？"英仙叶玠的事已经既成事实，英仙辰朝却意味着颠覆性的变革。

洛兰平静地说："林家站在我这边，我已经有了至少一半军队的支持。只要奥丁星域的战役胜利，阿尔帝国成功收复阿丽卡塔星，我会成为英仙皇室千年来最受民众爱戴和拥护的皇帝，再加上辰砂和你的保驾护航，我相信我可以做到！"

紫宴盯着洛兰。

洛兰问："你愿意留在奥米尼斯星吗？"

"好。"

紫宴从没有想过自己有朝一日会心甘情愿地留在奥米尼斯，但是当一切发生时，他自然而然地就做出了选择。

洛兰看小朝。

小朝站起来，对紫宴恭敬地鞠躬行礼："谢谢老师。"

紫宴意识到自己又一次误会了洛兰，立即改变自己揣度人心、多思多疑的习惯，开门见山地问："你刚才说有另外一个人更适合去游说辰砂，谁？"

洛兰一本正经地抬起手，做了个介绍的姿势，指着小夕说："英仙辰夕。"

小夕十分意外，紫宴也十分意外。

一瞬后，紫宴又忍不住想笑，英仙辰夕的确比他更适合！甚至可以说这个世界上再没有比英仙辰夕更适合的人了！

英仙洛兰果然是个心狠手辣的角色，能利用一切可利用的人，包括她自己的亲生儿子。紫宴实在想象不出辰砂看到阿尔帝国的谈判使者是英仙辰夕时的表情。

洛兰看着小夕，柔声问："可以帮妈妈这个忙吗？"

小夕无奈地问："我见了他说什么？"

"请他终止战争，同意阿丽卡塔星回归阿尔帝国，成为阿尔帝国的附属星。作为交换，我允许阿丽卡塔星保留军队，但军队必须宣誓效忠皇帝。至于自治权有多少，自治政府怎么运行，只要在阿丽卡塔星属于阿尔帝国的前提下，一切都可以谈判。"

"妈妈觉得……父亲真的会投降？"

洛兰搂住小朝，一本正经地说："我还有他女儿做人质呢！他肯定会认真考虑。"

小朝和小夕啼笑皆非。

"好，我去见爸爸。"小夕同意了。

"好好休息，等你们睡醒了，小夕就出发，小朝如果有什么话想告诉父亲，可以录制视频让小夕转交。"

清初和清越带着小朝和小夕离开。

洛兰打开酒柜，倒了两杯酒，递给紫宴一杯。

紫宴接过酒，"你不是戒酒了吗？"

洛兰喝了口酒，凝望着星空淡然地说："人类终身都在和自己的欲望搏斗，时而妥协，时而克服，现在是我的妥协退让期。"

紫宴想问她为什么最终会用寻昭藤的名字，但话到嘴边，又吞了回去。

他沉默地坐到洛兰身旁，看向观景窗外。

星河浩瀚、星光璀璨。

既是黑暗，也是黎明。

一句话清晰地浮现在心头——

这是最好的时代，这是最坏的时代；这是智慧的时代，这是愚蠢的时代；这是信任的时代，这是怀疑的时代；这是光明的季节，这是黑暗的季节；这是希望的春天，这是绝望的冬天；我们面前应有尽有，我们面前一无所有；我们都将直奔天堂，我们都将直奔地狱。

Chapter 22

新希望

星空静谧美丽、神秘永恒。

无限包容，无限耐心。

只要你给予注视，它就回馈你璀璨，从不会令你失望。

清初以女皇办公室的官方途径联系奥丁联邦政府，表示女皇陛下想派出使者团，面对面地和执政官辰砂阁下商议停战。

　　提议层层汇报后，奥丁联邦派来和清初商谈的人是宿二。

　　宿二按照流程询问："使者团的人数？"

　　清初说："两位。"

　　宿二怀疑自己听错了，"两位？"

　　清初肯定地说："两位。我和女皇陛下的特使。"

　　宿二忍不住问："够吗？"

　　清初说："女皇陛下对停战非常有诚意，派我们来是沟通，不是打仗，两位已经足够。"

　　两个人单独来阿丽卡塔星，其中一位还是几乎毫无战斗力的清初，简直就是孤身入险境。如果不是傻大胆，就是真的非常有诚意。看来阿尔帝国很有可能撤兵，宿二心中振奋，立即把事情汇报给辰砂。

　　辰砂听到阿尔帝国的两人使者团也有点意外，同意会面。

　　议定见面时间后，清初带小夕乘坐战舰离开英仙二号太空母舰，去往奥丁星域。

　　洛兰带着小朝去给他们送行，把两个礼盒交给小夕，让他带给辰砂。

　　小夕虽然好奇礼物盒里装着什么，但没有多问。

　　洛兰说："不要有压力，你爸爸问你什么，你实话实说就好了。你爸爸知道该怎么处理，他如果有疑问，会直接联系我。"

　　小夕点点头，问："我必须叫他爸爸吗？"

　　洛兰温和地说："想叫就叫，不想叫不用勉强，阿尔帝国和奥丁联邦停不停战和你叫不叫他爸爸没有关系。"

　　小夕暗暗松了口气，小朝冲他做鬼脸。

洛兰看时间到了，弯下身抱住小夕，在他耳边轻声说："别紧张，你爸爸是个好人，会和妈妈一样爱你们。"

小夕抿了抿嘴唇，什么都没说。小朝冲他握握拳头，示意他加油。

洛兰和紫宴、小朝离开战舰，目送着战舰启动，飞出太空母舰。

小朝握住洛兰的手，笑嘻嘻地问："妈妈，你的礼盒里面装着什么？"

洛兰装没听见，严肃地说："我还要和林坚元帅开个会，等事情处理完，我们就回奥米尼斯星，你必须在回去之前，把皇室成员和内阁成员的名字和职责都记住。"

小朝吐吐舌头，放开洛兰的手，拽拽紫宴的衣袖，"老师。"

紫宴不是第一次接触孩子，前有紫姗，后有封小莞，但他对她们没有任何要求，健康平安地长大就好，但英仙辰朝不一样。她是阿尔帝国未来的女皇，人类和异种共同的希望，一个新时代的象征，只是健康长大还远远不够。

紫宴握住小朝的手，温和地说："去上课吧！"

洛兰乘坐交通车，赶到林坚办公室。

林坚向她汇报，已经和左丘白商定好受降仪式的时间。

届时，左丘白会率领北晨号太空母舰上的高层将领来英仙号太空母舰签订投降协议。

英仙号太空母舰已经开始部署一切，既是为了受降仪式顺利举行，也是为了提防突发性意外。

林坚知道洛兰对这件事一直很挂虑，向她详细解说英仙二号的军事防卫布置。

"北晨号停泊在这里，英仙二号停泊在这里。"林坚用手指点点星图，示意两艘太空母舰距离遥远，几乎隔着大半个星域，有足够时间应付任何突发性意外，"不管怎么样，都不可能出问题。就算北晨号想效仿当年南昭号采取自毁式撞击都不可能，唯一的空间跃迁点在我们的控制区域，我们一旦发现对方有异动，保证可以安全撤离。"

林坚又详细解说了一遍受降仪式的流程。

左丘白会乘坐一艘小型战舰离开北晨号，带着几十名将领来英仙二号，战舰上的警卫不超过二百人。

左丘白的小型战舰会停泊在北晨号的七号港，接受严格检查，确保他们没有携带大型杀伤性武器。

只有确认左丘白他们没有携带大型杀伤性武器后，七号港的通道才会打开，允许左丘白和几十名将领，以及部分警卫进入太空母舰的中央区。

洛兰问："如果有呢？"

林坚让智脑进行模拟演示。

检查由经验丰富的军人和机器人共同执行，保证没有任何遗漏。

一旦发现有杀伤性武器，智脑会立即得到消息，采取紧急措施，封闭七号港。

林坚说："七号港是移动港口，可以和母舰脱离，还有特殊的自毁程序，保证母舰不受波及。"

洛兰沉默地看着模拟演示中港口脱离爆炸的画面。

林坚说："当然，战场上没有万无一失的策略，不过，左丘白那边只是一艘小型战舰，整个英仙号太空母舰上有大大小小几百艘战舰；左丘白那边只有两百多人，整个英仙号太空母舰上兵力有四十多万。只要我们小心谨慎，一切都可控。"

洛兰仔细分析，发现的确不可能有任何意外。

左丘白和这么多高级将领都在英仙二号太空母舰上，林坚一声令下就可以将他们全部诛杀。北晨号再厉害，如果失去了将领，就是一艘死物，只能等待被收缴。

林坚说："你放心回奥米尼斯吧！小朝和小夕的事一旦公布肯定会掀起轩然大波，你还要花心思仔细部署，左丘白我会谨慎处理。"

"好。"洛兰同意了。

既然方方面面能考虑的都考虑了，剩下的只能边走边看，林坚做事向来谨慎稳妥，即使有什么问题，他也会妥善解决。

洛兰乘坐交通车，离开林坚的办公室，去往自己的战舰。

经过开阔的训练场时，很多士兵正在训练场上训练，有的在负重锻炼，有的在互相搏击，时不时传来一声又一声的呐喊声和嘶吼声。

洛兰想起上一次她离开时的情景。

也是坐着交通车，经过训练场时，小角急急忙忙追上来，她在后视屏里看见他，命令警卫停车。

他们站在训练场边说话，小角突然搂住她，不顾她的挣扎，强行吻了她……

洛兰下意识地摸摸自己的嘴唇。

那一瞬，她感受到的感情澎湃炽热，并不是伪装。

大概辰砂也很清楚，她并不是一个容易上当受骗的人，想要骗过她，必须拿出真情实意。

可是，他是辰砂，她是洛兰，辰砂怎么做到的？

辰砂爱的是骆寻，小角爱的是洛兰。

那一刻，辰砂是把自己的感觉完全封闭了，只当自己是小角，还是催眠自己，把她当成了骆寻？

真的？假的？

是耶？非耶？

即使真是一枕黄粱，南柯一梦，梦醒后也不是了无痕迹。

洛兰记得，这两个故事里的主人公都因为一个梦改变了本来的人生选择，更何况他们这并不是梦。

她用了五十多年，才真正接受骆寻也是她生命的一部分，骆寻就是她，她就是骆寻。

辰砂需要多久才能明白小角就是他自己？

洛兰不是等不起，只是，他们俩身份特殊，任何一个决定都不仅仅关系他们自身，任何一个决定也不可能只考虑自身。

所以，她只能利用一切可以利用的，逼迫辰砂承认自己是小角，接受她就是骆寻。

让小夕转交给辰砂的两个礼盒，一个礼盒里装着洛兰做的姜饼，上面写着"洛洛爱小角"，一个礼盒里装着骆寻做的玫瑰酱，是按照辰砂妈妈留下的菜谱做的。

不管是骆寻，还是洛兰，都是她。

就如同，不管是小角，还是辰砂，也都是他。

交通车到达战舰。

洛兰登上战舰，看到紫宴和小朝已经在战舰上等她。

她对谭孜遥说："回奥米尼斯。"

舰长启动战舰，太空母舰打开，战舰起飞。

洛兰坐在观景窗前，凝视着窗外的星空。

紫宴给小朝上完课，走到洛兰身后，凝视着她独自静坐的背影。

第一次，他发现，洛兰十分喜欢眺望星空，总是独自一人面朝夜色，给别人留下背影。

紫宴静静看了一瞬，准备悄无声息地离去。

他可以和骆寻像朋友般相处，可以和英仙洛兰像敌人般相处，但现在他不知道眼前的女人究竟是谁，不知道该怎么面对她。

洛兰的声音突然响起："小朝容易教吗？"

紫宴停住脚步，"她很聪明，几乎过目不忘。"

洛兰说："她不是几乎过目不忘，而是就是过目不忘，她在你面前有所保留。"

紫宴禁不住笑起来。小小年纪已经懂得藏拙，不是坏事。

洛兰说："小朝喜欢笑、嘴巴甜，似乎和谁都处得来，实际并不容易交心，都不知道究竟像谁。"

紫宴没有说话，脑海里却浮现出骆寻的样子。

洛兰说："对异种的排斥歧视不是一朝一夕形成，也不可能一朝一夕解决，打破可以用暴力，重建却必须依靠法律和秩序一步步慢慢来。"

"我明白。"

洛兰站起来，转身看着紫宴："辰砂说楚墨临死时炸毁了实验室，紫姗一直被关在实验室里，应该已经遇难……我很抱歉。"

紫宴沉默不言，眼内满是哀伤。

洛兰说："紫姗在阿丽卡塔孤儿院长大，为了表示我个人对紫姗的感激，英仙叶玠生物基因制药公司将以紫姗的名义每年免费向阿丽卡塔孤儿院的所有孩子提供辟邪药剂。"

"谢谢。"

"是我们所有人类应该向她说谢谢。"

紫宴盯着眼前陌生又熟悉的洛兰。

当他看到曲云星的一切，已经明白他错了！

骆寻的记忆一直存在，虽然英仙洛兰表面上一直在否认、抗拒，但实际上，她的每一个重要决定都受到骆寻的影响。

只不过，她毕竟是英仙洛兰！

所以，她并不是像骆寻一样只是简单地接受异种，而是努力克服重重阻力，要改变这个世界。

——攻打奥丁联邦，收复阿丽卡塔星，重新划分星际政治格局，彻底改变异种和人类的对抗、隔离。

——支持艾米儿开发曲云星，保护艾米儿的一系列改革，让异种和人类共存。

——建立英仙叶玠基因研究院、基因医院、生物基因制药公司，扶植新的政治经济文化中心，让全星际看到异种和人类和平相处的成功案例。

紫宴已经可以预见到曲云星的蓬勃发展、欣欣向荣，如果故步自封的奥米尼斯和阿丽卡塔不改变，那么也许再过几百年，曲云星就会是星际的中心。

…………

其实，洛兰的所作所为早泄露了她的所思所想。

因为记得骆寻在阿丽卡塔星的经历，因为记得辛洛在曲云星的经历，她很清楚异种需要什么，所以一直在坚定地改变。

——她让封小莞进入英仙皇室的基因研究所工作学习。

——让小角进入阿尔帝国的军队指挥战役。

——高薪聘请邵逸心做皇帝的秘书，协助处理阿尔帝国的政事。

洛兰从根本上并没有歧视过异种，只不过她聪明地没有宣之于口去公开挑战大部分人的原有价值观，而是利用自己的权势默默做着改变和突破，让周围的人不知不觉中就认可了异种。

清初、林坚、谭孜遥、刺玫……在洛兰的影响下，早已经把携带异种基因的他们看作寻常的工作伙伴。

紫宴苦笑，这么多明显的举动，他却视而不见，固执地把洛兰当作敌人。

身为训练有素的间谍头目，明明他应该比谁都明白，了解一个人不应该看他说了什么，而是应该看他没有说的是什么。

但是，他在英仙洛兰面前变成了盲人，不仅没有体谅她一步步走来的艰难，反而在她承受巨大压力时一次又一次伤害她。

紫宴心中五味杂陈，刚想开口说什么，谭孜遥匆匆走进来，对洛兰敬礼汇报："战舰收到奇怪的信号。"

洛兰挑了挑眉，感兴趣地说："去看看。"向着控制室走去。

紫宴本来没有跟随，第一反应是那是阿尔帝国的事，和他无关，但一瞬后，他意识到他又在惯性犯错，从现在开始这就是他的星国，战舰上有他要守护的人，一切都和他息息相关。

他匆匆追上去，谭孜遥回头看了他一眼，微微一笑，什么都没说。

三个人走进主控室。

一个通信兵站起来，为洛兰播放监测到的信号。

伴随着屏幕上高低起伏的波纹，传来"嘀嘀嘀""嗒嗒嗒""嘀嘀嘀"的声音，循环往复，不停重复。

通信兵说："信号只持续几分钟就消失了，像是有人在恶作剧。"

紫宴说："摩斯电码，一种已经淘汰的求救信号，查查信号来源。"

洛兰深深地看了眼紫宴，对通信兵说："他是我的秘书长邵逸心。"

通信兵啪一声对紫宴敬了个礼，汇报说："已经追查过，是这里，就是因为信号来源地很特殊，所以我立即向长官汇报。"

通信兵指着星图上的一个圆点。

谭孜遥说："北晨号。"

紫宴求证地问洛兰："封小莞？"

洛兰点点头。封小莞应该是利用别人不防备时制作出已经淘汰的信号发送器，但成功发出信号后就被人发现，信号发送器被收缴，信号只持续了几分钟。

紫宴问："左丘白在哪里？"

谭孜遥抬起手看了眼时间，说："两个小时前，他离开北晨号，现在正在飞往英仙二号的路途中。"

紫宴说："封小莞知道左丘白离开了，想要逃离北晨号，所以发求救信号？"

洛兰蹙眉思索，没有吭声。

谭孜遥说："等左丘白签署完投降协议，封小莞自然可以离开北晨号，回到奥米尼斯星。"

坐在操作台前的战舰驾驶员说："还有十分钟就要到空间跃迁点，请陛下在安全椅上坐下，系好安全带。"

洛兰沉思着没有动。

谭孜遥低声叫："陛下！"

洛兰突然说："取消空间跃迁。"

所有工作人员大惊失色。

洛兰命令："取消！"

"是！"

驾驶员急忙输入指令，整艘战舰骤然减速、急剧地掉转方向。

洛兰站立不稳，摇摇晃晃地向一侧倒去。

一个人快若闪电地握住她的手，用力拽了她一把。

洛兰撞进他怀里。

晕头晕脑中，洛兰还没来得及看清楚是谁，以为是谭孜遥，就势扶住他的腰，"谢……"含着笑抬头看过去时，才发现是紫宴。

洛兰愕然地愣了愣，有点不习惯。

紫宴不是应该冷眼看着，一边讥笑，一边鼓掌吗？没有踹一脚就不错了，居然会伸手拉一把？

战舰仍在变速转向中，紫宴稳稳地扶着洛兰。

洛兰盯着他，他也盯着洛兰。

战舰调整完方向，速度稳定下来。

紫宴和洛兰同时松手，向后退了一步。

谭孜遥问："陛下想去哪里？"

洛兰看着星图说："北晨号。"

整个主控室一片静默，气氛沉重。

谭孜遥为难地说："我们的战舰上只有八千兵力，北晨号应该有四十万兵力，贸然接近太危险了！"

"我明白。"

洛兰当然知道这不是一个安全的决定，但是，她没有办法对封小莞的求救信号视而不见。

谭孜遥建议："如果陛下一定要去北晨号，就通知林坚元帅，调遣几艘军舰过来保护陛下。"

洛兰沉默，没有同意。

谭孜遥求助地看紫宴，希望他可以帮忙说服女皇陛下。

洛兰说："不能从英仙二号调遣军舰。左丘白一直盯着英仙二号，不管有任何举动，他都会立即察觉。更何况，等战舰赶过来还要四五个小时，根本来不及救人。我们是轻型战舰，可以隐形，只要小心一点，北晨号不会察觉我们。"

谭孜遥着急地说："就算接近了北晨号，我们也什么都做不了。"

"我知道！"洛兰抬了抬手，示意谭孜遥不要再游说她放弃。

谭孜遥只能闭嘴，走到指挥台前，下令整艘军舰进入战时戒备状态，所有人员各就各位。

洛兰点击星图，放大图像，沉默地盯着北晨号。

紫宴站在她身旁，也盯着北晨号。

洛兰说："小莞能守在实验室里，数年如一日地重复枯燥无趣的实验，不是个沉不住气的姑娘，如果不是真有危险，她不会这么做。"

紫宴没有吭声，低下头仔细地查看着什么。

刚才他就是想到这些，才没有办法附和谭孜遥将军的话，游说洛兰离开。但是，也的确如谭孜遥将军所说，想从北晨号里面救出封小莞十分危险。洛兰身份特殊，不应该这么冒险行动。

洛兰思索地盯着北晨号。

八千人对四十万人，一艘战舰对数百艘战舰，怎么才能救出封小莞？

还不能惊动左丘白，否则左丘白一个命令就可以立即处决封小莞。

紫宴突然说："左丘白不在北晨号上。"

洛兰侧头看着紫宴。

紫宴说："封小莞身份特殊、处境尴尬，在北晨号上，应该只有左丘白能对她的事做主，其他人不会干涉。"

洛兰点头同意，非常合情合理的推断。

紫宴说："我曾经是奥丁联邦信息通信研究院的荣誉院长，参与过北晨号和南昭号信息通信系统的更新升级，虽然五十多年过去了，但我一直在关注奥丁联邦信息通信系统的发展。"

洛兰从不质疑紫宴这方面的能力。

当年他能以一己之力侵入阿丽卡塔军事基地的控制系统，改变导弹轨道，可见他有多厉害。这些年他虽然身体不好，却有了更多时间研究这些事情。

紫宴说："我刚检查过陛下战舰的通信信息系统，硬件非常好，应该说是星际中最好的，只要稍加改造就可以伪造出左丘白的信号，如果北晨号不能向左丘白求证，就可以蒙混过关。"

洛兰说："左丘白要去签署投降协议，他的战舰进入英仙二号后，就不可能再和北晨号联系。"

紫宴说："还有多少时间？"

洛兰看了眼个人终端："两个小时。"

"勉强够用了，给我一艘飞船，一队机械师。"

洛兰按照紫宴的要求，提供他要求的人和物。

紫宴和两个通信兵忙着改装通信器，吩咐机械师把一艘阿尔帝国的飞船改造成一艘海盗船，把原本阿尔帝国的标志全部隐去，绘制上一只象征死亡的黑色乌鸦。

洛兰明白了紫宴的用意。

乌鸦海盗团是奥丁联邦的特别行动队，直接归执政官管辖，留在北晨号上的将领肯定是左丘白的心腹，不可能不知道乌鸦海盗团。按照合理的推断，楚墨死了，这样一支秘密部队肯定会由左丘白掌管。

洛兰问："真的乌鸦海盗团去哪里了？"

"在奥丁星域。"

"我是说楚墨控制的乌鸦海盗团。"

紫宴说："不知道。但左丘白肯定不会把这样一支秘密部队留在北晨号上。"

洛兰同意紫宴的推断。

一个半小时后。

紫宴完成了通信器的改装，他告诉洛兰如何使用。

洛兰问："你不自己使用吗？"

紫宴说："我去北晨号接封小莞。"

洛兰盯着紫宴。

紫宴说："我了解奥丁联邦的军队，我去过北晨号，由我带队最安全。"

洛兰没有办法反驳，因为紫宴说得完全正确。

紫宴对谭孜遥说："谭军长，帮个忙！"

"什么？"谭孜遥快步走过来。

紫宴把一把军用匕首递给谭孜遥，谭孜遥茫然地接过。

紫宴拿下面具，指指自己的脸，"割两刀。"

谭孜遥愣住。

紫宴抱歉地说："自己割和别人割，发力角度、用力方式不同，经验老到的军人能看出来，麻烦你了。"

谭孜遥迟疑地看洛兰。

紫宴说："只是疼一下而已，又不是不能再治好。"

洛兰点点头。如果紫宴带队去北晨号，的确要先毁掉他的脸，否则面具一揭就是死。

谭孜遥握紧匕首。

紫宴仰起脸。

谭孜遥盯着紫宴的脸，迟迟没有下手。他不是没见过血，连人都已经杀了很多，但生死搏斗中对敌人和现在这样对自己人完全不同，更何况邵逸心这张脸美貌得几乎没有瑕疵，他实在……

"我来！"

407

洛兰伸手，把匕首从谭孜遥手里拿过去。

谭孜遥羞愧："陛下，还是我来……"

洛兰淡然地说："我是医生，知道怎么下刀看上去破坏力最大，实际伤害最小。"

谭孜遥默默退到一边。

洛兰看着紫宴。

紫宴看着洛兰。

洛兰说："闭上眼睛。"

紫宴没有反应，依旧定定地看着洛兰。

洛兰伸手，抚过他的眼睛。

紫宴闭上了眼睛。

洛兰仔细摸了一遍他的脸，确定他每块骨头的位置。

紫宴的睫毛轻颤，像是两片轻轻振动的蝶翼。

洛兰说："我数十下，十下后，我动刀。"

"1、2、3……"

洛兰刚数到"4"时就抬手挥刀，唰唰两下，纵横交错，在紫宴脸上划了个X。

她迅速扔下匕首，给紫宴止血，敷上加速伤口凝结的药剂。

洛兰一边处理伤口，一边说："半个小时后，可以用消毒液抹去药剂。"

紫宴睁开了眼睛，"你没有数到10。"

洛兰坦然地说："我一直都是个骗子。"

紫宴看着洛兰。

她的确一直都是个骗子！可惜，他没有早一点探究她的内心，否则也许很早就能发现被她骗并不是一件坏事。

半个小时后。

洛兰的战舰飞到北晨号附近。

谭孜遥说："不能再靠近了，否则即使开启隐形能量罩也会被发现。"

紫宴说："我从这里离开。"

"邵逸心！"洛兰叫。

紫宴看着洛兰。

洛兰说："如果被发现，不要抵抗，立即投降，保住性命。我会和左丘白进行官方交涉。"

"好！"紫宴戴上妖冶的面具，带着一小队化装成海盗的特种战斗兵上了飞船。

战舰舱门打开，飞船飞入茫茫太空。

洛兰联系林坚。

"左丘白的战舰到英仙二号了吗？"

"到了，正在接受全面检查。"

"务必小心。"

"明白。"

洛兰给紫宴发送消息："左丘白已经到英仙二号。"

紫宴回复："给北晨号发消息。"

洛兰开启紫宴预先编写好的代码程序，破译北晨号信息网的防火盾墙，再利用改装后的信号器，将一段信息伪装成从左丘白的战舰发送回来的信息，以左丘白的口吻命令北晨号上的人把封小莞移交给特别行动队。

海盗船靠近北晨号，紫宴发出验证身份的信息，表明自己奉命来接封小莞。

左丘白在离开前，将指挥权移交给古来谷将军。

古来谷将军知道乌鸦海盗团就是特别行动队，但不明白为什么左丘白会突然改变命令。明明左丘白在离开前吩咐他看好封小莞，连舱房都不允许她出。

古来谷将军拨打左丘白的个人终端，向他求证，但信号连接不上。

紫宴催促："指挥官现在正在英仙二号太空母舰上，封小莞是他谈判的关键，命令我们尽快带封小莞去见指挥官。"

古来谷将军迟疑不决。

紫宴说："我知道你不相信我们，因为资料库里没有我们的资料，没有办法验证我们的身份，但我们只是奉命来接封小莞，压根儿没打算进入北晨号。封小莞的安危重要，还是指挥官的安危重要？"

古来谷将军不再犹豫，命令下属去带封小莞。

北晨号打开一个港口的闸门。

紫宴沉着地命令："降落。"

飞船飞入港口，平稳着陆。

整个飞船上的人看似平静，实际都全身紧绷、暗自戒备。

这个时候，他们犹如羊置身于狼窝中。如果北晨号上的人察觉到丝毫不对，只要一声令下，关闭闸门，就可以不费吹灰之力地把他们全部歼灭。

紫宴一摇一摆地走下飞船，头发五颜六色，衣着花红柳绿，脸上戴着妖冶的面具，一派吊儿郎当，放荡不羁的样子。

"站在原地，不要动！"

几排黑压压的机械枪口对准他，高高低低、长长短短，将他围得水泄不通。

紫宴立即抬起双手，老老实实地站好，赔着笑说："都是自己人！"

古来谷将军盯着监视器，冷哼一声，没有说话。

他们是正统出身的军人，对这些像流氓多过像军人的军人，他们从骨子里瞧不起。

过了一会儿，封小莞在一群士兵的押送下走过来。

紫宴迎上去接封小莞。

"慢着！"古来谷将军的声音从通信器里传来。

所有人都停止动作。

古来谷将军说："摘下你的面具。"

紫宴叹了口气，说："摘下面具，您也不认识我，我也不认识您。"

古来谷将军命令："摘下！"

四周的机械枪又全部对准紫宴，显然，只要他不配合就会把他打成蜂窝。

紫宴摘下面具，夸张地转了个身，让所有人看清楚。

十字交叉刀疤横亘在脸上，五官扭曲变形，显得十分狰狞丑陋。

古来谷将军问："看上去受伤没多久？"

"是。"

"和阿尔帝国？"

"不是。路上碰到一群海盗，起了点冲突。"紫宴拍拍脖子上的奴印，自嘲地说："这才是阿尔帝国留给我的。"

古来谷将军对他的身份再无怀疑，讥嘲地问："为什么不把疤痕治好？难道海盗抢不到医生吗？"

紫宴笑了笑，说："如果这次能活着退役，我就花钱去治伤，弄张英俊的脸去找女人。"

古来谷将军的讥嘲淡去，心中弥漫起哀伤怅然。

活着退役？如果不能回阿丽卡塔星，即使活着退役了，他们这些人又能去哪里？他还有个妹妹在阿丽卡塔星，难道真的一辈子再不相见吗？

古来谷将军索然无味地对智脑命令："撤回。"

所有机械枪收回。

警卫把封小莞移交给紫宴。

紫宴押着封小莞走上飞船，回头对监视器轻佻地抛了个飞吻，飞船舱门合拢。

北晨号的港口闸门打开，飞船徐徐起飞。

主控室内的众人一直缄默不言，飞船里只听到机器运转的嗡嗡声。

直到飞船速度越来越快，渐渐远离北晨号，进入茫茫太空，大家才如释重负地齐齐松了口气，每个人都觉得自己劫后余生，一背脊的冷汗。

紫宴打量封小莞，笑说："看上去左丘白没有虐待你。"

封小莞没理会紫宴的打趣，摘下紫宴的面具，确认是真的伤疤，愤怒地问："谁做的？"

"我要求你洛洛阿姨做的。"紫宴解释，"那些人都是刀口舔血的战士，真伤口、假伤口一眼就能看出，不真砍两刀瞒不过他们。"

封小莞眼里泪花滚滚。邵逸心叔叔的脸可是她见过的人里最漂亮的脸，他自己够狠，洛洛阿姨也够狠。

紫宴笑了笑，宽慰她："别担心，能治好，保证恢复原样。"

封小莞急忙问："你怎么会特意来救我？是收到我的求救信号

了吗？"

紫宴把来龙去脉讲了一遍，封小莞开心地说："我就知道洛洛阿姨肯定会救我！"

紫宴看到封小莞坚定信任的眼神，忍不住再次在心里问自己，为什么连小莞都能看清楚的事，他却一直视而不见？

封小莞急切地问："还有多久能见到洛洛阿姨，我有事和她说。"

"快了。"

半个小时后，飞船回到战舰。

封小莞喜笑颜开、连蹦带跳地冲进洛兰怀里，一把抱住洛兰，甜腻腻地叫："洛洛阿姨！"

小朝瞪大眼睛，好奇地看着。

如果不是封小莞的称呼里有"阿姨"二字，她都觉得封小莞是她的亲姐姐了。

封小莞也留意到小朝，困惑地打量她，不明白为什么战舰上会有个小女孩儿。

小朝冲她友善地笑，落落大方地自我介绍："我叫英仙辰朝，是阿尔帝国皇帝英仙洛兰的女儿。"

什么？！

封小莞大惊，结结巴巴地问："洛洛阿姨，她……她真是你女儿？"

"真的。"洛兰显然没耐心解释这个问题，开门见山地质问："为什么发求救信号？你有什么危险？"

封小莞回过神来，解释："我没有危险，是左丘白行为异常，我觉得不对劲。"

"哪里不对劲？"

"他给我送了把手枪，说是分别礼物，还把我关起来，不允许我离开舱房。"

洛兰觉得这些都可以解释。他们不相信左丘白，担心左丘白诈降，左丘白也不相信他们，担心他们设局诱杀。

"哦，我还看到了紫姗。"封小莞说。

洛兰的表情一下子分外凝重，"你确定是紫姗？"

紫宴打开一张紫姗的照片。

412

封小莞仔细看了一眼，肯定地点点头："是她。紫姗一直昏迷不醒，躺在医疗舱里，但我看到了她的正脸，被一个叫'潘西教授'的人推到军事禁区，我还想继续偷看，被左丘白抓住了。"

紫宴自责地说："早知道紫姗在北晨号上，我当时就应该把她也要过来。"

谭孜遥宽慰他："只要人还活着就有希望，等左丘白签署投降协议后，我们可以直接问他要人。"

舰长询问："陛下，现在去哪里？返回奥米尼斯星吗？"

洛兰想了想，命令："去英仙二号。"

"是！"

驾驶员重新设定飞行目的地，战舰向着英仙二号飞去。

谭孜遥满面不解，不明白洛兰为什么要去英仙二号。

洛兰命令："联系林坚元帅。"

嘀嘀、嘀嘀。

蜂鸣音响了一会儿，信号接通，林森上尉出现在众人面前。

林森对洛兰敬礼："陛下，元帅正在迎接左丘白阁下，不方便和陛下说话。"

洛兰立即问："左丘白在哪里？"

"陛下联系元帅时，他们刚刚到会议室。"林森担心洛兰觉得他们工作效率太低，特意多解释几句："为了确保安全，检查分外仔细，花费了将近两个小时，元帅刚见到左丘白。"

"查一下随行的人中有没有一个叫潘西的人。"

"是。"

"有什么异常吗？"

"没有。战舰和所有人员都仔细检查过，所有武器都是常规武器，一切正常。"

洛兰沉默。

如果一切正常，为什么紫姗会出现在北晨号上？

明明辰砂说楚墨炸毁了实验室，就算紫姗没有被炸死，也应该在阿丽卡塔星。楚墨为什么会大费周章地把紫姗送到北晨号？

洛兰心里极度不安，却没有任何证据让她把这份虚无缥缈的不安转为实际的戒备，只能对林森叮嘱："提高警惕，如果发现任何异常立即向我汇报。"

"是！"林森向洛兰敬礼。

终止通信后，洛兰依旧皱着眉头沉思。

谭孜遥劝慰："陛下，左丘白他们在英仙二号上，没有携带杀伤性武器，只有两百多人，您不必太过虑。"

洛兰没有吭声，有的杀伤性武器肉眼能看到，有的杀伤性武器肉眼看不到。

所有人都看着洛兰，洛兰回过神来，吩咐："你们应该都饿了，先吃饭吧！"

清越让机器人开饭。

洛兰拿了一罐水果味的营养剂，一口气喝完后独自一人坐到观景窗前，沉默地凝视着窗外的浩瀚星河。

谭孜遥、封小莞、小朝、清越坐到餐桌前，安静地吃饭。

紫宴要了两杯酒，走到洛兰身旁，递给她一杯。

洛兰接过酒，喝了一口。

紫宴坐到她身旁，和她一起喝着酒，看窗外的景色。

紫宴突然发现——

星空静谧美丽、神秘永恒。

无限包容，无限耐心。

只要你给予注视，它就回馈你璀璨，从不会令你失望。

洛兰喝完一杯酒，把酒杯递给机器人，站了起来，就好像给自己预设的休憩时间结束，又要开始奋战。

其他人已经吃完饭，洛兰吩咐："清越，你带小朝回舱房。"

"是。"

清越带着小朝离开。

洛兰对封小莞说："你跟我来。"

洛兰带着封小莞乘坐升降梯，来到一辆交通车前。

封小莞不解，"干什么？"

"我已经准备好飞船，送你去曲云星。"

"现在？"

"现在！"

"我想留下。"

"你留下什么忙都帮不上，我还要分出人手照顾你，不如去曲云星帮我做点事。"

"什么事？"

"出任英仙叶玠基因研究院的院长，让英仙叶玠基因研究院成为星际中最好的基因研究机构之一。"

封小莞愁肠百结中也不禁笑了笑。

如果她没记错的话，那个基因研究院现在什么都没有，居然就想要变成最好的，可洛洛阿姨一直都这样，像个太阳一样无所畏惧，总是一往无前。

洛兰说："阿晟在曲云星等你。"

封小莞点点头，"我知道，邵逸心叔叔告诉我了。"

洛兰看着她。

封小莞察觉出她有重要的话要说，"怎么了？"

"阿晟是……"

封小莞的心提了起来，眼睛一眨不眨地盯着洛兰，"是什么？"

洛兰伸出一只手，钩着封小莞的后脑勺，把她的头拉到自己面前，在她耳畔轻声说："克隆人。"

洛兰说完就立即放开封小莞，面无表情地研判着她的反应。

封小莞双眸发直、脸色发白，嘴巴不可置信地半张着。

她知道阿晟的身份有蹊跷，也早就怀疑过他们在曲云星的相会不是毫无因由的偶然，而是冥冥中早已注定的必然，只是无论她做了多少猜测，都没有猜到是这个答案。

封小莞思绪急转，所有细节一点点汇聚到一起，形成了前因后果的脉络，"殷南昭？游北晨？"

洛兰沉默地点了下头。

封小莞的手用力按在心口，觉得一颗心突突直跳，像是要蹦出胸膛。不管是游北晨，还是殷南昭，他们的名字都带着腥风血雨，阿晟却只是平凡普通的一个市井小人物，怎么可能面对云谲波诡、尔虞我诈的一切？

洛兰说："如果你不能接受，我会给阿晟另外安排去处。"

415

封小莞深吸了几口气，渐渐镇定下来，"我还没出生就接受了基因编辑手术。我从一枚蛋里出生，我的基因连基因检测都无法确定父亲，其实，我也是一个人造的怪物，没有比阿晟好到哪里去。"

"你是合法存在，他是非法存在。"

封小莞一瞬间做了决断，坚定地说："我会让这个秘密永远成为秘密！"不但其他人没有必要知道，阿晟自己也没有必要知道。

洛兰拍拍封小莞的肩膀，"那就好好努力，你的力量越强大，阿晟越安全。"

封小莞点点头，接受了洛兰的安排，"我现在就去曲云星。"

洛兰递给封小莞一个黑色的武器匣。

封小莞下意识地接过。

"封林很少动武，她并不擅长打架，她擅长的是救人。但有一次，她为了我，激发武器匣，想要和棕离生死搏斗。"洛兰微眯着眼睛回想，"封林的武器很特别，一片片如同白色羽毛的晶体，浮动在半空中，感觉像是周围突然飘起鹅毛大雪。我见过的最美丽的一场雪。"

封小莞按了下武器匣，激活武器匣，周围气温骤降，浮动着一片片晶莹剔透的白羽，将洛兰和封小莞笼罩其间。

封小莞伸出一根手指，轻轻碰了下白羽，指头上已经是一道血口。

洛兰说："这个武器匣不是你妈妈用过的武器匣，是我另外找人设计铸造的，你好好练习，使用熟练了，用来防身不错。"

封小莞把武器匣贴身收好，拿出一把小巧精致的手枪，递给洛兰，"这个很方便携带，送给你防身。"

洛兰本来想说"不用"，但看清楚是死神之枪，表情骤变，一下子完全忘记了要说什么。

封小莞说："左丘白送我的枪，说是威力巨大，但一次只能开一枪，他留着没用，送给我防身。"

洛兰问："为什么不自己留着？"

封小莞拍拍武器匣，表示自己已经有防身武器，把枪塞给洛兰。

洛兰凝视着死神之枪，"你不怕我用这把枪杀了左丘白吗？"

封小莞沉默了一瞬，说："我听过一个古老的故事，主神宙斯因为一个诅咒，害怕自己的权力和地位被夺走，就把自己怀孕的妻子墨提斯吞了下去。他们的女儿战神和智慧女神雅典娜不得不砍开父亲的头颅，破颅而生。雅典娜没有选择，在她出生前，已经注定要弑父而生。"

洛兰看着封小莞。

离开前，她把左丘白看作毫无关系的陌生人；归来后，她没有原谅曾经发生的一切，却承认了左丘白是她的父亲。

封小莞对洛兰自嘲地说："我的命运和雅典娜一样，早在我出生前就已经注定。左丘白说我比母亲心狠，这点上我大概像他，这是好事。"

洛兰说："他是你生命的起点，但你的生命只属于你自己。"

封小莞抱住洛兰，"谢谢！"

洛兰拍拍她的背，"我不需要口头的感谢。"

封小莞忍不住笑，"明白！我会把英仙叶玠基因研究院变成全星际最好的基因研究院之一。"

女皇陛下很市侩现实，对没有实际利益的东西没有丝毫兴趣，要感谢请化作实际行动。

洛兰乘升降梯回到舱房。

紫宴没看到封小莞，问："你送小莞回曲云星了？"

洛兰说："基因研究院等着她开工。"

紫宴没有吭声。

基因研究院再着急也不着急这一两天，明明是因为不管怎么样，左丘白都是封小莞的父亲，洛兰不想她夹在中间做选择。

这个世界上大部分的人都是口吐莲花、心藏毒汁，洛兰却恰恰相反。

洛兰走到工作台前，打开封小莞之前的絜钩研究报告仔细看起来。

作为基因病毒武器，它的威力毋庸置疑，唯一的缺陷就是传播途径，必须通过人类体液的接触才能传播。

传播途径限制了它的攻击范围，楚墨只能用它来定点攻击个体，没有办法用它来大面积攻击人类。

封小莞为了展示它的威力，在模拟实验中，做了两个假设：一、由一只宠物的撕咬开始，启动病毒；二、传播方式类似于感冒病毒，近距离接触时可以借助空气传播。

亿万年的进化，宇宙形成了微妙又严苛的平衡，每个物种都有制约和束缚。比如，猛兽力量强大，在食物链顶端，相对应地，繁衍能力就肯定不如弱小的昆虫。力量强大的猛兽一胎有三四只幼崽，力量弱小的昆虫却一次性就可以产成千上万只卵。

病毒也是如此，杀伤力和传播率成反比。

楚墨想要打破亿万年进化形成的制约和平衡应该不可能，但是，他可以做一点变更。

洛兰把封小莞模拟实验中的小宠物替换成一个人。

如果人去撕咬另一个人呢？

这不就完成了最快的体液接触传播吗？

正常情况下，一个人当然不可能去撕咬另一个人，但如果在病毒暴发期，他失去了神志呢？

因为身体内两种基因的搏斗，导致感染者饱受痛苦的同时充满了攻击性。

洛兰更改基础参数设置，重新启动模拟实验——

一个繁华的大都市，在休息日时，某个大型居住区日常普通的一幕。

天空湛蓝、云朵洁白。

绿草如茵、鲜花似锦。

年轻的恋人躺在草地上窃窃私语，父母带着孩子们奔跑戏耍，还有很多单身男女带着各种小宠物散步休憩。

一家三口有说有笑地走过。

突然，年轻的儿子身上长出一排骨刺，他痛苦地嘶吼。

人们听到叫声，围聚过去查看发生了什么事。

他的父母紧紧地摁住他，向周围的人求助："有没有医生？有没有医生？"

"我是医生！"一个男人放下怀里的孩子，跑过去帮忙。

他想要给年轻的男子注射镇静剂，可是，那个男子挣脱了父母的按压，凶狠地攻击医生，一下就抓破了他的胳膊。

医生慌忙躲避。

年轻男子的父母急忙拽住他，想要阻止他。

他狠狠一口咬在母亲的肩膀上，像疯狗一样再不松口。

母亲痛苦地惨叫。

他的父亲用力抓住他的胳膊，想要把他拖开，他却一个转身就把父亲压到地上，又抓又咬。

警察赶到，想要制止他，救出他的父母。

他的父母却出现了异变，变得像他一样充满攻击性，如同野兽一般开始撕咬想要帮助他们的人。

之前被抓伤的医生也开始发疯般地攻击每个人，包括哭着跑向他的女儿。他狠狠一口咬在女儿的脖子上。

"爸爸……"女孩瞪着惊恐的眼睛，不可置信地看着父亲。

整个社区公园变成了人间炼狱。

凄厉惊惧的尖叫声中，人们互相攻击。

每个人都变成了六亲不认的行尸走肉，撕咬攻击着周围的人，甚至自己至亲至爱的人。

被咬中的人感染病毒后，又开始攻击更多的人。

异变的病毒一个感染另一个，疾病以不可遏制的速度迅速感染了所有人。

有人长出尾巴，有人长出鳞甲，有人双脚退化变成尾鳍，有人死亡……

最后，经过病毒的催化淘汰，有人死了，有人活了下来。

活着的人恢复神志，不再互相攻击。

他们目光茫然，呆滞地看着已经面目全非的彼此。

天空依旧湛蓝、云朵依旧洁白。

绿草依旧如茵、鲜花依旧似锦。

但他们已经不是他们，整个世界已经彻底颠覆，如同完全换了一个星球。

…………

模拟实验结束，四周鸦雀无声。

谭孜遥和紫宴都神情凝重地盯着一个个定格的虚拟人影。

洛兰说："完全符合体液接触传播的规律。"

在神志丧失期，每个感染者既是受害者，又是迫害者，通过撕咬攻击

419

他人，完成病毒的传播。最后，等体内的基因分出胜负，进化完成，成功者恢复神志，失败者死亡。

紫宴问："你担心紫姗就是那个开启者。"

洛兰说："她不是开启者，她应该只是一个培养皿。"

紫姗的体能太弱，很可能还没有完成进化就死亡，楚墨不可能选择这么弱的开启者。

紫宴明白了洛兰的意思，禁不住怒火澎湃，楚墨居然把紫姗作为新型絜钩的培养皿！

他强忍着怒气问："如果紫姗只是培养皿，谁会是开启者？"

洛兰说："左丘白！"

只要左丘白体能足够强悍，他作为开启者，甚至有可能不会丧失神志，能清醒地确定攻击目标，但被他攻击的人却会丧失神志，变成只会疯狂撕咬的行尸走肉。

紫宴和谭孜遥悚然而惊。

英仙二号上面有四十万战斗兵力，还有非战斗人员的后勤人员和各种工作人员，加起来总计有六十多万人口。

如果左丘白是病毒开启者，英仙二号又是一个封闭空间，病毒的传播速度会非常快，可以说要不了几天就会成功摧毁阿尔帝国的一半兵力。

到那时，左丘白可以轻而易举地掌控英仙二号，并且把病毒带回奥米尼斯星，摧毁整个阿尔帝国，继而整个星际……

紫宴突然一把抓住洛兰的手臂，急切地说："让战舰更改航向，你不能去英仙二号。"

洛兰命令："放开！"

紫宴说："你理智一点，这不是感情冲动的时刻！"

谭孜遥也焦急地说："陛下，如果刚才模拟实验中的事情真有可能发生，您不能去英仙二号。"

洛兰看着紫宴，目光平静坚定，"我是英仙洛兰，阿尔帝国的皇帝，英仙二号上面有六十多万阿尔帝国的公民！他们是因为我的命令，才奔赴战场的！"

紫宴在她的目光下慢慢松开手，沉默地让到一边。

眼前的女人不是骆寻，而是英仙洛兰。

就算是骆寻，他也从没有能力更改她的决定。

不管是一意孤行地爱千旭，还是岩林里为千旭奋不顾身，她选择的路，都会坚定不移地走下去。

洛兰打开英仙二号太空母舰的设计图，一边研究，一边思索。

左丘白现在身处的地方位于英仙二号的中央区域，也就是核心区、不可脱离区。

假如左丘白真的携有基因病毒，那么只有两种方案。

一种方案是把左丘白封闭在可脱离区，将舱体脱离后炸毁，让病毒在太空环境中失去寄生体自然灭亡。

如果左丘白还在港口就可以采取这种方案，但现在左丘白已经进入中央区，不可能再采取这种方案。

目前的情况下，只能采取另一种方案。

疏散所有中央区的人员，让他们进入可离开载体，一旦确认左丘白真的携有病毒，立即离开，避免感染。

等所有人撤退到安全区域后，炸毁中央区，封锁星域，杜绝病毒传染渠道，直到确认安全。

洛兰给林坚发送信息。

"林坚，我知道你现在和左丘白在一起。我下面说的话，不要问为什么，但务必照做。

"一、告诉左丘白我正在来英仙二号的路上，希望能和他面谈如何处理奥丁星域的事。二、请下达秘密指令，让我接管英仙二号的指挥权。三、请按照流程如常和左丘白商谈，绝对不能让左丘白察觉异样。"

林坚简单地回复了一个字"好"，显然完全理解洛兰的话，不想引起左丘白的注意。

洛兰不禁微微一笑，抬起头对谭孜遥说："连线英仙二号，从现在开始，英仙二号太空母舰由我指挥。"

Chapter 23

星河璀璨

也许星际中只有生存和死亡，但人类有对和错，有高贵和卑鄙，正因
为我们人类有这些，所以，我们才不仅仅像其他物种一样只是在星球
上生存，我们还仰望星空，追逐星光，跨越星河，创造璀璨的文明。

两个小时后。

洛兰的战舰到达英仙二号太空母舰。

身材魁梧的林森上尉已经等在港口，舱门一打开，他快步走上来，对洛兰敬礼："陛下。"

洛兰问："现在情况如何？"

林森打开所有监控视频给洛兰看："因为人员众多，目前只疏散了三分之一。"

所有接到命令的军人都暗中集结，悄无声息地行动，从四面八方汇聚向停泊在港口的战舰和飞船。

按照洛兰的命令，战斗人员和非战斗人员以演习的名义小队集结、安静疏散，全部撤退到可移动载体中，做好随时离开太空母舰的准备。

洛兰质问："为什么这么慢？"

林森解释："因为陛下要求不能惊动左丘白，所以不能动用警报召集、不能大规模结队撤离、不能发出声音惊动他人，现在的速度已经是最快的速度，不可能更快。"

洛兰无奈，只能说："尽力再快一点。"

"是。"林森调出一段视频，指着一个娃娃脸的文职军人说："左丘白的随行人员里的确有一个叫潘西，是左丘白的秘书。"

紫宴盯着视频看了一瞬，根据潘西的走路姿态判断："他不是奥丁联邦的军人，应该是小莞口中的'潘西教授'。"

洛兰问："左丘白那边现在什么状况？"

林森打开会议室的监控视频给洛兰看，"因为投降的主要条件事先都已经沟通好，预定的会议时间在一个半小时左右，只是一个签字仪式，其实没有多少需要商谈，元帅已经在尽力拖延时间。"

宽敞的会议室内。

长方形的会议桌两侧，几十个英仙二号和北晨号的重要将领面对面地坐着，林坚和左丘白在正中间，双方就北晨号的投降条件一一商谈。

左丘白态度诚恳，语气温和，言辞有理有据。

作为曾经的大法官，他精通问讯，很清楚如何掌控谈话节奏和对话方向，即使林坚有意拖延时间，经过两个小时的谈判，谈判依旧进展到尾声，只差最后的签名。

林坚磨磨蹭蹭地抓着每个细节纠缠。

左丘白一边微笑着倾听，一边状似无意地查看会议室四周。

冥冥中，他像是感觉到什么，视线看向监视器，若有所思地停顿了几秒才移开。

洛兰说："林坚再拖延，左丘白就要起疑了。"

她立即给林坚发信息："同意签署协议，告诉左丘白我到了，会出席庆祝宴会。"

林坚扫了眼个人终端，若无其事地说："我对最后一条没有意见，诸位呢？"

没有人出声反对。

林坚站起来，笑着伸出手，对左丘白说："欢迎阁下加入阿尔帝国，成为阿尔帝国的公民！"

左丘白和林坚握手。

林坚说："陛下的战舰已经到达英仙二号，换套衣服就会赶过来，正好我们签完字，陛下可以出席我们的庆祝宴会。"

左丘白满面笑意，温文尔雅地说："太好了！"

双方的官员审核完文件，递交给林坚和左丘白。

林坚和左丘白拿起电子笔签名，加盖生物签名。

洛兰眼睛一眨不眨地盯着他们的一举一动。

紫宴站在她身旁，也一直看着监控视频。

洛兰问："你觉得左丘白是真投降吗？"

紫宴说："我五十多年没有见左丘白，不知道他现在心里究竟在想什么，但如果我是他，即使因为种种原因不得不投降，也不会这么平静坦然。就如同我现在，即使坚信自己的选择是为了异种好，没有错，但每每想到奥丁联邦，我依旧会愧疚不安，觉得自己背叛了奥丁联邦，背叛了已经牺牲的所有战友，无颜面对他们。"

洛兰侧头看向紫宴。

紫宴盯着监控屏幕，脸上戴着面具，看不到他的表情。

洛兰收回了目光，若无其事地说："有一个人说……殷南昭说楚天清和楚墨不是叛徒，他们一切行为的动机是为了保护异种，左丘白肯定理解他们的所作所为，才会选择站在他们那一边。现在，他能这么平静坦然，没有觉得愧对父亲和弟弟，也许根本原因就是他根本不会背叛楚天清和楚墨。"

紫宴听到"殷南昭"的名字，不动声色地看了眼洛兰，又看向监控屏幕。

…………

双方的官员和将领热烈鼓掌，林坚和左丘白并肩站立，面朝镜头握手合照，表示北晨号的投降协议正式签署完毕。

出席会议的全部官员大合影时，林森按照洛兰的要求，提前安排好一个工作人员故意表现得趾高气扬，对左丘白手下的一个将领呼来喝去，粗鲁地将他推到一旁，满脸都写着"低贱的异种靠边站，别来碍眼"。

那个将领军衔不低，在奥丁联邦也是受人尊敬的一位军人，现在却连一个普通的工作人员都敢对他毫不尊敬，气得满脸不忿，手都直打哆嗦。

其他人都很尴尬，连不知情的林坚都一脸难堪，迅速命人把那位工作人员带走，左丘白却泰然自若，像是什么都没有发生一样。

洛兰想起左丘白以前维护封林的样子，每次清清淡淡、不温不火，却总能挤对得棕离和百里苍败下阵来。

"左丘白是一个能忍气吞声的人吗？"洛兰看向紫宴。

紫宴面色凝重："尽全力疏散人员，能疏散多少是多少！"

最后一丝侥幸落空，现在只能面对和解决。

洛兰坐到椅子上，手臂斜撑着头，盯着三维的太空母舰构造图，皱着眉头思索。

对左丘白而言，什么时间发动病毒袭击最好？

当然要阿尔帝国的重要人物在场时最好。

刚见到林坚时，不算最佳时机。

因为刚刚见面，正是戒心最重的时候。

最好的袭击时机是谈判中间，人数多、戒备低，但左丘白放弃了，因为知道她要来。元帅再重要，也不如皇帝重要。

左丘白肯定希望把皇帝和元帅一网打尽。

洛兰用自己做诱饵，让左丘白推迟了袭击，但左丘白直觉敏锐、行事果决、手腕狠辣，她想再拖延时间很难。

洛兰问："还需要多久才能把所有人疏散完毕。"

林森说："还有四十万人，至少还需要四个小时。"

紫宴说："以左丘白的性格，最多再拖延一个小时。"

洛兰完全同意紫宴的判断，她指指停泊着左丘白战舰的七号港口，"除了战舰、飞船这些可移动载体，类似的太空港是不是也可以脱离太空母舰？"

"是。"

"可以装载人员吗？"

"可以。但它们没有飞行系统，只可以脱离，不能在太空中飞行。"

"标记出所有可移动港口，安排所在区域的人员就近撤离到可移动港口。"

"是！"林森下达新的命令。

紫宴看完中央智脑统计的新数据后，说："一个小时最多可以撤离二十万人，必须放弃一半的人。"

洛兰看向观景窗外。

只能保住一半人的性命。

谁该生？谁该死？

谁有权力决定二十万人的死亡？

紫宴说："必须做决断，如果稍有犹豫，给了左丘白机会，也许会连另外的二十万人都保不住。"

他和左丘白一起长大，很了解左丘白的为人。左丘白看上去清清淡淡，一直是他们中间最没有攻击性的一个人，但不管是阴毒的棕离，还是火暴的百里苍，都十分忌惮他，不愿与他为敌。

林森上尉越听越觉得不对劲，忍不住问："什么决断？为什么要放弃一半的人？不是军事演习吗？"

没有人回答他。

林森上尉询问地看向谭孜遥，谭孜遥回避了他的目光。

洛兰打开个人终端，把刚才的模拟实验放给林森看。

林森看完视频，满面惊骇，忍不住看向洛兰面前的太空母舰构造图。

太空母舰的中央区用红色重重勾勒了一圈，他刚才一进来就看到了，没有多想，现在却觉得触目惊心，像是用鲜血画成的死亡禁地。

林森忍不住说："元帅和几位将军都在中央区，至少要让他们撤离。"

"他们就在左丘白的眼皮底下，一旦离开就会惊动左丘白。"

紫宴指指会议室，再指指距离会议室最近的封闭闸门，智脑立即给出最近的逃生路线图。即使全速奔跑，也要三四十分钟，根本没有足够的时间撤离。

林森想到刚才看完的模拟实验，不愿相信地问："视频里的事真有可能发生吗？"

洛兰说："以楚墨和左丘白的性格，病毒只会更强，不会更弱。"

林森脸色发青，双手紧紧地握成拳头。

为了保全另外二十万人的性命，林坚元帅和其他二十万人就要变成六亲不认的怪物，互相撕咬吗？

最后要么变成怪物活下来，要么死亡？

可是，如果不这么做，难道要让整艘太空母舰上的人都感染病毒，变成怪物吗？

洛兰站起来，对林森说："宴会已经开始，我去换衣服，争取能再拖延一个小时，你们尽全力疏散人员，一旦接到命令，立即起飞，朝着远离太空母舰的方向飞。"

"陛下！"谭孜遥和林森异口同声，想要阻止洛兰去见左丘白，"太

427

危险了！"

　　洛兰无奈地摊摊手，"我知道危险，但如果我不出现，左丘白就会立即发动袭击，我能怎么办？"

　　谭孜遥和林森看了眼中央区的监控视频，都不吭声了。

　　一队又一队军人集结在一起悄悄撤退，就像是潺潺小溪般从死亡奔向生存，就算多坚持十分钟，也可以多拯救上千条人命。

　　洛兰是皇帝，没有人期望她深入险境。她完全可以下令现在就封锁中央区，停止人员疏散。受降和会谈是元帅决定和主导的，肯定是元帅负全责。

　　眼下的这种情况，不管怎么说洛兰都已经尽力，拯救了三分之一的人，可以向所有人交代，完全犯不着用自己的生命去冒险。

　　但是，那就不是英仙洛兰了！

　　林森一直记得林楼将军每次喝醉后就会流着泪念叨叶玠陛下救他的事，林楼将军曾经说过只要洛兰陛下有叶玠陛下的一半，就已经值得林家效忠。

　　这十多年，林森跟在林坚身边，谭孜遥跟在洛兰身边，亲眼看见了洛兰的所作所为，他们都很清楚洛兰绝不是一个面对危险会逃跑的皇帝。

　　谭孜遥对洛兰敬礼，坚毅地说："我是陛下的护卫军军长，我陪陛下去。"

　　洛兰笑着点点头，"好啊！"

　　洛兰换衣服前，去看了眼小朝。

　　清越正在给小朝读故事。

　　洛兰站在门口静静听了一会儿，没有打扰她们，关上舱门悄悄离开了。

　　洛兰走进自己的舱房，打开衣橱。

　　黑色太沉重，红色太浓烈……最后挑了件清新柔和的海蓝色长裙。

　　她撩起长裙，把武器带绑到大腿上。

　　挑选武器时，她的视线落在死神之枪上，耳畔回响起左丘白说过的话。

"有一件事你应该还不知道。虽然我的枪法非常好，但面对殷南昭，我依旧没有丝毫信心。当年，来自死神的那一枪我是瞄准你开的。我在赌，赌殷南昭能躲过射向自己的枪，却会为了保护你，自愿被我射中。"

洛兰面无表情地拿起死神之枪，插到武器带上。

她放下长裙，对着镜子整理仪容。

一切收拾妥当，要离开时，她突然又想起什么，停住了脚步。

洛兰打开个人终端的通讯录，盯着"小角"的名字。

她告诉自己辰砂不会接听，根本没有必要浪费时间打这个音讯，可是，她又在不自觉地说服自己，找各种理由去拨打小角的联系号码。

辰砂了解左丘白，熟悉太空母舰，擅长应对战争中的突发性事件，眼前的情况对她来说很难，可也许对辰砂而言不是那么难。

洛兰迟疑了一瞬，最终还是拨通了小角的联系号码。

嘀嘀、嘀嘀。

半夜里，辰砂正在睡觉，听到声音，立即睁开眼睛。

他下意识地看了眼自己的个人终端，发现不是，声音来自床头的保险箱。

隔着厚重的金属门，声音听起来有些沉闷，如同一个人隔着万水千山的呼喊，带着几分不真切。

辰砂屏息静气，一动不动地躺着，一直睁着眼睛，定定地看着天花板。

嘀嘀、嘀嘀。

特殊的蜂鸣音终于停止。

辰砂无声地吁了口气，既像是如释重负，又像是怅然若失。

他翻了个身，探手过去打开保险箱，拿出个人终端。

一条系统自动发送的消息提示：您有1条洛洛的未接来讯。

辰砂怔怔地看着。

洛兰定定地看着个人终端。

个人终端的系统机械声自动回复：抱歉，您拨打的通信号码暂时无人接听，请稍后再联系。

稍后？

洛兰苦笑着摇摇头，忍不住又拨打了一次。

嘀嘀、嘀嘀。

辰砂手中的个人终端骤然响起，洛洛的头像在他面前闪烁跳动。

他被吓了一跳，差点把个人终端扔掉。

嘀嘀、嘀嘀。

洛洛的头像是一个侧脸，低着头在笑。

辰砂记得是小角偷拍的。

那时候还在曲云星，小角刚刚学会玩个人终端，如同得了一个宝贝，翻来覆去地研究，发现通讯录可以有图像时，问洛兰要照片，洛兰忙着做实验，一直没有配合他拍照。

有一天，暴雨过后，洛兰担心地去查看幼小的吸血藤，发现小家伙们都扛过了风雨。有一株还长高了，新生的嫩芽怯生生地攀在栏杆上，她不禁侧头而笑。满天铅云低垂，可从乌云缝隙中射下的一缕阳光恰恰映照在她身上，映得她像是一个自带光芒的发光体。

小角悄悄拍下照片，设置成来讯显示的头像。

曾经，每一次这个头像出现时，小角都很开心，总是迫不及待地接听。

辰砂一直盯着闪烁的头像，直到头像变灰，蜂鸣音消失。

系统自动发送了一条信息：您有2条洛洛的未接来讯。

"抱歉，您拨打的通信号码暂时无人接听，请稍后再联系。"

洛兰无声地长吁口气，犹豫着要不要给辰砂发一段文字信息。

说什么呢？

他会看吗？

会不会即使收到了，也压根儿不会打开看？

…………

突然，门口传来"笃笃"的敲门声，洛兰抬头看去，紫宴斜倚在门口，衣着风流，面具妖艳，一派倜傥不羁、卓尔不群。

洛兰立即把手背到背后，"站在别人门口偷窥可不是好习惯。"

紫宴说："我已经敲过一次门，你没有听见。"

洛兰恍然。她刚才有那么紧张吗？

紫宴说："为什么要联系小角？你可以直接联系辰砂。"

原来已经被看得一清二楚！

洛兰郁闷地把手放下来，"我没有辰砂的私人号码，联系辰砂必须走官方途径，一个请示一个，等批示、等授权，以现在阿尔帝国和奥丁联邦的关系，至少需要一个小时才能联系上辰砂。"

紫宴吹了声口哨，抬起手腕看了看时间，半开玩笑地说："再有两三个小时，小夕就能见到辰砂，辰砂肯定会主动联系你。"

洛兰嗤笑一声，连自己都不知道自己是什么意思。

洛兰朝着门外走去。

紫宴抬腿，挡住她的路，"我和你一起去宴会厅。"

"不行。"洛兰跨过紫宴的腿，径直往前走。

紫宴只要剧烈运动，心脏病就有可能发作，洛兰可不想逃跑时，他却突然抽搐昏厥，拖她后腿。

紫宴说："我和左丘白从小一起长大，他看到我，或多或少情绪都会受影响，能帮你拖延时间。"

无法拒绝的理由！洛兰停住脚步。

紫宴走到洛兰身旁，眼含恳求地看着她，"让我和你一起去！"

洛兰冷冰冰地说："不能擅自行动，必须听从命令。"

紫宴弯身鞠躬，温柔地说："一切都听陛下的。"

洛兰觉得紫宴以前像张扬的桃花，后来像清冷的梨花，如今却变成了温软的柳枝，明明没有棱角，十分配合，她反倒束手无策。

洛兰乘坐交通车赶到中央区，在谭孜遥将军的护送下，姗姗走进宴会厅。

圆形的大厅里，衣香鬓影、觥筹交错。

所有人看到她，自动让到两侧，恭敬地弯身致敬。

宴会厅尽头，弧形的观景窗前，左丘白和林坚正站在漫天星光下谈笑。

洛兰微笑着朝他们走过去。

左丘白笑着弯身致敬："陛下。"

洛兰面带笑容，客气地和他握手，礼貌地说："欢迎阁下成为阿尔帝国的公民，能有您这样的杰出人才，我们非常荣幸。"

左丘白风度翩翩地说："谢谢陛下的宽宏大量、不计前嫌。"

洛兰回想起，她初到奥丁联邦时参加的第一个宴会，当时所有人都不和她说话，左丘白一直坐在一旁袖手旁观，丝毫不掩饰自己的冷淡漠然。

那个时候，大家还有几分真诚，没有现在这么虚伪。

左丘白的目光从人群中缓缓掠过，似乎观察着什么。

洛兰心中警铃大作，恰好一个机器人滚动着轮子从他们身旁经过，洛兰随手端起一杯酒，转身间不小心泼洒到林坚身上。

"抱歉！"

林坚忙说："没事，换件外套就行了。"

他对左丘白欠欠身子，"失陪。"快步从侧门离开了宴会厅。

左丘白一直盯着林坚，目送他离开。

洛兰笑问："阁下，可以跳支舞吗？"

左丘白微微一愣，笑着说："好。"

洛兰主动把手递给左丘白，左丘白握着洛兰的手走进舞池，其他人看到他们都自动退避到一旁。

音乐响起。

左丘白和洛兰踏着音乐的节拍开始跳舞。

洛兰说："我记得在奥丁联邦时，有一次舞会，我提议封林和楚墨开舞，紫宴对我比画你，我当时完全没想到你和封林在一起过。"

左丘白含着笑淡然地说："当年我也没想到你会成为女皇。"

洛兰盯着左丘白。

左丘白笑看着洛兰。

洛兰突然说："你应该已经是2A级体能了。"

她虽然只是A级体能，可和超A级体能的人朝夕相处过。

刚才跳舞时，她好几次都踏错了舞步，刚开始是无意，后来却是有意，左丘白每次都自然而然地避开了她。

"……是。"左丘白虽然有点意外，却没有否认，"陛下真是敏锐。"

"当年是故意藏拙？"

"不是，只是更喜欢阅读，不喜欢动手动脚，后来当上指挥官，就花了点时间把体能提高到2A级。"

洛兰点点头，"小莞小时候最喜欢坐在树上读书。如果吃饭的时候找不到她，肯定是躲在树上看书。"

左丘白笑笑，没有接洛兰的话题。

洛兰说："你携带头足纲八腕目生物基因和刺丝胞动物门生物基因，不知道体能到2A级后，会有什么异能？"

左丘白笑笑，"抓紧了。"

左丘白的步速骤然加快，洛兰只觉耳畔风声呼呼，周围的一切都成了虚影。

一会儿后，左丘白恢复正常速度。

他们已经在舞池里跳了三四圈，可音乐只是过了一小节。

洛兰明白了，"速度。"既然左丘白是速度异能，她只能放弃一枪射死他的计划。

左丘白自嘲地说："我也不明白我的基因怎么会有速度异能。"

洛兰特意让乐队奏了一首很长的舞曲，可不管舞曲多长，都有结束时。

乐声结束，洛兰和左丘白同时停住舞步。

周围的人鼓掌。

左丘白放开洛兰的手，目光扫了一圈四周，"林元帅还没有回来？"

洛兰招招手，一个近旁的将领急忙走过来，"陛下有事吗？"

洛兰吩咐："去看看林元帅。"

左丘白目光沉静地看着那个将领匆匆离开。

洛兰说："邵茄公主怀孕了，正是孕吐最厉害的时候，林坚不在身边，她情绪波动很大，天天发脾气，林坚只能经常和她视频通话，尽量安抚她。"

左丘白笑起来，"要做爸爸了，待会儿要恭喜林元帅。"

洛兰半开玩笑地说："应该感谢你，没有你的帮助，他不可能这么早结婚，更不可能这么早做父亲。"

左丘白面不改色地说："应该感谢陛下宽宏大量、玉成美事。"

洛兰拿了杯酒，递给左丘白。

左丘白微笑着接过，轻轻抿了一口，没有再多饮。

洛兰喝了几口酒，对左丘白抱歉地说："我去趟洗手间。"

"正好我也想去。"左丘白将酒杯放下，随着洛兰站起。

女士和男士的洗手间相邻，就在宴会厅外面。

洛兰锁好卫生间的门，立即悄悄给林坚发送信息："人员撤退情况？"

"再有二十分钟，一半的人就撤离了。"

"尽快，左丘白已经没有耐心。"

"我现在回来替换陛下。"

"你不在，他还会耐着性子等，如果你回来，他应该立即就会发动攻击。"

"我已经离开二十分钟，再不回去，左丘白一定会起疑，我不能让陛下置身险境。"

洛兰眉头紧锁、一筹莫展。

即使费尽心机再拖延二十分钟，也还有二十万人没有撤离，林坚和所有重要将领也依旧滞留在中央区。

左丘白随时有可能发动攻击。

如果当机立断封锁中央区，还能保存四十万人，如果迟疑不决，给了左丘白机会让病毒蔓延开，也许整艘太空母舰上的人会无一幸免，还有可能波及阿尔帝国，甚至整个人类。

究竟该怎么办？

洛兰怕左丘白等得不耐烦，站起来往外走，推门时看到卫生间门上的禁火防爆标志。

她目不转睛地盯着。

洛兰慢慢走出卫生间，在洗手池边洗手时，一直回想太空母舰的设计图。

因为过目不忘的记忆力，太空母舰上每一个区域、每一个舱室的设计图一一在她脑海里浮现闪过。

洛兰迅速写了两段信息，发送给林坚和紫宴。

"没有时间解释为什么，立即执行！"

洛兰走出洗手间，左丘白已经等在外面。

洛兰和他走到宴会厅门口，里面音乐声悠扬悦耳，人们正在翩翩起舞，林坚已经回到宴会厅，正端着杯酒，和一个异种将领说话。

左丘白看到林坚，眼中的警惕略淡。

洛兰突然停住脚步，对左丘白说："我想和阁下谈谈辰砂的事。"

左丘白展手，示意可以进去慢慢谈。

洛兰抓着左丘白的胳膊，身子侧倾，压着声音说："我带紫宴一起来的，他的身份还未公开，不方便抛头露面。"

左丘白看着洛兰。

洛兰说："辰砂要求我退兵，如果不退兵就死，我已经有一个办法对付辰砂，一定能让他俯首帖耳，放弃奥丁联邦，但需要阁下帮忙。"

"让辰砂俯首帖耳，放弃奥丁联邦？"

洛兰肯定地点点头。

左丘白笑着摇头，不知道是在嘲笑洛兰的异想天开，还是在嘲笑辰砂也终有今日，"紫宴在哪里？"

洛兰指指左手边的走廊，"拐进去第一间舱房就是休息室，紫宴一直等在里面见你。"

左丘白快速观察了一下地形，发现和宴会厅很近，不过几十米距离，以他的体能几乎转瞬就到。

左丘白对一直跟在他身后的两个警卫点了下头，示意他们留在宴会厅门口。洛兰也对一直跟着她的谭孜遥说："你在这里等着就好了。"

洛兰和左丘白并肩走到T字路口。

洛兰看着最里面的舱房说："那就是休息室。"

左丘白身为北晨号的指挥官，对星际太空母舰的构造非常熟悉，确定洛兰没有说谎。

那的确是休息室，一般设置在大型宴会厅附近，让将领在宴会中途可以小憩，也可以作为商议事情的地方。

左丘白回头看了一眼，他的几个警卫站在宴会厅门口，时不时有军人嬉笑着进进出出，一派歌舞升平。

他收回目光，跟着洛兰往前走。

因为不是主行道区，走廊变窄，两个人之间的距离很近，能听到彼此的呼吸声，都十分平静有规律。

快到休息室的舱门时，左丘白谨慎地停住脚步，没有继续往前走。

洛兰像是什么都没有察觉到，径直往前，一直走到休息室门前。

舱门自动打开。

宽敞的房间里，一个身形修长的男人懒洋洋地坐在观景窗前，一只脚架在另一条腿上，手臂侧支着头，正在欣赏风景。

米色的休闲衬衣，衣袖半卷，衬得他慵懒随意，如同一只正在太阳下休憩的猫咪。

左丘白盯着他打量。

男人转动了一下椅子，整个人面朝着左丘白。

他惬意地仰靠在舒服的观景椅上，冲左丘白挥挥手，满面灿烂的笑意，"好久不见！"

他的举动一如当年，风流倜傥、潇洒随意。

可是，他的脸上有两道纵横交错的X形刀疤，肌肉纠结、狰狞丑陋，他架在膝头的那条腿露出一截脚踝，不是人类的肉体，而是纤细坚硬的银灰色金属架，清楚地表明他已经失去一条腿。

这一切和他慵懒随意的气质格格不入，形成了诡异的视觉冲击。左丘白惊讶下，往前走了几步，跨过舱门，进入休息室。

左丘白目光复杂地凝视着紫宴的脸，"你怎么……变成了这样？"

紫宴笑眯眯地说："封林的女儿都长大了，我的样貌自然也会改变。"

左丘白想到封小莞，目光柔和了几分，"小莞说你教导她锻炼体能，谢谢！"

紫宴丝毫不给面子地说："我是冲着封林，和你没有丝毫关系。"

左丘白不以为忤，反而从紫宴的这句话中印证了封小莞的确是他的女儿，心头涌起一点喜悦、一点怅然。

紫宴看着身旁的座位，展手做了个邀请的姿势，示意左丘白坐。

左丘白抬抬手，客气有礼地对洛兰说："陛下请。"

洛兰笑了笑，走到紫宴对面的观景椅上坐下。

左丘白等她坐下后，才坐到她和紫宴中间。

紫宴拿起桌上的酒瓶，给自己倒了一杯。

左丘白说："我和楚墨都没想到你会帮着阿尔帝国攻打奥丁联邦。"

紫宴笑，"这不是被你们两兄弟逼得无路可走了吗？"

"我以为你的信念比生命更重要。"

"我也以为你的信念比生命更重要。"紫宴冲左丘白举举酒杯，喝了一大口，"可我们大家在这里相会了。"

左丘白没有反驳，微笑着问："你们说辰砂会投降？"

"看你这样子像是不相信？"

左丘白对洛兰抱歉地欠欠身，"没有冒犯陛下的意思，但辰砂如果愿意归顺阿尔帝国，又何必最后关头逃离阿尔帝国？不管他之前对陛下说了什么，都不过是为了利用陛下的军队帮他找楚墨复仇。现在楚墨已经死了，他不用再装模作样，可以做回自己。"左丘白顿了一顿，坚定地说："他是辰砂！"

紫宴兴致勃勃地提议："不如我们打个赌，如果辰砂会归顺阿尔帝国，算我赢。如果辰砂不归顺，算你赢。"

"赌注是什么？"

紫宴笑眯眯地说："因为你和楚墨，我少了一颗心，失去一条腿，变成了这样。如果我赢了，我就放弃向你寻仇。"

左丘白好笑地问："如果我赢了呢？"

"你帮我们攻打辰砂，辰砂不是砍了封林的头吗？现在又把楚墨杀了，你正好新账老账一块儿算。"

左丘白盯着紫宴。

紫宴满不在乎地摊摊手，"难道我说错了吗？"

"你们？"左丘白看看洛兰，再看看紫宴。

紫宴笑眨眨眼睛，"不可以吗？"

"我没兴趣和你们打赌。"左丘白拿起一个酒杯，给自己斟了杯酒，一口气喝完，对洛兰说："好酒！"

"阁下喜欢就好。"

左丘白拿起酒瓶，看到上面写着"一枕黄粱"，左丘白点点头，问："好名字！谁起的？"

"我。"

"人生可不就是黄粱一梦吗？但就算知道梦醒后一切都是空，却依旧会坚持在有限的生命里拼尽全力，这才是人类能在星际中繁衍不息的原因。"左丘白直接拿起酒瓶又喝了几口，"自从三十年前，体能晋级到3A级，我已经很多年没尝到有酒味的酒了。"

洛兰全身戒备地盯着左丘白。

3A级体能？他不只有速度异能，还有听力异能，他能听到宴会厅里发生的事！难怪他会突然一改谨慎的作风，开始大口喝酒。

左丘白笑着放下酒瓶，指指自己的耳朵，"我的基因来自海洋生物，听力构造和你们不一样，你们的屏蔽系统对我没有用。到这一刻，我倒是真的要说一声'敬佩'，你居然有胆量用自己做饵，掩护其他人离开。"

"他要异变了！"洛兰叫。

紫宴立即抓住洛兰后退。

"你们一个都逃不掉！"左丘白笑着说。

他的身体开始剧烈颤抖，全身的肌肉都在不受控制地抖动，显得脸上的笑容十分诡异。

他探身想要抓住洛兰，可因为正在异变，身体还不能自如控制，让洛兰和紫宴逃掉了。

洛兰对着中央智脑吼："我是英仙洛兰，启动应急程序！"

尖锐嘹亮的警报声响起，刺眼的红色警报灯闪烁不停，英仙二号太空母舰进入最高级别的危险警戒状态。

宴会厅里，林坚和阿尔帝国的将领们一边和左丘白带来的人搏斗，一边紧急撤退。

谭孜遥按照洛兰的命令，大步冲着潘西教授走过去，潘西教授紧张地说："你们不能杀我！你们需要……"

谭孜遥一枪把潘西教授射杀，掩护着其他人撤退。

太空母舰的各个区域，几十万军人按照命令，集结成队，依次撤退。

休息室。

左丘白身体扭曲变形，脖子以下像是高温下的糖浆一般迅速融化，变成了一团血肉模糊、黏稠的黑红色血浆。

黑红色的血浆中长出一条又一条细长的白色触须，朝着紫宴和洛兰爬过来。

紫宴拉着洛兰疾冲到舱门口，敏捷地拍了下门，命令："开门。"

因为已经进入最高级别的危险戒备程序，智脑没有接受指令，门没有任何动静。

眼看着触须就要接近他们，紫宴着急地砸门。

洛兰命令"开门"，舱门应声打开，刚刚容一人通过。

紫宴想让洛兰先走，洛兰却十分粗鲁，狠狠一把就把他从门缝里推过去。

洛兰正要过去时，十几条触须张牙舞爪地缠向她。

紫宴挥手，数十张紫色的塔罗牌飞舞转动，排列成防卫矩阵，将一条条触须挡住。

洛兰从门里冲过来，两条触须竟然从塔罗牌矩阵中钻过，紧追而至，刺向洛兰。

"关门！"

啪一声，舱门迅速合拢，将两条触须挤断。

险之又险，洛兰才没有被它们刺到。

两截触须掉到地上，像是两条白色的小蛇，还在不停蠕动，它们流出的液体颜色发黑，居然将金属地板腐蚀出了一个个小洞。

洛兰和紫宴都骇然。

紫宴说："左丘白长出了好多触须，一眼看过去密密麻麻，数都数不清。"

"左丘白主要携带的是头足纲八腕目生物基因和刺丝胞动物门生物基因，但经过病毒的刺激，不知道还会激发什么基因。"

紫宴说："他的体能不止3A级，就算异变前不是4A级，现在也肯定超过4A级了。"

金属门发出咚咚的撞击声，就好像有千万只手一起猛烈地撞击金属门。

咚咚的撞击声中，金属舱门像是一张放入油锅的煎饼，居然鼓起一个又一个气泡。

"这道门挡不住他！"紫宴抓住洛兰往前跑。

前面是一道已经封闭的隔离门，洛兰命令："开门。"

隔离门打开。

洛兰和紫宴通过隔离门。

洛兰命令："关门。"

隔离门又关闭。

经过宴会厅时，紫宴发现宴会厅的人员已经全部撤离。

地上一片狼藉，倒着几百具尸体，有异种的，也有人类的。显然，刚才他们和左丘白搏斗时，这边也在恶战。

四周的舱门和隔离门全部关闭锁定。

紫宴也接受过军事特训，大致猜到洛兰的计划。

中央区是太空母舰最重要的核心区域，一般很难受到来自外部的攻击，却有可能因为内部故障和恶性事故导致爆炸。

为了安全，每个区域都会设计特别加固的安全区，每条通道都有防火防爆的隔离门，一旦启动应急程序，所有隔离门都会开启，将危险禁锢在小范围内，阻止危险蔓延。

洛兰没有时间让二十万人撤离中央区，只能冒险找一个折中的方法。

当警报响起时，所有人就近集结进入安全区，安全闸门落下。

紧急程序启动，所有通道封锁，所有隔离门封闭，整艘太空母舰只接受最高指挥官的命令，也就是洛兰的命令。

洛兰肯定是想把左丘白封锁在这个区域，人为制造爆炸，杀死左丘白。

紫宴留意查看，果然看到墙壁上贴着一块又一块威力巨大的微型炸药。不但墙上有炸药，四处还散落着能量燃烧弹。一旦炸药爆炸，燃烧弹会把这片区域变成一片高温火海，将病毒烧得一干二净。

紫宴问："这么猛烈的内部爆炸，已经近乎自毁，太空母舰能承受吗？"

太空母舰的防御力十分强悍，但那是针对外部攻击。

没有敌人能在核心区发动这么猛烈的内部攻击，除非整艘太空母舰的人都死绝了。

洛兰笑了笑，说："英仙二号是我哥哥在英仙号撞毁后重新设计制造的太空母舰，各方面功能都比你知道的北晨号先进。我哥哥对爆炸有心理阴影，在审核英仙二号的设计图时，仗着有钱，不惜成本地把安全区设计得格外坚固，所有隔离门都更厚重，有可能躲过一劫。"

"多大可能？"

"六七成。"

六七成？不过，总比没有强！紫宴拽着洛兰跑得更快了。

个人终端振动，洛兰接听。

林坚的声音从个人终端里传来，"陛下，所有军人已经陆续进入安全区，再过十五分钟就可以启动爆炸，请陛下迅速撤退到安全区……"

一阵"咔咔嚓嚓"的杂音传来，信号突然中断。

洛兰拍拍个人终端，发现不是个人终端的问题，而是母舰的信号系统有了问题。

她警觉地抬起头看看四周，隐隐觉得不安，对紫宴说："抓紧时间！"

两个人急速往前跑。

在洛兰一次次"开门、关门"的命令声中，通过一道道舱门和隔离门。

不知不觉中，紫宴松开洛兰的手，他的喘息越来越急促，脸色渐渐发青，突然，脚下一滑，整个人直挺挺地摔倒在地上。

洛兰听到动静，急忙跑回去。

紫宴挣扎着说："时间有限，不要管我！"

"闭嘴！"

洛兰干脆利落地把紫宴的机械腿卸下，半开玩笑地说："能轻一点是一点。"

她背起紫宴，跑了几步，觉得不对劲，又一脚踢掉自己的高跟鞋，赤着脚沿着通道往前跑。

紫宴伏在她背上，听着她急促的喘息声。

虽然洛兰的体能不错，但背着一个大男人奔跑，无论如何都不是一件轻松的事。

她的喘息声如雷鸣，一声声敲打在紫宴的心房上。

紫宴想起他曾经看过的一段视频，骆寻被绑架到阿丽卡塔生命研究院时，独自一人面对两个歹徒的坚定和果决。

她们明明是同一个人，他却眼瞎心盲，只愿意承认光明面，不肯直视阴暗面。

如果大树不扎根于黑暗污浊的泥土中，怎么可能朝着蓝天朝阳张开枝丫？如果没有漆黑的天空，繁星怎么可能有璀璨的光芒？

黑暗并不美丽，却往往是光明的力量源泉。

突然，洛兰停住了脚步。

紫宴强撑着抬起头，看到一滴黑红色的液体从半空中滴落。

通道顶上有一个洞，一条白色的触须从里面钻出来，破洞被腐蚀得越来越大，一条又一条触须像是蛇一般争先恐后地往外钻。

洛兰立即转身，朝着另一条通道跑去。

白色的触须翻涌蠕动，像是无数条蛇追赶在她身后。

"开门！"

"关门！"

洛兰背着紫宴堪堪从金属隔离门中通过，白色的触须被挡在隔离门外。

紫宴骇然："左丘白的触须怎么会这么长？"

洛兰想到一种刺丝胞动物门的生物，"水螅体组成的僧帽水母，身躯不到30厘米，触须却有22米长，而且触须上有刺细胞，能分泌酸性毒液。"

紫宴喃喃说："触须这么细、这么长，又有腐蚀性，简直一点缝隙就可以钻进去。"

洛兰突然意识到什么，猛地停住脚步。

紫宴问："怎么了？"

洛兰对中央智脑命令："检查中央区的换气系统。"

几块虚拟屏幕浮现在身周。

无数白色的触须正沿着四通八达的换气系统向着四面八方延伸，即使遇到阻碍也靠着腐蚀性的分泌液可以通过。

中央智脑提醒："异物侵入，已开启隔离板。"

"能封锁换气系统吗？"

"不行。"

虚拟屏幕上出现了集中在安全区的人，大家密密麻麻挤站在一起，满面紧张焦虑。如果彻底封锁换气系统，肯定会把人活活憋死。

紫宴说："只能尽快启动爆炸。"

洛兰一言不发，背着他快速往前跑。

紫宴不知道僧帽水母的触须有多么特殊，就算是被砍断，已经脱离母体，含有毒液的触须依旧能保持数小时生物活性，依旧能毒死人。

只要有一条触须遗漏了，只要有一个人感染病毒，数十万人就不会有一人幸免。

中央智脑的机械声传来："隔离板只能延缓触须的前进速度，没有办法遏制触须，请尽快处理。"

警报的声音越来越尖锐急促。

洛兰一声不吭，尽力快跑。

通过一道隔离金属门后，她停住脚步。

紫宴问："你干什么？"

洛兰没有说话，把紫宴放到地上，转身就要往回走。

紫宴一把抓住洛兰的手腕，"你要去哪里？"

"我去杀了左丘白。"

紫宴挣扎着要起来，"我去。"

"你还是老实待着吧！"洛兰轻轻一推，紫宴就跌回地上，"听我说！紫姗很有可能还活着。只要左丘白死了，北晨号上的军人肯定要回阿丽卡塔找辰砂，你带紫姗去找封小莞。封小莞很了解絷钩病毒，一定能救紫姗。"

洛兰想要抽手离开。

紫宴紧紧地抓着洛兰的胳膊，不肯放开，眼中满是哀求。

洛兰说："放手！"

"不放！"

"你想让大家都死吗？"

"不管！我只知道我不想让你死！"

"你不放手，你和我都会死！"

"不管！反正不许你回去！"

洛兰气结："你是紫宴，能像孩子一样任性地说'不管'吗？"

"我不管！"

紫宴抓着她的手，无论如何就是固执地不肯松手。

洛兰用力拽了几次，都没有拽开。

紫宴的全身都在颤抖，只有抓着她的手坚如磐石，像是不管发生什么都绝不会松手。

中央智脑的警报声不停地响着，机械声一遍又一遍说："异物侵入，危险！异物侵入，危险……"

紫宴依旧紧紧地抓着洛兰的手，无论洛兰如何用力，都挣不脱。

洛兰眼中骤然有了泪光，"紫宴，放开我！"

紫宴眼中泪光闪烁，咬着牙摇头。他已经把全部的力气、全部的生命都凝聚在五指之中，不顾一切地想要和命运对抗。

洛兰突然展颜而笑，笑靥如花。

"关门！"

金属隔离门骤然关闭。

电光石火间，鲜血飞溅，喷洒了紫宴一脸。

洛兰的胳膊从中间被截断，紫宴手里只剩下一截断臂。

紫宴全身剧烈抽搐，握着半截断臂，凄声惨号。

他挣扎着爬起来，又是用手，又是用头，用力砸着金属门，一声接一声吼叫，刚开始还能听清楚是"洛兰"，后面渐渐变成了不明意义的悲鸣，一声更比一声悲痛绝望。

舱门另一边。

洛兰脸色煞白，跌跌撞撞地从地上爬起，半边身子都是血。

她听到紫宴撕心裂肺的哭号声，却没有丝毫停顿，反倒更加坚定地向前跑去。

她一边跑，一边大叫。

"左丘白！你在哪里？

"明明你的计划已经成功了，却因为我功败垂成，你不想杀了我吗？

"左丘白，我救了异变的辰砂，却没有救封林，你不恨我吗？"

…………

洛兰跌跌撞撞地跑回宴会厅。

她仰头看向监视器，满脸血污，狼狈不堪。

"林坚元帅，记录这个屋子里发生的一切，我有话要告诉全星际的人类。"

站在监控屏幕前的林坚明知道洛兰看不到，也听不到，却双腿并拢，含着泪敬礼："是！"

洛兰下意识用仅剩的一只手整理了一下头发，却发现手上全是血，把自己弄得更狼狈了。

她站在几百具尸体中间，一只手没了，穿着鲜血浸透的裙子，头发蓬乱，脸上满是血痕，形容狼狈不堪，可是，她背脊笔挺，就好像不管多大的风雨都不能令她低头弯腰。

"我是阿尔帝国的皇帝英仙洛兰，很抱歉让你们看到这么血腥残酷的画面，但之所以有今天，是因为你们每个人、我们每个人的错误。长久以来，正常基因的人类把携带异种基因的人类视作低人一等的异种生物，歧视他们、压榨他们、奴役他们，没有人会接受这样的命运，所以，有了一次又一次战争，有了今天最极端的反抗。这一次，我会制止惨剧的发生，但只要现状一天不改变，反抗就一天不会结束。"

宴会厅的舱壁上传来咚咚的撞击声。

洛兰面不改色地继续。

"请英仙二号上所有军人见证，请全星际所有人见证，我以阿尔帝国皇帝的身份宣布我的女儿英仙辰朝是阿尔帝国皇位的第一顺位继承人，我的儿子英仙辰夕是阿尔帝国皇位的第二顺位继承人。

"身为母亲，应该照顾、保护他们长大，但是，我不仅仅是他们的妈妈，还是阿尔帝国的皇帝。我希望奥米尼斯星上每个像他们一样的孩子能健康平安地长大，我希望阿丽卡塔星上每个像他们一样的孩子能健康平安地长大，我希望英仙二号上每个像我一样为人父母的人能回到他们的孩子身边，我希望北晨号上每个像我一样为人父母的人能回到他们的孩子身边。

"我有一个梦想世界，在那个世界，人们尊重差异、接受不同，不会用自己的标准否定他人，不会用暴力强迫他人改变，每个人都可以有尊严地生活，每个人都有权利追求幸福。很可惜，我没有机会实现自己的梦想，麻烦你们，麻烦英仙二号上的每一位军人，麻烦每一个听到这段话的人，请你们帮我实现！"

一条又一条细长的白色触须像是蠕动的蛇一般出现在宽敞的宴会厅里，密密麻麻交织在一起，像是一张杀人的巨网。

十几条触须快如闪电，从背后飞扑过来，插入洛兰身体，从前面探了出来。

洛兰猛地吐出一大口血。

她却依旧平静地对着监视器说："毁灭一切的雪崩是由一片片雪花、所有雪花一起造成，可巍峨美丽的雪山也是由一片片雪花、所有雪花一起造成，不论你是异种，还是人类，都请做一片凝聚成雪山的雪花，不要做造成雪崩的雪花！"

"废话真多！"

随着男人的讥讽声，一个奇形怪状的东西出现在宴会厅的天花板上。

一大团软绵绵的息肉组织，像是堆积的棉花一样，中间嵌着一颗人脑袋，四周伸出千万条长短不一的触须。

有的像是垂柳一般从高空垂落，有的像是藤蔓一般缠绕在吊灯上、攀附在墙壁上，还有的像是蜥蜴的舌头一般不停地卷起弹开。

洛兰仰头看着左丘白，遗憾地说："你以前长得很好看，现在变得很丑陋。"

左丘白淡定地说："这个星际没有好看和丑陋，只有生存和死亡。"

"也许星际中只有生存和死亡，但人类有对和错，有高贵和卑鄙，正因为我们人类有这些，所以，我们才不仅仅像其他物种一样只是在星球上生存，我们还仰望星空，追逐星光，跨越星河，创造璀璨的文明。"

"你的废话对我没用！"左丘白讥嘲，"我知道你安装了炸弹，想要炸毁我，但我的触须就算离开母体，也不会立即死亡，它们依旧能进入被你封闭起来的安全区域，让病毒传播。"

洛兰微笑。

左丘白又是十几条触须插进她的身体，"一个纯种基因，拼尽全力也不过是A级体能，凭什么来杀死我？"

"我不能杀死你，但可以杀死自己！"

洛兰抬起仅剩的一只手，毫不犹豫地朝自己开了一枪。

左丘白这才注意到洛兰手里握着一把枪，竟然是死神之枪。

一瞬间，左丘白气得整张脸都变形扭曲，所有触须都在愤怒地震颤。

洛兰的身体上密密麻麻插满左丘白的触须。

两人血肉相连，她朝着自己开枪，也就是朝着左丘白开枪。

左丘白暴怒，猛地抽出所有触须，把洛兰狠狠摔到地上。

左丘白从天花板上跃下，落在洛兰身旁。

他撑着头质问："你把小莞怎么样了？"

洛兰沉默不语，突然狠狠一拳，砸在左丘白的脸上。

左丘白的触须卷起洛兰，用力摔出去。

洛兰砸到墙上，沿着墙壁坠落。

点点荧光从她的身体里飞出，四散飘舞。

左丘白的几十条触须也开始消融，变成点点荧光。

左丘白用别的触须折断那几十条消融的触须，可什么用都没有，他的触须依旧在消融。

左丘白再折断，触须依旧在消融，什么用都没有。

惊慌恐惧中，左丘白终于理解了为什么叫死神之枪，一旦中枪，无有幸免。

洛兰挣扎着爬起来，全身鲜血淋漓地靠坐在墙壁前。

她看到左丘白的惊惧、慌乱、痛苦、绝望，不禁唇角翘起，微微而笑。

她终于感同身受地知道了，身体消融时原来这么痛！

削骨刮髓、剜心扒皮。

因为疼痛，左丘白的几千条触须不受控制地上下翻腾、拼命挣扎。

漫天荧光飞舞，像是有无数的萤火虫在翩跹舞动。

洛兰的身体已经完全虚化，她仰着头，一串眼泪从眼角滑落，嘴唇无力地翕动几下，似乎说了句话，可没有人听到她究竟说了什么。

洛兰的身体消散，一条项链掉到地上，一滴眼泪坠落在项链上。

个人终端启动爆炸程序。

轰然一声，宴会厅所在的区域炸毁。

一个爆炸紧接一个爆炸，整个中央区剧烈震颤，却没有一个人失声惊呼。

所有人不管身体怎么摇晃，都诡异地沉默着，就好像有什么东西堵塞住了他们的嗓子。

良久后，颠簸过去。

所有监控屏幕上都是铺天盖地的烈火，摧枯拉朽地熊熊燃烧，一片血红色。

是死亡之火，可也是生存之火。

他们活下来了！

死一般的寂静中，一声破碎的呜咽骤然响起。

没有人去查看谁在哭，因为每个人都泪眼模糊。

封闭的舱室里，紫宴怀里抱着半截断臂，直挺挺地躺在地上，眼泪一颗接一颗从眼角渗出，沿着脸颊坠落。

　　熊熊烈火熄灭后，一个新的世界会从灰烬中诞生。

　　异种将和其他人一样平等、自由地生活，个体差异将被尊重、被接纳，那是从他懂事起就渴望和梦想的世界。

　　但是，那个他渴望和梦想的世界中，没有她了！

　　英仙洛兰用一己之力，建造了那个世界，但那个世界没有她了！

Chapter 24

番外：朝夕

朝朝夕夕、夕夕朝朝。

幸好余生还长，幸好还有机会弥补，幸好还有很多朝夕可以执手相对。

清晨。

执政官官邸。

辰砂一身军装，沿着楼梯走下楼，询问："阿尔帝国的飞船到了吗？"

宿一回答："已经到太空港，宿二和宿七去迎接使者团，会直接带他们到议政厅。"

辰砂刚要去餐厅吃饭，门铃声响起。

不一会儿，宿二和宿七走进来。

宿一诧异地问："你们没送阿尔帝国的官员去议政厅吗？"

宿二和宿七都面色古怪。宿七偷偷瞟了眼辰砂，含含糊糊地说："我们觉得……带他们直接过来比较好。"

宿一不解。

这是执政官的私宅，不是不可以接见其他国家的官员，但一般都是有私交的熟人。宿二、宿七怎么会自作主张地带阿尔帝国的官员来执政官的私宅？还是商议停战这种大事。

辰砂问："怎么回事？"

宿二支支吾吾地说："阁下……阁下还是私下见比较好。"

人已经到门口了，难道还要把他们赶回去？辰砂对宿一点点头，示意他放行。

宿一扬声吩咐警卫："让他们进来。"

一会儿后。

清初走进来，目光坚定，气质干练，和以前小心谨慎的样子截然不同。

但是，身为女皇办公室的负责人，女皇最为倚重的心腹，她却只是恭敬地跟随在一个孩子身后。

男孩子黑发黑眼，五官精致、气质清冷，一身剪裁合身的正装，白衬衣、黑裤子、黑色的外套、黑色的细领带，全身上下纹丝不乱。

他步履从容、背脊笔直、目光直视着辰砂，径直走过去。

即使屋子内所有人的视线都紧盯着他，他依旧没有一丝孩子该有的不安羞涩，表情异常冷淡镇静。

宿一下意识地去看辰砂。分开看时不觉得，可两个人身处同一个屋子，对比着看时，竟然觉得一大一小十分神似。

男孩站定在辰砂面前，像个大人一样对辰砂伸出手，"我是英仙辰夕，代表我的母亲英仙洛兰皇帝陛下来和阁下谈判两国停战事宜。"

辰砂怔怔地看着英仙辰夕。

他见过这个孩子，在啤梨多星。

为了奥丁联邦将来能研究出治愈异变的药剂，他私下去曲云星盗取吸血藤。飞船返航途中，他在啤梨多星稍做停留，没想到碰到了英仙洛兰。

当时，除了这个男孩儿，还有一个女孩儿。艾米儿一边搂着那个女孩儿的肩膀笑个不停，一边和英仙洛兰一起挑选眼镜。

他听闻艾米儿有一对双胞胎儿女，应该就是这个男孩儿和那个女孩儿。

但是，这个孩子刚才说什么？

英仙辰夕一直伸着手，平静地看着辰砂。

辰砂问："你说你叫什么？"

英仙辰夕清楚地回答："英仙辰夕。英仙洛兰的英仙，辰砂的辰，夕颜花的夕。"

辰砂看着英仙辰夕。

英仙辰夕看着辰砂。

所有人屏息静气，屋子里落针可闻，安静得诡异。

辰砂脑海里蓦然跳出一幅画面——

深夜，洛兰坐在椅子上，穿着浅蓝色的手术服，戴着浅蓝色的头套，目光异常沉静克制。他诧异洛兰这么晚还要做手术，洛兰云淡风轻地说"有个小手术"。他当时隐隐觉得哪里不对，可又说不出来。现在明白了，洛兰不是给别人做手术，而是她自己要躺在手术台上，接受手术。

大战当前，怀孕生子，还是携带异种基因的孩子。即使强悍如英仙洛兰，那段时间也很艰难吧？

"哦！"英仙辰夕像是突然想起什么，平静地说："我的孪生姐姐叫英仙辰朝，英仙洛兰的英仙，辰砂的辰，朝颜花的朝。"

辰砂想起那两种饮料的名字。

朝颜夕颜。

夕颜朝颜。

他后知后觉地意识到，整个阿尔帝国没有一个3A级体能者，更没有4A级体能者，那两种饮料看似向全军供应，实际只为他一人而做，名字也只是因他而取。

辰砂心潮起伏、精神恍惚，一直呆呆地盯着英仙辰夕。

"阁下？"英仙辰夕依旧伸着手。

辰砂终于回过神来，强自镇静地和英仙辰夕握了握手。

英仙辰夕说："我妈妈说您是我的父亲，按道理来说我应该叫您爸爸，不过初次见面，我还是称呼您阁下比较好。"

辰砂虽然已经明白自己和英仙辰夕的关系，但亲耳听到英仙辰夕说出来，还是觉得每个字都犹如利剑、直扎心窝。

他的孩子？

他和英仙洛兰的孩子？

辰砂思绪纷乱，一片茫然地看着英仙辰夕。洛兰曾经不止一次说过"我有一个巨大的惊喜或者惊吓正等着你"。

这一次，她没有骗人！真的是巨大的惊吓！

宿一忍不住问："你妈妈……阿尔帝国的皇帝陛下真打算对外公布你叫英仙辰夕，你姐姐叫英仙辰朝？"

"是。"英仙辰夕言简意赅，一个字都不肯多说。

幸亏清初明白宿一的言外之意，清晰地解释："陛下不但已经确定小朝殿下是第一顺位继承人，小夕殿下是第二顺位继承人，还已经得到林坚元帅和紫宴阁下的支持。"

阿尔帝国未来的皇帝是异种？

宿一、宿二、宿五、宿七如闻惊雷，都觉得自己在做梦，满脸震惊地盯着英仙辰夕。

清初双手捧着，将一盒密封的药剂递给宿五，"这是辟邪，英仙叶玠生物基因制药公司新生产的药剂。因为执政官阁下配合参与了研究，占股15%，是制药公司的第二大股东。执政官阁下已经用不上这种药剂，但几位应该需要。这几份药剂并不对外出售，是陛下的私人馈赠，具体使用方法和药效说明书上写得很清楚。"

　　宿五仔细看完，惊骇地瞪着手里的药剂，对辰砂结结巴巴地说："阁下……阁下……是……是……"

　　"我知道。"辰砂想到自己居然悄悄去曲云星盗取吸血藤，心中滋味异常复杂。

　　清初又拿了两个礼盒递给英仙辰夕。

　　英仙辰夕双手捧着转交给辰砂，礼貌却冷淡地说："我妈妈让我带给阁下的礼物。"

　　辰砂脑子里千头万绪、一团乱麻，下意识地问："什么？"

　　"不知道。妈妈说阁下有任何疑问，可以随时联系她。阁下知道她的个人终端号码。"

　　辰砂想起半夜未接的那两个音频通话。

　　洛兰三番五次联系他，就是想说这些事吗？

　　辰砂接过礼盒，注意到其中一个礼盒很眼熟，上面还有快递标记，是他在林榭号上收到过的礼盒。

　　一时间辰砂竟有些情怯，没有打开这个礼盒，打开了另外一个礼盒。

　　三罐手工制作的玫瑰酱和一个眼镜盒。

　　辰砂怔怔地拿起玫瑰酱，下意识地看了眼厨房的方向。不知不觉中，眼前的玫瑰酱和记忆中的玫瑰酱重合。

　　骆寻曾经做了两罐玫瑰酱给他。一罐被他一怒之下摔了，一罐还没来得及吃，他就离开阿丽卡塔，奔赴战场，等再回到阿丽卡塔，已经是几十年后，人事全非，什么都找不到了。

　　本以为沧海桑田，一切都被无情的时光埋葬，随风而逝，没想到在时光的迷宫中兜兜转转，有生之年，竟然还能重逢。

　　辰砂的手指从签名上轻轻抚过。

　　大罐的玫瑰酱上面手写着"洛兰"。两个小罐上面，笔迹稚嫩，一罐上面写着"小朝"，一罐上面写着"小夕"。

"妈妈带我和姐姐一起做的玫瑰酱。"英仙辰夕拿起眼镜盒，故意说："这是妈妈在啤梨多星买的眼镜，她买了四副，打算一家四口一人一副。哦，阁下应该知道，因为我记得阁下当时也在啤梨多星。"

辰砂打开眼镜盒，看到一副黑框眼镜，和以前他送给骆寻的眼镜一模一样，只不过是男款，略大一点。

当年洛兰刚收到眼镜时的诧异反应一点一滴渐渐浮现在心头。

辰砂忽而禁不住笑了。

时光漫长残酷，但悠悠经年后，她记得，他也记得，何其有幸！

有生之年，竟能重逢！

虽然重逢的你，已不是当初的你，但改变并不都是惊吓，还有惊喜。

辰砂抬起头，仔细地看着小夕。

小朝、小夕。

他和洛兰的孩子！

喜悦如同涨潮的潮水，一浪高过一浪，满溢心间，让他既愧疚又后怕。

朝朝夕夕、夕夕朝朝。

幸好余生还长，幸好还有机会弥补，幸好还有很多朝夕可以执手相对。

辰砂的目光越来越温柔，英仙辰夕越来越不自在。大人般的淡定镇静消失，他别扭地回避着辰砂的目光，"妈妈派我来谈判两国停战事宜，你们有什么要求？"

辰砂忍不住揉了揉儿子的头，温和地说："这些事情我会和你妈妈直接沟通。你先住我这儿，就住你妈妈以前住过的屋子，想吃什么、想玩什么告诉我。"

英仙辰夕愕然。

他想起临别前妈妈说的话，"你爸爸知道该怎么处理，他如果有疑问，会直接联系我"，原来妈妈早预料到会这样。

清初微笑着咳嗽一声，刚要说话。

突然，辰砂的个人终端接连不断地响起急促的消息提示音。

一条接一条紧急信息。

"看新闻！"

"阿尔帝国出大事了！"

…………

莫名其妙地，辰砂心惊肉跳，立即对宿一命令："打开新闻。"

新闻刚打开。

红鸠沿着走廊冲过来，一边跑，一边失态地喊："英仙洛兰死了！"

"你说什么？"

一大一小两个声音。相似的面容，都表情凶狠，死死地盯着他。

红鸠下意识往后退了一大步，喃喃说："英仙洛兰死了。"

"不可能！"

又是一大一小两个声音同时响起。

红鸠指指屏幕，让他们自己看。

…………

恢宏的宴会厅，一片狼藉。

打翻的酒瓶、摔碎的酒杯、踩得稀烂的食物。

四周依旧残留着宴饮欢聚的气氛，但是几百具尸体横七竖八地堆叠在地上，到处都是猩红的鲜血，完全就是一个惨不忍睹的屠宰场。

洛兰一个人孤零零站在满地尸体中间。

她赤着双脚、一条胳膊断了，衣裙凌乱，满身血污，形容狼狈不堪，一双眼睛却异样清亮。

"……我希望奥米尼斯星上每个像他们一样的孩子能健康平安地长大，我希望阿丽卡塔星上每个像他们一样的孩子能健康平安地长大，我希望英仙二号上每个像我一样为人父母的人能回到他们的孩子身边，我希望北晨号上每个像我一样为人父母的人能回到他们的孩子身边。

"我有一个梦想世界，在那个世界，人们尊重差异、接受不同，不会用自己的标准否定他人，不会用暴力强迫他人改变，每个人都可以有尊严地生活，每个人都有权利追求幸福。很可惜，我没有机会实现自己的梦想，麻烦你们，麻烦英仙二号上的每一位军人，麻烦每一个听到这段话的人，请你们帮我实现！

…………

辰砂突然伸手，把小夕拽进怀里，把他的头按压在自己胸膛上，不让他继续往下看。

小夕挣扎着要推开他，"放开我！放开我……"

辰砂紧搂着他，声音嘶哑地说："不要看！听话，不要看……"

他自己却眼睛一眨不眨地盯着屏幕，看着无数条白色的触须刺穿洛兰的身体，殷红的鲜血汩汩涌出。

…………

辰砂觉得自己在做梦。

一个噩梦。

以前的噩梦，总能醒来，现在的这个噩梦，却永远都不会醒了。

漫天荧光飞舞。

洛兰应该很疼，却倚着墙壁在笑。

她仰着头，一串眼泪从眼角滑落，嘴唇无力地翕动几下，似乎说了句话。

最后一滴眼泪落下时，她的身影消失。

轰然一声，漫天火光。

烈火熊熊燃烧，把一切都化为灰烬。

…………

小夕虽然什么都没有看到，却猜到发生了什么，撕心裂肺地哭喊："妈妈！妈妈……"

他狠狠地又踢又打，又抓又咬，想要挣脱辰砂的怀抱。

辰砂紧紧地搂着他，无论如何都没有松手。

这一刻，万箭攒心、痛不欲生，灵魂被撕成碎片，似乎整个人都要灰飞烟灭，可冥冥中，他清楚地知道洛兰不希望两个孩子看到这一幕。

辰砂亲眼看见过父母惨死在自己面前，很清楚那意味着什么。

这一刻，他紧搂着小夕，不仅仅是他在保护小夕，也是小夕在保护他。如果没有怀里这一点命运的仁慈，他不知道自己还能不能站着，更不知道自己会做什么。

前一刻，他还在庆幸，幸好余生还长，幸好还有机会弥补，幸好还有很多朝夕可以执手相对。

这一刻，一切都没了。

所有的错误都不能再弥补，所有的错过都成了永远。

小夕失声痛哭，愤怒地喊："为什么？为什么你不肯见妈妈？为什么你要转身离开……"

辰砂站得笔挺，死死地盯着屏幕上的一片火海。

他想起半夜响起的个人终端。

洛兰拨打了两遍，他没有接。

他想起送到林榭号上的礼物。

洛兰已经送到他面前，他看都没看，就扔下离去。

他想起啤梨多星的偶遇。

明明近在咫尺，他都没有上前相见，决然转身。

是啊！为什么？

为什么明明很想听到她的声音，个人终端响起时，他却没有接听？

为什么明明辗转反侧、朝思暮想，真遇见了她，他却能狠心离开？

为什么明明很想知道她送的礼物是什么，他却没有打开？

为什么……

洛兰死后，辰砂除了一开始的异样，之后一直表现得很平静，比以前更加拼命地工作，几天几夜、不眠不休，终于把所有棘手的事情一件件妥善解决。

——经过主动沟通，北晨号的古来谷将军率领四十余万士兵返回奥丁星域。

——英仙二号遭受重创，阿尔帝国痛失女皇，奥丁联邦却迎回北晨号，兵力增强。在胜负的天平向奥丁倾斜时，联邦执政官辰砂出人意料地宣布奥丁联邦愿意投降，震惊星际。

——曲云星政府总理艾米儿公布英仙叶玠基因研究院的研究成果"辟邪"，震惊全人类。

——英仙辰朝的异种身份掀起轩然大波，但因为林坚元帅和所有军人的坚决拥护，英仙邵茄公主和其他皇室成员的表态支持，英仙辰朝在光明堂顺利登基。

——辰砂签署奥丁联邦的投降协议，宣誓效忠新登基的阿尔帝国女皇英仙辰朝。从今往后，星际中再没有奥丁联邦，只有阿尔帝国阿丽卡塔自治星。

辰砂和紫宴一个在阿丽卡塔，一个在奥米尼斯，视频通话。

辰砂欲言又止，话都到了嘴边，竟然又顾左右而言他："猎鹰已经把紫姗送到曲云星。"

紫宴颔首："我知道，小莞告诉我了。"

小莞告诉他有把握救活紫姗，但经过病毒摧残，紫姗即使苏醒，也会忘掉大部分事情。紫宴觉得很好，他和楚墨都不值得记忆，紫姗能忘得一干二净重新开始很好。

辰砂不言不语，一直沉默。

紫宴主动说："我不知道。"

他也很想知道洛兰在消失前喃喃说的那句话是什么，但无论他忍着悲痛重看多少遍视频，都无法提取出洛兰最后的话。

他知道辰砂想帮洛兰实现她的每个愿望，甚至可以说，辰砂现在表面上还能一切如常就是因为洛兰的愿望还没有实现。

"哦……"辰砂若无其事地要关闭视频。

"辰砂。"紫宴叫住他，温和地说，"你多长时间没有休息了？就算体能好，也不能这么糟蹋身体。如果睡不着，去喝夕颜朝颜、南柯一梦，不要辜负洛兰的心意。"

辰砂沉默地点点头，关闭了视频。

辰砂并不是故意不睡觉，只是一直没有觉得累。

虽然已经连着七八天没有睡觉，但一点没觉得累，反而因为时时刻刻能听到洛兰的名字，有一种莫名的安心。

她无处不在，就好像仍然活着，只不过一时不能见面而已。

但他知道紫宴说得对，他需要睡觉休息，不是为了他的身体健康，而是他还有很多事没有做，他必须好好活着。

辰砂拿出一瓶南柯一梦，一边喝，一边走到床边。

两个礼物盒就放在枕畔。

他打开了一盒，另一盒却一直没有打开，不是忘记了，而是一直没有勇气。

辰砂坐在床沿，默默喝完一整瓶酒，才趁着酒意拿起未打开过的礼盒。

他小心翼翼地撕开印着玫瑰花的包装纸，打开盒子。

一张音乐卡映入眼帘。

看上去有点粗制滥造，不像是从商店里买的，应该是手工做的。

辰砂拿起音乐卡，屏息静气地打开。

里面什么字都没有写，只传来一个女孩儿和一个男孩儿的歌声。

是否当最后一朵玫瑰凋零
你才会停止追逐远方
发现已经错过最美的花期
是否当最后一片雪花消逝
你才会停止抱怨寒冷
发现已经错过冬日的美丽
…………

辰砂怔怔地听着。

良久后，他低头看向礼盒，发现一堆放得整整齐齐的姜饼，正中间的姜饼上写着五个字。

洛洛
爱
小角

辰砂心口剧痛，身体都在簌簌发抖，手中的音乐卡掉到地上，两个孩子的歌声循环往复，依旧不停传来。

是否只有流着泪离开后
才会想起岁月褪色的记忆
是否只有在永远失去后
才会想起还没有好好珍惜

…………

辰砂酒意上头，只想立即找到洛兰，告诉她一切。

他跟跟跄跄地站起来，打开床头的保险箱，拿出锁在里面的个人终端。

屏幕上居然显示有一条未听的音讯留言，留言人是洛洛，辰砂打了个激灵，连酒意都散了大半。

他如获至宝，不敢置信地盯着看了好一会儿，才一边沉重地喘着粗气，一边点击了下屏幕。

洛兰虚弱的声音传来："辰砂，对不起！你……你要……好好地……活着。"早知道这样，就不逼你爱我了，让你继续做恨我的辰砂。

爆炸声轰然响起，湮没了一切。

辰砂突然发了疯一般，用力拍着个人终端，命令终端："联系洛洛！"

个人终端一遍又一遍拨打洛洛的通信号码。

嘀嘀的蜂鸣音后，系统的机械声一遍又一遍回复：抱歉，您拨打的通信号码暂时无人接听，请稍后再联系。

稍后？

没有关系，他可以等，十年、几十年、一百年、两百年……等一辈子都可以。

只要有生之年，仍能重逢！

这一生，他们有过相遇，有过别离，有过相守，有过决裂，但是还有太多事没有做，太多话没有说。

他想亲口告诉她，他爱她！

不是小角爱洛兰，也不是辰砂爱骆寻，是辰砂爱英仙洛兰！

但是，没有"稍后"了……

辰砂紧握着个人终端，无力地躺倒在地上，绵绵无尽的悲痛化作泪水潸然而下。

Chapter 25

番外：我愿意

曾经，这里群星荟萃、光芒璀璨。

如今，风流云散，星辰陨落，只有他们留下的光芒依旧闪耀在星际，

指引着人类前进的方向。

寒来暑往，几番风雨。

斗转星移，沧海桑田。

二百年后。

阿丽卡塔星，斯拜达宫广场。

人潮涌动，欢声笑语。

正是一年一度的假面节，无数年轻人戴着自己制作的面具，从四面八方汇聚而来，争奇斗艳，载歌载舞。

两个老人从广场上经过。

棕色头发的老者不满地瞥了身旁的老者一眼，面色阴沉地抱怨："你看看，都什么乱七八糟的，简直是群魔乱舞！现在的年轻人一代不如一代，越来越不像话！老是跟着曲云星学，过什么假面节、真面节！"

另一个老者拄着拐杖，步态略显蹒跚，看上去比身旁的老人年纪更大，却人老心不老，也戴着个面具，一边走一边看，笑眯眯地说："又不是只有阿丽卡塔星跟着曲云星在学，现在奥米尼斯的年轻人也喜欢过假面节。"

"奥米尼斯跟着学，阿丽卡塔就应该跟着学？我看你干脆待在奥尼米斯永远别回来了！"

拄拐杖的老人慢条斯理地说："我看你是退休后闲得慌，来奥米尼斯吧！很多警察都很崇拜你，新上任的治安部部长和女皇陛下说了好几次，想请你去开堂授课，传授一下办案经验。"

"不去！我只收携带异种基因的学生！"

"新上任的治安部部长携带异种基因。"拄拐杖的老人想了想，呵呵笑起来，"我记得阿丽卡塔治安部那个年轻的副部长是普通基因的人类，听说是你的学生？"

463

"他……他是特殊情况！我……破例，惜才！"棕色头发的老人语塞了一瞬，冷着脸说："反正不去！我讨厌奥米尼斯！"

拄拐杖的老人笑摇摇头，什么都没再说。

一个戴着面具的小女孩突然拿着一把玩具手枪，一边笑一边叫，直冲着拄拐杖的老人跑过来。吓得紧追在后面的父母心惊肉跳。老的老、小的小，要是撞一起摔倒了，四周人潮汹涌，肯定会出事。

眼看着孩子就要撞到拄拐杖的老人身上，棕色头发的老人居然反应异常敏捷，一把就把孩子稳稳捞住，顺势抱了起来。

小女孩也不怕，还笑嘻嘻地举起枪四处射击，"砰砰……打坏人！"

棕色头发的老人职业病发作，禁不住问："你扮的是警察吗？如果是警察，你应该穿警察制服，不应该穿白色的医生服。"

小女孩指指头上的皇冠，软糯糯地说："爷爷真笨！我扮的是洛兰女皇啊！"

棕色头发的老人哑然失声。

年轻的父母匆匆跑上来，赔礼道歉："对不起，对不起！是我们大意了，没看好孩子。"

拄拐杖的老人温和地说："没有关系。听孩子的口音不是阿丽卡塔人，你们是来旅游的？"

"我们是奥米尼斯人，但孩子的爷爷奶奶是阿丽卡塔人，我们带孩子来看爷爷奶奶。"说话的女人体貌正常，伸手去抱孩子的男人却长着竖瞳，显然是异种。

夫妻俩一再道歉后，抱着孩子离开，继续去游玩。

斯拜达宫广场上欢声笑语，不绝于耳。

两个老人一直沉默不言。

棕色头发的老人看着四周熙熙攘攘的人群，突然说："二百多年前的我们想象不到斯拜达宫广场上现在会有这些神经病一样的年轻人发疯，他们也想象不到我们二百多年前经历了什么。"

拄拐杖的老人笑着说："我知道你看不惯，但我们经历的一切不就是为了让年轻的他们能自由自在地发神经吗？何况，他们有他们的纪念方式，也许不严肃，可他们并没有遗忘。"

棕色头发的老人想到那个小女孩的古怪打扮，悻悻地闭嘴了。

两个老人穿过喧闹的人群，走到斯拜达宫前。

执勤的警卫本来要礼貌地劝他们离开，但看清楚老人的脸后，立即抬手敬礼，尊敬地让行。

两个老人进入斯拜达宫不久，一辆飞车停到他们身旁。

一个年轻斯文的男子走下飞车，恭敬地对棕色头发的老人说："棕部长，不知道你们会步行过来，抱歉迟到了。"

"我早已经退休，叫我棕离！"

"是，阁下。"

"什么阁下、阁上的，棕离！"

"是……是！"年轻男子唯唯诺诺，压根儿不敢反驳。

拄拐杖的老人不禁笑着说："棕离这臭脾气是欠收拾，我看你体能不弱，想打就打，他就是手痒想打架。"

年轻男子尴尬地笑，已经猜出戴着面具、拄着拐杖的老人的身份，却不敢贸然开口。

老人非常随和，摘下面具，露出真容。

脸上有两道纵横交错的X形疤痕，让整张脸看起来十分狰狞丑陋，左耳根下还有一个绯红的奴字印。

年轻男子却没有一丝轻慢，反而满眼敬慕，立即尊敬地问候："紫宴阁下，您好！我是安易，很荣幸能为阁下服务，若有任何差遣，请随时吩咐。"

棕离瞅着紫宴的脸，不满地问："你就不能把你的脸修好吗？要不是你的心脏太不经打，我简直想好好打你一顿！"

紫宴好脾气地笑笑，没有吭声。

棕离心头掠过难言的惆怅和黯然。

当年，他们从小打到大，即使一个个做了公爵后，也一言不合就能随时随地打起来，有时候甚至逼得殷南昭不得不出手制止。如今整个阿丽卡塔星敢和他动手的人只剩下两个，却一个病、一个残，都打不起来了。

安易带着棕离和紫宴乘坐飞车，到达斯拜达宫的纪念堂。

棕离走下飞车，有些意外。不是老朋友聚会吗？怎么会在这里？

他疑惑地看紫宴，紫宴却什么都没解释。

两人并肩走进纪念堂，看到纪念堂里精心布置过。

灯光璀璨，香花如海，轻纱飘拂，美轮美奂，犹如仙境。

可以容纳上千人的座位都空着，只第一排坐着几个人。

来自曲云星的艾米儿、猎鹰、封小莞、刺玫。

来自奥米尼斯星的林坚、英仙邵茹、清初、清越、红鸠、霍尔德、谭孜遥。

来自阿丽卡塔星的安娜、宿五、宿七。

棕离看紫宴，紫宴却没有任何解释的意思，只是带着他走到第一排，在宿七身旁默默坐下。

一群老朋友正在低声交谈，纪念堂的侧门打开，一袭礼裙的英仙辰朝走进来，所有人齐刷刷站起，"陛下。"

英仙辰朝对所有人笑点点头，"在座诸位不是我爸爸的好友，就是我妈妈的好友，今日麻烦你们不远千里赶来，是想请你们做个见证。"

英仙辰朝抬抬手，悠扬的音乐声响起。

英仙辰夕推着辰砂徐徐走进纪念堂。

坐在轮椅上的男人因为长年病痛的折磨，头发花白，面容枯槁，只依稀可辨出几分昔日模样。

他穿着一袭崭新的军装，上身是镶嵌着金色肩章和绶带的红色军服，下身是黑色军裤，明显精心装扮过。

因为病痛，他昏昏沉沉地闭着眼睛，应该完全不知道自己置身何处。

英仙辰夕弯下身，在他耳畔柔声叫："爸爸！"

辰砂立即睁开眼睛，竭力打起精神，可眼神黯淡无光，显然生命之火已经油尽灯枯，随时都有可能熄灭。

只不过因为心中的执念，为了维持那点光明，一直在苦苦坚持。

突然，他看见了什么，眼睛刹那间焕发神采，一眨不眨地盯着前方。

一个年轻的女子穿着一袭洁白的婚纱，手里拿着新娘捧花，笑意盈盈，一步步朝着辰砂走来。

辰砂不敢相信，声音沙哑颤抖，"……洛兰？"

小夕肯定地说："爸爸没有看错，是妈妈。"

虽然是他们姐弟俩根据档案库里的资料，通过智脑模型建造的全息虚拟影像，但的确是妈妈的身影。

洛兰一步步走到辰砂面前，微笑着站在他身旁。

所有人都盯着辰砂和洛兰。

一个已经白发苍苍、垂垂老矣，一个依旧明眸皓齿、青春少艾，却没有一个人觉得有一丝违和。

死亡让洛兰永远停留在年轻时的模样，即使他们已经老眼昏花，洛兰也永远不会老去。

紫宴想起很多年前他参加的那场婚礼。

一个冷漠英俊的男人，一个紧张美貌的女人，一场没有受到祝福的婚礼，一段男不愿女不甘的婚姻。

这应该是辰砂心中永远的遗恨。

本来永不可能弥补，没想到小朝和小夕会用拳拳孝心帮父亲圆一个梦。

英仙辰朝站在辰砂和洛兰面前，微笑着问："辰砂先生，请问你愿意接纳你身边的女子英仙洛兰为妻吗？"

辰砂眼睛一眨不眨地凝视着洛兰，毫不迟疑地说："我愿意！"

一瞬后，他似乎想起什么，立即扯扯嘴角，咧开嘴，特意笑着又说了一遍："我愿意！"

"辰砂先生，请宣誓。"

"我辰砂愿以你英仙洛兰为我的合法妻子，并许诺从今以后，无论顺境逆境、疾病健康，我将永远爱慕你、尊重你，终生不渝。"

"英仙洛兰女士，请问你愿意接纳你身边的男士辰砂为你的丈夫吗？"

洛兰对辰砂笑了笑，清晰地说："我愿意。"

"英仙洛兰女士，请宣誓。"

"我英仙洛兰愿以你辰砂为我的合法丈夫，并许诺从今以后，无论顺境逆境、疾病健康，我将永远爱慕你、尊重你，终生不渝。"

英仙辰朝说："现在，我以阿尔帝国皇帝的身份宣布你们成为合法夫妻。"

辰砂身子动了下，似乎想要站起来，却没有成功。

洛兰主动弯下身，笑着在辰砂的脸颊上吻了下。

辰砂泪湿双眸，不禁闭上了眼睛。

英仙辰朝蹲在辰砂面前，握住辰砂的手，含着泪说："爸爸，你放心吧！我和小夕都长大了，我们能守护妈妈的梦想。"

她登基那年才八岁。

虽然有林坚叔叔、邵茄阿姨的支持，可还有更多的人反对。

奥米尼斯星有人不满她的异种身份，想要推翻她；阿丽卡塔星有异种仇视人类，想要再次独立；曲云星发生过政变，艾米儿阿姨被劫持，数万亩寻昭藤被焚毁；泰蓝星发生过暴动，对改革不满的奴隶主想要杀死小夕，血洗整个星球……

一路云谲波诡、杀机重重。

她和小夕经历过无数诋毁、攻击、刺杀、暗害，几次都差点死掉。

面对太多的鲜血，她害怕过、哭泣过、痛苦过，甚至情绪崩溃过，夜夜做鲜血淋漓、烈火焚烧的噩梦。

绝望下，她恨过妈妈，妈妈明知道多么艰难，却早早抛弃了他们！

一直沉默寡言的爸爸冒着生命危险孤身赶到奥米尼斯星，守护在她身边，告诉她："你妈妈没有抛弃你们！她知道我会保护你们，才放心离去。她相信我，请你们也要相信我！"

爸爸保护了他们一次又一次，她和小夕渐渐解开心结，开始叫辰砂爸爸。

爸爸像一座巍峨大山，挡在他们身前，为他们开山辟路、保驾护航，无论发生多么可怕的事，只要爸爸在，他们就能化险为夷、转危为安。

历经一百多年，无数人的努力，妈妈的愿望一点点变成现实。

所有人都能有尊严地活着，无论他是携带异种基因的人类，还是普通基因的人类，都可以自由、平等地追求自己爱的人，做自己喜欢的事。

但是爸爸却因为殚精竭虑、心神耗尽，又受过几次重伤，身体一点点垮掉。

明明是4A级体能，这个星际中最强大的男人，却因为病痛，已经缠绵病榻几十年。

星际中顶尖的医生为爸爸会诊过，早已经束手无策，判定死期，爸爸却出人意料，一年又一年依旧顽强地活着。

刚开始，小朝和小夕十分惊喜。

后来，看到爸爸被病痛折磨得日夜难安、形销骨立，他们慢慢意识到，当生命已经油尽灯枯，释然地放手、平静地离去才是最好的选择。

可是，无论多么痛苦，爸爸总是一次又一次从死神的手中挣扎着活过来。

小朝和小夕刚开始不明白为什么，因为他们明明看到爸爸的眼神中满是疲惫，对这个世界早已毫无眷恋。

后来，他们知道了，从得知妈妈死讯那天起，活着就已经成了爸爸的执念。

因为妈妈死了，所以爸爸要为妈妈好好地活下去。

他要活着保护妈妈和他的孩子，活着实现妈妈的梦想，活着守护妈妈想要的世界。

他在思念遗恨中活了两百年。

不管多么疲惫、多么痛苦，他一直坚持活着。

小朝和小夕从舍不得爸爸离开，到希望爸爸能放心地离开。

可是他们没有办法说服爸爸，不管他们如何证明自己已经足够强大，能保护自己，能保护妈妈和爸爸一起创建的世界，爸爸依旧不放心。

他依旧努力坚持地活着，时刻保持着警醒，像是一个随时待命的战士。

小朝和小夕想到了唯一能说服爸爸的人。

他们请妈妈来告诉爸爸，他可以放心离开。

…………

"爸爸，我和姐姐会守护好阿丽卡塔和奥米尼斯。"

辰砂睁开眼睛，看着小朝和小夕。

小朝、小夕一左一右跪在他脚畔，"爸爸，你已经帮妈妈完成所有心愿，放心去找妈妈吧！"

辰砂迟疑地看向洛兰。

洛兰笑靥如花，向他伸出手。

辰砂释然而笑，洛兰心甘情愿穿着婚纱的样子，和他想象的一模一样！

他费力地伸出手，想要握住洛兰的手。

他的眼神渐渐涣散，一瞬后，双眼缓缓合上，手无力地垂落。

小朝和小夕趴在他膝头，默默悲泣。

棕离目光哀痛地注视着辰砂。

忽然间，他耳朵动了动，察觉到什么，侧过头看向紫宴。

紫宴无声无息地静坐着，双眸紧闭，唇畔带笑，一脸平静怡然。

棕离探手过去，放在他颈侧的动脉上。

身体依旧温热，心脏却永远停止了跳动。

棕离缓缓收回手，半仰起头，面无表情地看向纪念堂高高的穹顶。

无数记忆在脑海里飞掠而过，从年少飞扬到青丝染霜，那些光华璀璨的人一一离去，最后只剩下了他。

棕离尽力想要控制，可最终还是难以抑制，眼泪夺眶而出。

曾经，这里群星荟萃、光芒璀璨。

如今，风流云散、星辰陨落，只有他们留下的光芒依旧闪耀在星际，指引着人类前进的方向。

图书在版编目（CIP）数据

散落星河的记忆.4，璀璨 / 桐华著 .—长沙：湖南文艺出版社，2018.5
ISBN 978-7-5404-8581-8

Ⅰ.①散… Ⅱ.①桐… Ⅲ.①长篇小说 – 中国 – 当代 Ⅳ.①I247.5

中国版本图书馆 CIP 数据核字（2018）第 038926 号

©中南博集天卷文化传媒有限公司。本书版权受法律保护。未经权利人许可，任何人不得以任何方式使用本书包括正文、插图、封面、版式等任何部分内容，违者将受到法律制裁。

上架建议：长篇小说·言情

SANLUO XINGHE DE JIYI. 4. CUICAN

散落星河的记忆 . 4，璀璨

作　　者：桐　华
出 版 人：曾赛丰
责任编辑：薛　健　刘诗哲
监　　制：毛闽峰　赵　萌　李　娜
项目支持：钟慧峥
策划编辑：郑中莉　张园园
文案编辑：王　静
营销编辑：吴　思　李荣荣　杨　帆　周怡文
装帧设计：1101工作室
封面插图：符　殊
版式设计：利　锐
出版发行：湖南文艺出版社
　　　　　（长沙市雨花区东二环一段508号　邮编：410014）
网　　址：www.hnwy.net
印　　刷：北京中科印刷有限公司
经　　销：新华书店
开　　本：875mm×1230mm　1/16
字　　数：489千字
印　　张：30
版　　次：2018年5月第1版
印　　次：2018年5月第1次印刷
书　　号：ISBN 978-7-5404-8581-8
定　　价：48.00元

若有质量问题，请致电质量监督电话：010-59096394
团购电话：010-59320018

在基因决定生死的未来世界，
寻找至死不渝的爱情

桐华 重磅力作

『散落星河的记忆』系列作品

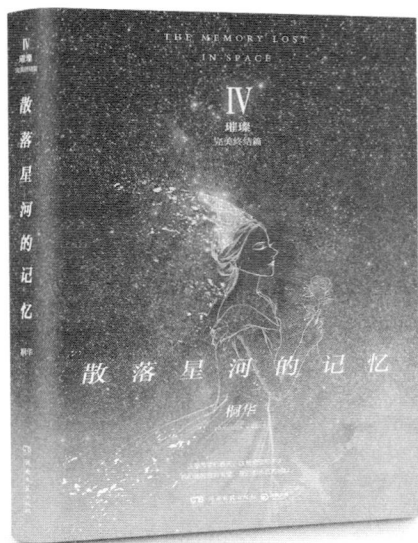

Ⅳ 璀璨 完美终结篇
定价：48.00元

Ⅰ 迷失
定价：38.00元

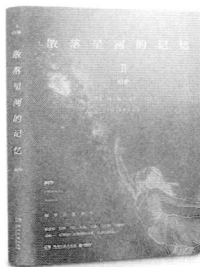

Ⅱ 窃梦
定价：39.80元

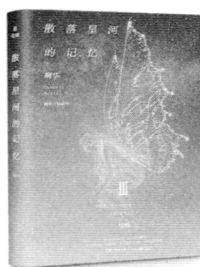

Ⅲ 化蝶
定价：39.80元

若不能白头偕老
那就生死与共

THE MEMORY LOST IN SPACE